Knaur.

Über die Autorin:
Mascha Pawlowitsch wurde 1976 in Moskau geboren. Sie studierte Wirtschaftswissenschaften und Wirtschaftsjournalismus und arbeitet als PR-Managerin in der Luxusgüterbranche. Mit Mann und Tochter lebt sie in Moskau und hat an ausgedehnten Einkaufstouren genauso viel Spaß wie die Heldin ihres Romans.

Mascha Pawlowitsch

RUSSISCH BLOND

Roman

Aus dem Russischen von
Natalia Liublina

Knaur Taschenbuch Verlag

Die russische Originalausgabe erschien 2007 unter dem Titel
»Сафари для блондинки« bei Amphora, St. Petersburg.

Besuchen Sie uns im Internet:
www.knaur.de

Gerne empfehlen wir Ihnen ausgewählte Titel
aus unserem Programm – schreiben Sie einfach eine E-Mail
mit dem Stichwort »Russisch blond« an:
guteunterhaltung@droemer-knaur.de

Deutsche Erstausgabe August 2009
Copyright © 2006 by Maria Pavlovich
Originally published by Amphora Publishers,
Saint-Petersburg, Russia, in 2007
Copyright © 2009 für die deutschsprachige Ausgabe bei
Knaur Taschenbuch.
Ein Unternehmen der Droemerschen Verlagsanstalt
Th. Knaur Nachf. GmbH & Co. KG, München.
Alle Rechte vorbehalten. Das Werk darf – auch teilweise – nur mit
Genehmigung des Verlags wiedergegeben werden.
Redaktion: Susanne Frank
Umschlaggestaltung: ZERO Werbeagentur, München
Umschlagabbildung: rubberball
Satz: Adobe InDesign im Verlag
Druck und Bindung: CPI – Clausen & Bosse, Leck
Printed in Germany
ISBN 978-3-426-63993-1

2   4   5   3   1

Russisch blond

An diesem unglückseligen Morgen riss Rita Litini endgültig der Geduldsfaden. Eine ganze Reihe von Vorkommnissen brachte sie dazu, über ihr Leben nachzudenken.

Kurz vor dem Morgengrauen war Rita über die Schwelle ihrer Wohnung geschwankt und auf ihr Bett gesunken, ohne sich auszuziehen. Und dann hatte sie geradezu erschreckend realistisch und dennoch sehr merkwürdig geträumt.

In diesem Traum wählte sie mit ihrer besten Freundin Kleider für eine Party aus, auf der etwas Außergewöhnliches passieren sollte. Während des ganzen Traums war sie das Gefühl nicht losgeworden, dass etwas ganz Besonderes mit ihr geschah: Sie probierte ein wunderschönes Kleid nach dem anderen, und am Ende fiel ihre Wahl auf eine herrliche Robe eines braungebrannten italienischen Designers. Sie sah den Preis, der dem des Basismodells eines Peugeot 206 entsprach, und rief laut aus: »Mein Gott, das ist ja fast umsonst!« Aus der Umkleidekabine herausgetreten, gelangte sie durch die ganze Schar von entzückten Verkäuferinnen vor einen Spiegel und erblickte darin überrascht ihre fast unglaubwürdig schlanke Figur.

»Sie dürfen auf keinen Fall abnehmen«, schmeichelte man ihr von allen Seiten.

Rita sah verdutzt ihr Spiegelbild an. Irgendetwas in ihrem Unterbewusstsein sagte ihr, dass alles ein Traum war, aber in diesem Mädchen mit dem Luxuskörper, umhüllt von smaragdfarbener Seide, erkannte sie mit größtem Vergnügen sich selbst. Auf geheimnisvolle Weise schlank und wieder reich geworden – aber ohne jeden Zweifel sie selbst. Als sie sich umsah, erkannte Rita, dass sie in ihrer Lieblingsboutique stand, die sie in letzter Zeit außer zu Schlussverkäufen selten besucht hatte. Eine Welle von Glück und wachsender Erregung überkam sie, und sie hatte keine Zweifel mehr daran, dass sie kurz davor war, einen Haufen Geld für ein Kleid auszugeben, das sie nur ein- oder höchstens zweimal anziehen würde. Rita erinnerte sich an das angenehme Gefühl, ein solches Kleid in einer Schachtel, nicht weniger schön als das Kleid selbst, dem Fahrer zu übergeben – eine Schachtel, die Obhut für ein wahres Kunstwerk.

Wie in der Realität sah Rita den sonnenüberfluteten Parkplatz vor der Boutique, beobachtete, wie vorsichtig ihr Fahrer die Schachtel in den blitzsauberen Kofferraum des Mercedes legte und ihr dann lächelnd die Tür öffnete. Sie fuhren nach Hause, und wie immer wurde ihr der Weg lang. Sie wollte so schnell wie möglich in ihre Wohnung, wo in dem gedämpft beleuchteten Salon vor den neidischen Blicken ihrer Freundinnen die endgültige Anprobe stattfinden würde.

Wie wunderbar freundlich schien die Welt doch in solchen Augenblicken! Sogar im Traum verspürte Rita eine unglaubliche Erleichterung. Die schwierigen, grauen Zeiten waren vorbei, jetzt würde alles wie früher werden.

Das Läuten des Telefons unterbrach den schönen Traum. Noch im Liegen klimperte sie mit ihren mascaraverklebten Wimpern und versuchte, sich daran zu erinnern, welcher Wochentag und wo ihr Platz in der Wirklichkeit war – wie sooft in letzter Zeit.

Natürlich nahm sie den Telefonhörer nicht ab, aber unter der Daunendecke fühlte sie sich in ihren Netzstrümpfen nicht wohl; wie ein Mensch sich eben fühlt, der in seinen Kleidern aufwacht. Schließlich rutschte sie über das glatte Seidenlaken auf den Fußboden. Das ist der einzige Vorteil seidener Bettwäsche: schnell und geräuschlos seine Ruhestätte verlassen zu können.

Alle engen Freunde Ritas kannten ihre Vierzehn-Uhr-Regel, die besagte, sie nie vor vierzehn Uhr anzurufen. Sogar wenn sie früher wach wurde, zum Beispiel gegen zwölf Uhr, blieb sie im Bett liegen, um ihre Pläne für den Tag zu schmieden.

Was anziehen? Sich zu welchen kosmetischen Behandlungen anmelden? Wo zu Mittag essen? Sie glaubte fest daran, dass jeder Tag gut geplant werden musste – nur dann konnte man alles Notwendige erledigen.

Seitdem Rita gezwungen war, auf die Dienste ihres Privatchauffeurs zu verzichten, schien ihre Zeit katastrophal knapp bemessen zu sein. Jetzt musste sie selbst ihre Sachen in die Reinigung bringen, das Auto waschen und Lebensmittel einkaufen. Rita war wie ein Hamster im Laufrad, und es kam erschwerend hinzu, dass sie abends ein Taxi nehmen oder eine Freundin bitten musste, sie mitzunehmen, wenn sie ein Gläschen Champagner trinken wollte.

An diesem unheilvollen Morgen konnte keine Rede von solchen Plänen sein. In dem Augenblick, als sich Rita mit der Ferse von der Wand abstieß und auf einem synthetischen Bärenfell landete, wurde ihr bewusst, dass sie in ihrem Leben etwas Grundsätzliches ändern müsste. Vielleicht sollte sie sich in Zukunft mit der anderen Ferse von der Wand abstoßen oder diese alte Seidenbettwäsche wegwerfen?

Einige Gewohnheiten, die sie während ihres süßen Lebens angenommen hatte, hatte sie auch in ihrem neuen, bei weitem nicht so üppigen Leben beibehalten. Dieses Leben hatte vor zwei Jahren begonnen und schien zu Ritas wachsendem Verdruss nicht zu Ende zu gehen.

Auf die Liste der lieb gewordenen Gewohnheiten, die sie sich trotz des Zwangs zur Sparsamkeit nicht versagen konnte, gehörten Seidenlaken, Kosmetik aus Mondstein und wildem Löwenzahn aus Tibet, die indische Fußmassage und eine Mitgliedschaft in einem Sportclub, den Rita nie besucht hatte. Die Kündigung dieser Mitgliedschaft hätte die Vollendung des sozialen Absturzes bedeutet.

Im Großen und Ganzen wäre es einfacher, eine Liste der Angewohnheiten zusammenzustellen, die sie seither geopfert hatte:

1. In ihrer Wohnung befanden sich fast keine Möbel mehr (Ursache siehe unten).
2. Sie hatte aufgehört, Haute Couture zu tragen und in Luxusboutiquen zu gehen.
3. Sie hatte nur blamable drei Handtaschen aus der nach dieser in Frankreich lebenden englischen Schauspielerin und Sängerin genannten Kollektion behalten.
4. Sie musste sich von ihrem Chauffeur trennen.

5. Sie hatte kein Cabrio gekauft.
6. Sie hatte keinen Computer angeschafft (sie hatte es auch nicht vor, redete aber gern darüber).

In Wirklichkeit hatte Rita wirklich vieles opfern müssen, und ihr Leben verlief in ziemlich engen Bahnen, was ihr bei ihren Freundinnen den Ruf einer Heldin verschafft hatte.

Sie öffnete den Kühlschrank und trank gierig fast eine ganze Flasche des edlen norwegischen Mineralwassers Voss (noch etwas, worauf sie eigentlich hätte verzichten müssen).

Die Zeiger ihrer Uhr standen auf kurz nach acht, und Rita tat sich leid. Ihr Traum, der so wirklichkeitsnah war, hatte sie endgültig aus der Bahn geworfen. Sie rauchte und starrte ins Leere, als wäre auch das letzte Fünkchen Hoffnung in ihr gestorben.

Mit dem letzten Zug an ihrer Zigarette fasste sie einen Entschluss: Sie würde eine Diät machen und reich werden. Eine schlanke Figur und Geld hatten ihr Leben früher zu einem zauberhaften Märchen gemacht.

Rita wählte voll neu erwachter Begeisterung die Nummer ihrer besten Freundin Lalja, die einen Mann und zwei Kinder hatte. Lalja war sehr geduldig, deshalb erwartete Rita von ihr zu dieser frühen Stunde moralische Unterstützung.

»Hallo, schläfst du noch?«

Bevor sie die Nummer gewählt hatte, hatte Rita kurz gezögert: Sie hatte Lalja so selten von ihrem Festnetz aus angerufen, dass sie nicht sicher war, ob sie deren Nummer tatsächlich im Kopf hatte. Alle wichtigen Telefonnummern waren in ihrem Handy gespeichert. Wie merkwürdig, dass das ganze Leben von diesem kleinen Gegenstand abhing, der nicht viel größer als eine Streichholzschachtel war.

»Was denkst du eigentlich?«

Lalja hatte keine Vierzehn-Uhr-Regel, aber sie stand üblicherweise erst dann auf, wenn sich der Sturm gelegt hatte: wenn ihr Mann das Haus verlassen hatte, die Kinderfrau ihren Pflichten nachgegangen und die Küche frei war.

Einen Moment lang schämte sich Rita, dass sie gewagt hatte, ihre Freundin zu solch früher Stunde anzurufen. Aber seit ihrer Jugend versuchte Rita, dieses sinnlose Gefühl der Scham zu verjagen.

»Irgendein Idiot hat angerufen und mich geweckt«, sagte Rita und steckte sich automatisch die nächste Zigarette an. Am anderen Ende herrschte Grabesstille.

Zu einem anderen Zeitpunkt hätten sie mit Vergnügen dieses unglaubliche Ereignis besprochen. Hundertfach hatten sie schon viel weniger interessante Dinge durchgehechelt. Aber heute hörte Rita nur ein unzufriedenes Schnaufen.

»Lalja! Lalja!«, säuselte Rita.

»Ja …«

»Hörst du mir zu?«

»Was mache ich denn sonst immer?«

»Ich hatte einen Traum, alles war wie früher: ein verrücktes Kleid, ich war schlank, wir waren in der Boutique.«

Vor Erregung hatte Rita Schwierigkeiten, die passenden Worte zu finden. Den Hörer unter das Kinn geklemmt, tastete sie den ganzen Tisch auf der Suche nach einem Aschenbecher ab.

Die Stimme ihrer Freundin klang plötzlich schrill:

»Jetzt hörst du mir mal zu!«

Rita zog den Kopf zwischen die Schultern und wartete angespannt.

»Du hast dich gestern so betrunken! Du rufst mich unverschämt früh an, um mir deinen Traum zu erzählen! Ruf doch die verrückte Ira an! Die mag es nämlich, über das Unterbewusstsein zu sprechen. Sie wird dir bestimmt sagen, weshalb du ein Kleid mit Strass gesehen hast, und wird dafür ihr Buch über die Traumdeutung holen.«

Lalja beendete ihre wütende Tirade abrupt.

Rita stellte sich vor, wie unauffällig Laljas Mann Mischa aus dem Bett geglitten sein dürfte, um geräuschlos im Bad zu verschwinden. Alle haben Angst vor Laljas Wutanfällen. Alle, außer ihren Kindern.

»Ich vermute, dass es in deinem Fall ein typisches Zeichen von Delirium ist. Oder es kündigt sich ein Schlussverkauf an. Aber was habe ich mit alledem zu tun?!«

Rita erwartete, dass Lalja den Hörer aufknallen würde, nachdem sie das alles losgeworden war. Aber Lalja schwieg, und aus dem Telefon kroch Kälte.

»Weißt du, Lalja«, unterbrach Rita die gefährliche Stille, »ich möchte etwas in meinem Leben ändern!« Sie sprang vom Stuhl auf, lief nervös in ihrer Küche hin und her und hielt sich dabei den Kopf, weil jede Bewegung schmerzte wie ein Hammerschlag gegen den Hinterkopf.

»Rita, wechsle halt den Friseur, geh arbeiten, hör auf zu rauchen und zu trinken! Wo liegt denn das Problem?«

Laljas Aufregung war verständlich. Seit einem Jahr führte sie mit Rita unendliche, nutzlose Gespräche über deren Verwirrung, und nun hatte sie die Nase voll. Aber Rita konnte eine so deutliche Missachtung nicht ertragen. Sie spürte noch zu stark die Wirkung des Champagners. Das letzte Glas hatte sie getrunken, kurz bevor sie die Party verließ – da war schon nichts mehr los gewesen. Die Jugend von heute! Die schliefen ja schon vor dem Frühstück ein.

Zum ersten Mal seit langer Zeit zitterte Ritas Stimme, und Tränen schossen ihr in die Augen. Sie war noch nicht einmal hysterisch geworden, als der verrückte norwegische Stylist ihren Haaren die Farbe aserbeidschanischer Tomaten verpasst hatte! Ohne ein Wort zu verlieren, hatte sie den Salon verlassen, und ohne den Blick zu heben, ging sie zum nächsten Friseur, von dem sie sich das hatte zurückgeben lassen, was die Männer für naturblond hielten.

»Arbeiten? Vielleicht soll ich auch noch anschaffen gehen?«, jammerte Rita und versuchte, ein Schluchzen zu unterdrücken.

»Ja, das wäre eine gute Idee!« Lalja war nicht zu Scherzen aufgelegt. Sie nahm keine Rücksicht auf Ritas angespannte Stimme und fuhr fort: »Weißt du, Rita, es gibt tatsächlich Menschen, die arbeiten gehen.«

»Aber du! Du arbeitest doch auch nicht!«, kreischte Rita.

»Ich bin Hausfrau und sitze mit meinen Kindern zu Hause«, erwiderte Lalja ganz ruhig.

»Du hast zwei Kinder, einen Ehemann, vier Kinderfrauen, zwei Haushaltshilfen und zwei Chauffeure.« Rita rieb sich ihre tränenerfüllten Augen. Ihre Stimme überschlug sich; sie war empört.

»Genau so ist es. Stell dir vor, wie viel Zeit und Kraft man braucht, um das alles zu organisieren!« Lalja wollte nicht nachgeben. Sie wollte ihre verzweifelte Freundin nicht beruhigen. Es schien, als würde sie bis zum Letzten gehen: Rita hatte nicht aufgepasst und angezweifelt, dass Laljas Haushalt allein auf ihren schwachen Schultern ruhte.

»Ich habe keinen Verwalter meines Haushalts, sondern bin gezwungen, alles selbst unter Kontrolle zu halten.« Laljas Ton wurde scharf.

Rita bekam Angst. Sie versuchte mit aller Kraft zu verhindern, dass sich das Gespräch nur noch um Laljas Probleme drehte und sie, diese einsame, niedergeschlagene Person in Netzstrümpfen und mit einer Zigarette in der Hand, in Vergessenheit geriet.

»Ja, ja«, Rita wurde versöhnlicher, »siehst du, ich meine, irgendetwas muss man doch ändern. Du hast einen Ehemann, Kinder, und davon träume ich auch.«

»So ein Mann wie meiner ist für dich weder reich noch einflussreich genug. Du wolltest doch immer nur das Beste vom Besten. Und was hast du davon? Jetzt sitzt du in einer Luxuswohnung im schönsten Haus mit Blick auf eine Kirche.« Die letzten Worte sprach Lalja im gleichen Tonfall wie Rita, wenn sie Ortsfremden erklärte, wo sich ihr Haus befand. »Aber ohne Möbel. Und alle deine italienischen Ballkleider hängen auf Bügeln von IKEA. Das ist typisch«, fuhr Lalja fort, »du sitzt mit dem nackten Hintern auf einem Ledersessel und umklammerst eine unglaublich teure Handtasche.«

»Das ist nicht wahr!« Rita fing an zu quengeln wie ein kleines Kind. »Ich habe ihn geliebt, und er hat mich verlassen.«

Am anderen Ende der Leitung ertönte Gelächter.

»Erinnerst du dich noch daran, wie er aussah? Er ist drei Tage nicht nach Hause gekommen und hat sich mit einem Brillantarmband von dir freigekauft!«

»Das war kein gewöhnliches Armband. Ganz Hollywood war auf der Jagd danach, um es zur Oscar-Verleihung zu tragen. Es war eine limitierte Auflage, es gab nur drei Stück davon.«

Rita klang wie eine Oberlehrerin, ohne zu merken, dass sie die Geschichte von ihrem Armband schon zum hundertsten Mal erzählte.

»Ja, ja, das weiß ich«, lachte Lalja, »solche Armbänder haben überhaupt nur du, Michael Jackson und die Königin von England.«

Lalja teilte Ritas Leidenschaft für funkelnde Steine nicht. Sie war empört über den Wettbewerb, in den sich Rita mit den Stars aus Hollywood gestürzt hatte. Immer, wenn Rita »ihren« oder einen ähnlichen Ring bei irgendeinem Star in einem Hochglanzmagazin sah, rief sie Lalja an, um damit zu prahlen. Rita hatte alle Bilder mit »ihren« Juwelen und Kleidern ausgeschnitten und aufbewahrt; Lalja machte diese Eitelkeit rasend. Aber ihre Freundschaft bestand schon so lange Zeit, dass es keinen Sinn mehr hatte, einander ändern zu wollen.

»Genieße dein Armband doch wenigstens jetzt, Rita. Übrigens – ruf Jackson an, vielleicht kauft er sich noch ein zweites für seine Sammlung, weil kein anderer so etwas haben will.«

Rita wurde es noch schwerer ums Herz. Sie dachte an die Gerichtsverhandlung gegen Michael Jackson. Sie war eine von den wenigen, die aufrichtig von seiner Unschuld überzeugt waren. Das Schicksal war ihnen beiden gegenüber einfach unfair. Natürlich hatte Rita keine kleinen Jungs zur Übernachtung eingeladen. Aber ein ziemlich reifer Mann hatte länger als drei Jahre in ihrem Bett gelegen und sie dann einfach so ihres Lebensstandards beraubt. Ganz ohne Gerichtsurteil.

»Erinnerst du dich, wie ich ihn im Kabarett geschlagen habe?«, rief Rita.

»Ja, du bist ein Prachtweib! Du hättest deine Eifersucht viel früher zeigen sollen«, unterbrach Lalja sie, »vielleicht hättest du dann die Möbel behalten können. Aber egal, ich schlafe jetzt weiter!«

»Lass uns zusammen zu Mittag essen«, bettelte Rita, »mir ist nicht gut.«

Lalja konnte nicht einfach auflegen, ihre Freundin tat ihr leid – und sie erinnerte sich wieder daran, dass sie sich vorgenommen hatte, nachsichtiger mit den Menschen umzugehen.

»Wie kocht man eigentlich ein Ei weich?«, fragte Rita angesichts ihres sicheren Untergangs. Sie öffnete die Kühlschranktür. Ketchup, Eier, zwei verschrumpelte Äpfel, ein Glas grüne Erbsen. Rita nahm das Glas heraus und drehte es hin und her. Interessant, wo kam das her? Sie stellte das Glas verdutzt wieder zurück und angelte sich ein Döschen Gesichtscreme.

»Riskiere besser nichts, warte bis zum Mittag.« Lalja erinnerte sich, dass sie selbst vor gar nicht allzu langer Zeit gelernt hatte, für ihren Mann ein gelungenes Mahl zu bereiten. »Wir treffen uns zum Mittagessen und besprechen deine Lage.«

»Ich liebe dich!«, rief Rita in den Hörer.

Rita war zweifellos eine sehr attraktive Frau. Ihr Vater, ein berühmter lettischer Pianist mit dem herrlichen Familiennamen Litini, und ihre Mutter, eine Schönheit, die über mehrere Männerherzen herrschte, hatten sich rein zufällig kennengelernt. Sie konnte keine einzige Note lesen, und er brachte ihr von einer Auslandsreise Lederstiefel mit, obwohl er doch eigentlich ein Intellektueller war. Ihre Ehe dauerte nicht lange, aber auch nach dieser kurzen Veranstaltung konnten beide ihre herzliche Beziehung während allen vier nachfolgenden Ehen der Mutter beibehalten. Der Vater hatte seiner Tochter das einzig Wertvolle vererbt, was er nach Meinung von Ritas Mutter besaß: die vollen blonden Haare mit ihrem magischen goldenen Glanz.

Wenn man zehn verschiedene Männer Ritas Äußeres einschätzen ließe, würden neun von ihnen sagen, dass sie überwältigend sexy und wunderschön sei. Rita hatte grüne Augen, blonde Haare und einen üppigen, echten Busen. Diese Beschreibung muss genügen; alles andere kann man sich vorstellen. Sie war um die dreißig. Aber darüber sprach sie nicht. Ihr Gewicht war allerdings nicht sehr schmeichelhaft: Sie wog etwa sechzig Kilo.

Im Traum hatte sie nur fünfundfünfzig Kilo gewogen, aber in Wirklichkeit hatte ihr Gewicht mit ihren Affären zu tun: Je mehr Romanzen, desto leichter wurde sie. Aber man sah Rita diese Schwankungen angesichts ihrer Größe, ihrer smaragdfarbenen Augen und ihres Schmollmunds nach.

Wie bei jeder wunderschönen Frau, die in einer großen Stadt lebt, reihte sich auch in ihrem Leben ein faszinierendes Ereignis an das nächste. Als Rita fünfundzwanzig Jahre alt war, hatte ihr das Schicksal zugelächelt; sie wurde die Geliebte eines schönen und steinreichen Mannes, der sie vergötterte und in jeder Hinsicht verwöhnte. In dieser Zeit war ihr Kleiderschrank voll mit den schon erwähnten Ballkleidern, und sogar ihr Pekinese trug das teuerste Burberry-Mäntelchen. Die beiden Verliebten reisten um die Welt und suchten die entferntesten Winkel des Planeten auf. Ritas Prinz war einfach perfekt, und wenn er sich auch gelegentlich kleine Techtelmechtel erlaubte, blieb Rita doch gutmütig. Sie war viel zu sehr damit beschäftigt, die Preisschilder von ihren neuen Kleidern abzuschneiden, um irgendwelchen Klatsch- und Tratschgeschichten größere Aufmerksamkeit zu schenken.

Dieses Märchen endet abrupt mit einer luxuriösen Hochzeit, zu der fünfhundert Gäste geladen waren, an der Rita jedoch leider nicht teilgenommen hatte.

Wie das passiert war, konnte Rita auch zwei Jahre später noch nicht richtig verstehen. Ihre Rivalin hatte mit ihrem Prinzen ein Techtelmechtel begonnen und dabei beträchtliches Talent und Geduld bewiesen. Der Altersunterschied zwischen den beiden Frauen hatte sicher auch eine gewisse Rolle gespielt. Die Neue war sechs Jahre jünger als Rita – eine Geschichte, so alt wie die Welt. Rita blieb danach in ihrer exklusiven Wohnung, behielt das Auto und ihren Fahrer und bekam die Zusage, so lange eine monatliche Abfindung zu erhalten, bis sich eine neue Geldquelle für sie auftun würde. Aber bald danach war die Situation an einem schrecklichen Tag völlig außer Kontrolle geraten. Rita hatte sich noch schlechter gefühlt als an dem eigentlichen Hochzeitstag, an dem sie bis frühmorgens Karaoke gesungen hatte. Ein Glück, dass sie der einzige Gast in diesem Etablissement war, weil alle Reichen und

Berühmtheiten zur Hochzeit ihres Prinzen geladen waren.

Vielleicht war die Ursache des Zerwürfnisses ihr unsteter Charakter gewesen, ihre überbordende Emotionalität. Als sie die frisch Verheirateten einige Monate später traf, konnte Rita nicht an sich halten und informierte sie ausführlich über ihre Verzweiflung. Die Einzelheiten dieser Begegnung wollte und konnte sie sich nicht mehr ins Gedächtnis rufen; ihr waren nur einige Bilder in Erinnerung geblieben, die sich nicht zu einem ganzen Film zusammenfügen ließen. Aber sie erinnerte sich genau an die Gesichter der »treuen Freunde«, die den Kopf geschüttelt hatten, an einen verwüsteten Tisch und zerschlagene Gläser.

Das Ergebnis dieses Vorfalls: Sie wohnte zwar weiterhin in derselben Wohnung, nur ohne Möbel. Eine eindrucksvolle, aber leider einmalige Abschlusszahlung trat an die Stelle der bisherigen monatlichen Apanage.

»Damit wir keine Veranlassung haben, uns erneut zu treffen«, hatte der Prinz gesagt, die Tür seines Mercedes zugeknallt und war in sein glückliches Familienleben zurückgekehrt.

Rita hatte sich von ihrem Fahrer trennen müssen. Das Geld schmolz im Nu dahin. Sie hatte gerade noch ihr Schlafzimmer, die Küche und das Bad einrichten können, aber in den Salon warf sie nur einen Teppich und ein paar Kissen darauf. Da konnte sie wenigstens mit ihren Freunden liegen und Wasserpfeife rauchen.

Rita war nicht in Depression verfallen und hatte nicht an jeder Ecke über ihr bitteres Schicksal geweint. Mit erhobenem Haupt trug sie die Kleider der letzten Saison auf und hoffte auf bessere Zeiten. Die Männer umschwirrten sie, aber entweder hatten sich die Zeiten geändert oder die Konkurrenz war größer geworden – diese Scharen brachten weder das Glück noch irgendwelche Möbel ins Haus. Vielleicht hatte sie sich auch zu sehr verändert oder ihren früheren Biss verloren – aber eines stand fest: Das Geld wurde weniger und das Leben nicht besser.

Am frühen Nachmittag fühlte sich Rita schon wesentlich besser.

Sie hatte sich ein ausführliches Aromabad gegönnt und war währenddessen völlig in die Lektüre der Liste der hundert reichsten Menschen Russlands versunken, die schon zum dritten Mal in der Zeitschrift *Forbes* veröffentlicht worden war. Rita hatte schon einmal ähnliche Rankings gelesen – nicht aus Neugier, sondern weil in ihrem Umfeld ein akuter Mangel an reichen Heiratskandidaten herrschte. Im letzten Jahr hatte ihr Fast-Ehemann eine blamable zweiundsiebzigste Stelle belegt, war in diesem Jahr zu ihrem großen Verdruss aber auf Platz vierundsechzig vorgerückt.

Das Leben war einfach unfair. Aber andererseits blieben ihr noch dreiundsechzig Kandidaten, mit denen sie noch glücklicher werden konnte. Mit diesem optimistischen Gedanken im Kopf war Rita sanft auf dem rutschigen Seidenlaken eingeschlummert.

Als sie endlich das Haus verließ, war das Wetter wunderbar, die Sonne schien mit aller Frühlingskraft, und positive Veränderungen hingen förmlich in der Luft. Rita rannte die Marmorstufen in ihrem Treppenhaus hinunter, hielt vor ihrem Auto inne und suchte wegen des gleißenden Sonnenlichts nach ihrer Sonnenbrille, die sie sofort ge-

kauft hatte, als diese neue Kollektion in Moskau eingeführt worden war.

Als sie den Hausverwalter bemerkte, der sich ihr näherte,
setzte sie sich schnell in ihr Auto. Sie schuldete ihm die
letzten drei Monatsmieten und wollte ihm deshalb nicht
begegnen; als sie ihre neue Brille aufsetzte, dachte sie kurz
darüber nach, ob der Verwalter wohl dieses Designerteil
anstelle der Miete akzeptieren würde – der Preis ihrer
Brille überstieg locker ihre Mietschulden.

Auf dem Weg zum Treffen mit Lalja fuhr sie bei ihrer
Bank vorbei und musste dort in einer Schlange warten. Sie
schätzte wie üblich alle anwesenden Männer ein, obwohl
es offensichtlich nichts zu »fangen« gab. Zweifellos standen die Millionäre von der *Forbes*-Liste nicht persönlich
in der Warteschlange vor dem Bankschalter; normalerweise besaßen sie selbst Banken, oder der Vorstand der
Bank besuchte sie zu Hause.

Aber welche Streiche einem der Teufel manchmal spielt!
In ihrem Innersten war Rita unverbesserlich romantisch
geblieben.

Sie bemerkte überrascht und erfreut, dass sich der Blick
eines jungen Mannes aus einer anderen Schlange auf sie
richtete. Sie drehte ihren Kopf ein wenig und lächelte
charmant in seine Richtung; wie jede anständige Frau verfügte sie über eine ganze Palette von verschiedenen Arten
des Lächelns. Nach einer ersten flüchtigen Einschätzung
schenkte Rita dem Unbekannten ihr ermutigendes Lächeln. Dieser Mann musste schon ein toller Hecht sein,
wenn er in einer solchen Situation die Aufmerksamkeit
einer Luxusfrau auf sich zu ziehen versuchte.

Er strahlte sie an und zeigte dabei eine Reihe wohlge-
formter, makellos weißer Zähne; das flößte ihr ein bisschen Angst ein. Dabei wandte der Unbekannte seinen
Blick nicht von ihrem Handgelenk, an dem ihre sehr, sehr
teure Uhr blitzte. Rita drehte sich irritiert weg.

Sie war sehr stolz, dass sie zwei ernsthaften Hobbys nachging und alles andere als eine Nichtstuerin war, die nur
auf den nächsten Prinz wartete. Ihre wichtigste Beschäf-
tigung, die sie möglicherweise irgendwann einmal sogar
professionell ausüben würde, war die einer Innenarchi-
tektin. Rita hatte ihr großes Interesse am Design entdeckt,
als sie ihr Haus auf dem Land eingerichtet hatte, in dem
sie die Freuden des Familienlebens leider nicht mehr aus-
kosten konnte. Sie hatte mit Begeisterung Möbel und
Gardinen bestellt und unter der feinfühligen Anleitung
von Lalja alle Antiquitätengeschäfte abgeklappert. Die
Gleichgültigkeit ihrer Freundin gegenüber Juwelen wurde nämlich durch die Liebe zu jeder Art von Antiquitäten
aufgewogen. Da Rita damals über ein unbegrenztes Budget verfügte, stattete sie das Haus mit den teuersten Möbeln, mit Kristallglas, Leder und englischer Seide aus, und
kaum ein Nachbar konnte seinen Neid verbergen, als er
ihre mit Halbedelsteinen besetzte Malachit-Badewanne
mit den goldenen Wasserhähnen sah.

Ritas zweite Leidenschaft war die Psychologie; ausführliche analytische Gespräche mit ihren Freundinnen und
ihre genaue Kenntnis der männlichen Psyche waren dafür
eine gute Voraussetzung. Jedes Jahr hatte Rita davon geträumt, sich beruflich in diesen beiden Bereichen weiter-
bilden zu können, entweder in der Hochschule für Design
oder am Fachbereich Psychologie der Moskauer Univer-

sität. Aber in ihrem tiefsten Inneren wusste sie, dass sie das wenig weiterbringen würde.

Während sie mit dem Unbekannten Blicke gewechselt hatte, waren sie beide in ihrer jeweiligen Schlange vorgerückt, und Rita beschloss, sich mittels psychologischer Methoden ein genaueres Bild von ihm zu machen. Woher hatte er diese tollen Zähne? Das war die erste Frage, die Rita klären musste.

Der Bankangestellte hinter dem Schalter zog seine Augenbrauen zusammen und versuchte, seine zunehmende Gereiztheit nicht allzu offen zu zeigen.

Seit einiger Zeit hatte er wohl die Hoffnung gehegt, dass Rita ihm irgendwann ganz allein gehören würde und in den letzten zwei Jahren in der festen Überzeugung gelebt, dass sich zwischen ihnen beiden etwas Besonderes abspielte. Rita ahnte seine Gefühle und benahm sich ihm gegenüber immer sehr rücksichtsvoll. Sie drapierte ihre Brüste auf dem Schalter und blickte ihm tief in die Augen.

»Guten Tag, Alexej!«

Alexej, ein etwas untersetzter, bescheidener junger Mann mit beginnendem Haarausfall, wurde angesichts des durchdringenden Blicks aus Ritas grünen Augen verlegen und war nicht einmal in der Lage, ihren Gruß zu erwidern. Er beugte sich über seinen Schreibtisch und starrte mit angestrengter Konzentration auf seinen Computer.

In der Zwischenzeit widmete sich Rita wieder dem psychologischen Profil ihres Unbekannten. Er war jung, sympathisch, trug einen teuren Anzug und am Armgelenk genau das, was Rita vermutet hatte; und wenn ihre

Augen sie nicht im Stich ließen, war seine Uhr nicht aus Stahl, sondern aus gutem altem Weißgold. Seine Zähne waren bestimmt in den USA gemacht worden. Rita kannte keine Zahnärzte in Moskau, die etwas Ähnliches auch nur annähernd hinbekamen.

Vielleicht handelte er mit Wertpapieren? Allerdings passte das nicht zu seinem eleganten Äußeren, und auch nicht dazu, dass er selbst in der Schlange stand. Das hätte ihn als Taugenichts oder auch als Lebemann kennzeichnen können, der das Geld mit beiden Händen aus dem Fenster warf – allerdings nicht sein eigenes. Vielleicht war er ein Emigrant, der als Kind aus Russland ausgewandert war? Und heute verkaufte er Immobilien in Boston?

Sie kniff die Augenbrauen zusammen und überlegte, womit man in den USA noch viel Geld verdienen kann.

Computer! Rita hätte fast geschrien. Eine Welle freudiger Erregung ergriff sie. Ein neuer Bill Gates! Ungeduldig trat sie von einem Fuß auf den anderen und versuchte dabei, den Unbekannten nicht anzusehen. Amerikanische Demokratie: Selbst fahren, selbst in die Bank gehen, selbst die Lebensmittel einkaufen! Rita konnte nicht an sich halten und musterte diesen goldenen Jungen mit dem diamantenen Lächeln, als sich Alexej räusperte, um ihre Aufmerksamkeit auf seine sehr viel bescheidenere Person zu lenken. Rita drehte sich unwillig zu ihm hin.

»Alexej, geben Sie mir bitte meinen Kontoauszug!« Sie lächelte und wickelte dabei eine blonde Strähne ihres Haares um einen Finger. »Aber bitte nur gute Nachrichten!«

Und wieder lächelte sie; sogar am Bankschalter gab sie mittlerweile eine schlechte Vorstellung. Jeder Flirt verlangte wirklich volle Konzentration und Hingabe.

»Einen Moment bitte.« Alexej tippte etwas auf seiner Tastatur. Seine Aufmerksamkeit schmeichelte Rita. Sie genoss inzwischen einfach jede Liebesbekundung. Es war traurig genug, dass sich der Hausverwalter nicht von ihrem Charme verzaubern ließ und weiterhin sein Geld verlangte. Sogar ihre nackte Haut unter dem Morgenrock hatte ihn kalt gelassen. Stattdessen hatte er ihr einfach eine Mahnung über die rückständige Miete in die Hand gedrückt.

Rita träumte davon, dass Alexej ihretwegen eine Heldentat vollbringen würde: Er könnte seine eigene Bank plündern und ihr dann das ganze Geld geben! Gut, dass die Bank ihrem ehemaligen Prinzen gehörte. Sie wusste, dass man dabei etwa fünfzig Millionen abstauben könnte. Warum nur fünfzig? Fünfzig Millionen sind nicht Fisch und nicht Fleisch – natürlich mehr als eine Million, aber viel weniger als dreihundert.

Alexej raschelte laut mit den Papieren und legte ihr dann die Kontoauszüge vor. Als Rita die Summen sah, verzog sie ihr Gesicht.

»Danke!«, seufzte sie und steckte die Auszüge in die Tasche neben die *Forbes*. Jetzt lagen das Problem und seine Lösung dicht beieinander.

»Sie können die Kontoauszüge auch online beziehen.« Alexej versuchte immer, Rita alle neuen Serviceleistungen der Bank anzubieten.

»Ich habe keinen Computer, Alexej, und ich war noch nie im Internet.«

»Es ist einfach bequemer.« Alexej war ein bisschen verwirrt, weil er in Ritas Antwort einen leicht ironischen Unterton wahrgenommen hatte.

»Ich kann mir keinen Computer leisten.« Rita drehte sich

um und verließ die Bank mit langsamen Schritten wie eine verarmte Adlige, die versucht, ihre Würde bis zum bitteren Ende zu wahren. Alexej stand das Herz still: Was für eine phantastische und geheimnisvolle Frau!

Vor der Bank wurde Rita von dem Unbekannten angesprochen. »Entschuldigen Sie bitte!«
Hätte sie ihm nicht den Rücken zugekehrt, wäre ihm ihr triumphierendes Lächeln nicht entgangen. Als sie sich umdrehte, tat sie überrascht, wie es die Regeln dieses Spiels verlangten.
»Erinnern Sie sich an mich?«
»Sollte ich?« Rita suchte in den Taschen ihrer gestreiften Jacke nach Zigaretten.
»Ich bin ein Freund von …«
Der Unbekannte nannte den verdammten Namen des Prinzen. Dieser Name war schuld an Ritas Unglück, einschließlich des Umstandes, dass sie ihr Designtalent nur einmal hatte unter Beweis stellen können – und das Ergebnis war dann auch noch ihrer Rivalin zugute gekommen. Der Prinz war derjenige, der Rita dazu brachte, an ihrer Kenntnis der männlichen Psyche zu zweifeln, nachdem er an nur einem einzigen Tag Ritas Sachen aus dem gemeinsamen Haus in ihre Wohnung transportieren ließ. Trotz ihrer tiefen Verzweiflung über den Prinzen stand sie seinen Freunden immer noch wohlwollend gegenüber: Das waren immer noch mögliche Partner, und im Grunde genommen standen viele auf gar nicht so schlechten Positionen der *Forbes*-Liste.
»Entschuldigung, aber ich erinnere mich nicht«, sagte Rita freundlich und sah nachdenklich in das Gesicht des

Unbekannten. Der junge Mann war attraktiv; er hatte vielleicht etwas zu viel Parfüm und Haargel benutzt, war aber im Großen und Ganzen doch eindrucksvoll. Rita musterte ihn noch einmal von Kopf bis Fuß; wahrscheinlich arbeitete er gar nicht in der Computerbranche, sondern eher im Showbusiness. Oder er war Jurist, und zwar Strafrechtler, wenn man seinen Ring mit dem dreikarätigen Stein berücksichtigte.

Genau der hätte Rita eigentlich zu denken geben müssen, aber das Schicksal hatte sie in letzter Zeit nicht gerade mit interessanten Bekanntschaften verwöhnt. Ihr Jagdinstinkt ließ eben nach.

»Ich bin sehr froh, Sie zu sehen, Rita, Sie sehen phantastisch aus!« Dem jungen Mann machte es offenbar nichts aus, dass sich Rita an ihn nicht erinnern konnte, und er überschüttete sie weiter mit Komplimenten. »Sie waren von der Bildfläche verschwunden – und jetzt auf einmal so ein angenehmes Wiedersehen!«

»Wir haben uns getrennt.« Rita wählte ihre Worte vorsichtig und versuchte dabei, ihr Gedächtnis aufzufrischen.

»Ich weiß, ich war auf seiner Hochzeit.«

Obwohl sie nur ungern an die Hochzeit erinnert wurde, flatterten Schmetterlinge in ihrem Bauch. Das wäre eine würdige Rache, besser ginge es gar nicht – seinen Freund heiraten und der ganzen Stadt die Zunge rausstrecken.

»Und wie fanden Sie seine Hochzeit?« Rita angelte endlich eine Zigarette aus der Schachtel und zündete sie an. Durch den aufsteigenden Rauch blinzelte sie ihn an, schnippte dann ihre Asche auf den Boden und lächelte. Sie wusste, wie attraktiv sie in solchen Momenten war, denn sie hatte keine Mühe gescheut, das Zigarettenanzünden vor dem Spiegel einzustudieren. Die meisten Frauen unterschätzen die Wichtigkeit solcher kleinen Effekte.

»Es war eine gute Hochzeit«, bermerkte der Unbekannte, »aber Ihnen standen die Juwelen immer viel besser.«

Rita spitzte die Ohren.

»Sie wollte einen Saphir so wie Sie einen haben, aber ich habe ihr gesagt, das sei ein einmaliges Stück, und die beiden haben dann einen Smaragd in der gleichen Größe genommen. Und die Uhr legen Sie, wie ich sehe, nie ab?« Er deutete erfreut auf Ritas Handgelenk.

Der Spielzeugverkäufer! Der Gedanke schoss ihr wie ein Blitz durch den Kopf. Rita warf die gerade angerauchte Zigarette auf den Asphalt und seufzte laut. »Ich muss jetzt gehen.«

»Rita, warum rufen Sie mich nicht an? Sie konnten früher doch keinen einzigen Tag ohne neues Spielzeug leben!«

Der polierte Verkäufer konnte sich gar nicht beruhigen. Gerade wegen ihrer albernen Angewohnheit, Juwelen als Spielzeug zu bezeichnen, hatte er seinen Spitznamen erhalten.

»Wissen Sie, irgendwie ist mir gerade nicht zum Spielen zumute.« Rita blickte ihm direkt in die Augen. Sie hatte längst herausgefunden, mit welchem Tonfall man solche Gespräche abwürgen konnte.

»Ja, ich habe davon gehört.« Der Verkäufer redete unbeirrt weiter. »Ich kann es nicht glauben – Sie in einer solchen Situation!«

»Dann helfen Sie mir doch einfach – wo wir doch alte Freunde sind!« Ritas Gesicht verzog sich zu einem Lächeln; sie rückte dem Verkäufer näher.

Von seiner Attraktivität war auf einmal nicht mehr viel

übrig; nur der ätzende Geruch seines süßlichen Parfüms lag noch in der Luft.

»Mit Vergnügen, Ritotschka!« Er bleckte sein sündhaft teures Gebiss.

»Dann schenken Sie mir doch einfach die Diamanten-Rolex.«

»Nun ja«, lachte er unbekümmert, »ich bin doch nicht Ihr Verflossener.«

»Das stimmt!« Das bestätigte Rita nur zu gern und fand, das Gespräch habe nun lange genug gedauert. Sie wandte sich ab und eilte zu ihrem Auto.

Mit wem hatte er auf der Hochzeit wohl an einem Tisch gesessen – mit den Fahrern oder den Leuten vom Sicherheitsdienst? Sie versuchte, möglichst elegant in ihr Auto zu steigen und ließ den Spielzeugverkäufer völlig perplex zurück. Obwohl sie sich aus ihrer Sicht tadellos benommen hatte, fühlte sie sich ziemlich mitgenommen. Jetzt würde dieser Wicht auch noch allen erzählen, dass sie sich keinen Chauffeur mehr leisten konnte.

Was für eine Stadt! Empört fädelte sich Rita in den fließenden Verkehr ein und wechselte gleich auf die äußerste linke Spur. Alle tratschten hier, was das Zeug hielt. Aber sie würde es noch allen zeigen!

Rita rauschte in das Restaurant, in dem Lalja schon wartete, setzte sich schwungvoll und erzählte ihr von der Begegnung mit dem Spielzeugverkäufer. »Die werden alle noch staunen!« Sie riss die *Forbes* aus ihrer Tasche und zerkratzte dabei fast das zarte Leder mit ihrem Saphir. Rita hatte keine Hemmungen, zum Lunch einen Ring mit einem Stein in der Größe eines Wachteleis zu tragen. In der Stadt – so nennen alle die Hauptstadt, wenn sie von

Moskau sprechen –, in dieser Stadt also, in der es jede Menge tiefer Dekolletés und jede Form von Luxus gab, galt das nicht als anstößig.

»Es ist Zeit, endlich Entscheidungen zu treffen. Ich muss aufhören, solche Spielchen zu spielen.« Rita ging ganz sachlich die Liste in *Forbes* durch. »Verheiratete zählen nicht. Das ist ohne Perspektive und demütigend«, verkündete sie lauthals.

»Leise, leise«, beruhigte sie Lalja und blickte nervös umher. Es konnte doch sein, dass jemand von der Liste neben ihnen saß.

Rita winkte nur ab und fuhr begeistert fort: »Bekannte kommen auch nicht in Frage. Von denen ist nichts zu erwarten. Wir kennen das alles schon. Aber hier, die Nr. 13!« Sie wedelte mit der Zeitschrift vor Laljas Gesicht herum.

»Allerdings fehlt ein Foto. Alexander Wlassow. Hast du schon einmal irgendetwas über ihn gehört?« Rita las die kurze Beschreibung ihres Opfers vor: »Einunddreißig Jahre alt, unverheiratet, in St. Petersburg geboren, wunderbar! Bloß keinen aus der Provinz!« Sie legte die Zeitschrift aus der Hand. »Wlassow, Wlassow …«, wiederholte sie nachdenklich, »mir kommt das irgendwie bekannt vor!«

»Natürlich«, Lalja sog an ihrem Karottensaft und nahm für eine Sekunde den Strohhalm aus dem Mund, »ein durchgeknallter Oligarch, ein Einsiedler. Du hast über ihn schon im letzten Jahr etwas in der *Forbes* lesen können. Er wohnt schon seit fast vier Jahren in Tibet. Keiner hat ihn je gesehen oder gar ein Foto von ihm gemacht. Interviews gibt er nicht.«

»Ah, ich erinnere mich«, nickte Rita begeistert, »Öl, aber auch Wertpapiere!«

»Alles, was er anfasst, wird zu Gold«, zitierte Lalja.

»Er ist aber nicht in Tibet, er ist Sportler. Entweder ist er surfen oder irgendwo auf einer Yacht im Meer.« Rita versuchte sich an Einzelheiten dieses Artikels zu erinnern.

»Welche Rolle spielt das schon?« Für Lalja hatte es keinen Sinn, sich so lange mit Nr. 13 aufzuhalten. »Lies weiter!«

»Nein, warte! Hat ihn wirklich keiner in der Stadt je gesehen?« Rita konnte es kaum glauben.

»Nein«, Lalja zuckte mit den Schultern, »warum wundert dich das? Er trinkt nicht, spielt nicht im Casino und nimmt an nichts teil. Nur Arbeit und Reisen. Mein Mischa hat ganz viele solcher Freunde. In ihrer Freizeit fahren sie entweder Ski oder Schlitten. Nicht alle Millionäre tanzen auf den Tischen!«

»Ja, aber auch nicht alle hören mit ihrem Business auf und ziehen sich zurück«, unterbrach Rita sie ungeduldig. »Wohnt er etwa in einem Zelt und ernährt sich von Gummibäumen?«

»Lass uns Julika anrufen, dann werden wir alles rauskriegen«, schlug Lalja vor und schob ihr Glas fort.

Julika war eine ausgewiesene Kennerin der Welt der russischen Multimillionäre. Mit vielen hatte sie geschlafen, mit einigen war sie befreundet, und auch über den Rest wusste sie alles. Gott sei Dank erreichten die beiden Freundinnen sie sofort. Es gibt nichts Schlimmeres, als solche Angelegenheiten auf den nächsten Tag zu verschieben, denn dann ist der Eifer weg, aber die Heldentat noch nicht vollbracht.

»Erinnerst du dich an Tanja?« Julika lag auf der Sonnenbank und brachte genüsslich einen weiteren Namen ins Spiel.

»Tanja B.?«, präzisierte Rita laut, damit Lalja Bescheid wusste.

»Ja. Ihre Schwester Jenia hat mit seinem Partner Kostja Kotscherga geschlafen.«

»Ja, ich weiß«, rückte Rita ungeduldig auf ihrem Stuhl hin und her, »er ist ein Nachbar von Tigran.«

»Ja«, bestätigte Julika, »kurzum, sie hat Wlassow einige Male gesehen. Immer wenn er von seinen langen Reisen zurückkommt, verkehrt er nur mit Kostja. Überhaupt hat Kostja alle seine Geschäfte im Griff, wenn er nicht in der Stadt ist.« Julika legte eine Pause ein, um ihre Worte wirken zu lassen.

»Na?« Rita brannte vor Neugier.

»Na also«, fuhr Julika genüsslich fort, »Jenia hat ihn zweimal flüchtig gesehen. Einmal kam er aus seinem Büro und setzte sich ins Auto. Beim zweiten Mal sah sie ihn auf einem Jagdfoto, das ihn zusammen mit Kostja zeigte.«

»Und, wie ist er so?« Rita riss ihre Augen weit auf und blickte zu Lalja.

Julika machte noch eine theatralische Pause, um dann langsam zu antworten: »Saaaagenhaft reich!«

»Sehr reich!«, schrie Rita fast und hopste auf dem Stuhl herum.

»Aber Geld ist ihm ganz egal: Er ist in Gedanken immer ganz bei seinem Ozean«, zog Julika ihr Fazit. »Nach dem Motto: Das Glück ist in uns, alles andere spielt keine Rolle.«

»Ich würde auch auf das Geld spucken, wenn ich so viel hätte.« Rita warf noch einen Blick auf die Liste, in der die Höhe seines Vermögens angegeben war. »Und wie sieht er aus?«

»Jenia hat gesagt, dass er braungebrannt, sympathisch und muskulös sei«, antwortete Julika.

»So wie Mogli wahrscheinlich.« Lalja konnte kaum an sich halten.

Die Freundinnen brachen in Gelächter aus.

»Was macht er eigentlich?« Rita musste über Laljas Grimassen lachen.

»Tauchen« sagte Julika.

»Was?«

»Er taucht mit einem Sauerstoffgerät.«

»Sauerstoffgerät …«, wiederholte Rita und sah dabei Laljas fassungsloses Gesicht an.

»Und wo?«

»Willst du mit dem Tauchen anfangen?« Julika drehte sich vom Rücken auf den Bauch. Auf ihren Lippen erschien ein listiges Lächeln: Sie hatte längst verstanden, wo das Ganze hinführte.

»Nein, mit Surfen«, lachte Rita, »weißt du, Innenarchitektur lohnt sich nicht! Du richtest irgendjemandem sein Haus ein, und dann zieht eine andere ein.« Lalja nickte traurig; sie machte sich Sorgen um ihre Freundin.

»Wlassow«, teilte Julika jetzt bedeutungsschwanger mit, »taucht immer in verschiedenen Gewässern. Entweder auf den Malediven oder sonst wo.«

»Vielleicht fragst du Jenia?«, bat Rita, ungeduldig mit der Gabel auf den Tellerrand klopfend.

»Jenia wohnt schon seit einem Jahr in den USA. Sobald sie herkommt, frage ich sie aus.« Als sie das sagte, schloss Julika die Augen, um die Enttäuschung ihrer Gesprächspartnerin am anderen Ende der Leitung auszukosten. Aber Rita wollte nicht so schnell aufgeben.

»Was macht sie dort?«

»Sie hat einen amerikanischen Opa geheiratet.« Julika wunderte sich, dass die beiden nicht auf dem Laufenden waren. »Sie wohnt in Texas, und ihr Alter hat mit Öl zu tun. Das Ganze hat Kostja Kotscherga über seine Verbindungen in die USA arrangiert.«

»Das ist ja ein toller Kerl!«

Es gab also doch noch ritterliche Männer; Kostja hatte seine frühere Geliebte an einen millionenschweren Mann gebracht.

»Hmmm …«, seufzte Julika. Sie hatte nicht die Angewohnheit, so zu tun, als freue sie sich für andere. »Übrigens steht sie mit Kostja immer noch in Verbindung. Sie ist die Patentante seines zweiten Sohnes.«

»Und was ist mit seiner Frau?«, fragte Rita neugierig.

»Was soll mit ihr sein? Die Ehefrauen erfahren doch alles immer erst als Letzte«, sagte Julika, obwohl sie selbst nie verheiratet gewesen war.

»Hör zu!« Rita konnte sich kaum beruhigen und spürte Abenteuerlust in sich. »Ruf Jenia an und versuche, alle Einzelheiten für mich rauszubekommen!«

»Okay, mache ich.« Julika war wie allen anderen Freundinnen von Rita in letzter Zeit langweilig geworden. »Ruf Wanja an, den Stylisten, er hat Kostjas Frau immer die Haare gemacht. Sie sind sehr eng befreundet. Er ist eine Klatschtante, das weißt du doch. Frag ihn, vielleicht weiß Kostjas Frau besser über Wlassow Bescheid.«

»Okay, das mache ich. Aber vergiss du Jenia nicht.«

Lalja zeigte auf Ritas Teller mit dem kalt gewordenen Risotto, um ihre Aufmerksamkeit wieder auf das Essen zu lenken.

»Das war's, meine Liebe. Ich freue mich, wenn ich von dir höre. Ich küsse dich und erwarte deinen Anruf.« Rita klappte erleichtert ihr Handy zu. »Alte Klatschtante.« Sie stürzte sich auf ihr Risotto.

»Sie hat tatsächlich Wlassow im Visier«, murmelte Julika, lächelte und verließ die Sonnenbank. »Ich muss wirklich Jenia anrufen und sie fragen, wie es bei ihr läuft.« Schließlich parkte sie immer auf dem Hof des Wohnblocks, in dem Kostja Kotscherga für sie schon seit einem Jahr eine Wohnung bezahlte.

3

Rita dachte in den folgenden Tagen fast permanent über Wlassow nach und war überzeugt, dass sie ihm auch nach Jakutien folgen würde. Sie hatte einen ganz außerordentlichen Fleiß an den Tag gelegt und eine Art Dossier über Wlassow mit Informationen aus den unterschiedlichsten Quellen erstellt. Der wesentliche Teil stammte vom besagten Stylisten Wanja, der wirklich alles über alle wusste, weil er am äußeren Erscheinungsbild solcher Millionäre arbeitete, bei denen schon alles verloren schien. Ein anderer Teil kam von Julika, die sogar mit den hoffnungslosesten Kunden Wanjas ein Verhältnis hatte. Und Laljas Mann Mischa hatte bei seinen Partnern Informationen über Wlassow eingeholt. Wanja, der Stylist, war mit dem Äußeren der dritten Ehefrau von Kostja Kotscherga beschäftigt, die vor ihrer Heirat als Model gearbeitet hatte, wie übrigens auch die zweite Ehefrau. An die erste Ehefrau konnte sich niemand mehr erinnern. Kostja hatte sie wohl sehr geliebt, aber in einem vertraulichen Gespräch mit einer seiner Freundinnen einmal erwähnt, dass er sich von ihr hatte trennen müssen, weil ihm gewisse psychische Auffälligkeiten jedes weiteres Zusammenleben mit ihr unmöglich gemacht hatten.

Kostja hatte aber versucht, ihr nach besten Kräften zu helfen. Trotzdem – sie hatte sich gegen jede Behandlung gesträubt. Kostja neigte dazu, die Erkrankung auf ihr Alter zurückzuführen. Es wurde gemunkelt, dass die dritte Ziffer des Geburtsjahrs seiner ersten Frau eine Sechs war. Trotzdem hatte Kostja angeblich bis zum Schluss um sie gekämpft.

Als erstes Zeichen ihrer Krankheit wertete man, dass sie darauf bestanden hatte, ihr Mann solle nicht mehr fremdgehen und aufhören zu lügen. Der liebende Ehemann hatte alles Menschenmögliche getan, um ihre Krankheit in den Griff zu bekommen. Er hatte ihr eine Reise, eine Yacht und ein wunderbares neues Collier geschenkt, aber vergebens: Mit jedem Tag ging es ihr schlechter und schlechter. Entweder hatte ihr sexueller Appetit zugenommen und sie verlangte zweimal in der Woche Sex, oder sie hatte ihren Kopf fortwährend in Bücher gesteckt (einmal hatte Kostja sogar unter dem Ehebett eine neue Ausgabe des Nachrichtenmagazins *Wedomosti* gefunden). Alles endete dann damit, dass sie das Kunststück fertiggebracht hatte, zu arbeiten. Das war der Gipfel, und Kostja war nichts anderes übriggeblieben, als sich von dieser Unglücklichen zu trennen. Allerdings griff er ihr unter die Arme, als sie ein Geschäft aufbauen wollte: Die Ärzte sagten seinerzeit, das könne helfen, die Krankheit unter Kontrolle zu halten.

Kostja machte nie wieder einen solchen Fehler. Er wählte nach dieser Erfahrung immer junge, gesunde Bräute aus. Seine dritte Frau hatte sich erfolgreich für Seifen- und Schokoladenwerbung fotografieren lassen. Im wirklichen Leben verwechselte sie das eine mit dem anderen; deshalb diente sie nie als glaubwürdige Informationsquelle. Ihrer Meinung nach war Wlassow ein psychisch Gestörter, vom

Tauchen Besessener, der vielleicht sogar homosexuell war, weil er kein einziges Mal darum gebeten hatte, die Bekanntschaft einer ihrer Freundinnen zu machen.

Zum ersten Mal hatten sich Wlassow und Kostjas Ehefrau im Krankenhaus nach einem Sportunfall gesehen: Sein Gesicht war ganz blau angelaufen, seine Kopfhaut war mehrfach genäht worden. Ehefrau Nr. 3 hatte dem Stylisten Wanja alle Einzelheiten erzählt. Sie musste es jedoch nicht lange an Wlassows Krankenbett aushalten: »Gerade als mein Lieblingstrickfilm im Fernsehen anfing, hat mich Kostja gebeten, hinauszugehen und im Auto auf ihn zu warten.«

Das zweite Mal hatte sie Wlassow auf einem Kostümball zu Silvester gesehen, konnte damals aber nicht genau feststellen, als was Wlassow kostümiert war. Viele Gäste auf diesem Ball waren hinter ihren Masken nicht zu erkennen gewesen, aber ihr Kostja hatte am meisten mit einem Menschen gesprochen, der das Kostüm des Neo aus *Matrix* trug. Daraus hatte sie geschlossen, dass sich darunter Wlassow verbarg, denn er war von ganz normaler Größe und durchschnittlichem Gewicht. Das war alles, was die Ehefrau Nr. 3 von diesem Abend hatte berichten können.

Auf dem Maskenball hatte dank dem großzügigen Ausschank von Alkohol eine glänzende Stimmung geherrscht. Ehefrau Nr. 3 hatte sich mit jemandem, von dem sie annahm, es sei ihr Ehemann Kostja, in die Garderobe zurückgezogen. Ursache für diese Verwechselung waren die gleichen historischen Kostüme (wegen seiner geringen Körpergröße ging Kostja am liebsten als Peter der Große oder als Napoleon). Erst eine Stunde später, als Kostja draußen im Getümmel laut ihren Namen rief, hatte Ehefrau Nr. 3 endlich ihren Irrtum erkannt. Als sie ihrem Stylisten Wanja von diesem furchtbaren Missverständnis erzählte, bat sie ihn wie üblich darum, dass dies vor den Augen der Society verborgen bleiben möge. Das befolgte Wanja mit Vergnügen; es gab nur wenige Menschen, denen gegenüber er sich verpflichtet sah, sein Wissen zu teilen: Julika, die gegenwärtige Geliebte Kostjas, Jenia, die ehemalige Geliebte Kostjas, seine Ehefrau Nr. 2 und Rita. Kostjas Ehefrau Nr. 1 hatte Wanja nicht erreichen können. Wahrscheinlich verbrachte sie die Zeit ihrem Alter entsprechend mit einem Yogatrainer auf ihrer Yacht. Ohnehin hätte sie den Neuigkeiten über Kostja nur wenig Aufmerksamkeit geschenkt.

Aus all diesen Informationen konnte man folgendes Bild von Wlassow zusammensetzen:

★ Wlassow, Alexander Michailowitsch
★ Oligarch
★ Rang dreizehn auf der *Forbes*-Liste (Kostja Kotscherga: Rang achtzehn)
★ beschäftigt sich mit Öl, Metallen, Wertpapieren und neuen Technologien
★ einunddreißig Jahre alt
★ nicht verheiratet
★ geboren in St. Petersburg
★ Absolvent des Finanz und Wirtschaftsinstituts Wosnesenski in St. Petersburg
★ hat Narben auf dem Kopf
★ normale Größe

* ★ spricht zwei Sprachen: Englisch und noch eine weitere
* ★ normales Gewicht
* ★ Hobbys: Tauchen, Drachenfliegen, Yachting und Ski-laufen
* ★ mag keine Society, ist lieber an der frischen Luft
* ★ mag keine Models und Partyluder (er wollte die Freundinnen von Kostjas Ehefrau Nr. 3 nie kennenlernen)
* ★ Moskau mag er nicht
* ★ er mag die Sonne, das Meer und die Berge (neun Monate verbringt er unerkannt irgendwo)
* ★ er schätzt natürliche Umgangsformen, war im letzten Jahr vier Monate auf Hawaii in einem Surf-Camp (und hatte dort eine stürmische Romanze – nach den Informationen von Kostja)
* ★ im Augenblick ist er in Dahab und bereitet sich auf eine gefährliche Tauchexpedition in Australien vor

Bald wurde klar, dass die wichtigste Informationsquelle besagter Kostja Kotscherga war, und Rita zapfte diese Quelle mit Julikas Hilfe an. Julika hatte sie vor Kostjas Charakter gewarnt; man dürfe nicht übertreiben, um keinen Verdacht zu wecken.

Es gab mehrere Gründe, weshalb Julika bereit war, Rita zu helfen. Ihre Freundin Jenia im fernen Amerika unterhielt immer noch einen freundschaftlichen Kontakt zu ihrem ehemaligen Gönner Kostja. Die eher nutzenorientierte Beziehung zwischen Julika und Jenia war einerseits typisch für Ritas Kreise; andererseits fühlten sich die beiden Frauen einander herzlich verbunden. Doch tief in ihrer Seele fühlte sich Jenia als die rechtmäßige vierte Ehefrau von Kostja; sie wusste aber auch wie keine andere, dass die durchschnittliche Dauer seiner Ehen viel kürzer war als die seiner Affären. Trotzdem wollte sie aus Amerika zurückkehren, um wenigstens für kurze Zeit den heißersehnten Thron zu besetzen. Bei Julika hatte ebenfalls eine gewisse Torschlusspanik eingesetzt: Als sie fünfundzwanzig Jahre alt wurde, überkam auch sie der sehnliche Wunsch, wenigstens für kurze Zeit Kostjas Ehefrau Nr. 4 zu werden.

Und genau an dieser Stelle kamen sich die beiden Freundinnen in die Quere.

Julika hatte Jenias Freundschaft geopfert und war in Kostjas Nähe gezogen, weil er nicht viel Zeit auf dem Weg von einer Frau zur anderen verlieren wollte. Deshalb wohnten alle seine Frauen und Geliebten immer in einem Bezirk, alle reisten gleichzeitig an denselben Urlaubsort, fuhren die gleichen Autos und hatten ihre Kreditkarten von derselben Bank.

Kostja hatte einen ausgeprägten Gerechtigkeitssinn. Deshalb bekamen alle seine Frauen einmal im Jahr ein neues Auto und zu Silvester und zum Valentinstag Juwelen. Nur an Geburtstagen wurde improvisiert – die waren leider nicht alle auf einen Tag zu legen. Gerade dieser Gerechtigkeitssinn hatte es Kostja erlaubt, mit all seinen gegenwärtigen und ehemaligen Frauen gute und feste Beziehungen zu unterhalten – es sei denn, jemand erkrankte ernsthaft wie seine erste Frau. Und dieser Ordnungssinn war auch die Grundlage seiner vertrauensvollen Geschäftsbeziehungen zu Wlassow. Man konnte sich in jeder Beziehung auf Kostja verlassen; wer Beziehungen mit fünf Frauen gleichzeitig meistern konnte, war auch in der Lage, auch alles andere bestens zu organisieren.

Kostja konnte Ordnung in totales Chaos bringen. Als die Situation mit Jenia zu heiß wurde und ein Glied aus seiner Kette zu springen drohte, traf er eine strategische Entscheidung: Er wählte während eines Gesprächs in Texas einige Kandidaten aus, die sich als Jenias Ehemann eignen würden, und es dauerte nicht lange, bis Jenia, mit einer anständigen Mitgift versehen, in die wärmende Nähe des texanischen Öls abgeschoben wurde.

Julika war besessen von dem Wunsch, auch ein Teil dieser wie geschmiert laufenden Maschinerie zu werden, denn bis jetzt hatte sie keinen sehr hohen gesellschaftlichen Rang erlangt, und ihre soziale Stellung war in ihren Kreisen bekannt. Julika träumte von mehr – und sie hoffte, mit Ritas Hilfe endlich einen Schritt weiterzukommen, denn viel Zeit blieb ihr nicht.

Alle Ehemaligen von Kostja, die keine würdige »Karriere« gemacht haben, klagten über ihr schweres Los und den kümmerlichen Rest ihrer Vergünstigungen. Also schlug Julika Rita ein Bündnis vor.

Laljas Mann hatte Rita die Telefonnummer einer Tauchschule gegeben, und mit großem Enthusiasmus gab sie tausend Dollar für Anzug, Flossen und Maske aus. Als Rita sich im Spiegel der Ankleidekabine des Sportgeschäfts betrachtete, erinnerte sie sich an ihren Traum: Das war natürlich keine Haute Couture – aber was für einen straffenden Effekt dieser Tauchanzug doch hatte!

Sie hatte bereits einige Tage lang Theoriestunden genommen und sich viel Zeit genommen, um darüber nachzudenken, wie sie die Festung Wlassow erobern könnte. Lalja begleitete Rita zu jedem Training, denn eine der

Grundregeln beim Tauchen lautet: Du musst in jeder Situation einen Partner, einen Buddy, bei dir haben, der immer da ist, wenn nötig sogar dein Leben rettet oder wenigstens so tut als ob. Und wenn dir nicht mehr zu helfen ist, nimmt er am Ende deine Sachen mit von Bord. Andere gutmütige Freundinnen, die bereit gewesen wären, zwei Wochen in einem Schwimmbecken in Moskau zu verbringen, hatte Rita nicht. Lalja brachte also ein großes Opfer, was sie auch immer wieder zum Ausdruck brachte. Ihrer Meinung nach vergeudete Rita ihre Jugend an einen Liebhaber von Extremsportarten.

Julika hingegen bevorzugte die Rolle einer Informantin, die undercover ermittelt – und schon nach einer Woche erfuhr Rita von ihr, dass ihr eine schwierige Reise in einen fernen Ort namens Dahab bevorstünde. Dieses weniger als bescheidene Örtchen befand sich in Ägypten und nicht auf den Malediven oder den Karibischen Inseln. Das verringerte Ritas Ausgaben zwar wesentlich, beraubte dieses Abenteuer aber einiger romantischer Zutaten. Mit Liebesbekundungen auf weißem Sand oder in luxuriösen Bungalows war in Dahab nicht zu rechnen.

Aber Rita war zuversichtlich; niemand hatte behauptet, dass es leicht werden würde.

Die Freundinnen hatten keine Zweifel daran, dass sich die ganze Tauchschule Rita sofort kampflos ergeben würde. Als sie zum ersten Mal noch ohne ihren Tauchanzug aus der Umkleidekabine an das Schwimmbecken trat – nur in ihrem Badeanzug –, um dem Trainer und den anderen Schülern die Möglichkeit zu geben, sie von ihrer besten Seite kennenzulernen, erstarrten alle wie auf Kommando. Die ganze Gruppe sah schweigend zu, wie Rita ganz langsam zum Beckenrand ging und mit ihrem großen Zeh die Temperatur des Wassers prüfte.

»Kalt!«, stellte sie lakonisch fest und kehrte mit wiegenden Hüften in die Umkleidekabine zurück.

Diese Szene war ähnlich beeindruckend wie der historische Auftritt Marilyn Monroes am Geburtstag Kennedys. Nur Lalja war unbeeindruckt: Erstens hatte sie diese Show schon gesehen, und das nicht nur ein Mal, und zweitens war sie zu sehr damit beschäftigt, ihre und Ritas Ausrüstung richtig zu packen.

Die Übungen wären perfekt verlaufen, hätte es nicht ein paar beängstigende Trainingseinheiten gegeben, die Rita und Lalja ihren ganzen Mut abverlangten. Eine dieser Übungen – das Absetzen der Maske unter Wasser – lag auf Ritas Stressskala zwischen ihrer Entjungferung und der Hochzeit des Prinzen. Von den Schülern wurde verlangt, die Maske abzusetzen, die Augen zu öffnen, die Maske zu säubern und sie wieder aufzusetzen. Der reinste Horror! Lalja fand das Procedere noch furchterregender als eine Geburt.

Dann war die Säuberung des Atemreglers an der Reihe, das Auf- und Absetzen der Sauerstoffflaschen, und schließlich erlebten die beiden etwas Angenehmes: den Zustand der Schwerelosigkeit unter Wasser.

Eine traurige Entdeckung hingegen war die Unterwasserfauna des Schwimmbeckens; obwohl es als eines der saubersten Moskaus galt, rief das Ausmaß der Verschmutzung im Wasser Empörung und Ekel hervor. Trotzdem vollbrachten die Freundinnen eine Heldentat, als sie das Gebiss eines Rentners vom tiefsten Punkt des Beckens fischten. Am Ende des Tages tauschten Rita und Lalja in dem sich allmählich leerenden Umkleideraum ihre Eindrücke vom Trainingsverlauf aus.

»Als ich meinen Atemregler rausgezogen habe, dachte ich, dass ich vor Angst sterbe!« Ritas Stimme überschlug sich vor Aufregung.

»Stell dir bloß vor, wie das erst im Ozean wird!« Lalja versuchte, ihr Angst zu machen.

»Ich muss mir unbedingt auch so einen Supercomputer kaufen, wie ihn unser Trainer hat«, träume Rita.

»Erst mal musst du lernen, wie du ihn bedienst«, belehrte Lalja sie, »und ich finde, du musst ein bisschen zunehmen, dich zieht es immer wieder nach oben.«

Obwohl Rita kein Vergnügen an dem kalten Wasser und dem Tauchen an sich hatte, war sie schon lange nicht mehr so sehr bei der Sache gewesen. Sie freute sich aufrichtig über jede Stunde, die sie ihrem heißbegehrten Ziel näherbrachte, und wenn sie nach Hause kam, schlief sie völlig erschöpft ein. Sie nahm sogar ein paar Kilo ab, ohne es zu bemerken.

Nach zwei Wochen legte Rita ihren Abreisetermin fest; sie hatte sich im Tauchclub über Dahab erkundigt und einen sehr informativen Artikel in einer Zeitschrift entdeckt. In ihm wurde beschrieben, dass sich der Dahab im Süden der Sinai-Halbinsel am Golf von Akaba befand, nur hundert Kilometer von Scharm El-Scheich entfernt. Diese Oase aus Dattelpalmen war irgendwann von israelischen Hippies entdeckt worden. Inzwischen lebten hier europäische Surfer und Taucher und hatten die Oase in einen Anti-Kurort mit Camping und ein paar kleinen Hotels verwandelt. Man fuhr hierher, um zu tauchen, im

Wind zu surfen oder einfach den ganzen Tag auf Kissen herumzuliegen.

Rita drehte nervös ihr massivgoldenes Armband am Handgelenk und wurde ganz niedergeschlagen, als sie sich vorstellte, wie die Bewohner der Oase wohl aussähen. Aber ihr positives Naturell gewann schnell wieder die Oberhand.

»Er hasst die Society, er hasst solche wie uns«, wiederholte Julika kurz vor Ritas Abreise. Die Freundinnen hatten sich in Ritas Wohnung getroffen, um ihre unauffällige Garderobe für die Reise vorzubereiten und noch einmal alles zu besprechen.

»Ich verstehe das nicht!« Rita verdrehte die Augen.

»Also: keine Markennamen auf der Kleidung, keine Taschen mit *Chanel*-Schriftzug, kein ›Kennst du diesen, kennst du jenen‹«, belehrte Julika ihre Freundin streng und stand dabei bis zu den Knöcheln in Kleiderbergen.

»Kostja hat einmal erzählt, dass Wlassow auf Hawaii eine Beziehung mit einer Amerikanerin hatte, die auf Geld spuckte, und er war davon begeistert«, sagte Julika und musterte dabei kritisch einen karierten Rock aus der vorigen Saison. »Sie haben in einem Bungalow an der Küste gewohnt.«

»Also doch wenigstens in einem Bungalow und nicht im Zelt«, unterbrach Rita sie und versuchte, ihre Angst zu ignorieren. Mittlerweile hatte sie erhebliche Zweifel an ihrer Fähigkeit bekommen, ein »einfaches« Leben zu führen.

»Ja, aber der Bungalow hatte keine Klimaanlage, du musst ihn dir etwa wie den von Robinson vorstellen«, präzisierte Julika. »Im Großen und Ganzen hatte er ihr zunächst alles verheimlicht und später, als ihm selbst klar wurde, dass er es ernst mit ihr meinte, dann doch alles gestanden. Aber das konnte sie überhaupt nicht überzeugen.« Julika lächelte schadenfroh. »Sie war irgendeine Antiglobalisierungs-Aktivistin und teilte Wlassow daraufhin mit, dass sie nicht vorhätte, mit ihm ihre Zeit zu vertrödeln. Und dann erzähle sie auch allen anderen armen Schluckern, dass er ein Millionär sei. Alle wurden sauer auf ihn, weil er inkognito lebte.« Julika wühlte weiter in Ritas Kleidern. »Hast du vielleicht auch etwas sportlichere Badeanzüge, zum Beispiel von *Speedo*?«, rief sie ungeduldig und schleuderte Ritas teure Badeanzüge beiseite. »Die sind doch Porno, in so etwas kannst du dich in Dahab unter den Tauchern auf gar keinen Fall zeigen!«

»Ja, ja!« Rita begann zu suchen. »Na, und wie ist das dort auf Hawaii weitergegangen?«

Julika zuckte mit ihren knochigen Schultern. »Also, er ist abgereist und hat ihr vorher noch den Bungalow gekauft, den sie gemeinsam bewohnt hatten. Und das war's dann.«

»Und sie hat den natürlich angenommen«, resümierte Rita spöttisch. »Und überhaupt, warum sind auf Hawaii so viel arme Studenten?«

»Da sind nur amerikanische Obdachlose, die wohnen am Strand und bügeln die Wellen. Die Millionäre fahren woanders hin. Hör auf, darüber nachzudenken. Die Hauptsache ist doch, dass du ihn in Dahab überhaupt findest und ihn dann für dich gewinnst.«

»Was heißt finden?«, wunderte sich Rita. »Wie viele Menschen gibt es schon, die aussehen wie ein Millionär?«

»Vielleicht lebt er dort nicht unter seinem Namen«, erklärte Julika geduldig, »außerdem weiß Kostja überhaupt nicht, wo er in Dahab wohnt.«

»Wie kommunizieren sie denn dann?« Rita warf ihre Klamotten hin, setzte sich auf den Boden und streckte ihre müden Beine aus.

»Per E-Mail.« Julika hatte inzwischen erfahren, dass Wlassow nach Kostjas Aussage sein eigenes Programm der Fernabfrage entwickelt hatte und dadurch die Entwicklungen, die in der Welt stattfanden, immer zeitnah mitbekam.

»Ist es überhaupt sicher, dass er sich dort unten aufhält?«, unterbracht Rita sie.

»Ich erkläre es zum letzten Mal – er hat dort sein Lager!« Julika wurde ungeduldig. »Er kann natürlich mal mit dem Boot wegfahren, in ein anderes Land reisen. Er kehrt aber immer wieder zurück nach Dahab. Wenn er mit dem Boot auf dem offenen Meer ist, schreibt er einige Tage nicht, und es kann auch passieren, dass er, selbst wenn er in Dahab ist, keine Lust hat, mit Kostja Verbindung aufzunehmen.« Es war deutlich, dass Julika die Nase voll von Ritas Unsicherheit und ihren Zweifeln hatte. Sie hoffte, ihre Freundin würde so schnell wie möglich nach Ägypten abreisen, damit sie sich intensiver mit Kostja beschäftigen konnte. »Kostja sagt, dass Wlassow schon lange nicht mehr richtig bei der Sache sei, weil er meint, dass es auf der Welt viel Spannenderes gäbe!« Julika verdrehte demonstrativ ihre Augen. Die Freundinnen sahen sich an und brachen gleichzeitig in Gelächter aus.

Ritas Wohnung befand sich in einem Haus der sogenannten Luxusklasse im Stadtzentrum: zweihundert Quadratmeter, praktisch keine Möbel, und ihre Garderobe war mit Regalen von IKEA eingerichtet. Das Ganze machte auf Unbekannte einen äußerst unangenehmen Eindruck, weil es ganz offensichtlich war, dass Rita sich nur ein bisschen zusammennehmen und etwas Geld für eine anständige Einrichtung sparen müsste. Aber sie weigerte sich kategorisch, in etwas zu investieren, was sich ein anständiges Mädchen ihrer Meinung nach nie aus eigenen Mitteln anschaffen sollte: Möbel, Juwelen, Kleidung, Autos. Sie war der Auffassung, dass ihre finanzielle Situation ausschließlich einem ihr böse gesinnten Schicksal geschuldet war und von einer Unglückssträhne ausgelöst wurde, und sie wollte diese Lage nicht als endgültig hinnehmen – sie hoffte auf glücklichere Tage. In ihrem Ankleidezimmer lagen jetzt eine Menge kostbarer Kleider auf dem Fußboden verstreut, für deren Gegenwert man gut und gerne eine komplette Wohnungseinrichtung hätte kaufen können.

Unter Ritas Freundinnen nahm Julika eine besondere Stellung ein; wegen ihres exotischen Äußeren erweckte sie regelmäßig den Neid von anderen Frauen und das Verlangen von Männern. Julika hatte erzählt, dass ihr Vater Mongole war. Ein anderes Mal hatte sie sich in angetrunkenem Zustand verplappert, dass sie die uneheliche Tochter des ehemaligen japanischen Botschafters sei. Diese Version gefiel Rita am besten, obwohl es wahrscheinlicher war, dass Julikas Vater ein usbekischer Macho war, der zu den Weltjugendfestspielen in den weit zurückliegenden achtziger Jahren nach Moskau gekommen war.

Julika war eine echte Schönheit, mit schwarzen, mandelförmigen Augen, hohen Wangenknochen und einer wunderschönen samtenen Haut. Sie nahm nie zu, und ihre schwarzen, glänzenden Haare hätten in jeder Shampoo-Werbung überzeugt. Sie wusste sich gut ins Bild zu setzen, und alle Frauen staunten immer neiderfüllt über ihre zarten, feinen Finger, wenn sie den Stiel eines Champagnerglases umfassten.

Wäre Rita nicht das vollkommene Gegenteil von ihr gewesen – eine üppige Blonde mit schönem Busen –, hätte es zu Konkurrenz zwischen ihnen kommen können, und das hätte eine Freundschaft unmöglich gemacht.

»Du brauchst eine völlig neue Garderobe für die Reise«, sagte Julika streng.

»Ich kann nicht.« Rita erhob sich. »Der Taucheranzug hat mein ganzes Budget schon ernsthaft aus dem Gleichgewicht gebracht.«

»Hast du denn nicht einmal mehr dreihundert Dollar?« Julika blickte sie überrascht an.

»Doch«, antwortete Rita ehrlich.

»Das reicht völlig.«

Der Ausflug auf den größten Markt der Stadt hatte Rita endgültig in ihrem Entschluss bestärkt, bis ans Ende der Welt zu reisen, um sich einen Millionär zu angeln.

»Ich fahre egal wohin, nur nicht mehr zu diesem Markt«, klagte sie während des Mittagessens.

»Was hast du, warum hast du solche Angst?«, wollte Lalja wissen. Manchmal ärgerte sie sich geradezu über Ritas Hochnäsigkeit.

»Verstehst du das nicht? Das ist ein gewaltiger Sprung – aber nach unten. Von dort ist es nur noch ein Katzensprung bis zum Leben in einer Wohngemeinschaft.« Obwohl Rita den wachsenden Unmut ihrer Freundin spürte, wollte sie ihren Ton nicht mäßigen. Nachdem sie ihre wütende Tirade beendet hatte, blickte sie in den Spiegel hinter Laljas Rücken. »Was ist mit meiner Haarfarbe, sieht sie nicht billig aus?« Sie reckte ihren Hals wie eine Giraffe, um sich besser sehen zu können.

»Quatsch kein dummes Zeug! Sogar ich kaufe manchmal Kleinigkeiten auf dem Markt.« Lalja lächelte ihre Freundin versöhnlich an.

Bis zur Abreise nach Dahab blieben noch vier Tage.

Im Moskauer Tauchclub wurde Rita mit allen Kontaktadressen in Ägypten versorgt, aber sie hoffte, dass sie sie nie würde benutzen müssen. Besonders ein Mann mit dem Spitznamen »Die Leiche« hatte Rita abgeschreckt, der auf der Suche nach einer preiswerten Unterkunft behilflich sein wollte. »Er ist einfach immer blass, er nimmt keine Farbe an«, erklärte Ritas Trainer. Er brannte darauf, mit ihr zusammen dorthin zu fahren und die Prüfungen seiner Lieblingsschülerin im offenen Meer abzunehmen. Sie musste ihn regelrecht abwimmeln und erklärte ihm, sie müsse allein sein, um endlich wieder mit ihren Gefühlen klarzukommen.

»Ja, ja, stimmt, ich habe diesen Unglücklichen ein paarmal in der Umkleidekabine geküsst«, bestätigte Rita gereizt. Schließlich hatte er sie so begeistert angestarrt – das konnte sein enganliegender Taucheranzug nicht verstecken. Sie war tief gerührt, als sie etwas später in ihrer Tasche einen neuen Tauchcomputer fand. Er hatte mehr dafür bezahlt als Rita für den ganzen Kurs.

Später hatten sie sich noch einmal geküsst, und sie hatte ihren leidenschaftlichen Romeo schließlich überredet, in der Stadt auf sie zu warten.

Die Abschiedsparty sollte unmittelbar vor ihrer Abreise stattfinden. Rita wollte zwar nicht mit einem schweren Kopf ins Flugzeug steigen, aber die Aussicht, den letzten Abend in Moskau allein mit ihren Gedanken zu verbringen, hatte ihr Angst eingejagt.

Vor ihrer Abreise versuchte Rita noch alles zu erledigen: Sie bezahlte ihre Mietschulden, warf einen arroganten Blick auf den sturen Hausverwalter, rief ihre Mutter an, holte ihre Sachen aus der Reinigung ab, wusch sogar das Auto und stellte es auf einen teuren Platz in einer Tiefgarage.

Rita verließ ihr Heimatland für eine unbestimmte Zeit und hatte deshalb ein komisches Gefühl. Manchmal schien ihr das ganze Vorhaben vollkommen unsinnig zu sein. In anderen Momenten schien es ihr, als habe sie Flügel, und sie war sich sicher, dass an der Küste des Roten Meeres ein echtes Abenteuer auf sie warten würde. In ihr Vorhaben waren nur Lalja und Julika vollständig eingeweiht. Alle anderen Bekannten sollten denken, dass Rita eine Krise durchlebte und deshalb an die See führe, um zu meditieren.

Rita befürchtete, dass Julika sich bei Kostja Kotscherga verplappern könnte. Es war klar, dass die Beziehung zwischen den beiden Partnern getrübt werden würde, wenn Wlassow erführe, dass Kostja wichtige Informationen über ihn an eine Geliebte beziehungsweise an deren Freundin gegeben hatte. Denn diese tüchtige Freundin unternahm jetzt alles, sich ihn zu angeln.

Julika war sich sicher, dass das ganze Vorhaben schon gleich zu Beginn scheitern würde. Aber noch stärker als diese Zweifel war ihre Neugier, wie sich die Ereignisse entwickeln würden.

Ganz ähnlich empfand Lalja; sie hätte Rita am liebsten von diesem Abenteuer abgeraten. Aber diesmal war auch ihre Neugier so stark, dass sie ihre Freundin sogar unterstützte und sich einredete, dass frische Luft und Tauchen noch keinem geschadet hatten. Natürlich meinte sie nicht die Verrückten, die zu tief tauchen und ihr Experiment mit dem Leben bezahlen.

Ritas Freundinnen waren sich sicher, dass sie Wlassow ohne größere Probleme erkennen würde: Sie hatten schon Erfahrungen in der Welt der Taucher gesammelt und waren sicher, dass man einen Trainer nicht mit einem Millionär verwechseln könne.

Vor ihrer Abreise saßen Rita und Julika in einem der besten Restaurants Moskaus, und Rita bemerkte mit einigem Vergnügen, dass alle Blicke auf sie gerichtet waren. Lalja war noch nicht da, und die beiden Freundinnen saßen ganz graziös zu zweit an einem Tisch für vier. Ein Stuhl war für Ritas Tasche bestimmt; sie hatte einen würdigen Platz verdient. An ihren Tisch traten immer wieder Bekannte heran. Noch waren die Gäste zwar nüchtern, und ihre Unterhaltung wirkte eher etwas oberflächlich und angespannt, aber bald würden die Getränke und andere Substanzen ihre Wirkung zeigen. Irgendein nutzloser Playboy flüsterte Julika etwas ins Ohr und legte vertraulich seine Hand auf ihre nackte Schulter. Julika lächelte geheimnisvoll und schüttelte mit einer leichten Bewegung seine Hand ab. Es gab gar keinen Grund für seine plumpe Vertraulichkeit. Sonnenbank, Spa-Anwendungen, Botox jedes halbe Jahr – das alles machte man doch nicht wegen so jemandem.

Rita betrachtete Julika unauffällig: Eine so schöne Frau konnte wirklich nur in dieser Stadt allein bleiben. Sie dachte darüber nach, wer von ihnen beiden wohl die Attraktivere sei. Mit Lalja hatte sie sich nie verglichen: Die hatte das Schlachtfeld verlassen und Mischa geheiratet, den ihrer Meinung nach letzten würdigen Kandidaten. Jetzt hatte sie eine für diese Stadt typische Modelkarriere und eine Hochschulausbildung hinter sich, auf der Mischa nach der Heirat bestanden hatte, und in der Zwischenzeit zwei Kinder bekommen – Lalja hatte großes Glück.

Rita kehrte mit ihren Gedanken zu Julika zurück. Ihr fernöstliches Aussehen, gepaart mit einer wie aus Stein gemeißelten Figur und matter Haut konnten keinen normalen Mann gleichgültig lassen. Alle reichen Männer dieser Stadt wurden wenigstens einmal scharf auf Julika, aber dann verschwanden sie und wurden nicht müde, ihre Hände mit Küssen zu bedecken, wenn sie ihr zufällig begegneten. Zu viele kannten und liebten sie. Deswegen wusste Julika alles über die Hauptpersonen des süßen Lebens in dieser Stadt, kannte ihre Freunde und sogar ihre Brüder und Schwestern. Mit all ihren Ehemaligen konnte Julika Freundschaften aufrechterhalten; diese wunderbare Eigenschaft war ihr wohl angeboren. Darin war sie Kostja Kotscherga ähnlich. Sie hatte ein kurzes Gedächtnis und war nicht nachtragend, aber sie vergaß zu ihrer eigenen Unzufriedenheit sehr häufig nicht nur ihre Feinde, sondern auch viele sehr nützliche Namen. Deswegen hatte sie sich noch etwas angewöhnt: Sie lächelte und begrüßte alle diejenigen, die sie begrüßten.

Rita war da anderer Meinung: Wenn ihr Gedächtnis auf die Erinnerung an jemanden wie den Spielzeugverkäufer verzichtete, dann war er für sie nicht wichtig. Ritas Gedächtnis behielt nur die nützlichen Informationen. In letzter Zeit war sie nur mit einem Namen im Kopf eingeschlafen und wieder aufgewacht: Alexander Wlassow.

Sascha.

Rita und Sascha.

Schurik.

Rita hatte keinen Zweifel, dass sie Wlassow mit ihrem Charme auf den ersten Blick gewinnen würde. Das hatte sie bisher bei allen Männern geschafft. Und dann würde sie mit ihm für immer zusammenbleiben. Bis dass der Tod sie scheide.

»Wer ist denn da? Mein Damen, Sie sehen wieder wunderbar aus! Darf ich mich zu Ihnen setzen?« Ohne eine Antwort abzuwarten, warf sich der Mann auf Laljas Platz.

»Gut, dass wir noch keinen Wein bestellt haben«, freute sich Rita.

»Champagner für die Damen!«, rief Tigran laut und umarmte die beiden Freundinnen. »Bringen Sie eine Flasche *Dom Perignon*! Ritotschka, erzähl, wie geht es dir, meine Liebe? Julinka, lass mich dich küssen!«, schnatterte Tigran mit seinem kaum verständlichen Akzent.

»Ohne dich natürlich schlecht«, ahmte Rita sogleich den Tonfall von Tigran nach. Er lachte mit. Er hatte einen herrlichen Sinn für Humor und nahm solche Scherze nie krumm.

Endlich erschien Lalja. Sie hatte in ihrer Ehe eigentlich nur eine einzige Pflicht – mit ihrem Mann Mischa beim Abendessen zusammenzusitzen. Er konnte es nicht ausstehen, allein zu essen. Im Anschluss daran konnte Lalja es sich leisten, noch ein weiteres Dinner im Kreise ihrer Freundinnen einzunehmen. Außerdem feierte Rita ihren Abschied.

Überschwenglich begrüßte Lalja Tigran, stellte die Handtasche beiseite und setzte sich.

»Und wo ist der Brillant von der Größe eines Wolkenkratzers, Tigruscha? Pass bloß auf! Es ist nicht gut, eine anständige Mutter zu beschwindeln.«

Tigran lachte aus vollem Herzen. »Was, habe ich dir den wirklich versprochen?«

»Beim letzten Mal hast du es auf Knien geschworen.« Lalja blickte Tigran verschmitzt an.

»Mischa wird mich töten!« Tigran wischte sich die Tränen aus dem Augenwinkel.

Die Freundinnen konnten sich ein Lächeln nicht verkneifen, als sie sich an Tigrans letzten Auftritt in einem der Clubs erinnerten.

Man konnte es ihm nachsehen; an jenem Abend hatte er seinen Geburtstag gefeiert. Allerdings hatte Tigran die Angewohnheit, seinen Geburtstag mehrmals im Jahr zu feiern. Tigran mochte Frauen und liebte Feiern.

»Also, schenkst du ihn mir?« Lalja sah ihn an, als ob nichts gewesen wäre, und alle lachten über ihren ernsten Gesichtsausdruck.

Endlich wurde der Champagner gebracht, und Julika überredete Tigran, den Korken nicht durch das ganze Restaurant knallen zu lassen. Die Stimmung stieg, und Tigran – ein richtiger Partylöwe – bestellte eine weitere Flasche. Wie jeder Kaukasier hatte er immer das Bedürfnis, zum Essen und Trinken einzuladen. »Mädels, was essen wir?«

Rita entspannte sich und bestellte nach Lust und Laune alles, was sie wollte, ohne auf den Preis zu achten: Burrato, Sibass und ein paar Austern. Plötzlich wurde Tigran ernst.

»Ich möchte einen Toast ausbringen!« Er blickte bedeutsam in die Runde. Rita erhob ihr Glas.

»Warte mal!« Tigran zog die Augenbrauen zusammen. »Ich habe etwas Wichtiges zu sagen, etwas sehr Wichtiges für alle.« Er hielt inne. »Besonders für dich.« Er zeigte auf Ritas Busen.

Das ging aber schnell! Rita war überrascht.

Aber plötzlich schwieg er, starrte mit leerem Blick auf den Tisch und leerte sein Glas in einem Zug.

»Tigruscha, wo bleibt der Toast!«, empörten sich die Freundinnen und zwinkerten sich zu.

»Ach!«, winkte Tigran ab. »Ich kann im Augenblick nicht die passenden Worte finden.«

Lalja sah den Kaukasier völlig überrascht an. Viele Leute hatten regelrecht Angst, Tigran zu ihren Feiern einzuladen, weil außer ihm kein anderer einen richtigen Toast ausbringen konnte. Alle seine Reden waren lang und überladen. Mittendrin verlor er immer wieder mal den Faden, aber trotzdem versetzen alle seine Trinksprüche die Leute in Hochspannung – weniger durch ihren Inhalt als durch die Art, wie er sie mit seinem wohltönenden Bariton vortrug.

»Ich habe kürzlich einen Freund getroffen«, Tigran rutschte unsicher auf seinem Stuhl hin und her, »und der hat mir eine interessante Geschichte erzählt.« Julika nickte ermunternd. Tigran fuhr fort: »Also!« Er blickte alle am Tisch an. »Er hat mir gesagt …«

Am Tisch herrschte Schweigen, Tigran schnaufte, griff sich ein Glas und trank es aus.

»Was hat er denn gesagt?«, fragte Julika voller Teilnahme.

»Ich kann nicht.« Tigran schüttelte verzweifelt den Kopf.

»Tigran, du bist heute irgendwie komisch.« Julika legte ihre Hand auf seine Schulter.

»Ich habe Probleme, Mädels. Entschuldigt.« Tigran riss sich zusammen und lächelte.

»Hat dich deine Frau verlassen?«, fragte Julika.

»Ja!«, atmete Tigran erleichtert auf. »Meine Frau ist weg.«
Plötzlich war er wieder bester Laune und bestellte noch
eine Flasche. Über seine Probleme wurde nicht mehr gesprochen, und man kam an diesem Abend auch ohne
Trinksprüche aus.

Die Freundinnen waren schon angetrunken, und die übliche Freitagseuphorie breitete sich aus. Eine weitere Flasche wurde gebracht, Tigran küsste alle und kehrte zu
seinem eigenen Tisch zurück, wo schon junge Starlets und
alte Freunde auf ihn warteten.

Den Rest des Abends gaben die beiden Freundinnen Rita
gute Ratschläge für die Reise.

»Was willst du eigentlich machen, wenn er sich dort anders
nennt?«, fragte Julika. »Wie wirst du ihn erkennen?«

»Ich werde mich in sein Zimmer schleichen und seinen
Pass klauen«, reagierte Rita schlagfertig.

»Die Hauptsache ist, dass du dort keine Bekannten triffst.
Sonst erzählen sie alle Einzelheiten über dich, wer du bist
und was du so machst.« Trotz des Champagners sorgte
Lalja sich mehr und mehr um ihre Freundin. »Wiederhol
mal deine Geschichte!«, forderte sie Rita auf.

Rita schaute sich im Restaurant um. Sie war verrückt nach
dieser Stadt. An mehreren Tischen saßen wilde Tiere,
warteten, dass ihre Opfer zur Tränke und wieder zurück
in den Wald gingen. Aber in Wirklichkeit waren gerade
diese Männer die Beute, deren Krallen schon stumpf geworden waren, deren Sehkraft nachgelassen hatte und deren Munition zur Neige ging. Aber heutzutage konnte
man den Fisch auch mit anderen Mitteln fangen: mit Uhren, Autos, Anzügen und Kreditkarten. Wenn ein harm-
loser Schimpanse nach allen Regeln der Kunst auf die Jagd

geht, sich richtig anzieht, keinen Fehler mit Autos und Uhren macht und an den Nachbartisch eine Flasche Champagner schickt, wird sein Betrug gar nicht mehr entdeckt.

»Rita!« Lalja schüttelte sie an der Schulter, »sag mal! Welchen Lebenslauf hast du dir zurechtgelegt?«

»Ich habe ein Journalismus-Studium abgeschlossen und schreibe unter einem Pseudonym für verschiedene Zeitschriften.« Rita amüsierte sich prächtig.

»Und nichts von Design oder Psychologie!« Julika blickte streng durch die Rauchwolken.

»Warum nicht?« Rita zuckte fragend die Schultern.

»Das ist alles nur dummes Zeug«, riefen die Freundinnen im Chor aus.

»Und Journalismus ist kein dummes Zeug?«

»Nein!«, sagte Lalja bestimmt. »Du schreibst für die Zeitschrift *Cosmopolitan* über Tauchen, obwohl du mit diesem Sport vorher nie etwas zu tun hattest.«

»Und darf es statt *Cosmopolitan* auch *Vogue* sein?«

»Nein! *Vogue* ist nicht deine Kragenweite.«

»Auf die Liebesfunken!« Rita erhob ihr Glas. Alle stießen an und verschütteten dabei den Champagner.

»Und rede nicht von Geld! Und vergiss einfach die Worte *Prada*, *Chanel* oder *Mercedes!*« Julika war wieder völlig ernst.

»Das kann ich nicht.« Rita sprach jede Silbe einzeln aus und legte ihren Kopf auf den Tisch. Lalja versuchte ungelenk, ihr über die Haare zu streicheln.

»Versteh doch! Er mag so etwas überhaupt nicht. Deswegen wohnt er auch nicht hier.« Lalja übernahm das Gespräch. Rita hob ihren Kopf und schluchzte auf.

»Wie soll ich mit ihm eigentlich zusammenleben?«

»Finde ihn erst mal, verliebe dich in ihn, und dann werden wir weiter sehen. Vielleicht wird dir das ja auch gefallen«, bemerkte Julika zaghaft. »Ski, Rodeln, Tauchen!«

»Mir bestimmt nicht!« Rita schob den Teller von sich. »Ich habe mich überfressen! Gibt es in Ägypten überhaupt Meeresfrüchte, Austern und so etwas?«

»Wahrscheinlich! Dort gibt es doch auch ein Meer.«

Keine der beiden Freundinnen war jemals dort gewesen oder träumte davon, irgendwann einmal dorthin zu fahren.

Sie sprachen weiter über Ägypten, Tauchen und E-Mails, die Rita inzwischen zu versenden gelernt hatte.

»Der Trainer hat doch gesagt, dass dort überall Internetcafés seien. Schreib bitte regelmäßig!« Lalja blickte auf die Uhr und merkte, dass sie längst zu Hause erwartet wurde. Plötzlich überkam sie ein Glücksgefühl, das sie lange nicht mehr gespürt hatte; sie hatte sich an ihren wunderbaren Ehemann und ihre wohlriechenden Kinder wohl zu sehr gewöhnt. Lalja wurde klar, auf welches Abenteuer sich Rita eingelassen hatte, und sie war froh, dass sie am nächsten Tag nicht in dieses geheimnisvolle Ägypten fliegen musste, um in Dahab nach einem Phantom zu suchen. Sie würde später an der Seite ihres lieben Mannes liegen und nach Herzenslust ausschlafen können – es stand ja der Samstag bevor. Dann würde ihre Tochter kommen und sich zwischen sie beide kuscheln, und ein wunderschöner freier Tag läge vor ihr, während Rita durch die staubige und heiße Wüste ihrem ungewissen Schicksal entgegenfahren müsste.

Lalja streckte ihre Hand aus und strich ihrer Freundin

über den Kopf. Sie und Julika hatten heimlich Blicke gewechselt, und in Laljas Augen standen Tränen. »Vielleicht fährst du doch besser nicht?«, flüsterte sie kaum hörbar.

»Soll er bleiben wo er ist!«, unterstützte Julika sie. »Wer braucht das alles? Ihr seid doch zu verschieden! Wir finden hier für dich irgendeinen anderen.«

»Auf gar keinen Fall!« Rita schüttelte den Kopf. »Jeder Mensch sollte einmal im Leben eine heroische Tat vollbringen und ein Leben retten.«

»Dein Leben können wir auch hier retten.« Lalja legte zart ihre Hand auf Ritas Schulter.

»Es geht doch nicht um mich!« Rita umarmte Lalja. »Ich fahre nach Dahab, um sein Leben zu retten. Ohne mich wird er nicht weiterleben können!«

Am nächsten Morgen wurde Rita wie an jenem verfluchten Mittwochmorgen wieder von einem Klingeln geweckt, doch diesmal war es nicht das Telefon, sondern der Wecker, den sie sich nach dem Rat ihrer Freundinnen für die Reise gekauft hatte. Nach einigen Minuten, noch im Liegen und mit blinzelnden Augen, nahm Rita endlich wahr, wie spät es war, und sie versuchte, sich an den vorigen Abend zu erinnern.

Angesichts des gepackten Koffers mitten im Zimmer sank sie stöhnend wieder auf ihr Kopfkissen zurück. Tränen traten in ihre Augen.

So ein Mist! Sie war der einsamste und unglücklichste Mensch auf der ganzen Welt. So dürften sich die Menschen nach einer Atomexplosion fühlen. Was hatte diese Empfindungen in ihr ausgelöst? Der Alkohol oder die bevorstehende Abreise? »Es wäre so schön, wenn meine Eltern kämen und mich nach Hause abholten«, murmelte Rita noch mit geschlossenen Augen. »Ich fahre nirgendwohin, das ist alles völliger Unfug.«

Zwei Stunden später öffnete der renovierte Flughafen Domodedowo seine empfangsbereiten Arme für sie.

Früher war sie mit einem Privatflugzeug in die Städte geflogen, die auf den Einkaufstüten der berühmtesten Boutiquen der Welt standen. Aber diese Zeiten waren vorbei.

Jetzt musste Rita ihren Koffer von *Louis Vuitton* selbst ziehen und zwischen dem Gepäck der anderen Passagiere hindurchmanövrieren, die nach Aschchabad und Surgut flogen. In Ritas Augen standen wieder Tränen, aber sie trockneten schnell. An ihre Stelle trat die Angst, als sie eine riesige Schlange aus schreienden Kindern und alten Frauen in Panamahüten erblickte, die am Gate standen.

Es war nicht das erste Mal, dass sie an diesem Morgen umkehren und sich wieder in ihr weiches Bett legen wollte. Diese Passagiere raubten Rita den letzten Rest ihres Enthusiasmus.

Sie betrachtete nachdenklich ihr Spiegelbild in den Lackschuhen eines anderen Passagiers, als sich ein Mitarbeiter der Fluggesellschaft vom Gate entfernte und langsam in Richtung Café begab.

Rita riss sich zusammen und versuchte, ihr Opfer mit ihrem Charme zu umgarnen.

»Junger Mann!« Mit ihrem Busen versperrte Rita den Weg des Mannes. Der erblindete für einen Augenblick angesichts ihres Leopardentops. »Unterschätze nie ein Dekolleté!« Nicht einmal und auch nicht nur zweimal hatte Rita diese wichtige Grundregel ihren Freundinnen gegenüber wiederholt. Sogar als sie vorhatte, ihren Charterflug nach Ägypten anzutreten – Dekolleté plus hundert Dollar verfehlten ihre Wirkung nicht.

Ihr neuer Bekannter plazierte sie in so etwas Ähnlichem wie der Businessclass, und sie spülte ihre Befürchtung mit Weißwein hinunter, dass sie ihr restliches Leben vielleicht in solchen Flugzeugen verbringen müsse.

Julika und Lalja hatten einen geradezu militärischen Plan für Ritas Aufenthalt in Ägypten ausgearbeitet. Er enthielt detaillierte Anweisungen für alle unvorhergesehenen Ereignisse. Aber irgendetwas sagte Rita, dass nichts nach Plan verlaufen würde.

Gegen einen Punkt auf dieser Liste hatte sie schon verstoßen; Markenklamotten und ihr kostbarer Koffer waren eigentlich verboten. Aber Rita hatte sich damit beruhigt, dass ähnliche Koffer in aller Herren Länder angeboten wurden. Und ihr Leopardentop von Cavalli konnte ein Laie überhaupt nicht von kunterbunten Fummeln aus dem Kaufhaus unterscheiden.

Als das Flugzeug hart auf der Landepiste aufsetzte und wie ein Gummiball hüpfte, verkrampfte sich Ritas Herz. Das ist es! Die Phantasie wurde zur Wirklichkeit. Sie beruhigte sich selbst: Es ist alles nur ein Spiel – wir leben nur einmal – wer nichts wagt, der nichts gewinnt – sich regen bringt Segen. Als sie ausstieg, schlug ihr die heiße Luft entgegen. Sie hatte schon die Ratschläge ihrer sibirischen Sitznachbarn verinnerlicht und ging gleich zum Duty-free-Shop, um ihre Vorräte an alkoholischen Getränken aufzufüllen.

In einer Schar arabischer Männer mit Schnauzbart entdeckte Rita endlich ihren Fahrer, der ein Schild hochhielt. Der Ägypter brauchte einige Sekunden, um sein Glück zu fassen, und er versicherte sich, dass Rita allein reiste, indem er einige Runden um sie drehte. Der Fahrer war nicht sehr groß und zu Ritas Überraschung angenehm sauber und weiß gekleidet. Sein Name war Mohammed, er hatte schöne regelmäßige Zähne und trug Ritas Koffer flink zu einem *Mercedes*-Minivan.

»Condition«, strahlte er.

Rita nickte und starrte aus dem Fenster. Wieder hatte sie Kopfschmerzen. »Ich hätte eine kleine Flasche Whisky mitnehmen sollen«, dachte Rita und verdrängte diesen Gedanken gleich wieder. Beinahe hätte sie vergessen, dass sie ja ein neues Leben begonnen hatte, in dem es keinen Platz für Alkohol, Boutiquen und charmante Männer gab. Sie musste jetzt ganz ernsthaft ans Tauchen denken und einen geheimnisvollen Millionär unter Scharen von Menschen mit Masken und Sauerstoffflaschen entdecken.

Nach zwanzig Fragen, die die Grenzen von Mohammeds Englisch schonungslos aufdeckten, kapierte er endlich, dass Rita entweder schlief oder einfach nicht mit ihm sprechen wollte. Die Stille im Auto wurde nur durch die geräuschvolle Klimaanlage gestört. Rita schlief ein. Sie hatte keine Träume. Als sie die Augen wieder öffnete, sah sie die Wüste im wahrsten Sinne des Wortes: überall Sand, weder Baum noch Haus. Mohammed fuhr mit wahnsinniger Geschwindigkeit, sein Schnauzer stand waagerecht; er raste durch den Sand und schlitterte von einer Seite der Straße zu anderen. Rita blickte aus dem Fenster und blinzelte verschlafen. Im Spiegel sah sie das zufriedene Gesicht dieses Rennfahrers.

»Klasse!«, schrie Mohammed, aber als er Ritas Gesichtsausdruck sah, drosselte er die Geschwindigkeit des Wagens und kehrte wieder auf die Piste zurück. »Warum Dahab?«, fragte er radebrechend.

»Tauchen.« Rita dachte, dass sie ihm das Ziel ihrer Reise eigentlich schon längst erklärt hätte. Mohammeds Blick fiel noch einmal auf Ritas Busen, und er fragte: »Warum nicht Scharm? Dort kann man auch tauchen.«

»Meine Freunde bevorzugen eben Dahab.«

Der klassische Fall einer städtischen, zum alten Eisen gehörenden Kurtisane, die sich nicht existierende Freunde ausdenkt, weil sie schon seit hundert Jahren keiner mehr angerufen hat ...

»Dahab is bad.« Mohammed schüttelte den Kopf.

»Warum bad?« Rita wurde unruhig. Sie wusste zwar schon alles über Dahab, aber plötzlich erwachte ihr Selbsterhaltungstrieb.

»Scharm is good!«, beharrte Mohammed.

»Why is Dahab bad?« Rita beugte sich nach vorn zum Fahrer.

Er dehnte die Pause etwas, um Ritas Aufmerksamkeit voll zu genießen. Dann erklärte er: »Hotel is bad, restaurant is bad, diving is good!«

Schlechte Hotels und Restaurants. Rita ließ sich wieder in ihren Sitz zurückfallen und starrte nachdenklich aus dem Fenster. Sie hatte schon zu Hause verstanden, dass Dahab ein eher anspruchsloser Ort für Jugendliche und Liebhaber des Tauchens war. Aber sie war noch nie in solchen Orten gewesen. Ihr wurde angst und bange. Um sich zu beruhigen, wiederholte sie immer und immer wieder den Namen von Wlassow. Wlassow, Sascha Wlassow. Wlassow. Rita Wlassowa. Rita und Sascha.

»Welches Hotel?«, unterbrach der Fahrer Ritas Gedanken. Sie blickte aus dem Fenster.

Sie hielten auf dem Hinterhof eines einstöckigen Hauses, das an eine Hütte im Dorf oder einen heruntergekommenen Strandbungalow erinnerte. Einige Araber lagen auf einem Teppich unter einem Sonnendach und spielten Backgammon.

»Fahren Sie mich bitte ins Zentrum!«, sagte Rita genervt

und sah im Rückspiegel das zufriedene Gesicht des Fahrers.

»Das ist das Zentrum«, erklärte der fröhlich.

Rita fühlte sich angesichts dieses Schocks völlig kraftlos. Aber Mohammed war schon aus dem Wagen gesprungen und öffnete wie ein Kavalier den Wagenschlag für seinen erschöpften Gast. Rita stieg aus und blickte sich um: Hütten ringsherum, friedliche, im Schatten ihrer Vordächer ruhende Ägypter, deren Hunde – alles das schien Rita fast irreal. Sie begann, bitterlich zu weinen.

Der Fahrer sah verdutzt auf ihre bebenden Schultern und hatte keinen Mut, sich ihr zu nähern: »Das ist das Haus von meinem Freund. Hier können Sie Ihre Sachen abstellen und die Stadt besichtigen. Salim ist ein guter Mann.«

Rita wischte sich mit dem Handrücken die Tränen aus den Augen und verschmierte ihre Mascara. Sie reichte dem Fahrer zwanzig Dollar.

»Please help me!« Die Tränen kullerten weiter aus ihren Augen.

Der Fahrer griff Ritas Koffer, schrie »Salim!« und ging in Richtung Veranda. Rita folgte ihm unsicher.

Einen Moment später erschien Salim, der viel dicker und gemütlicher als Mohammed war, die weiße Nationaltracht mit weiten Hosen und wie alle anderen Männer hier einen dicken schwarzen Schnauzer trug. Er umarmte Rita väterlich. Binnen einer Sekunde wurde die ganze Veranda lebendig. Alle anderen anwesenden Männer begannen, Rita zu umarmen und sie voller Begeisterung zu begrüßen. Irgendjemand machte Fotos.

Zuerst befürchtete Rita, dass sie ausgeraubt werden könnte – oder, schlimmer noch, vergewaltigt. Aber nachdem ihr die neuen Freunde ihre Gastfreundschaft und Begeisterung demonstriert hatten, gingen sie zurück auf ihre Plätze und warfen ihr Blicke zu, die weder feindselig noch aggressiv waren. Mohammed brachte Rita eine Schale mit aromatischem Tee. Salim bat Rita beharrlich, bei ihm abzusteigen und versprach ihr dafür alle erdenklichen und auch undenkbaren Annehmlichkeiten einschließlich seiner Liebe.

Sie wehrte ihn zwar ab, ließ aber ohne jeden Argwohn ihren teuren Koffer mit den billigen Sachen bei Salim und ging los, um die Stadt zu erkunden. Sie folgte Mohammed, umrundete das kleine Haus, ging durch einen ungepflegten Garten, in dem Salim verschiedene Arten merkwürdiger Pflanzen zog und stand plötzlich auf einer zivilisierten Strandpromenade.

Das war, wie Mohammed ihr erklärte, das eigentliche Zentrum von Dahab. Hier befand sich alles –Souvenirläden, Cafés, die Taucherschule und auch Hotels. Die Promenade lag direkt am Strand und sah ganz nett aus, war aber natürlich nicht die Croisette in Cannes. Überall gab es viele kleine Cafés, deren Terrassen direkt am Strand lagen. Ihre Besitzer hatten Tische und Diwane hinausgestellt, auf denen einige wenige Touristen faul in der Sonne saßen und an ihren Wasserpfeifen zogen. Die Saison hatte noch nicht recht begonnen, und viele Cafés waren leer. Der Strand war so schmal, dass einige Tische fast im Meer standen. Der kleine Mohammed ging langsam und stolz wie ein Pavian neben Rita her, legte seine Hand auf ihre Taille und schien es überhaupt nicht eilig zu haben, endlich ein passendes Hotel für sie zu finden.

Rita reckte ihren Kopf in die Höhe. Die Sonne brannte

heiß; sie blieb stehen und schaute sich um. Mohammed trat von einem Bein auf das andere. Unter den Cafétischen lagen obdachlose Katzen. Der Seewind streichelte ihr Fell, und sie lagen reglos zwischen den Füßen der Gäste. Die Kellner bespritzten sie regelmäßig mit Wasser aus Eimern und Flaschen und versuchten so, diese unerwünschten Bettler zu verscheuchen.

Rita bemerkte, dass die überwiegende Mehrzahl der Touristen junge Menschen waren, Taucher oder Surfer. Viele Araber waren mit ihren Familien hier. Und sie konnte nichts erkennen, was auch nur entfernt an ein anständiges Hotel erinnerte. Als sie am nächsten Café vorbeikam, hörte sie auf einmal, dass sich jemand auf Russisch an sie wandte:

»Junge Frau, haben Sie wirklich diesen Cowboy gegen mich eingetauscht?«

Rita drehte sich abrupt um; ein Mann, der zu einer kleinen Gruppe gehörte, strich sich lässig die hellen Haare aus dem Gesicht. Sie verstand nicht, wer von den drei Männern am Tisch diese Frage gestellt hatte und blieb verwirrt stehen. Wenn das zu Hause passiert wäre, hätte sie nicht einmal den Kopf gedreht und wäre einfach weitergegangen. Aber hier war alles anders: Sie fühlte sich wie eine Außerirdische. Als dieser blonde junge Mann sah, dass Rita umkehrte, wurde er verlegen, er hatte wohl nicht erwartet, dass diese gerade angekommene Städterin sofort an ihren Tisch eilen würde. Der zweite Mann, dunkelhaarig, drehte sich um und schaute Rita interessiert an.

Als Rita den Tisch erreichte, fiel ihr auf, dass der mit den hellen Haaren sehr gut aussah. Sie hatte es erwartet, weil nur ein sehr schöner Mann oder ein psychisch Gestörter völlige Ruhe bewahren konnte, wenn eine attraktive Blondine praktisch an seinen Tisch gerannt kam und noch dazu einen mürrischen Araber hinter sich herzog. Rita weidete sich am Anblick dieses Apolls. Seine Augen waren fast unnatürlich grün. Allmählich kehrte Ritas gute Laune zurück. Eigentlich hatte sie nie einen Hang zu richtig schönen Männern gehabt, aber vor der bescheidenen Kulisse von Dahab kam dieser gerade recht.

»Ich bin gerade angekommen.« Rita versuchte zu lächeln, ihr Herz raste und ihr Gesicht verzog sich zu einer Grimasse, »ich brauche ein Hotel, ich bin allein.« Ihre Stimme bebte. »Ich kenne hier niemanden!«

Die Freunde tauschten Blicke aus, und der Dunkelhaarige stand von seinem Sessel auf. »Nehmen Sie doch bitte Platz!«

Rita ließ sich dankbar in den Sessel fallen.

»Warum sind Sie hier hergekommen?« Der Blonde lächelte sie freundlich an und neigte sich zu ihr.

»Ich bin Taucherin.« Rita senkte ihren Blick.

Mohammed wartete inzwischen am Tisch und trat wieder von einem Bein auf das andere.

Weil der Dunkelhaarige jetzt Rita gegenübersaß, konnte sie ihn viel besser betrachten. Er war nicht so schön wie sein blonder Freund, erinnerte sie aber an einen spanischen Flamencotänzer, der seine Karriere schon hinter sich hatte. Er hatte vielleicht ein bisschen zugelegt, seine Form etwas verloren, war aber in seiner Art noch elegant und sogar graziös. Er hatte olivfarbene Augen, einen dunklen, matten Teint und einen akkurat geschnittenen Bart. Rita mochte solche Frisuren auf dem Kinn nicht.

»Wo sind Ihre Sachen?«, fragte der Dunkle und seufzte, als Rita unbestimmt in Richtung Strand deutete. Der blonde Freund redete nicht viel, und den dritten in der Runde konnte Rita nicht richtig betrachten, weil er direkt neben ihr saß. Man beschloss, gemeinsam ihre Sachen abzuholen – Mohammed hatte sich schon vor einer Weile verabschiedet. Als sie vom Tisch aufstanden, schaute sich Rita noch einmal den grünäugigen Schönen an und warf einen Blick auf sein Handgelenk. Diese Angewohnheit hatte sie seit Jahren. Dort, an der gebräunten Hand, sah Rita etwas, was ihr Herz unwillkürlich schneller schlagen ließ. Die Sportuhr Marke *Panerai* zeugte von dem erlesenen Geschmack ihres Besitzers. Preis: siebentausend bis neuntausend Dollar. Sollte das wirklich alles so einfach sein? Rita rückte ein bisschen näher, betrachtete das Zifferblatt und murmelte leise: »Und schon habe ich dich gefunden, Sascha!«

Nach fünfundzwanzig Minuten Unterhaltung wurde Rita klar, welches Glück es war, diese Leute kennenzulernen.

Sie gehörten nicht nur zur Tauchersociety von Dahab, sondern waren sehr lustige und auf gar nicht hauptstädtische Art gutmütige Menschen. Der Blonde hieß Andrej, aber sie hatte nur ein einziges Mal gehört, dass er so gerufen wurde. Alle nannten ihn Che. Er war der beste Freund des Dunkelhaarigen, der Fidel hieß. Das war sein richtiger Name, weil sein Vater ein Kubaner war und ihn so zu Ehren von Fidel Castro genannt hatte.

Die Männer waren schon seit mehreren Jahren befreundet, und ihre Schicksale waren genauso miteinander verbunden wie die Schicksale von Fidel Castro und dem Revolutionär Che Guevara.

Rita hatte es schon geschafft, ihre angebliche journalistische Arbeit zu erwähnen, nannte den Namen ihres Tauchtrainers und erzählte ein paar schon bei ihren Freundinnen erprobte Witze über Taucher. Die Männer lachten herzlich, und Rita spürte, dass sie Gefallen daran gefunden hatten, mit ihr zu plaudern. Das war nichts Außergewöhnliches; sie konnte Männer immer von den ersten Minuten einer Bekanntschaft an erobern – und zwar ohne jede Mühe, denn sie beherrschte die Kunst des Small Talks meisterhaft. Das war bis zum heutigen Tag ihre Hauptbeschäftigung gewesen.

Als Che eine in ihr Handtuch gewickelte Freundin begrüßte, verstand Rita, dass Dahab ein kleines Dorf war, in dem sich alle russischsprechenden Bewohner kannten und sich mit großer Aufmerksamkeit verfolgten. Ritas Erscheinen konnte überhaupt nicht unbemerkt bleiben. Die meisten aus der »Bande«, um einen Ausdruck von Che zu verwenden, waren Taucher. Viele blieben hier, weil hier die Preise sehr günstig waren, wunderschöne Plätze zum Tauchen in der Nähe lagen und eine freundschaftliche Atmosphäre herrschte. Rita hatte den Eindruck, nach zwanzig Jahren wieder in ein Pionierlager zurückgekehrt zu sein. Wie fremd erschien ihr das alles nach ihrem hektischen und glamourösen Leben in der Hauptstadt!

Fast alle Bewohner trugen von der Sonne ausgeblichene Shorts und Tops, liefen barfuß und wuschen sich nicht allzu häufig das Salz aus den Haaren. Die meisten waren auch schon deutlich älter als achtzehn. So waren ihre neuen Bekannten bei genauerer Betrachtung gar nicht so jung – bis auf einen.

Als Rita diesen dritten Freund endlich richtig in Augenschein nehmen konnte, war es schon zu spät, ihn zu beeindrucken. Sie rief bei ihm nur eine ziemlich offensichtliche Aversion hervor.

Dieser Mann war viel angespannter als seine geselligeren Freunde. Er trug kurze Haare, und durch sein Haar konnte man seine gebräunte Kopfhaut sehen. Er war auch sonst ganz braun, aber komischerweise stand ihm das nicht. Er war trotz allem irgendwie winterlich und stachelig, seine

Kleidung war besonders abgetragen, und man konnte ihn nur mit Wohlwollen attraktiv nennen, obwohl er ganz ebenmäßige Gesichtszüge und eine straffe, muskulöse Figur hatte. Seine Ausstrahlung hatte etwas Unangenehmes. Aufgeplustert wie ein Täuberich reckte er seinen Hals in alle Richtungen und konnte sich keinen Moment entspannen. Als er sich schließlich entschlossen hatte, zum ersten Mal in Ritas Anwesenheit zu rauchen, verkroch sie sich ängstlich in ihrem Sessel – so schroff war sein Griff zur Zigarettenschachtel und so schnaufend und energisch war sein erster Zug. Danach atmete er immer wieder geräuschvoll aus und reckte seinen Hals gen Himmel.

Dieser dritte Freund ging nicht mit, um Ritas Sachen abzuholen und blieb auch nicht im Café sitzen. Als klar wurde, dass die Freunde den restlichen Tag mit Rita verbringen würden, beeilte er sich, sich zu verabschieden und von der Bildfläche zu verschwinden.

»Mach dir nichts draus, Sascha ist immer ein bisschen komisch«, erklärte Che freundlich, nachdem der Dritte gegangen war.

»Er heißt Sascha?«, fragte Rita.

»Alexander«, erklärte Fidel lachend.

»Er ist einer der besten Tauchtrainer hier«, ergänzte Che. Rita dachte nach. Es konnte nicht sein, dass das Wlassow war. Andererseits war er der erste Alexander, der ihr hier über den Weg gelaufen war.

»Wo kommt er denn her?«, fragte sich Rita weiter.

»Ich weiß es nicht«, Fidel zuckte mit den Schultern, »solche Menschen fahren jahrelang nicht nach Hause.«

»Ich glaube, er ist aus St. Petersburg«, sagte Che.

»Weißt du«, wandte sich Fidel an Rita, »ich verstehe, dass

ihr Journalisten ein sehr neugieriges Völkchen seid, aber hier ist es nicht üblich, viele Fragen zu stellen.«

»Frag ihn besser nach dem weißen Hai, den er in Amerika gesehen hat, davon erzählt er dir sicher mit dem größten Vergnügen«, sagte Che.

Rita war etwas merkwürdig zumute.

»Er erinnert mich an einen alten Bekannten«, versuchte sie sich zu rechtfertigen.

»Weißt du, wir kennen uns nicht so gut. Er hat einen Freund, Sergej, und die verbringen viel Zeit gemeinsam, gehen zusammen angeln.« Die letzten drei Worte hatte Fidel mit kaum verhohlener Ironie und sehr gedehnt ausgesprochen.

»Allerdings ist dieser Sergej auch ein recht geheimnisvoller Mensch.« Che tauschte mit seinem Freund bedeutungsvolle Blicke aus.

Rita beschloss, das Thema zu wechseln; für den Anfang hatte sie schon zu viele Fehler gemacht.

»Ist es wahr, dass es in Amerika Haie gibt?«

»Sascha hat in Hawaii einen sieben Meter langen weißen Hai gesehen«, antwortete Fidel.

»Wohnt er auch auf Hawaii?«, fragte Rita unsicher.

»Ja, er hat schon überall gewohnt.«

Rita schwieg vor Schreck. Sie hatte gehofft, dass Che Wlassow war und nicht dieser Sascha. Wenn Wlassow Che wäre, dann spielte er die Rolle eines Schürzenjägers sehr überzeugend. Und dann bliebe auch unklar, weshalb er bis jetzt nicht verheiratet war – bei einer so ausgeprägten und offensichtlichen Liebe zum weiblichen Geschlecht. Die Liebe zu blonden Frauen überwog seine Liebe zum Sport, das war ganz deutlich zu spüren.

Und wenn Wlassow sich als Fidel ausgäbe, wäre er sehr unglaubwürdig. Besonders sein kubanisches Äußeres stellte seine Identität in Frage.

Aber dieser hölzerne Alexander konnte doch nicht Wlassow sein! Rita wollte es nicht glauben, doch all diese Gerüchte um seinen Geburtsort und Hawaii und seinen Namen stellten ihn in die erste Reihe der Kandidaten. Allerdings hatte Rita gerade erst die Bekanntschaft der Society von Dahab gemacht, und sie versuchte, ihre Situation in aller Ruhe zu analysieren. Fidel und Che besprachen inzwischen, wo und wie sie nun eigentlich wohnen sollte.

Rita versuchte, sich in Wlassows Haut zu versetzen. Sicher hatte er einen anderen Familiennamen gewählt, aber den Vornamen wahrscheinlich behalten. Es war ziemlich schwer, sich in kurzer Zeit an einen anderen Vornamen zu gewöhnen und auf ihn zu reagieren. Trotzdem: Die Logik von Männern folgt bekanntlich anderen Regeln als die von Frauen. Wahrscheinlich fand es Wlassow sehr lustig, sich als Kubaner oder als Schürzenjäger auszugeben. Oder aber er hatte es einfach gut drauf, solch einen verkrampften Loser wie diesen Alexander zu spielen. Selbst dann war noch nicht alles verloren. Rita nippte nervös an ihrem ägyptischen Weißwein. Sie hatte Männer mit schlimmerem Charakter erlebt. Außerdem – seine vielen Reisen und sein außergewöhnlicher Zeitvertreib hatten einen entscheidenden Vorteil:

Sie würde ihn sehr wenig sehen, und es bestand eine hohe Wahrscheinlichkeit, dass er von einem Hai gefressen würde.

Auf jeden Fall würde man eine Lebensversicherung abschließen müssen.

»Gibt es hier eigentlich viele Russen?«, fragte sie die beiden.

»Jede Menge«, antwortete Che.

»Aber wir haben unsere eigene Bande«, erinnerte sie Fidel.

Rita wollte schon fragen, wie viele Saschas wohl dabei wären, hielt sich aber zurück. Sie würden wohl so lange bleiben müssen, bis sie mit jedem dieser Saschas geschlafen hätte, und man würde über sie sagen: »Kennen Sie diese verrückte Journalistin? Sie schläft nur mit Saschas.«

Sie warf einen Blick auf Che. Er hatte schon eine ganz besondere Ausstrahlung. Rita versuchte, alle erotischen Phantasien aus ihrem Kopf zu verbannen. Mit irgendjemandem nur wegen seiner schönen Augen zu schlafen, hatte sie sich schon im Pionierlager abgewöhnt. Aber manchmal suchte sie einfach nach etwas Leidenschaftlichem und Wildem.

Das Leben war unfair zu Rita. Wo war eigentlich dieser schöne Mann gewesen, als sie ihn gebraucht hatte? Damals, als sie nachts durch ganz Moskau gefahren war, nur um zu überprüfen, ob die Fenster des Prinzen erleuchtet waren oder ob er sich in einer Bar herumtrieb. Damals hätte sie gut eine Ablenkung gebrauchen können. Damals, aber nicht jetzt.

»Wir versuchen, dich gut unterzubringen.«

Che reichte ihr die Hand und half ihr aus dem Sessel.

Rita stand wacklig auf den Beinen. Sie spürte ihre Müdigkeit. Ihre Wohnung schien ihr schon unerreichbar fern, und sie sehnte sich danach, sich auf ihrem Lieblingssofa auszustrecken und die Augen zu schließen.

Als sie über die Strandpromenade gingen, jeder mit einem von Ritas Gepäckstücken, redeten die Freunde über die Vergangenheit. Rita erfuhr dabei, dass Che einige Zeit in London gelebt hatte und dass Fidel der Einzige aus dieser Truppe war, der es geschafft hatte, wenigstens ein bisschen zu arbeiten. Aber er wollte nicht herausrücken, was genau er gemacht hatte. Und in dem Land, aus dem Rita kam, hatten Frauen solche Fragen ohne besondere Veranlassung auch nicht zu stellen. Wenn die Dollars regelmäßig und üppig flossen, war es ja auch uninteressant, woher sie kamen: aus einem Bohrloch, aus den unendlichen russischen Wäldern oder von der lebhaften Londoner Börse.

»Bist du für längere Zeit hergekommen?« Che blieb stehen, steckte sich eine Zigarette an und setzte seine Sonnenbrille auf. Er trug sie verkehrt herum, so dass die dunklen Gläser seinen Hinterkopf zierten. Rita bemerkte, dass er um die Augen ein paar Fältchen hatte, aber sie standen ihm außerordentlich gut. Er glich einem Piraten, aber er war deutlich älter als achtzehn.

»Ich weiß es nicht.« Rita hockte sich auf einen ihrer Koffer und sah sich um. Das Meer war aufgewühlt, die Sonne ging unter und färbte alles gelborange, es war warm, aber nicht mehr heiß – ein typischer Abend in einem Ort am Meer. Rita wurde es etwas wärmer ums Herz.

Sie war doch nicht ganz allein hier. Sie blickte auf ihre staubigen Koffer.

»Deine Zeitschrift scheint dir weder zeitliche noch finanzielle Grenzen zu setzen«, sagte Fidel. Er stand in voller Größe vor Rita und trug ihre Reisetasche auf dem Arm wie ein Hündchen.

»Warum?« Rita musste sich ermahnen, an den Journalismus zu denken. Diese Frage wirkte auf sie wie eine kalte Dusche. »Ich könnte doch auch einen Artikel schreiben, ihn per Mail verschicken und dann auf meine eigene Rechnung noch länger bleiben.« Rita blickte nachdenklich aufs Meer.

»Das ist eine gute Idee.« Che warf seine nicht zu Ende gerauchte Zigarette weg und hob ihren Koffer hoch.

»Also, wir brauchen eine Wohnung für dich, wenigstens für einen Monat«, zog Fidel das Fazit, und sie gingen gemeinsam die Strandpromenade entlang.

»Ich möchte irgendetwas mit einer Veranda und mit Blick aufs Meer haben.«

Rita hatte Lust, baden zu gehen, obwohl es nicht viele Mutige am Strand gab. Die Taucher gingen gewöhnlich mit warmen, sechs Millimeter dicken Taucheranzügen ins Wasser. Davon hatte Fidel schon gesprochen. »Das Wasser ist im Mai noch nicht sehr warm«, ergänzte er.

»Es gibt eine gute Wohnmöglichkeit direkt neben mir, aber die Wohnung hat keine Küche.« Che zeigte an das andere Ende der Strandpromenade.

»Ich brauche keine Küche!« Rita erschrak regelrecht über die Leichtigkeit, mit der sie ihr wahres Gesicht gezeigt hatte. Eigentlich hatte sie vorgeben wollen, ganz versessen aufs Kochen zu sein. Nach dem Motto: Ich liebe es zu kochen, aber wenn es so heiß ist, habe ich keinen Appetit.

Als sie ein steinernes Haus erreichten, wies Fidel auf die schrägstehende Eingangstür: »Hier ist eine sehr gute Wäscherei, und die ist nicht einmal teuer. Man kann selbst waschen und sein eigenes Waschmittel mitbringen, oder die Wäsche abgeben. Und alles wird schnell und ordentlich erledigt.«

Rita war überrascht. Sie hatte nicht einmal darüber nachgedacht, wer ihre Wäsche waschen würde. Fidel fuhr mit seiner Erklärung der Sehenswürdigkeiten der Stadt fort. Rita drehte immer nur den Kopf und versuchte, die Orientierung nicht zu verlieren. Aber als sie merkte, dass alle Ägypter, denen sie begegneten, nur mit der Zunge schnalzten und in Begeisterung über sie ausbrachen, verging ihr die Lust, allein über die Strandpromenade zu gehen.

In Begleitung ihrer neuen Freunde entfernte sie sich mehr und mehr vom Zentrum von Dahab; die Häuser sahen immer eher wie Hütten und die Menschen immer dunkelhäutiger aus.

Endlich erreichte die ganze Truppe ein ziemlich heruntergekommenes zweigeschossiges, weiß angestrichenes Steinhäuschen. Es befand sich ganz am Ende der Strandpromenade, die – je weiter sie vom Zentrum entfernt war – sich in einen nahezu menschleeren und schmalen Weg verwandelt hatte und an einem kleinen, wilden Strand endete. Mitten auf dem Strand stand wie ein einsamer Pilz ein schiefes Haus; neben ihm lag wie ein guter Nachbar ein altes, verrostetes Boot im Sand. Man sah dem Boot an, dass es schon jahrelang nicht mehr benutzt worden war. Zwei Menschen liefen am Wasser entlang und kämpften mit einem Drachen, der nicht recht fliegen wollte.

»Was machen die denn da?«, fragte Rita und zeigte mit dem Finger auf diese entfernten Figuren.

»Das sind Drachenflieger, die trainieren hier«, erklärte ihr Fidel, »sie lassen einen Drachen steigen und werden dann von ihm im Wind auf einem Brett durchs Wasser gezogen. Es ist so ähnlich wie Wasserski, aber nicht mit einem Boot, sondern mit dem Drachen.«

»Hier herrscht meist guter Wind und es kommen nur wenig Menschen her«, ergänzte Che, »es sind vor allem Anfänger, die hier üben.«

»Alles klar.« Rita blickte in Richtung Strand. Che war schon auf seiner Veranda.

»Insgesamt sind in diesem Haus sechs Wohnungen zu mieten«, erklärte er ihr, »und die neben meiner ist eben frei geworden.«

Rita blickte auf den benachbarten Balkon. Es war genau so wie der von Che, nur ohne Korbmöbel.

»Ist das nicht gefährlich? Man kann hier doch ganz einfach einsteigen«, fragte Rita.

»Nein, keine Sorge!«, winkte Che ab.

»Hier wohnen nur junge Leute«, ergänzte Fidel.

Rita verstand nicht, wie sie diese jungen Leute vor Dieben schützen sollten, nickte aber.

Eine Wand aus hohen Palmen und stacheligen Büschen trennte das Häuschen vom Strand. Zwischen den Pflanzen führte ein schmaler Weg direkt zur Veranda von Che. Der Haupteingang befand sich auf der anderen Seite des Hauses, und diesen bescheidenen Pfad benutzten nur die Mieter der Wohnungen im Erdgeschoss, die zum Meer hin lagen – also nur Che und sein deutscher Bekannter, der ein paar Tage zuvor ausgezogen war. Rita war überrascht, dass die beiden Freunde nicht zusammen wohnten, aber Fidel erklärte ihr, dass jeder Mensch nach ein paar Wochen seine eigenen privaten Räume braucht, vor allem, wenn man es sich leisten kann. Rita nickte verständnisvoll. Sie hatte schon längst beschlossen, diese Wohnung zu nehmen.

»Hier wohnen natürlich in erster Linie Taucher. Aber das

ist ja eigentlich auch genau das, was du für deinen Artikel brauchst«, sagte Che.

Wieder dieser Artikel.

Jedes Mal wenn Rita auf ihre vermeintliche Arbeit angesprochen wurde, ärgerte sie sich. Besser hätte sie sich als eine Einsame mit Depressionen ausgeben sollen, dann wäre sie nicht gezwungen gewesen, sich so zu verstellen. Dann hätte sie einfach erklären können: »Ich bin gerade auf wundersame Weise von einer tiefen Depression geheilt worden; wo ist denn hier die nächste Disco?« Das hätte genügt.

Eine solche Rolle hätte sie in jedem Moment beenden können. Aber so musste sie die Journalistin sein, die über das Tauchen schreibt. Rita kannte nicht eine einzige Journalistin – außer Carrie Bradshaw aus *Sex and the City*, aber die schrieb über Sex und nicht über Tauchmasken und Schwimmflossen.

Fidel begann, Ritas Sachen auf die Veranda zu hieven und half ihr dann, selbst über die Brüstung zu kommen. Rita schätzte seine entspannte Galanterie und Aufmerksamkeit. Seine Hand war immer die erste, wenn sie Hilfe brauchte. Natürlich, wenn man so toll aussah wie Che, hatte man es nicht nötig, so wohlerzogen zu sein.

Auf der Veranda sah alles sehr nett aus: ein kleiner Rattantisch, zwei Sessel und überall verstreut jede Menge Sportsachen, Schwimmflossen, Tauchermasken, Schuhe, Tauchanzüge. Sie entdeckte sogar ein Paar Wasserski.

»Tolle Aussicht!« Rita beugte sich über die Balustrade und bewunderte das azurblaue Meer, das sie durch die Palmen sehen konnte. Sogar das alte Boot wirkte sehr pittoresk. Rita bemerkte, dass an eine Bordwand des Bootes ein Fahrrad gelehnt stand.

»Was ist das für ein Boot?«

»Innen ist es sehr bequem.« Fidel und Che tauschten Blicke und brachen in Gelächter aus.

»Alles klar.« Rita mimte das schüchterne Mädchen.

Alles klar. Vögeln und Wasserski fahren. Es war doch nicht verboten, schön zu leben.

»Wir wohnen hier alle dicht beieinander.« Che lehnte sich an eine Trennwand. Rita kam näher und versuchte einen Blick in ihre künftige Wohnung zu werfen. »Ich nehme die Wohnung.«

»Wunderbar! Dann können wir immer nach dir sehen«, sagte Fidel freundlich.

»Oder auch mal zu dir reinsehen.« Che wurde schon präziser.

»Du verliebst dich sicher in irgendeinem Lokal in einen Herzensbrecher, und der fängt an, nachts bei dir einzusteigen«, ergänzte Fidel traurig.

Rita lachte: »Ich verliebe mich nicht so leicht.«

»Hier verlieben sich alle«, erklärte Che philosophisch. »Meer, Sonne, keine Sorgen!« Er schloss die Augen und lächelte verträumt.

»Er hat sich in dieser Saison schon fünfmal verliebt«, sagte Fidel.

»Was für ein Quatsch!«, entgegnete Che.

»Entschuldige, ich meinte dreimal«, korrigierte sich Fidel und lud Rita mit einer Geste ein, ihm in die Wohnung zu folgen.

Von der Veranda aus ging es durch eine Glastür direkt in ein geräumiges Wohnzimmer. Steinerner Fußboden, weiße Wände, an Möbeln nur ein Diwan und ein Bücherregal, darauf eine einsame Vase. Rita hatte etwas anderes erwartet; sie hatte gedacht, seine Wohnung wäre genauso interessant wie Che. Erst jetzt bemerkte sie, dass es bei ihm weder einen Fernseher noch eine Stereoanlage gab.

Während Rita seine Einrichtung betrachtete, verschwand Che im Bad.

»Dort ist das Schlafzimmer.« Fidel zeigte an das Ende des schmalen Flures.

»Dort ist es nicht aufgeräumt, deshalb zeige ich es dir ein andermal«, rief Che aus dem Bad. Er hatte sein Hemd ausgezogen und wusch sich; das Wasser lief über sein Gesicht auf die nackte Brust.

Rita schaute ihn noch einmal nachdenklich an.

Che wanderte durch das Zimmer, fand über einer Stuhllehne ein Unterhemd und zog es an. Rita war nicht entgangen, dass er das alles in voller Absicht getan hatte: ihr in der ersten Stunde ihrer Bekanntschaft seinen wunderbaren, durchtrainierten Körper zu präsentieren. Sie lächelte. Diese Nachbarschaft versprach sehr angenehm zu werden.

»Lasst uns zu Frederic gehen, dem Hausverwalter«, schlug Fidel vor.

Hallo Lalja!
Ich kann es einfach nicht glauben, dass ich dir jetzt diese Mail schreibe, und du wirst sie schon in einer Stunde lesen.
Ich bin wunderbar angekommen und habe mich schon eingelebt. Ich habe eine Wohnung mit Seeblick und eine Veranda.
Es gibt keine Küche. Gut, dass ich nicht meine Lieblingskleider mitgenommen habe, weil ich hier wahrscheinlich bald ausgeraubt werde.
Ich habe die Nase von den Arabern schon voll. Von den Tauchern übrigens auch. Ich habe Leute kennengelernt, die sich als Millionäre entpuppen könnten. (Kandidaten)
Einer davon heißt Sascha! Aber ich hoffe nicht, dass es Wlassow ist. Obwohl er angeblich auf Hawaii war und in St. Petersburg geboren ist. Ich sehe schon, wie groß deine Augen vor Überraschung werden, aber glaube mir, das ist er nicht. Er ist genauso wenig ein Millionär, wie ich eine Journalistin bin.
Zwei andere – Fidel (Kubaner) und Che (Andrej) sind seine besten Freunde. Die beiden sind klasse!!! Che ist einfach eine Schönheit! Sie sind meine Nachbarn!

Willst du vorbeikommen? ☺
Ich küsse dich, grüß Mischa und die Kinder!
Grüß auch Julika von mir und erzähl ihr die Neuig-
keiten von mir. Kannst du sie fragen, ob sie sich eine
E-Mail-Adresse eingerichtet hat?
☺ *Dieses Zeichen ist ein Smiley, wusstest du das?*

Als Che am nächsten Abend an Ritas Tür klopfte, lag ihre ganze Kleidung unordentlich auf dem Boden des Wohnzimmers verteilt. Sie konnte sich einfach nicht entscheiden, was sie zu ihrer ersten Party in Dahab anziehen sollte.

»In fünf Minuten!«, rief Rita und begann zum wiederholten Male nervös, aus dem ganzen Haufen ihrer Klamotten ein Stück nach dem anderen herauszuziehen. Sie probierte und verwarf ein geblümtes Minikleid – es würde zu schnell in ein fremdes Bett führen. Der Jeansrock – man könnte annehmen, dass sie sich für jünger ausgeben wollte, als sie in Wirklichkeit war. Top und Shorts – das war etwas für Süditalien; dazu würde ein Hut mit riesiger Krempe passen. Ein trägerloses Top – man hätte die Streifen von ihrem Badeanzug gesehen. Hier war es nicht üblich, sich oben ohne zu sonnen. Ihre ganze Kleidung schien ihr vulgär und unpassend vor dem Hintergrund ausgeblichener Shorts und alter Hemden.

Sie war schon braun geworden und hatte keinen Zweifel, dass sie umwerfend aussehen würde, gleichgültig was sie anzog. Aber am Tage hatten die Mädels, die zu den Tauchern gehörten, hinter ihrem Rücken gekichert, als sie in einem kurzen Bademantel und Sandalen mit Keilabsätzen am Strand erschienen war.

»Verdammtes billiges Zeug!«

Verzweifelt warf Rita alle ihre Kleider in verschiedene Richtungen. Sie war sich ziemlich sicher, dass alles nur vom Preis abhing. Ein maritimes Sommerkleid von Marc Jacobs wäre jetzt wirklich ideal gewesen. Sie dachte an ihr Lieblingskostüm und angelte sich rosa Caprihosen aus Baumwolle aus dem Kleiderstapel. Schweren Herzens wählte sie ein einfaches dunkles T-Shirt mit einem Sternenhimmel auf der Brust.

Noch nie war Ritas Busen so blamabel verhüllt; ohne Dekolleté fühlte sie sich für den Abend nicht gut gerüstet. Gut, dass sie neue, aber natürlich billige, immerhin ganz nette Sandalen trug. Sie band ihr Haar zum Pferdeschwanz und trug etwas Lipgloss auf, denn vor lauter Aufregung schien ihr die Luft aus den Lippen gewichen zu sein. Solche Alpträume hatten sie früher schon häufiger gequält. Rita trat vor den Spiegel und betrachtete sich kritisch: Jung, billig, charmant.

»Ich komme!«

Sie eilte auf Ches Veranda.

Fast alle abendlichen Partys in Dahab fanden unter freiem Himmel statt. Der süße Rauch der Wasserpfeifen stieg langsam auf, und die Sterne leuchteten fast so strahlend wie das Muster auf Ritas T-Shirt. Hier wurde gezuckerter Beduinentee aus Kräutern getrunken, man rauchte Apfeltabak mit Minze – kaum Alkohol. Das gab Rita zu denken. Che hatte sich für diesen Abend fein gemacht: Er trug eine helle Hose, darüber ein loses Hemd. Fidel hingegen schien sich seit dem gestrigen Abend gar nicht umgezogen zu haben.

Rita bestellte Weißwein. Sie hatte eigentlich nicht vor, viel zu trinken, war aber nach einer Stunde schon völlig betrunken.

Alles um sie herum summte und lärmte. Viele Menschen sammelten sich unter einem riesigen Strohdach an der Bar. Am Tage hatte die Stadt halbleer ausgesehen, aber an diesem Abend konnte man kaum treten.

»Wo sind alle diese Menschen am Tage?«, fragte Rita und leerte das nächste Glas mit dem Fusel, der hier als Weißwein bezeichnet wurde.

»Unter Wasser«, sagte Fidel und winkte jemandem zu. Zwischen der Veranda mit den Wasserpfeifen und der lauten Bar strömten die Menschen laut grüßend hin und her.

»Das ist John.« Fidel stellte Rita einen netten dunkelhäutigen Mann vor, der sie freundlich anlächelte.

Sie versuchte, ihren Blick auf diesen Mann zu konzentrieren. Während der letzten Stunde hatte sie mindestens zwanzig Menschen aller Nationalitäten kennengelernt.

»Hallo«, sagte sie.

»Sehr angenehm, sie kennenzulernen«, sagte der Mann in akzentfreiem Russisch.

»Trinkst du etwas?«, fragte Rita.

Fidel war irgendwie verschwunden und hatte die beiden allein gelassen.

»Nein, ich rauche.«

»Hmm! Aber ich trinke!«

John blickte sie lachend an, unternahm aber keinen Versuch, ihr Glas wieder zu füllen.

»Normalerweise trinke ich Wein«, sagte Rita gedehnt und starrte nachdenklich ins Leere.

»Das ist gut. Wein ist das gesündeste aller alkoholischen Getränke«, unterstützte sie John.

»Entschuldigung, ich muss auf die Toilette.« Rita eilte fort. Sie wusste, wohin solche Gespräche führen. Zwei Stunden nutzlose Zeitverschwendung für eine totale und gänzlich unerwünschte Nüchternheit.

Unterhaltungen mit Geizkragen sind nicht nur unproduktiv, sondern sogar gefährlich. Sie versuchen, ihren Unwillen, eine Flasche zu spendieren, mit langatmigen und halbschlauen Gesprächen zu kompensieren.

»Verdammter ägyptischer Fusel. Wenn ich den weiter trinke, werde ich keinen Wlassow kennenlernen«, stellte Rita gereizt fest und versuchte ihre Nachbarn zu finden – die waren aber verschwunden.

Sie lief torkelnd zwischen den am Boden liegenden Wasserpfeifen-Rauchern hin und her und zog die ganze Aufmerksamkeit auf sich. Dann ging sie entschlossen in Richtung Strand. Sie wollte Champagner, auf eine schöne Yacht oder wenigstens in ihre Hütte, wo in ihrem Mini-Kühlschrank noch die zwei Flaschen Moët lagen, die sie am Flughafen gekauft hatte.

»Nein«, murmelte sie. »Der Champagner ist für den romantischen Abend mit Wlassow.«

Sie musste kichern. Ihn hier, unter diesen Menschen zu treffen, war unmöglich. Als sie zu Ende gelacht hatte, weinte sie zur Abwechslung bittere Tränen der Trunkenheit. Sie wollte ihre Freundinnen zu Hause anrufen, aber ihr nicht aufgeladenes Telefon war in der Wohnung am anderen Ende der Strandpromenade geblieben.

»Warum weinen wir denn?«

Neben Rita erschien wie von Zauberhand ein Mann mit

gepflegtem grauem Kinnbart. Er war um die fünfzig und sah sehr imposant aus.

»Keiner spendiert mir einen Wein«, jammerte Rita und musterte den Mann. Saubere Hosen, teure Sandalen, angenehmer Duft. Ritas Skala für die Bewertung männlicher Erscheinungen hatte sich in Dahab schon deutlich verändert.

»Das kann nicht sein. Erlauben Sie mir bitte, Sie an meinen Tisch einzuladen.« Der Mann hakte Rita unter und führte sie in die Mitte der Veranda.

»Chablis!«

Ritas Augen strahlten. Sie setzte sich in die neue Runde, und ihre Stimmung hellte sich sogleich auf. Das waren Geschäftsleute und Taucher aus Moskau.

»Ich bin Journalistin und schreibe über das Tauchen«, lallte Rita voller Stolz. Sie war viel zu faul zum Lügen. Sie wollte einfach nur trinken. Alle lachten und Rita lachte mit.

Dann redete sie eine Menge Unsinn – wie immer nach der zweiten Flasche Wein.

Der Mann hieß Dima. Aber alle Freunde riefen ihn bei seinem Vatersnamen – Michalitsch. Das konnte Rita immerhin noch wahrnehmen. Er hieß mit Vatersnamen genau wie Wlassow. Nur sein Alter war deutlich über fünfundvierzig. Sie tippte ihn freudig mit dem Finger an, lachte laut und rief: »Michalitsch. Das ist ja ein Ding!«

Sie erzählte über den Nobelpreis, den sie für ihre Artikel über das Tauchen zu gewinnen hoffte. Oder sogar einen Oscar. Die Männer lachten, gossen ihr Wein nach und hatten wahrscheinlich schon insgeheim beschlossen, wo die Preisverleihung in dieser Nacht stattfinden sollte.

»Michalitsch, bist du reich?« Rita schlich sich subtil an die grundsätzlichen Fragen heran.

Michalitsch lachte, dass ihm Tränen aus den Augen liefen. Auch seine Freunde lachten und klopften ihm auf den Rücken.

»Na wirklich, sag schon, wie viel Geld hast du?«, insistierte Rita.

»Viel, aber nicht so viel, wie du brauchst«, hörte sie jemanden vom anderen Tischende sagen.

Rita blinzelte und versuchte herauszubekommen, wer das gesagt hatte.

»Das ist unser örtlicher Reiseleiter«, zeigte Michalitsch mit dem Finger auf einen jungen Mann.

»Aha.«

Rita blickte nach allen Seiten und suchte ihre Freunde. Etwas in ihrem Innersten sagte ihr, dass sie nach Hause gehen sollte. Wahrscheinlich sollte sie dieser Stadt sowieso besser wieder den Rücken kehren.

»Wir sind hier alle Anfänger, außer ihm«, fuhr Michalitsch fort.

»Jetzt nicht mehr«, lächelte der Reiseleiter Rita zu.

Sie stellte ihr Glas ab und betrachtete ihn etwas aufmerksamer. Zuerst waren es zwei, dann einer, dann wieder zwei, dann ein und ein halber. Rita wandte sich ab. Sie hatte doch noch ein Gespür dafür, was sie für eine Figur abgab.

»Wir sind für eine Woche hergekommen, haben unsere Prüfungen abgelegt und unser Zertifikat bekommen«, sagte Michalitsch stolz.

»Wie konnten wir Sie bisher nur übersehen?«, fragten die Freunde wie im Chor.

»Ich bin erst gestern angekommen.« Rita nippte weiter an ihrem Glas.

»Sind Sie zum Tauchen hier?«, fragte der Reiseleiter.

»Hast du nicht gehört«, antworteten die anderen, »sie ist Journalistin.«

»Natürlich«, bestätigte Rita mit schwerer Zunge. Wenigstens hatte sie mitbekommen, dass der Reiseleiter jünger als seine Freunde aussah, und sie fing an, sich für ihn zu interessieren.

»Gerade er war es, der uns hierher gelockt hat«, zeigte Michalitsch wieder mit dem Finger auf den Reiseleiter, »wir wollten eigentlich nach Australien oder auf die Karibischen Inseln. Aber er sagte: ›Was wollen Sie denn da? Sie können doch gar nicht richtig ertrinken!‹«

Alle schütten sich aus vor Lachen.

»Das stimmt! Ihr ertrinkt nicht mehr!« Der Reiseleiter schüttelte den Kopf.

»Uns gefällt dieser Ort eigentlich nicht«, sagte Michalitsch zu Rita, »hier sind nur Hippies. Aber morgen geht es schon in die Heimat zurück.«

»Alles Schreckliche bleibt dann hier zurück«, ergänzte der Reiseleiter sarkastisch.

»Natürlich, und du bleibst hier mit Rititschka.« Michalitsch drohte ihm mit dem Finger. »Wenn ich nicht so viel zu tun hätte, würde ich selbst hier bleiben.«

Rita lachte. Danke, nicht nötig. Das waren Geschäftsleute der Mittelklasse – aber an denen war Rita nicht interessiert. Entweder Wlassow oder keinen!

»Kannst du nicht alle deine Beschäftigungen für eine schöne Frau zurückstellen?«, sagte der Reiseführer zu Michalitsch.

»Das kannst nur du, Sanya«, antwortete der ganz ruhig.

Sanya! Rita hob ihren Kopf. Der Reiseleiter lächelte und sah sie dabei an.

»Alexander!« Er reichte Rita seine Hand über den Tisch.

»Rita!« Sie versuchte ihre Augen, die ihr über das ganze Gesicht zu rollen schienen, an ihrem angestammten Platz zu fixieren.

»Sascha ist einer von hier«, sagte der Freund von Michalitsch, »er wohnt praktisch hier.«

»Ach, hier bist du!« In diesem Augenblick stand Fidel neben ihrem Tisch. »Hallo!« Er grüßte den Reiseleiter Sascha herzlich und umarmte ihn. »Wo warst du, wo hast du dich wieder rumgetrieben?«

»Ich bin mit Andy die ganzen Inseln entlanggefahren.« Sascha erhob sich.

Rita sah seine sportliche Figur und die kurzen Haare. Hier sahen alle irgendwie gleich aus.

»Ist Andy auch hier?« Fidel lebte auf.

»Er ist nach Safaga gefahren. Ich werde morgen auch dorthin aufbrechen.«

»Was du nicht sagst!« Fidel schüttelte seine Haare.

»Komm doch mit. Das Boot ist neu und gut.« Sascha blinzelte Rita über Fidels Schultern zu.

Sie lächelte zurück. Fidel sagte, dass er darüber nachdenken wollte und Sascha klopfte ihm verständnisvoll auf die Schulter.

»Okay! Ihr habt ja eine klasse Freundin.«

»Das ist unser Glücksbringer!« Fidel half Rita aufzustehen.

Michalitsch und seine Freunde bettelten: »Ritischka, lassen Sie uns Ihre Telefonnummer hier.«

Sie kicherte nur kurz und hing schon über der Schulter von Fidel. »Ich kann nicht. Er erlaubt es mir nicht.«

Als sie ihre neuen Freunde verließ, blickte sie noch einmal zurück. Sascha sah ihr nach und lachte.

»Wer ist das?«, fragte sie Fidel.

»Sascha ist ein wunderbarer Kerl. Er macht Jagd auf Haie.

»Und was macht er?«

»Was meinst du damit? Er taucht. Aber manchmal steht er auch auf dem Brett.«

»Nein. Ich meine: Wo arbeitet er?«

Fidel lachte laut. »Du bist sehr betrunken und musst schlafen. Warte hier auf mich, ich gehe Che suchen.« Er lachte weiter.

Rita ging zur Brüstung vor und blickte auf das dunkle Meer. Sie erinnerte sich an das Lächeln von Sascha, dem Reiseleiter.

Und was, wenn er Wlassow war? In Ritas Erinnerung war dieser Sascha ein sehr sympathischer und ruhiger Mensch. Vielleicht sogar ein bisschen romantisch. Wahrscheinlich trug auch der ägyptische Wein dazu bei.

Sie schloss die Augen und versuchte, sich noch einmal zu erinnern, wie er aussah. Aber in ihrem Kopf drehte sich alles um Michalitsch und seinen Freund. Sie stand mit geschlossenen Augen da, spürte die nahende Übelkeit und beugte sich über das Geländer. Sie musste sich übergeben.

»Nehmen Sie dieses Wasser hier.« Sascha war geräuschlos hinter Rita getreten.

Sogar durch ihre alkoholische Nebelwand empfand sie Scham. Ihre Wangen glühten unter der frischen Bräune.

Sascha half Rita, wieder zu sich zu kommen. Sie nahm einen großen Schluck aus der Plastikflasche, die Sascha ihr in die Hand gedrückt hatte.

»Hast du Wasserpfeife geraucht?«, fragte er.

»Habe ich.« Rita hatte einfach keine Kraft zu lügen.

»Du darfst nicht rauchen. Sonst kannst du deine Artikel nicht schreiben und tauchen kannst du auch nicht.«

»Ich werde es nicht wieder tun.« Ritas Kopf hing schlapp hinunter. Sie war kurz davor, einzuschlafen.

»Sieh sie dir nur an!« Aus der Ferne hörte Rita die muntere Stimme von Che.

»Nicht schlecht für das erste Mal«, sagte Fidel direkt in ihr Ohr.

»Jungs, ihr müsst sie ins Bett bringen!« Saschas Stimme klang leise und beruhigend.

Rita war in einem Zustand, in dem sie alles mitbekam, was über sie gesagt wurde, aber nicht reagieren konnte. Sie musste alles willenlos über sich ergehen lassen.

»Was habt ihr ihr zu rauchen gegeben?« Sascha wischte eine Haarsträhne aus Ritas Gesicht. »Hast du Kopfschmerzen?« Er schüttelte Ritas Schulter.

»Ich weiß es nicht.« Ihre Zunge gehorchte ihr nicht. Sie musste sich noch einmal übergeben. Alle außer Sascha schafften es gerade noch, zur Seite zu springen.

Rita hört Fidels Lachen. Che sagte leise etwas, und alle lachten noch einmal.

Fidel hielt Ritas kraftlosen Körper und trug sie nach Hause. »Komisch. Als ich sie allein gelassen habe, war noch alles in Ordnung mit ihr«, rechtfertigte sich Fidel, »sie hat sogar versucht herauszubekommen, wo du arbeitest«, sagte er zu Sascha und erstickte fast vor Lachen.

Alle lachten mit.

»Und was hast du ihr erzählt?«

Rita erschien das alles wie ein Traum. Sie konnte nicht unterscheiden, ob dieses Gespräch in Wirklichkeit oder nur in ihrem betrunkenen Kopf stattfand.

»Die Wahrheit«, antwortet Che anstelle von Fidel, »dass du ein gefährlicher Zuhälter bist.«

Fidel fing wieder an zu lachen und Ritas Kopf flog von einer Seite zur anderen.

»Vorsicht!« Jetzt klang Saschas Stimme ein bisschen anders. »Schüttelt sie nicht so!«

8

Rita wachte mit einem Gefühl auf, das sie von zu Hause kannte. Ihr Kopf war wie in einen eisernen Reifen gespannt, und in ihrem Inneren arbeitete ununterbrochen ein Presslufthammer. Die Übelkeit stieg ihr vom Magen hoch bis in den Hals.

Rita versuchte ihren Kopf vom Kissen zu trennen, doch das kostete sie unglaublich viel Kraft. Von der Veranda her hörte sie ein leises Klopfen. Dieses Klopfen hätte auch aus ihrem Kopf stammen können, doch in der Tür tauchte der zerzauste Haarschopf von Che auf.

»Hallo!« Er grinste breit. »Wie geht es dir?«

Erst in diesem Augenblick begriff Rita, dass sie die ganze Nacht auf dem Sofa verbracht hatte, völlig angezogen und nur mit einem Badetuch zugedeckt. Irgendjemand hatte Ritas frühes Aufwachen geahnt und ihre Bedürfnisse vorausgesehen; neben ihrem Sofa stand eine Flasche Mineralwasser. Rita waren nur die einfachsten Reflexe geblieben, und so griff sie mit zitternden Händen die Flasche mit dem Lebenselexier.

Che trat zögernd in ihr Wohnzimmer und kam zu ihr an das Sofa. Er wartete geduldig und beobachtete, wie Rita das Wasser in gierigen Schlucken in sich hineinsog.

»Na, mit Tauchen ist es heute wohl nichts.«

Che setzte sich auf den einzigen Sessel und legte dazu Ritas Top vom Sitz über die Lehne. Sie konnte sein Gesicht nicht sehen, war aber sicher, dass er lächelte. Sie hätte viel darum gegeben, sich wieder wie ein normaler Mensch zu fühlen. Aber es war ihr einfach nicht möglich, man konnte die Zeit nicht zurückdrehen. Sie war wütend über sich selbst. Wenn sie gestern nicht getrunken und keinen Unsinn geredet hätte, würde jetzt alles ganz anders aussehen. Ritas letzte Erinnerungen waren das Gedicht von Michalitsch und eine Flasche Wein. Wie hatten sie sie nach Hause geschleppt? Vielleicht waren sie durch ihre ganze Wohnung gegangen und hatten sich ihre Sachen angesehen. Andererseits – was hätten sie hier entdecken können, abgesehen von der Abwesenheit jeglicher Anzeichen einer journalistischen Tätigkeit. Sie hatte nicht einmal Kugelschreiber oder Papier dabei.

»Schade, schade«, sagte Che munter, »ich habe Sascha gebeten, dich in einer Gruppe anzumelden und habe schon das ganze Zeug bestellt.«

»Hmmm«, antwortete Rita. Schon das kostete sie Kraft.

»Okay, ich gehe jetzt zur Schule und sage für dich ab. Du kannst morgen hingehen.« Che tätschelte Ritas Badetuch in Höhe ihrer Knie.

»Ja, ja. Morgen, morgen.«

Rita hatte ihren ganzen Willen zusammengenommen und ein paar Laute von sich gegeben. Es war für sie lebenswichtig, irgendwie das Badezimmer zu erreichen. In Anwesenheit von Che war sie zu angespannt.

»Ich habe dir doch gesagt, dass Sascha der beste Trainer in Dahab ist.«

Che stand in der Nähe der Verandatür, und er sprach wohl von Alexander Nr. 1, den sie so bezeichnete, nachdem sie gestern Alexander Nr. 2 kennengelernt hatte. Rita drehte ihren Kopf zu Che, und das grelle Sonnenlicht schlug ihr quasi ins Gesicht. Sie grunzte irgendetwas. Che atmete tief durch: »Na gut, ich gehe jetzt und vereinbare alles für morgen. Aber merk dir bitte, das Ganze beginnt um acht Uhr dreißig.«

Rita war das alles egal. Auch wenn es um fünf Uhr morgens stattfinden würde und sie vorgehabt hätten, den Mond zu bepflanzen – jetzt wollte sie nur schlafen oder, besser gesagt, erst einmal ihr Bewusstsein verlieren.

»Lass es dir gutgehen«, sagte Che, »soll ich dir ein paar Zigaretten hier lassen?«

»Neeeeiin!«, krächzte Rita, und in ihren Ohren klang ihre eigene Stimme scheußlich.

Erst um zwanzig nach eins kam sie wieder zu sich und kroch auf der Suche nach irgendetwas zu essen aus dem Bett.

Nachdem Che gegangen war, hatte sie eine ganze Stunde im Bad verbracht und war dann endlich in dem weichen und gemütlichen Bett in ihrem kühlen Schlafzimmer eingeschlafen. Keiner hatte sie gestört. Wahrscheinlich hatten sich alle Bewohner von Dahab mit großer Leidenschaft ihrem Wassersport hingegeben: Tauchen, Surfen, Schwimmen und im Meer herumspringen.

Rita hatte vor, nach draußen zu gehen und nahm nicht nur ihre Strandtasche, sondern auch die Flossen mit den gespaltenen Enden für eine höhere Geschwindigkeit mit – sie hatten dreihundert Dollar gekostet. Dieser aufsehenerregende letzte Schrei der Taucherwelt war Rita in einer superteuren Boutique in Moskau zusammen mit gleich zwei schicken Taucheranzügen angedreht worden.

Rita schleppte sich über die Strandpromenade in Richtung Zentrum, und ihr Schuldgefühl wegen des gestrigen Abends quälte sie unerträglich. Kurze Erinnerungsfetzen, die ihr Gedächtnis hilfsbereit präsentierte, ließen ihr keine Chance zur Rechtfertigung. Sie hatte sich unmöglich benommen und sich vollkommen vor ihren neuen Bekannten blamiert. Und hatte noch dazu unglaublichen Unfug erzählt, obwohl der »Verdächtige« möglicherweise auch in der Runde gesessen hatte.

In dem Versuch, ihr Gewissen zu beruhigen, nahm Rita ihre ganze Tauchausrüstung mit, um sich selbst an die Ernsthaftigkeit zu erinnern, mit der sie alles so erfolgreich vorbereitet hatte. Und daran, weshalb sie überhaupt in dieses gottverlassene Dorf gekommen war.

Alte Gewohnheiten waren zu Hindernissen auf dem Weg zu Ritas Glück geworden, das vielleicht schon ganz nah lag, und sie nahm sich vor, endlich mit dem Trinken aufzuhören. Solche Entschlüsse hatte Rita schon häufig gefasst, sich dann aber immer wieder gezwungen gesehen, die eigenen Versprechen zu brechen. Es gab oft genug einen Grund dafür, eine weitere Praline in den Mund zu stecken oder eine zweite Schachtel Zigaretten am Tag zu öffnen. Aber an diesem Tag traf sie ohne Zögern die unwiderrufliche und endgültige Entscheidung, ab sofort nicht mehr zu trinken. Zur Bekräftigung kaufte sie sich einen neuen Schnorchel für fünf Dollar. Jetzt stand nichts mehr zwischen ihr und dem nassen Element. Endlich fühlte sie sich besser. Als sie das Strandcafé erreichte, drapierte sie sich in einen niedrigen Sessel, streckte ihre Beine aus – neben sich den Berg ihrer mitgeschleppten Ausrüstung. Eigentlich war es hier gar nicht so schlecht. Rita strich Humus auf ein frisches Pita. Es schmeckte ihr, und es war warm und lustig. Sie grub ihre Füße tiefer in den Sand. Ihr Tischchen, das direkt am Strand stand, bedeckte sich nach und nach mit Tellern. Ihr Appetit war enorm; sie hatte sich schließlich nur entschlossen, in Zukunft auf Alkohol zu verzichten.

Von ihrem Platz aus hatte Rita einen wunderschönen Blick über die ganze Strandpromenade. Ägyptische Kinder liefen hin und her, ein leichter Wind blies ihr ins Gesicht, und der Strandstreifen war teilweise so schmal, dass die Wellen beinahe die Cafétische erreichten.

Nachdem sie so üppig gegessen hatte, trug Rita ihre Flossen mit hochgerecktem Kopf von einem Ende der Stadt zum anderen. Dabei erkundete sie weiter die Umgebung und kehrte schließlich zu dem wilden Strand vor ihrem Haus zurück. Gerade dieses Stück war nach ihrer Meinung am attraktivsten und außerdem noch menschenleer. Sie hatte heute keine Lust, irgendjemanden kennenzulernen; der gestrige Tag hatte ihr gereicht. Sie warf ihr Badetuch in den Sand, unterdrückte den drängenden Wunsch, sofort einzuschlafen und sah sich um. Es war niemand zu sehen, doch hinter dem Fenster des kleinen Häuschens mitten auf dem Strand bewegten sich Schatten.

Ritas Herz pochte. Hier war keine Menschenseele. Ihr erster Gedanke war, schnell nach Hause zu rennen, aber sie entschloss sich, wie alle Heldinnen in Horrorfilmen, zu handeln. Das hieß: hingehen und nachsehen, was dort los war. Langsam stakste Rita mit weichen Knien zu dem Häuschen und hielt inne. Von drinnen war kein Laut zu hören. Sie ging an die Tür und legte ihre Hand auf die dünne Metallklinke. Ein Schloss gab es nicht. Sie zog die

Tür vorsichtig zu sich. Die Tür gab nach, knarrte und öffnete sich einen Spalt. Aber unvermittelt riss eine unsichtbare Kraft von der anderen Seite an der Tür und knallte sie wieder zu.

Vor lauter Schreck kreischte Rita auf und stürzte davon.

Außer Atem und immer noch schreiend erreichte Rita ihr Haus und gelangte mit einem Sprung auf die Veranda von Che.

»Che!« Rita wollte schreien, aber vom schnellen Laufen versagten ihr Atem und die Stimme. Der völlig zerzauste Che erschien auf der Schwelle seiner Schlafzimmertür. Rita stand schon mitten in seinem Wohnzimmer und beugte sich vornüber.

»Was ist los?« Che sah ehrlich erschrocken aus.

Er schloss die Tür zu seinem Schlafzimmer hinter sich. War er etwa nicht allein?

»Dort! Dort!« Rita wies in Panik mit der Hand in Richtung Strand.

»Wovor hast du solche Angst?« Che war überrascht, als ihm Rita die ganze Geschichte erzählte. »Es könnte irgendwer in diesem Häuschen sein. Dorthin kommen Pärchen, manchmal wohnen dort obdachlose Taucher, ein paar Fischer lagern dort ihre Netze.«

»Du verstehst nicht«, erklärte Rita, »irgendjemand hat mich dort beobachtet, hat sich hinter dem Fenster versteckt.«

Rita war sich ihrer Version der Geschichte nicht mehr ganz so sicher. Aber sie versuchte mit aller Kraft, Che davon zu überzeugen, dass sie gewichtige Gründe hatte, schreiend und voller Aufregung bei ihm zu Hause hereinzuplatzen. Es war ihr schon wieder unangenehm, und sie bekam erneut Schuldgefühle. Die sollten anscheinend ihre ständigen Begleiter während ihres Aufenthalts in Dahab werden.

»Denk nach«, beruhigte Che sie, »du bist ziellos durch die Stadt gelaufen, dann legst du dich zufällig an diesen Strand. Wie soll dich denn irgendjemand beobachtet und sich dann auch noch vor dir in dem Häuschen versteckt haben? Wer sollte das denn sein? Ein Ägypter etwa? Aber du kennst sie doch. Die haben keine Hemmungen, ihre Gefühle ganz offen zu zeigen. Du hast dich einfach in etwas hineingesteigert.«

»Che, ich bitte dich inständig. Lass uns meine Sachen vom Strand holen. Da sind ganz teure Flossen dabei. Irgendeiner könnte sie stehlen.« In Wirklichkeit war Rita um ihre Sonnenbrille besorgt. Die war nicht weniger wert als die Flossen, aber bedeutete ihr unendlich viel mehr.

Che war sofort bereit, sie zu dem Schauplatz der Tragödie zu begleiten. Der Strand war leer, und Rita blickte Che verlegen an.

»Na siehst du«, Che wies mit ausgestreckten Armen auf den Strand, »hier gibt es nichts Schlimmes.«

Rita ging zum Häuschen und rüttelte an der Klinke.

»Es ist zu«, rief sie Che zu.

»Bist du überhaupt sicher, dass du die Tür ein bisschen aufgezogen hattest?«, fragte Che misstrauisch und fasste die Klinke selbst an.

»Ja!«, sagte Rita heftig, obwohl sie längst an ihren eigenen Worten zu zweifeln begonnen hatte. Sie umkreiste noch einmal das Häuschen und blickte in das kleine quadratische Fenster.

Drinnen war es dunkel. Durch das staubige Glas konnte

man gerade ein paar Angelutensilien erkennen, die mit einem verdreckten Lappen zugedeckt waren, außerdem einen um ein Stück Rohr aufgewickelten Schlauch, einen alten Fahrradreifen und noch anderes nutzloses Zeug.

Che sagte, dass dieses Häuschen einem Holländer gehörte, Frederic, dem Eigentümer ihres Hauses. Das Häuschen sei früher einmal sein privates Strandhaus gewesen, hatte sich aber mit der Zeit in ein Lager für alles mögliche Gerümpel verwandelt.

Rita bemerkte, dass das Häuschen zwei Fenster auf den beiden gegenüberliegenden Seiten hatte. Deshalb hätte sie jemanden, der sich dort versteckt hielt, nur bemerken können, wenn er sich zwischen diesen beiden Fenstern bewegt hätte.

»Lass uns baden gehen«, schlug Che plötzlich vor. Er hatte offensichtlich keine Lust mehr, weiter den Detektiv zu spielen, warf sein Hemd ab und rannte in seinen Shorts in das kühle Wasser.

Rita wollte ihm folgen, überlegte es sich dann aber anders und kehrte zu ihren Sachen zurück. Sie konnte sich nur mit Mühe in ihre ganz speziellen Schuhe zwängen, schnallte dann die Flossen an, setzte die Maske auf und watschelte tolpatschig zum Wasser.

Mit lautem Kreischen platschte sie ins Meer, steckte sich den Schnorchel in den Mund und strampelte mit aller Kraft durch das Wasser, das Gesicht nach unten gerichtet. Che feuerte sie an. Unter Wasser eröffnete sich ihr eine faszinierende Welt, ein Defilee der schönsten Fische der Welt. Rita bewegte sich schnell parallel zur Küste und arbeitete energisch mit ihren Flossen. Rote, orange, grüne, gestreifte Fische. Als sie auftauchte, stand sie nur bis zum

Bauch im Wasser. »Es ist so toll!«, rief Rita und setzte den Schnorchel ab. Che winkte ihr zu, er schwamm schon weiter draußen. Sie setzt ihren Schnorchel wieder auf und bewegte sich in seine Richtung.

»Klasse!« Rita konnte ihre Begeisterung kaum bremsen, als sie Che erreichte.

»Warte ab, bis du zum ersten Mal richtig tauchst! Das ist hier kein Swimmingpool«, sagte Che zufrieden.

Sie ließen sich zusammen von den Wellen wiegen, Che nahm sie beim Ellbogen, und sie spürte seine Hand angenehm auf ihrer Haut. Das war ohne Zweifel ein romantischer Augenblick. Die Pausen in ihrem Gespräch wurden immer länger, Che griff etwas fester zu, doch Rita war nicht für schnellen Strandsex hergekommen.

»Mir ist kalt«, sagte sie und schwamm zurück ans Ufer.

Die Sonne ging schon unter, als Che und Rita noch auf dem Badetuch lagen und sich Geschichten aus ihrem Leben erzählten. Der Tag neigte sich dem Ende zu, und Rita war bei der Suche nach Wlassow keinen Schritt weitergekommen. Sie musste ihre Lage gründlich überdenken, sonst könnte sie ihren Freundinnen in ihrer nächsten Mail überhaupt nichts berichten. Es war Zeit, nach Hause zu gehen.

Che half ihr, die Sachen einzusammeln, und beide gingen wie zwei Verwandte in Richtung ihres gemeinsamen Hauses.

Als sie schon fast auf dem vertrauten Weg waren, blieb Che abrupt stehen und schlug sich an die Stirn: »Verdammt! Fidel hatte mich gebeten, eine CD von Sascha abzuholen. Er bringt mich um – ich muss das schnell erledigen.«

»Mach das, diese zwei Meter schaffe ich schon allein«, beruhigte ihn Rita.

Che stand ein paar Sekunden nachdenklich da, aber schließlich legt er ihre Flossen auf den Sand und eilte die Strandpromenade hinunter. Rita sah ihm überrascht nach. Er hätte sie ruhig bis nach Hause begleiten können. Jetzt musste sie ihre ganze Ausrüstung selbst bis zur Veranda schleppen. Sie bemerkte, dass Che, wie fast alle schönen Menschen, unglaublich egoistisch war.

Sie schleppte sich leicht gereizt nach Hause. Als sie endlich ihren Kopf hob, bemerkte sie zu ihrem Entsetzen zwischen den Palmen eine Silhouette. Es war so dumm von ihr gewesen, Che einfach fortgehen zu lassen! Der Unbekannte spazierte ruhig, die Hände auf dem Rücken, auf ihrer Veranda herum. »Vielleicht Fidel«, dachte Rita, aber sie ging langsamer und spähte vorsichtig, um zu erkennen, wer diese männliche Gestalt war. Aber der Fremde hatte sie schon bemerkt und wandte sich zu ihr um: »Hallo!«

Er sah ganz ruhig und etwas melancholisch aus.

»Guten Tag.« Rita war an der Mauer der Veranda stehen geblieben. Sie wollte nicht zu diesem Unbekannten auf die Terrasse steigen, zumal ihr der Grund seiner Anwesenheit noch ganz unklar war.

»Erinnerst du dich nicht an mich?«, lächelte der Mann. Sein Lächeln beruhigte Rita ein wenig. Er war groß, hatte helle, kurze Haare, trug die an diesem Ort üblichen ausgewaschenen Shorts – er kam ihr irgendwie bekannt vor.

»Ehrlich gesagt, nein, ich glaube, ich kenne Sie nicht«, antwortete Rita und lächelte entschuldigend.

»Ich habe Sie gestern mit Freunden nach Hause begleitet.« Der Mann winkte unbestimmt in die Richtung von Ches Veranda.

Rita sah ihn noch einmal genauer an.

»Sascha«, half er ihr, »ein Freund von Michalitsch.«

Plötzlich erinnerte sich Rita an alles. Und sie erschrak. Vor allem über ihre Dummheit und ihr idiotisches Benehmen. Alexander Nr. 2 war höchstpersönlich zu ihr gekommen. Und was wäre, wenn er nicht gekommen wäre? Wozu war sie denn überhaupt hierhergereist? Um etwas für sich zu erreichen oder um zu saufen wie ein Loch? Ihr Ärger über sich selbst spiegelte sich auf ihrem Gesicht wider und verwirrte Sascha.

»Wie geht's Michalitsch?«, fragte Rita.

»Er ist abgeflogen«, antwortete Sascha. Plötzlich sah er nicht mehr so freundlich aus. »Ich musste ihn nach Ihnen auch noch nach Hause bringen.« Er lächelte nicht mehr und betrachtete nachdenklich Ritas Flossen.

»Sie haben ihn getragen?«, fragte Rita voller Mitgefühl. Sie wollte unbedingt ihren Ruf retten.

»Freunde haben mir geholfen«, erklärte Sascha, »klasse Flossen übrigens.« Er sprang von der Veranda zu Rita hinunter. Sie konnte sich noch nicht daran gewöhnen, dass die Flossen ein elementarer Bestandteil ihres Lebens geworden waren wie früher Brillanten und Sportwagen.

»Die sind ganz okay«, stimmte Rita zu.

Er lachte: »Sie sind wahrscheinlich eine ganz erfahrene Taucherin?«

»Nein, nein, aber ich möchte eine werden.«

»Um dann einen tollen Artikel zu schreiben?«

Rita hatte plötzlich den Eindruck, er wolle sie auf den Arm nehmen. Andererseits – was sollte ein Mann schon von ihr erwarten, nachdem sie seine Schuhe gleich am ersten Tag vollgekotzt hatte?

»Ja«, bestätigte Rita, »um einen tollen Artikel zu schreiben.«

»Und in welcher Zeitschrift wird dieser Artikel erscheinen?«

Rita antwortete nicht. Sie wog die Chancen ab, dass er der Chefredakteur der Zeitschrift sein könnte, die sie jetzt nennen würde. In der Zwischenzeit hatte Sascha ihre Flossen hochgenommen und sorgsam auf die Veranda gelegt.

»Welche Frauenzeitschriften kennen Sie?«, fragte Rita und stellte ihre Tasche auch auf die Veranda, neben die Flossen.

»*Vogue, Bazar*«, zählte Sascha fleißig auf.

»Vielleicht auch für die«, sagte Rita geheimnisvoll, »ich bin ein Freelancer und schreibe, für wen ich will.« Wie jeder erfahrene Lügner erreichte Rita nun ein Stadium, in dem es Spaß machte, zu lügen, und ihre Phantasie nahm dank ihrer angeborenen Vorstellungskraft und Inspiration schon leicht bizarre Formen an.

»Alles klar!«, sagte Sascha, und auf seinem Gesicht erschien wieder das melancholische Lächeln. Er sah eigentlich sehr nett aus, obwohl seine Frisur etwas merkwürdig war. Er hatte wunderbare Zähne und eine sehr männliche Kinnpartie; man hätte ihn sogar als schön bezeichnen können, wenn nicht seine etwas schiefe Nase gewesen wäre. Die Nase eines Boxers.

Es gab eine gewisse Diskrepanz zwischen der Art, wie Sascha mit ihr sprach und seinem etwas groben Äußeren. Aber eigentlich passte alles ganz gut zueinander, und sein

Lächeln war gewissermaßen das Sahnehäubchen, das alles miteinander verband und weicher machte.

Für die Rolle eines Hauptdarstellers in einem Hollywood-Blockbuster hätte es nicht gereicht; die blieb Che vorbehalten. Aber für eine Nebenrolle, in der er dem Protagonisten helfen würde, die Welt zu retten, war dieser Sascha allemal geeignet.

»Ich hoffe, es macht Ihnen nichts aus, dass ich bei Ihnen vorbeigeschaut habe«, fragte er plötzlich ernst, »Che hat gesagt, dass es Ihnen schlecht ergangen sei. Und ich wollte Sie einfach besuchen.«

Irgendetwas stimmte mit ihm nicht. Es passte alles nicht recht zusammen. Er besuchte sie, sah aber nicht einmal auf ihre Brüste.

Rita erinnerte sich an frühere Besuche von anderen Bekannten. Keiner von ihnen hatte sich so komisch benommen wie dieser Sascha. Sie konnte nicht glauben, dass ein verrückter Abend, an dem sie sich so unmöglich präsentiert hatte, und ein einziger Anfall von Übelkeit ihm so den Kopf hatte verdrehen können. Wahrscheinlich war er aus Neugier gekommen. Oder vielleicht aus Langeweile. Er hatte einfach nichts zu tun und besuchte seine neue Bekannte. Oder er war einer von denen, die ein enormes Verantwortungsgefühl für Schwache und Behinderte hatten.

Leichtfüßig sprang Rita auf ihre Veranda. »Kommen Sie doch bitte herein, ich kann Ihnen ein Glas Wasser anbieten.«

Sascha rührte sich nicht.

Vielleicht wollte er testen, wie leicht sie rumzukriegen wäre?

»Würden Sie mir bitte mein Brillenetui reichen?« Rita deutete auf die Erde, wo das grellgelbe Futteral lag, das aus ihrer Tasche gefallen war.

»Bitte sehr.« Sascha bückte sich, griff danach und reichte es ihr hinüber. Als sich ihre Hände berührten, hielt er ihre für einen Bruchteil länger als nötig.

»Danke für die Einladung, aber ich muss los«, sagte er.

Er lächelte und schien mit seinen Gedanken schon ganz woanders zu sein.

Er lächelte ein bisschen zu viel. Vielleicht war er etwas einfältig? Rita schmunzelte wie eine Siegerin – er hatte doch noch auf ihren Busen geschaut. Sie hatte es genau bemerkt und war ganz still stehen geblieben, um ihn diese Aussicht noch ein wenig genießen zu lassen. Da brach Sascha plötzlich in Gelächter aus. Rita war verwirrt. Er versuchte wohl absichtlich, sie mit seinem Benehmen zu irritieren. Oder entwickelte sie etwa Selbstzweifel?

»Die Bräune steht Ihnen gut«, sagte Sascha.

»Bräune steht allen gut.« Rita neigte sich leicht nach vorn, und ihr Schatten bedeckte ihn völlig.

»Ja, wahrscheinlich«, nickte Sascha und wirkte wieder wie abwesend.

»Sascha, vielleicht sollten wir uns duzen, Sie sind doch mein Retter.« Rita wollte sicher sein, dass sie sich in seinem Namen nicht irrte. Die Situation musste ein wenig aufgelockert werden. In der Luft hing eine spürbare erotische Spannung – oder schien es nur so?

»Gut, Rita, mit Vergnügen.« Er trat einen Schritt zurück.

»Was ich dir noch sagen wollte –«

Sein Gesicht war vollkommen ernst, aber er sprach nicht weiter. Rita wandte ihren Blick nicht von ihm. Das, was er gleich sagen würde, könnte entweder sehr angenehm oder auch ganz furchtbar sein.

Sascha schwieg, und Rita merkte, dass er seinen Kopf schüttelte, um dann seufzend und ganz langsam seinen Satz zu Ende zu führen: »Sei vorsichtig mit Getränken und den Wasserpfeifen, sonst kannst du wirklich nichts schreiben.«

»Das stimmt.« Rita nickte.

Sie empfand eine große Erleichterung. Gut, dass er nicht gesagt hatte, was er im Sinn hatte.

Wahrscheinlich war es etwas Kränkendes. Sicher wegen ihres gestrigen Benehmens.

»Weißt du«, Rita konnte ihre Augen nicht von Sascha wenden, »Alkohol ist eine Berufskrankheit von Journalisten. Trinkst du eigentlich?«, fragte sie. Sie wollte nicht, dass er einfach so wegging.

»Nein«, Sascha schüttelte den Kopf, »ich trinke überhaupt nicht. Na gut, wir sehen uns.«

Nein, mit ihm stimmte eindeutig etwas nicht. Rita blickte noch einmal in sein windgegerbtes Gesicht und versuchte irgendwelche Hinweise auf das zu finden, was ihn so mysteriös machte. Aber sie sah nur seine Falten quer über der Stirn und ein paar gelbe Pünktchen in seinen grauen Augen. Im Gegensatz zu Che war er solide und erwachsen.

»Wir sehen uns wahrscheinlich heute Abend.« Rita machte in Gedanken einen Schritt in seine Richtung; er brauchte sicher Hilfe. »Ich benehme mich nicht immer so schlecht.«

»Leider fahre ich morgen früh schon weg.« In Saschas Stimme schwang kein Bedauern mit. »Deshalb muss ich heute früh schlafen gehen.«

»Ah, alles klar«, sagte Rita.

Er konnte also doch auf sie verzichten. Rita versuchte, ihre Enttäuschung zu überspielen.

»Ich hätte eigentlich schon heute fortfahren sollen, aber es hat nicht geklappt.«

Aha! War er ihretwegen geblieben? Rita warf ihm ihr erprobtes schüchternes Mädchenlächeln zu; sie konnte seinen Tonfall einfach nicht richtig einschätzen. Er hatte tatsächlich Interesse an ihr, das stand fest. Aber worin dieses Interesse bestand, war ihr nicht klar.

»Und wann kommst du zurück?«, fragte sie.

»Weiß ich nicht. Bis jetzt ist es noch ungewiss«, Sascha schaute in Richtung Meer, »das hängt vom Wetter ab.«

»Okay, dann mach's gut«, sagte Rita abrupt, wandte sich um und verschwand in ihrem Wohnzimmer. Ein kleiner Klaps zum Abschied. Nicht lange quasseln, mein Lieber! Sag doch einfach, warum du eigentlich hierhergekommen bist.

Rita räumte ihre Sachen hin und her und stand dabei mit dem Rücken zur Veranda. Es schien eine Ewigkeit zu vergehen, ohne dass von draußen ein Laut hereindrang. Er war gegangen, ohne etwas zu sagen. Das konnte doch nicht wahr sein! Vielleicht hatte sie es übertrieben? Wie auch immer – jetzt würde sie erst einmal ein Bad nehmen und sich ein bisschen entspannen. Als sie schon die Schwelle zum Badezimmer überschritten hatte, hörte sie seine Stimme.

»Wenn ich wieder zurück bin, komme ich vorbei«, rief Sascha.

Rita lächelte nicht einmal. Komischer Typ. Stand die ganze Zeit dort allein.

Natürlich würde er vorbeikommen, es bliebe ihm gar nichts anderes übrig. Rita drehte den Wasserhahn auf. Als sie in den duftenden Schaum glitt, überkamen sie dennoch Zweifel. Trotz ihres effektvollen Abgangs war sie sich nicht sicher, ob er wirklich noch einmal zurückkehren würde. Rita tauchte mit dem Kopf unter Wasser und blies kleine Luftbläschen an die Oberfläche.

9

Verdammte Scheiße!« Rita fluchte und schleppte die Kiste mit ihrer ganzen Taucherausrüstung zu einem der Transportwagen.

In der Kiste befanden sich eine Weste, die Schwimmflossen, ihre Taucherschuhe, der Atemregler und ihr Gürtel mit den Gewichten. Den wertvollen Tauchcomputer hatte sie umgebunden. Eigentlich trug ihn Rita häufig anstelle ihrer Brillantuhr, und wenn sie einen schnellen Blick auf ihr Handgelenk warf, erschrak sie oft, als würde sie statt ihrer Beine den Schwanz einer Meerjungfrau erblicken. Ihren Tauchanzug trug sie selbst auf das Schiff, damit er ihr nicht gestohlen würde.

Sie wartete auf das Ablegen des Schiffes und stand schläfrig im Schatten eines dornigen Busches neben der Tauchschule, in der Alexander Nr. 1 arbeitete.

Rita beobachtete misstrauisch, wie drahtige Männer aus Dahab die Kisten und Sauerstoffflaschen auf zwei riesige Wagen luden, mit denen sie in Richtung Schiff fuhren.

Obwohl sie den vorigen Abend ziemlich ruhig mit Wasserpfeife und Backgammon verbracht hatte, war dieser Morgen ausgesprochen widerlich. Zuerst hatte Che sie mit aller Gewalt aus dem Bett gezogen und keine Rücksicht auf ihre Flüche und Versprechungen genommen, mit dem Tauchen ganz sicher am nächsten Tag anfangen zu wollen. Sie hatte Che tags zuvor selbst gebeten, sie zu wecken und ihre zu erwartenden Drohungen nicht ernst zu nehmen. Genau das hatte er getan. Wer hätte das gedacht! Danach hatte sie in einer langwierigen Prozedur die ganze Ausrüstung gemietet. Fidel hatte den Unterwassercomputer für sie eingerichtet, und jetzt schleppte sie den Tauchanzug und die Badetasche am frühen Morgen allein und ohne jede Hilfe über die Landungsbrücke zu einem alten Schiff.

Alexander Nr. 1 ging vor und feuerte die Taucher hinter ihm an, die sich im Gänsemarsch den Weg entlangquälten und genauso erbärmlich aussahen wie die gemietete Ausrüstung. Verwirrte und nicht ausgeschlafene Menschen konnten einfach nicht aussehen wie imposante Abenteurer. Alexander Nr. 1, das war schon klar, war der beste Trainer für die Anfänger. Rita wäre nie einverstanden gewesen, bei ihm zu lernen, wenn ihre besondere Situation sie nicht dazu gezwungen hätte, diesen Esel näher kennenzulernen. Er benahm sich grob und behandelte Rita wie eine ganz normale Schülerin. Fidel hatte ihn gebeten, ihr etwas mehr Aufmerksamkeit zu schenken.

»Fedja, du weißt doch, unter Wasser sind für mich alle gleich. Das ist eine Sache auf Leben und Tod.«

An dieser Stelle hatte Fidel ihm auf die Schulter geklopft, und Rita hatte sehen können, wie er die Augen zum Himmel rollte und seufzte.

»Es wird schon alles in Ordnung gehen«, ermutigte Fidel Rita, »mach einfach, was Sascha sagt – er ist ein toller Trainer.«

Rita jammerte: »Ich habe keinen Tauch-Buddy! Fidel, komm mit!«

»Man wird für dich schon einen Buddy finden, keine Sorge.« Fidel küsste sie auf die Stirn.

Sascha schrie wie ein Verrückter: »Alle Mann an Bord!«

Nach dem Ablegen suchte Rita auf dem Deck ihre Kiste. Vielleicht hatte man sie ja an Land vergessen? Leider nicht. Als alle begannen, ihre Ausrüstungen zu montieren, bat Rita Saschas sehr angenehmen und schweigsamen Assistenten, einen Chinesen, darum, ihre Ausrüstung zusammenzubauen. Er tat ohne zu murren das, was sonst immer Lalja für sie getan hatte. Rita ging zum Bug und zündete sich entspannt eine Zigarette an. Sie hatte absolut keine Lust zu tauchen.

»Na, hast du schon alles zusammengebaut?«, hörte sie eine strenge Stimme.

»Ja.« Sie warf die halb gerauchte Zigarette über Bord und reckte ihre Schultern.

»Beim nächsten Mal machst du das bitte selbst, hier gibt es keine Sklaven.«

»Und wie wäre es mit ein bisschen Hilfestellung für uns Frauen?«, mokierte sich Rita.

»Hier gibt es keine Männer und Frauen, hier gibt es nur Taucher und Trainer«, bellte Sascha.

Die anderen Anfänger zogen ihre Köpfe zwischen die Schultern und begannen mit doppeltem Eifer die Atemregler auf ihre Sauerstoffflaschen zu schrauben.

Rita blieb am Bug stehen und beobachtete von der Seite die schweigsame Gruppe.

Viele zogen schon nervös ihre Anzüge an und warfen ängstliche Blicke aufs Wasser. Aus dieser Gruppe stach ein dickes Ehepaar besonders hervor. Deren Anzüge spannten sich so straff über ihren Körpern, dass man durch den gedehnten Gummistoff die Haut zu sehen meinte. Sie hörten nicht auf, vor Anstrengung zu schnaufen und wuschen ihre Masken in einem Eimer voll Meerwasser. Wie und warum wollten diese beiden Dicken unbedingt tauchen?

Neben ihnen saßen innig umarmt zwei Jungverheiratete. Er ein etwas ungehobelter, leicht dämlicher Jungspund, sie eine junge unauffällige Frau, die stolz an seiner Brust hing. Rita rümpfte die Nase. Was für eine Gesellschaft! Keiner der Anwesenden weckte bei Rita irgendein tieferes Interesse. Sie wusste alles über sie, noch bevor sie ein einziges Wort gesagt hatten.

Gereizt wandte sich Rita ab. Alexander Nr. 1 lud sie mit einer Geste ein, sich zur Gruppe zu gesellen. Er versammelte sie alle und begann zu erzählen, gestikulierte dabei immer energisch und zeigte dann mit dem Finger auf eine selbst angefertigte Karte. Rita trat etwas näher heran.

»Wir machen folgende Übungen: Absetzen der Tauchermaske, Säuberung des Atemreglers.«

Neben ihr standen zwei unzertrennliche Freunde. Das waren typische Vertreter echter Männerfreundschaft: Zusammen arbeiten und zusammen in Urlaub fahren. Ein solches Verhalten verzieh Rita nur Homosexuellen. Aber die beiden waren nicht homosexuell, obwohl einer lange Haare hatte, die er zu einem Pferdeschwanz zusammengebunden trug. Aber er sah damit aus wie ein Verkäufer von Biker-Jacken. Der andere war eher mollig und hatte helle Haut. Sein Bauch und seine Schultern waren von der Sonne verbrannt und leuchteten himbeerrot. Der Langhaarige versuchte die ganze Zeit über zu scherzen, und der Mollige lachte fleißig über alle seine Witze. Und erschwerend kam hinzu: Beide hießen sie Pascha.

Rita war sich sicher: Auf diesem Schiff hatten sich nur Idioten versammelt. Das war ein schlechtes Zeichen. Doch wenn sie weiterhin alle kritisierte, würde sie nicht mehr in der Lage sein, mit ihrem Charme den geheimnisvollen Wlassow zu betören. Sie musste sich sammeln und zu sich selbst finden.

Sie streckte ihren Rücken und lächelte die beiden Dicken an – die schlugen gleich ihre Augen nieder. Rita ließ nicht nach und strahlte die Jungvermählten an: Der Mann schien völlig irritiert zu sein, und seine Frau lächelte mit zusammengepressten Lippen.

Bestimmt hatten sich alle gegen Rita verschworen. Sie sah sich den Rest der Gruppe an. Ein Mann mit einer jugendlichen Tochter blickte verstohlen auf Ritas Brüste. Gott sei Dank interessierte sich wenigstens einer für ihren Busen! Aber wie sie das Interesse von Wlassow würde wecken können, war ihr nach wie vor ein Rätsel.

Als sich nun die Taucherpaare zusammenfinden sollten, stellte sich heraus, dass alle einen Buddy hatten – nur Rita nicht. »Das ist ja nun nichts Neues«, seufzte sie. Verzweifelt lief sie auf der Suche nach einem Buddy über das Schiff und bemerkte zwei junge Frauen – eine eher unangenehme Entdeckung. Die Mädels spürten Ritas Blick und drehten sich zu ihr um. Ein Hauch von Kälte und Feindseligkeit streifte sie. Wie zu Hause! Rita kehrte einigermaßen befriedigt auf ihren Platz zurück. Wo hatte sie die beiden schon mal gesehen? Vielleicht zusammen mit Che in der Bar? Rita wurde neugierig. Sie drehte sich hinter dem Rücken eines Nachbarn wieder um und sah die beiden noch einmal an. Die eine hatte kurze Haare, einen kleinen Busen und sehr lange Beine, die sie stolz präsentierte. Die Zweite war etwas dicker. Rita beugte sich noch weiter vor und konnte ein ganz nettes Gesicht erkennen, und dunkle Haare, die zu einem langen Pferdeschwanz gebunden waren. In diesem Moment wandte sich die Dickere ihr zu, und Rita huschte schnell zurück hinter den Rücken des schnauzbärtigen Vaters mit der jugendlichen Tochter.

»Sascha, wer ist mein Buddy?«, fragte Rita, als kein Zweifel mehr bestand, dass sich niemand freiwillig dazu bereit erklären würde.

Sascha zog seine Augenbrauen zusammen und sah Rita an: »Hast du keinen Buddy?«

»Nein, Fidel hat gesagt, dass du irgendeinen für mich finden würdest.«

Sascha seufzte. Rita hoffte, dass sie beide ein Paar bilden würden. Sie musste ihm trotz allem irgendwie näherkommen, egal wie unwahrscheinlich sein Reichtum auch war – besonders die kleinen Löcher in seinem abgetragenen Taucheranzug ließen sie erschaudern.

»Verdammt!«

Sascha stand auf und entfernte sich in Richtung des anderen Endes des Schiffes. Er ging zu einem Berg Handtücher, die dort auf der Bank lagen, und schlug mit der Hand darauf. Rita lachte; irgendwie war er komisch. Aber dann stellte sich heraus, dass dort jemand schlief. Ein Taucher! Ritas Buddy. Nicht gerade zimperlich rüttelte Sascha ihn wach, sagte etwas zu ihm und deutete mit dem Finger auf Rita. Der junge Mann blinzelte in die Sonne, rieb seine verschlafenen Augen und verstand erst einmal nichts. Er hatte in seinem Taucheranzug geschlafen. Sascha führte ihn zu Rita.

»Sergej wird dein Buddy sein.«

Sergej gähnte und lachte: »Hallo.«

Sergej war ein sehr erfahrener Taucher, der beste Freund von Sascha. Er hatte vorgehabt, allein zu tauchen, doch jetzt musste er Ritas wegen wohl oder übel bei den Anfängern bleiben und ihr dabei zusehen, wie sie ihre einfachen Übungen unter Wasser absolvierte.

»Sind Sie zum ersten Mal dabei?«, fragte Sergej und wandte seine Augen nicht von den Mädchen auf der anderen Bordseite.

»Das ist mein erster Tauchgang im offenen Meer«, erklärte Rita würdevoll.

»Tatsächlich?«

Rita hatte den Eindruck, dass er ihr überhaupt nicht zuhörte. Sergej verfolgte mit seinen Blicken alles, was dort drüben passierte. Schließlich winkte eines der beiden Mädchen ihm kichernd zu – die Dickere. Die Lange saß mit dem Rücken zu ihnen und betrachtete demonstrativ das Meer.

»Ihre Freundinnen?«, fragte Rita gereizt, ohne einen Blick zu den jungen Frauen zu werfen.

»Ja, ich kenne sie.« Sergej drehte endlich den Kopf zu Rita. »Sie sind nicht herübergekommen«, stellte er fest, »sie haben Angst vor Ihnen.«

»Das ist auch gut so«, sagte Rita ganz ruhig.

Sergej stutzte; dann schlug er vor: »Lassen Sie uns Ihre Ausrüstung ansehen.«

»Der Chinese hat alles zusammengebaut.« Rita zeigte gleichgültig auf ihre Ausrüstung. Sie wollte das sonnige

Deck auf keinen Fall verlassen; der Wind wehte ihr ins Gesicht, und Rita entspannte sich. Sie genoss den Ausflug jetzt in vollen Zügen.

»Nicht Chinese, sondern Japaner. Jeji!«, verbesserte Sergej sie geduldig.

Er untersuchte aufmerksam ihre Ausrüstung, und Rita tat dasselbe mit seinem Körper: Sergej hatte eine muskulöse, drahtige Figur. Er war geradezu perfekt gebaut. Und wenn er etwas größer geraten wäre, hätte er seiner äußeren Erscheinung nach den ersten Platz im Ranking von Dahab einnehmen können.

Brünett, gleichmäßig gebräunt, grüne Augen, weiße Zähne, ein offenes Gesicht, kurzer Bart. Seine Manieren verzauberten Rita. Er war ruhig und ohne Eile, aber nicht wie eine Schildkröte, sondern wie ein Raubtier, das immer auf dem Sprung ist. Als Rita ihn endlich richtig einschätzen konnte, nervte sie die Anwesenheit der anderen beiden Frauen erst recht. Sie beobachteten ihn ständig und warfen ihm verschwörerische Blicke zu, um seine Aufmerksamkeit auf sich zu ziehen. In Rita stieg Ärger auf.

»Meine Maske wird Wasser durchlassen«, Sergej strich unzufrieden über seinen Bart. »Sascha, hast du keinen Spiegel?«, rief er.

»Nein, das hier ist kein Friseursalon!« Sascha blickte gespannt auf das Wasser, als ob er etwas darin suchte.

»Haben Sie etwa vor, sich zu rasieren?« Rita setzte sich auf die Bank neben Sergej und legte ihre Beine bequem auf ihre eigene Sauerstoffflasche. Sie warf einen verstohlenen Blick auf die jungen Frauen. Die Mollige beobachtete sie ihrerseits, und die zweite starrte nach wie vor aufs Meer. Aber man konnte Rita so leicht nichts vormachen:

Sie wusste, dass die eine der anderen leise berichtete, was sie sah.

»Ich habe einen Rasierer, aber keinen Spiegel«, sagt Sergej traurig.

»Ich kann Sie rasieren!« Rita lachte ihn an.

Sie amüsierte sich immer mehr. Tauchen interessierte sie nicht mehr, aber ihre Lieblingsdisziplin zwang ihre träge gewordenen Muskeln, in Schwung zu kommen. Die Jagd auf Männer erforderte ständiges Training.

»Setzen Sie sich!« Mit einer einladenden Geste bot Rita Sergej ihren Platz auf der Bank an. Er nahm Platz.

»Stellen Sie die Beine etwas auseinander!«, befahl Rita und plazierte sich zwischen Sergejs Knie.

Die anderen starrten mit offenen Mündern herüber. Sergejs Knie berührten Ritas nackte Beine. Es tat ihm sicher leid, dass er seinen Taucheranzug vor seinem Nickerchen nicht ganz ausgezogen hatte. Mit der einen Hand hielt Rita Sergejs Kinn und mit der anderen führte sie akkurat den Rasierapparat über sein Gesicht. Gelegentlich fasste sie leicht mit den Fingern an seinen Hinterkopf, um die Kopfstellung zu korrigieren.

Während einer dieser Berührungen spürte Rita einige vernarbte Stellen, die sie sich gleich ein bisschen näher ansah. Die Narben waren kaum durch das dunkle kurzgeschnittene Haar zu sehen, doch Rita maß dieser Entdeckung keine besondere Bedeutung bei; ihre Gedanken waren ganz woanders. So etwas passiert manchmal, wenn sich die niederen Instinkte einschalten. Vor ihrem inneren Auge spielten sich Szenen ab, die nun wirklich gar nichts mehr mit dem bevorstehenden Tauchgang zu tun hatten. Glücklicherweise bemerkte Sergej nichts davon; es war nicht gut, dass Rita immer wieder das eigentliche Ziel ihres Aufenthalts in Dahab aus den Augen verlor.

»Das war's.« Rita trat einen Schritt zurück.

Sergej öffnete mit Mühe seine Augen und blieb noch einige Sekunden bewegungslos sitzen.

»Ich bin fast eingeschlafen«, sagte er und war kaum in der Lage, aufzustehen.

»Hm.« Rita zündete sich eine Zigarette an und setzte sich wieder neben ihn.

Der Zauber war vorbei. Sie war schon viel zu lange allein; ihr fehlte Sex.

»Gib mir deinen Tauchanzug«, sagte Sergej.

Alle rannten plötzlich hektisch durcheinander; sie waren wohl in ihrem Tauchgebiet angekommen.

Fast alle aus der Gruppe waren schon im Wasser, als Alexander Nr. 1 und Sergej noch mit aller Kraft versuchten, Rita in ihren neuen Anzug zu zwängen. Sergej keuchte wie eine Lokomotive und Sascha musste sich mit einem Bein an der Reling abstützen, um das Gleichgewicht nicht zu verlieren. Es war geradezu beschämend und passte überhaupt nicht zu dem, was sich gerade zwischen ihr und Sergej abgespielt hatte. Die anderen aus der Gruppe verfolgten das Schauspiel lachend. Endlich schafften sie es, den Reißverschluss zuzuziehen, und gleich wurde ihr unerträglich heiß.

»Halt die Maske und den Atemregler mit der Hand fest«, gab Sergej die letzten Anweisungen.

Alexander Nr. 1 kommandierte Rita und Sergej ungeduldig und schroff. Er war schon längst mit der wartenden Gruppe im Wasser. Die Strömung trug sie weiter und weiter vom Schiff fort.

»Na los, kommt endlich!«, schrie Sascha laut.

Als alle im Meer waren, richtete er den Daumen nach unten und war sogleich unter Wasser. Die Gruppe folgte ihm – alle außer Rita und den beiden Dicken. Die beiden strampelten, weil sie nicht so effektvoll wie alle anderen unter Wasser gleiten konnten.

Kalt. Warum hielt dieser wunderbare Sechs-Millimeter-Anzug nicht warm? Das Gefühl von Kälte würde auch in Zukunft Ritas ständiger Begleiter beim Tauchen sein.

Sie blickte in das Wasser und sah die Menschen, die langsam sanken. Das dicke Paar schaukelte im Meer wie Treibholz.

»Wir dachten, dass wir wie Steine untergehen würden«, sagten sie ratlos, »wir haben nicht einmal Gewichte um.«

Der chinesische Japaner und Sergej tauchten wieder auf, um die Pechvögel abzuholen.

»Was ist los?« Sergej nahm den Atemregler aus dem Mund.

»Ich kann nicht untertauchen, ich habe Angst.« Rita schlug nervös mit der Hand auf das Wasser. Sergej schwamm zu ihr und blickte ihr ruhig in die Augen.

»Lass es uns gemeinsam versuchen. Halt meinen Arm, sieh mich an! Eins, zwei und los geht's!«

Rita ließ Luft aus ihrer Weste und beugte sich nach vorn, aber ihr Hinterkopf blieb auf den Wellen wie eine schwankende Boje. Jemand zog sie langsam nach unten, sie strampelte hektisch mit den Flossen und versuchte sogar, sich zu widersetzen. Trotzdem schaffte es Sergej, sie einen Meter unter Wasser zu ziehen und ihr dann mit Gesten zu zeigen, dass sie ihren Kopf nach unten strecken und sich selbst mit ihren Flossen vorwärtsbewegen müsste. Als sie die restliche Gruppe erreichten, erhaschte Rita durch ihre Maske einen bösen Blick von Sascha. Ihr Herz bebte. Aber sie konnte sich so weit beherrschen, um zu signalisieren, dass sie in Ordnung war. Sergej nickte erleichtert. Rita spürte, dass es sie stark nach unten zog und ihre Sauerstoffflasche gegen die Korallen schlug. Sie versuchte, ihre Weste wieder aufzublasen und wurde gleich wieder nach oben gezogen, doch Sergej schaffte es gerade noch, sie am Fuß festzuhalten.

Schon nach wenigen Minuten war Rita unglaublich müde. Sie schaffte es einfach nicht, sich in einer schwebenden Position zu halten, dabei begann jetzt erst die eigentliche Übung.

Als sie an der Reihe war, die Maske abzusetzen, um sie zu reinigen, erschrak sie fast zu Tode. Sie schaute zu Sergej, doch er lächelte nur. Sascha bedeutete ihr mit einer Geste, dass sie beginnen solle.

Rita kniff die Augen zusammen und setzte ihre Maske ab; das kalte Wasser überschwemmte ihr Gesicht. Ganz unwillkürlich öffnete sie die Augen. Das hätte sie nicht tun sollen, denn nun war sie endgültig verwirrt, atmete Wasser durch die Nase ein und stieg voller Panik nach oben. Alles drehte sich. Das war ihr Ende; sie hatte keinen Zweifel, dass ihre Lunge platzen würde. Aber jemand packte sie an ihrer Weste und zog sie mit einem Ruck zurück. Neben Rita bildete sich eine ganze Wolke aus Luftbläschen. In ihren Ohren dröhnte es.

Als sie endlich ihre Maske wieder aufgesetzt und das Wasser ausgeblasen hatte, öffnete sie langsam ihre Augen. Das Erste, was sie sah, waren die besorgten Gesichter des dicken Ehepaares und von Alexander Nr. 1. Er hielt einen

Ersatz-Atemregler bereit für den Fall, dass Rita Hilfe brauchte.

Rita signalisierte, dass alles in Ordnung war. Sascha gab ihr zu verstehen, dass sie die Übung nicht fortsetzen müsste, aber Rita war fest entschlossen, alle Übungen an diesem Tage zu absolvieren. Der Gedanke, dass sie morgen noch einmal von vorn beginnen sollte, erschreckte sie. Das Reinigen ihres Atemreglers verlief ohne Probleme, und Alexander Nr. 1 verlor Rita keine Sekunde aus den Augen.

Er war wirklich wie eine Amphibie, und unter Wasser verhielt er sich ganz anders als darüber.

Das Auftauchen verlief ohne weitere Probleme. Auf der Fahrt zurück nach Dahab redeten alle hinter vorgehaltener Hand über Ritas Verhalten unter Wasser. Sie aß eine Kokosnuss und beobachtete heimlich Alexander Nr. 1. Nach dem Tauchgang benahm er sich ihr gegenüber etwas aufmerksamer, als ob er tatsächlich Angst um sie oder um sich selbst gehabt hätte. Letzten Endes trug er die ganze Verantwortung für den reibungslosen Ablauf des Tauchgangs.

Als am Horizont die wohlbekannte Strandpromenade auftauchte, ging sie zu ihm.

»Bei mir ist alles sehr schlecht gelaufen, nicht wahr?«

»Nein, das ist alles ganz normal für einen Anfänger«, antwortete er ruhig und freundlich und drehte sich um. Na, wunderbar, es ging doch!

»Als zum ersten Mal eine Muräne auf mich zu geschwommen kam, bin ich meinem Trainer vor Angst auf den Rücken gesprungen.«

Wahrscheinlich dachte er, dass sich Rita nach diesem Geständnis erleichtert fühlen würde, aber das Gegenteil war der Fall.

»Sind Sie viel gereist?«

»Na ja, ich habe viel getaucht. Aber davon kann man auch mal genug haben.« Sascha drückte seine Kippe aus und steckte sie sorgfältig in eine leere Zigarettenschachtel. »Im letzten Jahr war ich auf Hawaii, um surfen zu lernen.«

Rita erstarrte. »Na und, wie war es?«, fragte sie.

»Es geht so, aber es hat mich ganz schön Nerven gekostet.« Sascha verzog sein Gesicht.

Sie schwiegen, und Rita hielt die Luft an.

»Wir legen an«, sagte Sascha, »morgen findet die Tauchprüfung für Fortgeschrittene statt. Das sind dann zwei Tauchgänge. Wir legen Punkt neun Uhr ab.«

Er richtete sich auf und ging zur Gruppe. Rita blickte ihm nach. Er konnte es unmöglich sein.

»Ich werde da sein«, schrie sie ihm nach.

Als sie vom Schiff auf die Landungsbrücke hinübersprang, ergriff sie Sergejs angebotenen Arm. Sie lächelte, und prompt hielt Sergej ihre Hand noch ein bisschen länger.

»Na, hast du dir in die Hosen gemacht?«, hörten sie Saschas Stimme. Er lief die Gangway hinunter und klopfte Sergej auf die Schulter. »Jetzt legst du wohl doch nicht die Trainerprüfung ab, oder, alter Meister?«

»Wenn du meinst.« Sergej lächelte ihn freundlich an.

»Na, gib schon zu, du hast solche Angst um sie gehabt, dass du dir fast in die Hosen gemacht hättest.« Sascha konnte gar nicht mehr aufhören zu sticheln.

Rita blickte irritiert von einem zum anderen. Sascha klopfte Sergej wieder auf die Schulter, der fasste ihn um den Hals, und die beiden begannen, freundschaftlich miteinander zu ringen. Rita trat von einem Bein auf das andere und ging in Richtung Tauchschule. Die beiden holten sie erst an der Tür ein.

»Ritischka, warum bist du verschwunden? Ich dachte, du hilfst mir, mit ihm fertig zu werden«, rief Sergej lachend.

»Brauchst du denn meine Hilfe?«

»Das ist eine alte Tradition. Wir nennen das den National-kampf von Hawaii.«

Rita blickte ihn fragend an.

»Wir haben uns so auf Hawaii kennengelernt.«

Sascha lachte spöttisch. »Genauer gesagt: Ich war gezwungen, ihm eine erste Lektion zu erteilen.«

»Was?!« Sergej stürzte hinter ihm her, und beide rannten mit lautem Kampfgeschrei durch die ganze Tauchschule und drängelten die nassen Schüler zur Seite.

Rita blieb auf der Türschwelle stehen und umklammerte verlegen ihre Flossen.

Hallo Lalja!

Hier läuft etwas Unvorstellbares ab!

Ich bin schockiert. Das letzte Mal habe ich dir von Sascha geschrieben. Jetzt nenne ich ihn Alexander Nr. 1, weil inzwischen schon Alexander Nr. 2 aufgetaucht ist. Vor nicht allzu langer Zeit, als ich seine Schuhe vollgekotzt habe, haben wir uns kennengelernt. Über Alexander Nr. 2 kann ich dir nichts sagen, außer, dass er am Tisch mit lauter alten, reichen Onkeln gesessen hatte und ein merkwürdiges Interesse an mir an den Tag legt.

Jetzt habe ich noch einen gewissen Sergej kennengelernt. (Frag Julika bitte, wie groß Wlassow ist!)

Sergej ist ungefähr 1 Meter 77 groß. Er hat Narben, er war auf Hawaii und er hat Geld. Davon sprechen alle.

Sascha Nr. 1 ist Tauchtrainer.

Bei Sascha Nr. 2 ist es unklar, er ist schon wieder woanders hingefahren.

Ich weiß einfach nicht, wen ich als Ersten anpacken soll. Genauer gesagt bin ich bereit, auf jeden anzuspringen. Mangel an Sex macht sich eben bemerkbar.

Wie geht es Mischa, wie den Kindern? Heute bin ich zum ersten Mal im offenen Meer getaucht – bin fast

ertrunken. Frag Julika, was man von Kostja Kot-
scherga über Wlassow hört.
Ich brauche sein Foto!!!
Dringend!!!

Kuss, Rita

Hallo Rita!
Das ist ja ein Ding! So viele Kandidaten! Ist denn
wirklich alles so unverständlich? Ich habe Julika an-
gerufen. Kostja und sie sind an der Riviera. Sie sagt,
dass Wlassow ganz gewiss in Dahab ist.
Julika sagt, sie könne ihn nicht weiter über Wlassow
ausfragen, Kostja werde schon hellhörig. Mach selbst
etwas!
Kostja reist nicht mit dem Foto seines Partners, er ist
noch nicht so weit. Und in den Zeitschriften befindet
sich immer anstelle seines Profils ein dunkler Schat-
ten.
Ich habe alle Ausgaben mit den Artikeln über ihn
gesammelt. Übrigens: Er ist nicht der Einzige. Es gibt
auf der Forbes-Liste noch einige andere ohne Foto.
Also, du hast schon einiges, um weiterzukommen.
Wie geht es deinen netten Nachbarn?

Kuss, Lalja

Am Nachmittag wollten sich alle wieder auf dem Schiff
treffen.
Rita hatte ein paar Stunden geschlafen und suchte jetzt
nach Che und Fidel. Als sie an der Schule vorbeiging, sah
sie Jeji, den chinesischen Japaner. Rita winkte ihm freundlich zu.

»Wo ist Alexander?«

»Auf einem Boot unterwegs«, antwortete er freundlich.

»Und Sergej?«

Der Japaner zuckte mit den Schultern. »Bei den Mädels.«

»Aaah.« Rita ging weiter.

Während der letzten Tage hatte sie schon gelernt, weder den aufdringlichen Arabern noch den obdachlosen Katzen Aufmerksamkeit zu schenken. Aber aufdringliche Frauen bemerkte sie nach wie vor. In ihrem Kopf herrschte ein totales Durcheinander. Viele der Männer hier konnten derjenige sein, den sie suchte – oder auch keiner. Fidel und Che zählten nicht. Sie wusste viel über sie und hatte längst verstanden, dass es für die beiden noch ein ganz weiter Weg bis zum Reichtum sein würde.

Nach dem Gespräch mit Jeji verwarf Rita die Idee, an den Strand zu gehen. Es war besser, jetzt etwas zu essen und über alles nachzudenken.

Seit ihrer Ankunft ließ sie das Gefühl nicht los, dass alles, was geschah, irgendwie surreal war – wie ein Märchen. Ein Prinz in Taucheranzug und mit Flossen – Wlassow. Aber wo? Und wer war es tatsächlich?

Rita ballte die Fäuste und kniff die Augen zusammen. Sie musste auf ihre Intuition hören. Die Strandpromenade, auf der sie gerade in Gedanken versunken stand, war menschenleer.

Hinter dem schmalen Strandstreifen, fast schon am Wasser, bemerkte Rita einen Pelikan, der auf einem Stein stand und mit dem Schnabel zum Horizont wies. Rita fand ihn graziös und konnte sich nicht an ihm satt sehen. Sie dachte an Lalja: sie mochte es auch, auf einem Bein in der Küche zu stehen und dabei zu telefonieren.

Rita wollte sich dem Pelikan nähern, aber der schlug mit den Flügeln und flog weiter auf einen anderen Stein. Sie setzte sich müde in den Sand.

Eigentlich hatte sie gar keine Lust zu grübeln, zumal dieses Gefühl gänzlich neu für sie war. Sie strich sich über den Kopf; dabei fiel ihr ein, dass sie ihre Haare heute noch gar nicht gewaschen hatte. Früher war kein Tag vergangen, ohne dass sie einen Friseursalon besucht hatte. Jetzt lief sie mit ungewaschenen, nach Meer riechenden Haaren herum. Und bekam keinen klaren Gedanken zustande.

Rita nahm eine Liste aus ihrer Tasche. Sie musste zielstrebig und listig vorgehen. Auf dem Blatt Papier, dem man ansah, dass es schon häufig auseinandergefaltet worden war, standen drei Namen:

★ Sergej
★ Alexander Nr. 1
★ Alexander Nr. 2

Sie blickte in die Ferne, doch auch dort gab es für sie nichts Neues zu entdecken.

Der Pelikan flog noch ein paar Steine weiter.

»Es kann nicht sein, es kann nicht sein«, murmelte Rita, »es kann nicht sein, dass ich Wlassow nicht von anderen unterscheiden kann. Das ist nicht möglich. Ich habe es gelernt, ich bin eine der besten in der Stadt und habe viel Erfahrung. Werde ich mich etwa so durch Dahab schleppen wie ein blinder Welpe auf der Suche nach einem Phantom?«

Auf ihre Intuition war hier zwischen ausgeblichenen Shorts und durchlöcherten Tauchanzügen kein Verlass mehr. Keiner trug Uhren oder Manschettenknöpfe, keiner benutzte ein Handy oder fuhr *Mercedes*. Alle waren gleich, wie im Kommunismus.

Rita rümpfte unzufrieden ihre hübsche Nase.

Sie musste lernen, Fakten zu sammeln, alles aufzuschreiben und zu analysieren.

Also, Sergej: Der Größe nach ein bisschen unterdurchschnittlich, obwohl sehr sportlich. War auf Hawaii. Hat Narben auf dem Kopf. Verheimlicht nicht, dass er Geld hat. Die ganze Gruppe war begeistert von seinem Atemregler für zweitausend Dollar.

Alexander Nr. 1: Zunächst nicht ernst zu nehmen, aber dann stellte sich raus, dass auch er auf Hawaii gewesen ist.

Alexander Nr. 2: Ist verdächtig und irgendwie undurchsichtig.

Keiner der drei hatte bisher durchblicken lassen, dass er verheiratet war, alle waren um die dreißig, und ihre Namen spielten ebenfalls keine große Rolle. Es war unwahrscheinlich, dass Wlassow unter seinem richtigen Namen reiste.

Ritas Prinz hatte einen israelischen Pass auf den Namen Rabinowitsch benutzt und konnte damit ohne Probleme die ganze Welt bereisen.

Wenn ein Mensch seinen eigenen Privatjet hat, spielt der Name keine Rolle mehr. Das munterte Rita ein bisschen auf. Der Gedanke daran, warum sie das alles machte, gab ihr wieder Kraft, so dass ihre Einsamkeit und Verwirrung in den Hintergrund traten.

Aber schon bald kamen Rita wieder Zweifel.

Sergej: Seinen finanziellen Möglichkeiten nach zu schließen war er wohl der Erste auf der Liste. Aber warum hatte er seinen Namen geändert? Allen Menschen fällt es schwer, auf einen fremden Namen zu reagieren.

Alexander Nr. 1 kam aus St. Petersburg, war auf Hawaii und schien ein erfahrener Taucher mit einem schlechten Charakter zu sein. Aber man konnte nicht leugnen, dass er viel ärmer als alle anderen aussah. Vor Rita hatte er seinen Gesichtsausdruck nicht verbergen können, als Sergej erzählte, wie er seinen ersten *Porsche* in Amerika zu Schrott gefahren hatte. Rita hatte seine traurige Begeisterung bemerkt. Also: Der Name passte, aber der Gesichtsausdruck nicht.

Alexander Nr. 2 blieb ein völliges Rätsel.

Fidel hatte erzählt, dass er etwas mit Computern machte und angeblich irgendein Geschäft betrieb. Aber Genaueres wusste er auch nicht.

Zu Hause in Russland hatten sie keinen Kontakt gehabt. »Er ist einfach nie dort«, hatte Che gesagt.

Alle neuen Bekannten von Rita waren sehr selten in Moskau. Sie bevorzugten die Weite des Ozeans und richteten ihr Leben entsprechend ein. Rita betrachtete das blaue Meer und stellte fest, dass ihr ein solches Leben schon gar nicht mehr ganz so absurd wie am Anfang vorkam. Allerdings hatte sie hier erst einige Tage verbracht, und ihr Vorrat an sauberer Wäsche war noch nicht aufgebraucht.

Rita kannte sich selbst ganz gut: Irgendwann, und zwar schon ziemlich bald, würde es sie zu den lärmenden Restaurants ziehen, zum luxuriösen und pulsierenden Leben der großen Stadt.

Sie erhob sich aus dem Sand – ihre Entscheidung war getroffen.

Alexander Nr. 1 und Nr. 2 waren auf dem Meer unterwegs, deshalb würde sie sich auf Sergej konzentrieren.

Rita kehrte in die Tauchschule zurück und fragte Jeji nach der Adresse von Sergej. Sie machte sich keine großen Gedanken über diesen unangekündigten Besuch; andere Frauen wären in einer solchen Situation vielleicht nervös, aber nicht Rita. Sie tat so etwas nicht zum ersten Mal, und keiner der Beteiligten war je enttäuscht gewesen. Sergej tat ihr sogar ein bisschen leid; noch genoss er seine freien Stunden, doch gleich würde sein Herz in Flammen stehen. Ritas einzige Schwäche als Jägerin bestand darin, dass sie schon seit einigen Wochen kein richtiges Fleisch mehr gegessen hatte und deshalb leicht ihre Beherrschung verlieren und sich auf ein kleines, selbst auf ein ungenießbares Tierchen stürzen könnte. Sie musste sich zusammenreißen.

Rita fand seinen für dortige Verhältnisse luxuriösen Bungalow ziemlich schnell. Er lag mitten im Dorf, aber er sah sehr nett aus und hatte sogar einen kleinen Garten, der von einem nicht sehr hohen weißen Zaun umgeben war. Rita konnte das Gartentor ohne Schwierigkeiten öffnen. Als sie in den Garten kam, sah sie sich erst einmal um. Ein großer Tisch, um den herum ein paar Stühle standen, ein Aschenbecher voll mit Kippen, leere Colaflaschen. Unordnung. Aber sogar das zerstörte den Zauber dieses Gartens nicht. Obwohl in ihm exotische dornige Pflanzen wuchsen, sah es alles sehr freundlich aus. Man hörte das Rauschen des Meeres nicht und auch nicht den Widerhall des Lebens von Dahab. Es herrschte eine wohlige, faule Nachmittagsruhe. Zwischen den Palmen war eine Leine gespannt, auf der Sergejs Taucheranzug und zwei Badetücher trockneten.

Rita ging durch die offene Hintertür ins Haus direkt ins Wohnzimmer.

»Hallo, ist hier jemand?«

Keine Antwort. Das Wohnzimmer erinnerte sie an ihr eigenes, aber es gab hier einen Fernseher. Auf dem Couchtisch stand ein geöffneter Laptop. Rita kam näher und berührte die Tastatur – auf dem Bildschirm erschien das Dialogfeld, in das man ein Kennwort eingeben konnte. Sie trat einen Schritt zurück. Lalja hatte ihr zwar beigebracht, wie man E-Mails schrieb und versendete, aber Rita hatte immer noch großen Respekt gegenüber Computern. Neben dem Laptop lag ein sehr modernes Handy. Sergej lebte auf ganz schön großem Fuß!

Rita ging langsam durch das Wohnzimmer. Kerzen, Räucherstäbchen. Sie schmunzelte.

Aller Wahrscheinlichkeit nach war der Esstisch in den Garten getragen worden; auf dem Boden lagen große Kissen. Die riesigen Fenster reichten bis zum Boden, und Sergej hatte sich eine gemütliche arabische Ecke eingerichtet, von der man in der Nacht einen alles überwölbenden schwarzen Himmel mit Myriaden von Sternen sehen würde.

Rita versank in einem Kissen und streckte die Beine aus. Die Sonne ging schon unter, aber bis zur Nacht war es noch eine Weile hin. Es roch nach etwas Vertrautem: Apfeltabak und … Sex. Soso. Rita setzte sich auf die Knie und lauschte: Irgendwo oben lief Wasser. Wahrscheinlich duschte Sergej gerade. Sie lächelte und ging zur Treppe.

Oben mündete die Treppe in einen Korridor, von dem mehrere Türen abgingen. Rita öffnete die erste Tür. Dahinter lag ein Schlafzimmer mit einem Himmelbett und dicken Gardinen. Es schien unbenutzt zu sein. Wahrscheinlich einfach ein freies Zimmer. Rita schloss die Tür wieder. Im selben Moment hörte sie ein Geräusch; die andere Tür öffnete sich. Zu ihrer Überraschung stand Rita vor der Frau vom Schiff – vor der Dickeren. Eigentlich war Rita nicht sonderlich überrascht, obwohl die Frau nur mit einem kleinen Handtuch bedeckt und barfuß war.

»Guten Tag.« Die Frau lehnte sich an den Türrahmen.

»Guten Tag, ist Sergej zu Hause?«

Rita zweifelte nicht daran, dass sie nicht gerade den besten Eindruck machte. Mit einer Hand umklammerte sie ihre Strandtasche, und mit der anderen fummelte sie an ihrem Korallengürtel. Jetzt half kein verführerisches Lächeln, kein bedeutungsschwangeres Anzünden einer extralangen Papirossi mit Mundstück. Sie überlegte, wie sie sich aus dieser Lage befreien könnte, als eine weitere Tür mit Schwung weit geöffnet wurde und Sergej lachend und mit Wasser spritzend in den Flur stürzte. Hinter ihm erschien die andere Frau – die mit den langen Beinen. Barbusig.

Sergej starrte Rita verwirrt an. Er versuchte, sich in ein Handtuch zu wickeln und entblößte dabei seine Freundin noch mehr; das Handtuch war für sie beide zu klein.

»Das ist hier nicht das, was du denkst!« Sergej schien ganz verzweifelt zu sein. Rita war vor lauter Schreck noch gar nicht dazu gekommen, irgendetwas zu denken. Seine Reaktion warf sie endgültig aus der Balance. Ale sie ihrer Verwirrung endlich Herr geworden war, versuchte sie, Sergej zu beruhigen: »Das macht doch nichts, das ist doch alles ganz normal!«

»Es ist alles nicht das, was du denkst«, versuchte Sergej sich erneut zu rechtfertigen.

Rita blickte verwirrt auf die junge Frau hinter seinem Rücken. Sergejs Reaktion erschien ihr aufrichtig und doch irgendwie verkrampft.

»Okay, ich ziehe mich an, gib mir das Handtuch«, sagte die Lange und versuchte, es ihm wegzuziehen. Die Dickere seufzte nur und kehrte in ihr Zimmer zurück.

Rita nahm ihr Badetuch und gab es Sergej, damit er sich wenigstens zum Teil bedecken konnte.

»Danke«, sagte Sergej.

Die Frau ging um Rita herum und berührte sie dabei mit ihren dürren, spitzen Schultern.

Sergej sah ihr nach und kam dann zu sich: »Kennt ihr euch eigentlich schon?«

»Nein.« Rita schüttelte ruhig den Kopf.

»Marina – Rita.« Sergej stellte sie einander unbeholfen vor.

»Sehr angenehm«, sagte Rita.

»Und mir erst«, rief Marina durch die geschlossene Schlafzimmertür.

»Okay, ich komme später wieder.« Rita war nicht in der Lage, dieses Gespräch weiterzuführen.

»Nein, nein! Was ist mit dir los?« Sergej nahm Ritas Hand. »Wir können zusammen Tee trinken und ein wenig miteinander plaudern.«

Rita sah ihn zweifelnd an, doch Sergej ließ ihre Hand nicht los. »Ich erkläre dir alles«.

»Sergej, hör auf!«, sagte Rita streng.

Er schwieg betroffen.

»Du brauchst mir doch nichts zu erklären. Das ist lächerlich, wir haben uns vor ein paar Stunden kennengelernt, und ich bin uneingeladen vorbeigekommen. Es gibt nichts, wofür du dich rechtfertigen müsstest, hast du mich verstanden?«

»Aber erlaube mir wenigstens, dass ich mich anziehe und dich begleite.«

Rita lächelte und nickte. Schließlich war sie hierhergekommen, um ihn besser kennenzulernen.

Sergej eilte zu einer entfernteren Tür, und Rita folgte ihm. In diesem engen Korridor zu bleiben und zu warten, war ihr unangenehm, doch Sergej huschte in das Zimmer und machte die Tür vor ihrer Nase zu.

Rita blieb überrascht stehen. Nach einigen Sekunden ging die Tür wieder auf, und Sergej, jetzt schon in Shorts, bat Rita, hereinzukommen. Sie bemerkte gleich das auf die Schnelle gemachte Bett, das den größten Platz in Sergejs Zimmer einnahm. Neben dem Fenster stand ein großer Schreibtisch, völlig mit Papieren, Büchern und Fotos bedeckt. Rita fiel auf, dass Sergej einen Drucker, ein Fax und ein Kopiergerät hierher mitgebracht hatte.

»Sogar hier muss ich arbeiten«, erklärte er, als er Ritas Blick folgte.

»Verstehe«, sagte sie und blickte auf das breite Bett.

»Außerdem liebe ich es zu fotografieren, und meine Bilder eigenhändig zu entwickeln.«

Sergej ging zu dem Tisch hinüber und rückte ungeschickt ein paar Fotos zurecht.

»Alles klar.« Rita machte einen Schritt auf ihn zu.

Sergej versuchte, sich so zu drehen, dass er ihr den Weg zum Tisch versperrte, doch Rita konnte noch einen Blick auf ein Blatt mit den Worten *Finanzbericht* und *Strategie* werfen.

Alles deutete darauf hin, dass Sergej seinen Geschäften auf einem ernst zu nehmenden Niveau nachging.

Ritas Herz pochte. In diesem Augenblick war sie sicher, dass vor ihr kein anderer als Wlassow stand. Aber auch wenn es nicht so sein sollte, hätte sie nichts zu verlieren.

»Sergej, entschuldige bitte meinen Überfall. Ich habe unten gerufen, und keiner hat geantwortet. Ich bin nur gekommen, um dich zu bitten, morgen mein Buddy zu sein. Verstehst du, ich fühle mich noch so unsicher unter Wasser. Es ist mir wichtig, dass ich sicher sein kann, dass mir in jedem Fall geholfen wird. Ich wollte dich nicht in eine unangenehme Situation bringen.«

»Das macht nichts. Entschuldige mich bitte.« Sergej kauerte sich aufgeregt neben Rita, die auf dem Bettrand saß, die Hände auf den Knien. »Rita, für mich ist es sehr wichtig, dass du keine Konsequenzen aus dem ziehst, was du gesehen hast.«

»Welche Konsequenzen sollte ich denn ziehen?« Rita zuckte mit den Schultern.

Sergej lachte: »Irgendwie läuft unser Gespräch ein bisschen blöd.«

»Das stimmt.« Rita lächelte erleichtert.

Sergej war offenbar zu sich gekommen, und sie fühlte sich geschmeichelt von seiner Reue über die Szene im Korridor. Aber er hatte gar keine Veranlassung, sich so sehr zu schämen. »Sind die Mädchen nicht sehr sauer?«, fragte Rita mitleidig.

»Ach nein, warum denn?« Sergej winkte ab.

»Die sind doch nur auf Zeit hier. Freunde haben mich gebeten, sie hier während ihrer Zeit in Dahab zu beherbergen.« Sergej lächelte breit, wie ein frecher Junge.

»Draufgänger!«, dachte Rita und betrachtete ihn von oben bis unten.

Sergej stellte sich vor Rita, mit bloßem Oberkörper, in hellgrünen, bis zu den Knien reichenden Shorts. Er hatte einen sehr schönen, braungebrannten Körper, grüne Augen und Grübchen in den Wangen, wenn er lachte. Ein Abenteurer, ein echter Herzensbrecher! Aber kein Einsiedler, der gleichgültig gegenüber schönen Frauen und den Metropolen ist. Wenn das Wlassow sein sollte, wäre unklar, wie er den Ruf eines Asketen hatte erlangen können. Gleichzeitig barg sein Zimmer aber viele Geheimnisse.

»Heute werde ich ein Hotel für die beiden suchen«, sagte er und setzte sich neben Rita auf das Bett.

Er würde sie doch jetzt wohl nicht überfallen? Sie rückte ein Stück zur Seite. Wenn es nun doch Wlassow wäre, dann wollte sie eine nicht ganz so leichte Beute sein.

»Warum lässt du sie nicht hier? Du hast doch ein großes Haus.«

»Ich mag so etwas nicht«, erklärte Sergej ruhig.

»Was heißt ›so etwas‹?« Sie stellte sich dumm.

»Ich lebe gern allein. Und Marina und Nadja sind gekommen, um sich gemeinsam zu erholen. Wozu sollen sie dann bei mir wohnen?«

»Stimmt!« Rita schlug sich vor die Stirn. »Warum habe ich das nicht gleich erkannt!«

Sergej lachte. Rita brauchte Zeit, um sich zu sortieren. Dieser Kerl war nicht so einfach, wie es anfangs schien. Mit ihm im Bett zu landen, bedeutete nicht, in seinem Haus, geschweige denn, in seinem Leben einen Platz zu finden. Sie würde noch mehr Informationen über ihn brauchen.

Sie schenkte ihm ihr schönstes Lächeln und fragte: »Na, kannst du denn morgen mein Buddy sein?«

Nur ein Stein hätte sich nicht erweichen lassen.

»Ich würde ja gern«, druckste Sergej herum.

Rita stockte der Atem. Sie spürte seine Ablehnung, noch bevor er sie ausgesprochen hatte.

»Wenn du nicht kannst, macht es nichts. Ich verstehe. Für dich ist das nicht so spannend.« Rita hoffte, dass er ihren Ärger nicht bemerkte.

»Nein! Ich würde gern. Aber Sascha hat gesagt, dass er morgen selbst mit dir zusammen schwimmen wird.«

Rita war fassungslos. Sie hatten sie unter sich aufgeteilt?

»Verstehst du«, Sergej blickte Rita verlegen an, »auf seinem Schiff ist er der Chef. Und er entscheidet immer selbst, mit wem er schwimmt. Außerdem bin ich überhaupt nicht in eurer Gruppe.«

»Aha«, murmelte Rita.

Das war eine gute und schlechte Nachricht zugleich: Alexander Nr. 1 zeigte Interesse an ihrer bescheidenen Person. Das musste man ausnutzen. Einen Weg zu einem solchen Menschen zu finden war viel komplizierter als zu jemandem wie Sergej, der wohl offen für jede Art der Kommunikation war. Rita blickte noch einmal nachdenklich auf sein großes Bett.

»Wir können uns doch heute Abend wiedersehen«, schlug Sergej vor. Er ergriff Ritas Hände. Jetzt flirtete er ganz offensichtlich.

Im normalen Leben hätte ihn Rita zwei oder drei Tage köcheln lassen, aber in Dahab war die Zeit knapp, und außerdem wollte sie so schnell wie möglich einen Blick auf seinen Tisch mit den Finanzberichten werfen.

Rita platzte vor Neugier, und ihr Jagdinstinkt machte sie übermütig.

»Gut«, willigte sie ein, »gegen zehn Uhr nach dem Abendessen. Ich esse mit Freunden.« Das war eine Lüge, die sie oft einsetzte, wenn sie nicht sicher war, ob ihr nicht der Appetit in Gegenwart ihrer Begleiter vergehen würde. Es gibt nicht Schlimmeres, als nervös ein Salatblatt über den Teller zu jagen.

»Schade! Ich wollte dich zu mir einladen, wir grillen.« Sergej lachte sie wieder an.

Männer lachten ständig, wenn sie Frauen anmachten, und dann lachten sie in ihrem ganzen restlichen Leben nicht mehr so viel wie in der ersten Woche des Kennenlernens.

»Na, das nächste Mal.« Rita zuckte mit den Schultern.

Rita ging in Richtung Tür. Sergej stand auf.

»Kennst du die Bar neben der Schule?«, fragte er.

»Ja, ich weiß, wo das ist.«

»Komm nach dem Abendessen gegen zehn.«

»Ich versuche es«, sagte Rita, »bitte begleite mich nicht.«

Sie eilte die Treppe hinab. Sergej blickte ihr nach und blieb auf dem Absatz stehen.

»Auf Wiedersehen, Marina, auf Wiedersehen, Nadja!«, rief sie schon auf der Türschwelle.

Keiner antwortete, und Rita lachte zufrieden.

Es ist alles völliger Unsinn«, sagte Fidel undeutlich. Sein Mund war mit Pizza vollgestopft, seine Augen blitzten unter seinen zusammengekniffenen Brauen. Er sah Rita durchdringend an und ließ ihr keine Möglichkeit, seinem Blick auszuweichen.

Das Abendessen fand in dem einzigen anständigen italienischen Restaurant vor Ort statt: im *Three Fishes*.

»Er ist einfach verschwunden. Verloren zwischen Spanien, Ägypten und Gott weiß wo.« Fidel nahm einen großen Schluck Bier.

Rita sah Che an. Er spielte mit einem Strohhalm, und es schien, als interessiere ihn das Wehklagen von Fidel überhaupt nicht.

Fidel wartete auf die Ankunft eines guten Freundes, hatte für ihn einen Schlafplatz vorbereitet, und Rita spendierte sogar eine Flasche Tequila, aber der Freund tauchte nicht auf. Fidel war sehr traurig und den ganzen Tag zu Hause geblieben, hatte aus seinem ganzen Krempel ein Mobiltelefon herausgeangelt und wählte jetzt ununterbrochen die Nummer seines Freundes. Aber es ging niemand ran.

»So ein Idiot«, sagte Fidel laut und schaltete das Telefon ab, um es nach einer Sekunde wieder zu ergreifen und mit doppeltem Eifer erneut einen aussichtslosen Versuch zu starten. »Wie kann man nur so verantwortungslos sein«, rief er laut.

Che setzte wortlos sein Abendessen fort. Seine Reaktion und mangelnde Unterstützung brachten Fidel noch mehr auf. Rita rutschte ungeduldig auf ihrem Stuhl hin und her, denn sie war sich nicht sicher, wann und wie sie von ihrem Rendezvous mit Sergej berichten sollte. Verstohlen warf sie einen Blick auf ihre Uhr. Sie pulte ein unansehnliches Stück Artischocke von ihrer Pizza, nahm einen Schluck Wein, blickte nachdenklich auf das Meer und fragte Fidel: »Wie findest du eigentlich Sergej?«

»Wen, wen?« Fidel konnte nicht so schnell von seinem verschwundenen Freund auf ein anderes Thema umschalten.

Che lächelte und zündete sich eine Zigarette an. In letzter Zeit sah er noch schweigsamer als sonst aus. Rita stellte traurig fest, dass die beiden Freunde den Plan, mit ihr zu schlafen, wohl endgültig aufgegeben hatten.

»Das ist der Freund von Sascha, wenn ich richtig verstanden habe?«, fragte Che nach.

Rita nickte kurz. Sie hatte Angst, mehr zu sagen. Fidel sah auf Ritas Bauch. Sie folgte seinem Blick: Außer einem hellrosa T-Shirt mit Strass konnte sie nichts entdecken. Sie hatte dieses Teil nicht lange vor diesem Abendessen gekauft und damit offenbar allmählich ein gutes Gefühl für den einzigartigen Stil von Dahab bewiesen. »Das Wichtigste ist, sich nicht daran zu gewöhnen«, hatte Rita sich gesagt, als sie dazu noch rosa Schuhe mit Keilabsatz für dreißig Dollar gekauft hatte.

»Ich mag ihn nicht«, gab Fidel von sich.

Rita schenkte seiner Bemerkung keine Bedeutung. Fidel mochte heute niemanden.

»Meiner Meinung nach ist er ganz normal«, erwiderte Che, »er ist eng mit Sascha befreundet«, ergänzte er.

»Weißt du«, sagte Rita zu Fidel, »in meinem Artikel werde ich verschiedene Charaktere beschreiben.« Sie hielt inne und blickte ihn an. »Und auch die Hintergründe, die diese Menschen zu ihrer ungewöhnlichen Lebensart geführt haben.«

Sie griff mit übertriebenem Enthusiasmus nach ihrer Gabel.

Fidel fixierte sie mit ernstem Blick.

Rita wollte einfach über Sergej tratschen, wollte über seine Größe, sein Vermögen, die Form seines Penis reden. Eine beklemmende Sehnsucht nach ihrem Zuhause, nach ihren alten Freunden ließ sie laut seufzen und nach ihrem Glas greifen. Wie sehr fehlten ihr jetzt Lalja, Julika und einfache, aufrichtige menschliche Beziehungen.

»Er war zusammen mit Sascha auf Hawaii«, begann Che vielversprechend, »sie haben dort einige Monate verbracht. Bis dahin kannten sie sich nicht oder nur vom Hören. In unseren Kreisen kennen sich alle wohl oder übel. Sergej hat Geld und kann es sich leisten, durch die ganze Welt zu reisen, fast ohne überhaupt noch nach Hause zu fahren.«

»Dort gab es doch irgendetwas mit einer Frau«, unterbrach ihn Fidel.

Ritas Herz schlug schneller.

»Nicht er hatte sie, sondern Sascha«, entgegnete Che.

»Oh, mir ist das so was von scheißegal.« Fidel begann wieder die Tasten seines Mobiltelefons zu drücken.

Rita wandte sich zu Che: »Ich war heute bei ihm zu Hause. Dort ...«, Rita stotterte, » war es ... gemütlich.«

»Oho.« Che schien überrascht. »Hat er dich so schnell überredet, und was habt ihr da gemacht?«

»Zu ihm sind doch irgendwelche Mädels gekommen«, brummte Fidel mürrisch.

»Ja, eigentlich hatte er mich nicht eingeladen«, lachte Rita, »ich bin einfach zu ihm gegangen und wollte ihn überreden, mein Buddy zu sein.«

Fidel grunzte: »Er hat nur Interesse an einer einzigen Sache, wenn er dein Buddy sein will.«

»Fidel, halt die Klappe! Du benimmst dich wie der letzte Arsch«, sagte Che ruhig.

Rita ignorierte Fidels Worte. Er war jetzt viel zu aggressiv.

»Woher hat er Geld?«, fragte Rita so beiläufig wie möglich.

Fidel wollte antworten. Aber Che hob seinen Arm und Fidel klappte den Mund wieder zu.

»Du wirst doch nicht in deinem Artikel darüber schreiben?«, fragte Che sie leise und rückte näher an Rita heran.

»Das ist ein ganz großes Geheimnis.« Seine Haare kitzelten Ritas Wange. »Wenn du darüber schreibst, könnten wir ermordet werden.«

»Jetzt reicht's«, sagte Fidel genervt. Er bestellte sich einen Gin.

»Er ist ein heimlicher Millionär«, sagte Che feierlich.

»Von wegen Millionär!« Fidel ärgerte sich. »Nur weil er auf Hawaii gewohnt hat, gute Boote mietet und drei Handys hat!«

»Beruhige dich! Das war ein Witz!« Che lehnte sich zurück.

Ritas Blicke wanderten von einem Freund zum anderen.

»Ich verstehe überhaupt nichts«, sagte sie verwirrt.

»Hier gibt es nichts zu verstehen«, brüllte Fidel.

»Er sagt niemandem, was er macht«, erklärte Che ruhig, »sogar Sascha, der einige Monate mit ihm zusammen auf den Inseln gewohnt hat, weiß nichts.«

»Der weiß alles.« Fidel war anderer Meinung. »Er sagt bloß nichts.«

Che hob wieder drohend seine Hand, um zu zeigen, dass er diese Diskussion nicht weiterführen wollte.

»Kurzum, er hat viel Geld.«

»… und viele Mädels«, ergänzte Fidel.

»Na, das macht ja nichts.« Rita gab nicht auf. »Habt ihr ihn denn gefragt, was er macht und hat er euch gesagt, dass er nicht darüber sprechen will?«

»So ist es nicht«, sagte Che nachdenklich und blickte aufs Meer. »Aber er verhält sich so, dass man ihn lieber nicht ausfragen möchte.«

»Stimmt nicht«, erwiderte Fidel, »ich habe ihn gefragt. Und er hat gesagt, dass er an der Börse spekuliert. Er lügt wie gedruckt.« Fidel trank seinen Gin in einem Zug; dann zog er eine Grimasse und röchelte: »Er ist ein Schwindler. Ewig gibt er an, als ob er besser als alle anderen ist. Er gibt nicht mit seinem Geld an, aber er gibt einem das Gefühl, dass er etwas Besseres ist. Er liebt es, über Bücher und Philosophie zu sprechen.« Fidel war schon ziemlich betrunken. »Was ist Liebe?« Fidel hatte den Tonfall von Sergej recht gut getroffen.

Che konnte nicht an sich halten und brach in Gelächter aus. »Allerdings nimmt Sergej manchmal gewisse Dinge im Leben zu ernst. Aber in Wirklichkeit ist er sehr verletzlich und auf der Suche nach der echten Liebe.«

Fidel blickte Che an und tippte sich mit dem Zeigefinger

an die Stirn. Die beiden Freunde hatten sehr unterschiedliche Meinungen von Sergej. Fidel bestellte mit einem Fingerzeig noch ein Glas Gin.

»Ich habe mich heute mit Sergej verabredet, um etwas zu trinken«, platzte Rita endlich heraus.

»Alles klar.« Che nickte. Fidel sah schweigend über sein Glas hinweg Rita an. »Übrigens«, erinnerte sich Che plötzlich, »Sergej hat versprochen, mir ein Buch auszuleihen. *Das Parfum.*«

»Was ist das für ein Buch?«, interessierte sich Rita.

»Sein Lieblingsbuch«, erklärte Che.

»Darin kocht ein Außenseiter ein Parfüm, dieselt sich damit ein, und alle lieben ihn daraufhin.« Fidel hatte wirklich viel gelesen; man sah es gleich, wenn man seine Wohnung betrat. Seine Bücher nahmen genauso viel Platz ein wie seine Taucherausrüstung.

»Sie liebten ihn nicht, sie begehrten ihn«, korrigierte Che, »und dann wurde er zerfleischt wegen dieses Geruchs.« Che begann eine langatmige Nacherzählung des Buches von Süskind. Rita hörte mit gespannter Aufmerksamkeit auf jedes Wort. Es kam ihr ganz fremd vor, dass die Männer in Dahab so viel lasen.

Rita bevorzugte *Forbes*. Und allenfalls die Beipackzettel ihrer Gesichtscreme. Immerhin etwas Konkretes, das ihr half, die alltäglichen Probleme zu bewältigen. Sozusagen. Romane wirkten auf Rita entmutigend. Entweder starben die Helden oder sie entschieden sich für eine echte Liebe und entsagten dem großen Geld. Weder die eine noch die andere Richtung passte ihr. Warum sollten die Reichsten eigentlich immer auch die Schlechtesten sein? Rita konnte nicht verstehen, warum ein Mensch, der einen Haufen

Geld verdient hatte, wie ein Vollidiot dargestellt wurde. Sie mochte Geld, reiche Männer und deshalb auch Wlassow. Und genau das war das Ziel ihrer Reise nach Dahab. Sie musste jede Möglichkeit prüfen und jeden Kandidaten ernst nehmen.

Als sie sich vor dem Restaurant verabschiedeten, ermahnte Che sie wohlwollend: »Sei vorsichtig, er wird dich an die Angel nehmen wollen.«

»Sei vorsichtig!« Fidel ahmte Che nach. »Er wird dich ins Bett nehmen wollen.«

Rita lachte: »Bei ihm wohnen gerade zwei wunderbare Frauen.«

»Aber nicht mehr lange«, sagte Che, »und wahrscheinlich sind das einfach Freundinnen von ihm.«

Er lachte und sah Rita dabei an. Sie wollte nicht fortgehen. Bei den beiden fühlte sie sich wohl, obwohl sie sich den ganzen Tag über freundschaftlich gezankt hatten.

»Er ist ganz versessen auf Iglesias«, sagte Fidel und brach in seiner Trunkenheit so laut in Gelächter aus, dass die ganze Strandpromenade ihn hören konnte.

»Wenn du zu ihm gehst, wirst du bis in die Morgendämmerung spanische Balladen hören müssen.«

Die Freunde kicherten, und Fidel hatte schon eine schwere Zunge. Che umarmte Rita: »Ich werde dich auf der Veranda erwarten. Bleib nicht zu lange dort.«

»Ich mache schnell, ich will nur rausbekommen, wie viel Geld er hat.«

Alle lachten und umarmten sich.

Wenn sie wüssten, dass das die reine Wahrheit war.

»Er findet, dass Geld nicht allein glücklich macht!« Fidel erstickte fast.

Rita hört auf zu lachen und sah auf die Uhr. War heute etwa ein entscheidender Abend? Sergej hatte Narben, seine Lebensphilosophie passte, er war auf Hawaii gewesen und verheimlichte seine Geschäfte. Und seine Größe … Wie groß Wlassow genau war, wusste man nicht. Ein Meter siebenundsiebzig war auch nicht wenig. Es war an der Zeit, sich zu sammeln. Rita wollte zu Hause in Moskau anrufen und mit Lalja sprechen. Andererseits war ihr Gehirn hier, fernab ihrer gewöhnlichen Umgebung, wesentlich aktiver. Ihr gefiel diese freiwillige Verbannung, in der alles nur von ihr abhing und in der als Hauptpreise Millionen und ein neuer Prinz winkten.

»Kinder, keine Bange! Ich muss Material für meinen Artikel sammeln.« Rita umarmte die Freunde. »Ihr seid meine Prinzen.«

»Ohhhh!«, antworteten die beiden im Chor.

»Lasst uns zu Mucha in die Bar gehen«, verkündete Fidel.

Mucha hieß einer der Besitzer der Tauchschule, in der Rita angemeldet war. Außerdem hatte Mucha, der in Wahrheit Mohammed hieß, eine Bar, in der abends DJs auflegten und Europäer bis in die Morgenstunden blieben.

»Du bist betrunken«, stellte Che fest.

»Ich will eine Frau!« Fidel schüttelte den Kopf.

Rita drehte sich um und blickte in die Richtung der Strandpromenade zu der Bar, in der Sergej auf sie warten wollte. Die Promenade war grell beleuchtet, und sie entschied sich, ohne Begleitung dorthin zu gehen.

»So, jetzt muss ich die Flucht ergreifen«, sagte sie lachend, »Fidel, ich kann dir nichts anbieten.«

»Wenn du uns verlässt, bleibe ich ewig ein Eunuch«, hängte sich Fidel an Che und stützte sich auf seine Schulter, »Sergej ist nicht der, den du brauchst.«
Vielleicht war er doch nicht so betrunken.

Als Rita selbstsicher die Türschwelle überschritt, bemerkte sie gleich Sergej und seine Truppe. Alle saßen an einem Tisch in der Mitte der Veranda. Einige saßen auf dem Schoß von anderen, und alles schnatterte und amüsierte sich. Rita blieb unsicher in einem Meter Entfernung stehen und überlegte, wie sie diese Situation am besten meistern sollte. Sie hatte eigentlich erwatet, dass Sergej allein oder mit ein paar Freunden die Zeit bis zu ihrer Ankunft verbringen würde. Aber das war eine Party auf ihrem Höhepunkt. Als sie genauer hinsah, erkannte sie das frischverheiratete Ehepaar aus dem Tauchkurs: Die Frau bestieg stolz die mageren Oberschenkel ihres Mannes und plapperte lebhaft mit der molligen Nadja. Sergej selbst stand, mit den Händen auf den Tischrand gestützt, auf der Seite, wo Marina und Nadja saßen. Das war ja eine Frechheit! Vielleicht sollte sie sich einfach umdrehen und wieder gehen. Aber sie war nicht der Liebe wegen hergekommen. Ihr konnte diese Situation doch egal sein. Sie musste tun, was hier zu tun war, und durfte allen anderen Dingen keine Beachtung schenken.

Sergej erzählte gerade irgendetwas sehr lebhaft und gestikulierte mit seinen Händen. Er trug ein rosa Hemd, das nur an ein paar Knöpfen geschlossen war und einen wunderbaren Blick auf seine muskulöse und braune Brust ermöglichte. Er trug Jeans ohne Gürtel auf seinen schmalen Hüften. Und dieser Mann sollte in der Lage sein, mit einer Frau nur Freundschaft zu schließen? Che war wirklich der letzte Romantiker.

In diesem Moment hob Sergej seinen Blick und entdeckte Rita. Er lächelte sie freudig an und ging gleich auf sie zu.

»Wir sind beide in Rosa«, lachte er, »das ist doch ein gutes Zeichen.«

»Du bist einer der wenigen Männer, die Rosa tragen können und dabei nicht schwul aussehen.« Rita reckte ihm erst die eine und dann die andere Wange für ein Küsschen hin. In Dahab gab man sich immer zwei. Während sie plauderten, starrte Marina auf Ritas Busen, und Nadja flüsterte ihr etwas ins Ohr. Die beiden Paschas musterten sie von Kopf bis Fuß und machten obszöne Kommentare. Rita konnte es förmlich von ihren Lippen ablesen.

»Hier ist es ja richtig toll!« Rita winkte allen freundlich zu.

»Hast du gegessen?« Sergej blickte über den Tisch. »Wir trinken hier nur.«

»Danke, ich bin satt«, lachte Rita und strich sich über den Bauch.

Sergej sah übertrieben aufmerksam auf Ritas Bauch und betrachtete sie von allen Seiten. Sie verzog keine Miene: Sie war vollkommen sicher, eine gute Figur zu machen, besonders von hinten.

»Das sieht man dir aber gar nicht an«, sagte Sergej und schlug ihr vor, ein wenig spazieren zu gehen.

»Gehen wir.« Rita war erleichtert.

»Ein Stück über den Strand«, schlug Sergej vor.

Und dann gleich zu ihm, um Julio Iglesias zu hören. »Du kannst meine Gedanken lesen.«

Das Spiel begann, und Rita wurde ein wenig wehmütig. Sie hatte das schon ein paar tausend Male gemacht und es trotzdem nicht zu einem luxuriösen Auto oder zu Immobilien am Genfer See gebracht. Sie atmete die Seeluft tief ein. Alles würde gut werden. Wenigstens war das ganze Unternehmen hier gesund. Den ganzen Tag atmete sie frische und saubere Luft.

»Hast du Zigaretten?«, fragte sie Sergej.

»Ich rauche nicht.« Sergej gab Rita die Hand, um ihr von einem kleinen Sandhügel hinunter zum Wasser zu helfen. Komisch. Der Aschenbecher auf seinem Tisch war voll gewesen. Rita bewunderte ihre gute Beobachtungsgabe. Doch jetzt musste sie so schnell wie möglich ihren Fehlgriff korrigieren: »Ich eigentlich auch nicht. Nur manchmal, nach dem Abendessen.«

»Aber mir gefällt es, wenn ein Mädchen raucht«, sagte Sergej, »das sagt etwas über ihre Unsicherheit im Leben aus.«

Rita wurde etwas ungeduldig: Sie hatten noch nicht einmal ihre Füße ins Wasser getaucht, noch nicht die Sterne erblickt, und schon begann er mit seinen philosophischen Vorträgen.

Dabei waren sie doch noch nicht mal richtig warm miteinander geworden.

Als sie ans Wasser kamen, blieb Rita stehen und krempelte ihre Jeans hoch. Sie versuchte, Schritt für Schritt den Weg zum Herzen ihres Gesprächspartners zu finden. Natürlich war sie keine völlige Idiotin, aber das Repertoire ihrer Themen war doch begrenzt. Deswegen war es immer ratsam, den Männern die Themen aufzudrängen, die sie beherrschte: »Liebe ist ein merkwürdiges Ding.« Oder:

»Lustige Geschichten« oder »Erzähl etwas über dich« oder auch »Die Stadt deiner Träume«.

Während die ersten drei zu einem etwas näheren Kennenlernen führten, erlaubte es das letzte Thema, ein bisschen genauer das Potenzial des Gesprächspartners abzuschätzen und zum Kern seiner Lebensphilosophie vorzudringen.

Zwischen Moskau und London leben, sich an der Riviera erholen, in Mailand einkaufen, in Paris essen und in der Schweiz alt werden.

»Sascha hat uns gesagt, dass du Journalistin bist.« Sergej folgte Ritas Beispiel und krempelte seine Jeans auch fast bis zu den Knien hoch.

Er hatte also schon mit seinen Freunden über sie gesprochen. Rita stellte ihre Beine elegant in die Wellen und schwieg vielsagend. Solche gut gesetzten Pausen würden dabei helfen, ihren Gesprächspartner auf eine ernsthaftere Unterhaltung einzustimmen, damit er die ganze Bedeutung dieses Moments auch verstand.

»So etwas in der Art«, sagte Rita langsam. »Das Wasser ist kalt.«

Sie schwiegen noch ein bisschen.

»Ich träume davon, Schriftstellerin zu werden«, bekannte sie und schloss einen Moment lang die Augen. So heftig hatte Rita schon lange nicht mehr gelogen. Tänzelnd bewegte sie sich weiter am Wasser entlang. War das wohl zu dick aufgetragen?

»Über welches Thema willst du dein Buch schreiben?«, hörte sie Sergejs Stimme, die ohne jeden Spott war.

Rita blieb erst stehen, als sie den Platz erreichte, auf dem sie vor gar nicht langer Zeit neben einem Pelikan gesessen und einen Plan entworfen hatte. Sie versuchte, eine Sekunde lang auf einem glitschigen Stein zu balancieren, noch dazu auf einem Bein. Wie schafften das Pelikane nur?

»Was für Lichter sind das?« Rita zeigte auf die andere Seite des Golfs.

»Das ist Saudi-Arabien«, erklärte Sergej, »aber schau besser nach oben. Was für ein Himmel!« Sergej legte seinen Kopf in den Nacken und starrte begeistert zu den Sternen.

Der Himmel erinnerte Rita an den Strass auf einem Kleid, das sie sich nicht einmal im Winterschlussverkauf hatte leisten können. Sie versuchte mit aller Kraft, dieses Kleid aus ihrem Kopf zu verbannen. Komisch, sie hatte sich nicht einmal diese Kleinigkeit leisten können. Wenn sie Geld hätte, bekäme sie nie schlechte Laune, da war sie sich völlig sicher. Viele Frauen konnten nicht so leben, sie suchen immer einen Anlass für Enttäuschung und Unzufriedenheit, sogar wenn sie steinreich waren. Aber Rita war nicht so.

Als sie noch mit ihrem Prinzen zusammen war, hatte sie sich nicht unglücklich gefühlt. Wie konnte eine Frau, die sich praktisch alles kaufen konnte, weinen, nur weil er sie nicht wie verabredet angerufen hatte? Das war doch absurd.

Rita zwang sich, mit ihren Gedanken an den Strand zurückzukehren. Sergej wartete schon auf ihre Antwort.

»Ich werde über die Liebe schreiben.« Ihr Tonfall ließ ein bisschen zu wünschen übrig. »Über die wahre Liebe«, verbesserte sie sich.

Sergej hatte sich mittlerweile in den Sand gesetzt, und als

sich Rita neben ihn setzte, berührten sich ihre Knie und Schultern. Eigentlich war das alles etwas unpraktisch; wenn er gleich loslegen würde, müssten sie aufstehen, und das wäre ziemlich unromantisch. Der Sand war unangenehm kalt, und es kam ihr so vor, als hätte sie Schlangen gesehen.

»Wie schön!«, seufzte Rita.

»Ja.« Sergej schien der gleichen Meinung zu sein.

»Ich träume davon, ein gutes Buch zu schreiben«, sagte Rita leise, »die Menschen sollen, wenn sie es lesen, genau so empfinden wie ich.« Was für einen Unsinn redete sie da eigentlich? Rita wurde übel, als sie über ihre eigenen Worte nachdachte. »Ich möchte, dass die Leser spüren, wie aufrichtig und wahrhaftig ich die Menschen und ihre Leiden beschreibe. Wie in *Das Parfum.*« Rita starrte ins Wasser, als ob sie erwartete, dort ein Krokodil zu sehen. Sie brauchte eine Verschnaufpause.

Sergej schaute sie überrascht an. Rita konnte ihm nicht in die Augen sehen, spürte aber seine Verwunderung.

»Welche Episode magst du in diesem Buch am liebsten?« In Sergejs Stimme hatte sich etwas verändert.

»Alles!«, rief Rita. »Jedes Wort!«

Sergej sah sie wieder an, und Rita blickte ihm mutig in die Augen. Jetzt, im Licht des Mondes, konnte sie deutlich Freude und Zärtlichkeit in seinem Blick erkennen. Das gab ihr neue Kraft, und sie setzte noch eins drauf.

»Zum ersten Mal habe ich das Buch gelesen, als mich mein Vater zum Angeln mitgenommen hat. Ich war darauf versessen, mit ihm in einem kleinen Boot zu fahren. Manchmal, wenn einfach keiner anbeißen wollte, habe ich das Buch genommen und es wieder und wieder gelesen.«

Rita ließ ihm keine Möglichkeit, sie in ihrem emotionalen Monolog zu unterbrechen. Jede beliebige Frage über das Buch oder das Angeln hätte das Ende dieser neuen Beziehung bedeuten können, denn sie hatte allenfalls oberflächliche Vorstellungen von dem einen wie von dem anderen. Aber in Dahab war die Zeit knapp. Im nächsten Moment schien es ihr passend zu sein, ein paar Tränen zu vergießen, aber damit hielt sie sich noch ein bisschen zurück. Nach den rührseligen Geschichten musste es nun etwas konkreter werden.

Rita sprang auf und rannte zum Wasser, schöpfte mit der hohlen Hand etwas Wasser und spritzte Sergej nass. Dann hüpfte sie am Wasser entlang, war bald außer Atem und kämpfte mit der Pizza und dem vielen Wein. Aber ihr Pflichtprogramm war noch nicht zu Ende.

Sergej war auch begeistert vom *Parfum*. Auch er hatte in seiner Kindheit mit seinem Vater geangelt. Als er elf Jahre alt war, hatte er einen riesigen Hecht gesehen und ihn mit bloßen Händen aus dem Wasser gezogen.

»Das kann nicht wahr sein!« Rita legte Sergej eine Hand auf die Schulter. »Erzähl von dem Hecht!«

Völlig außer Atem saßen sie nun beieinander und schwelgten in Kindheitserinnerungen.

Das war der schwierigste Teil des Themas »Erzähl mir über dich!«. Rita fühlte sich wie ein altes Fass, angefüllt mit immer gleichen Männergeschichten und Komplexen, die sich ausführlich über geangelte Hechte oder erlegte Wildschweine äußerten. Andererseits gewann sie dadurch zehn weitere Minuten, um die nächsten Schritte zu planen.

Zu ihm gehen? Nein!

Ein romantischer Kuss? Zu früh und noch nicht nötig!

In Dahab durfte man nicht mit Platzpatronen schießen: Was, wenn es doch nicht Wlassow war? So könnte sie die ganze Stadt küssen und würde sich damit den Ruf einer Schlampe einhandeln. Wie konnte man am besten zum Ende kommen?

»Das Wasser war durchsichtig wie ein Glas, und über dem Boden sah man kleine Fische huschen!« Sergej erzählte immer noch vom Angeln.

Sie waren nach Ritas Meinung schon zu lange am Strand unterwegs. Sie nutzte eine kurze Pause in seiner Geschichte und fragte ihn nach seiner Ausbildung. Hawaii und seine Geschäfte durfte man wirklich nicht erwähnen, also blieben nur das Studium und seine Familie.

»Ich lerne mein Leben lang, jeden Tag, das ist mein Studium.« Sergej zeigte auf das Meer.

Rita ergriff seinen Arm und begann, sich lachend mit ihm zu drehen.

So ein schlauer Hund, er blieb immer wachsam. Aber die Dinge nahmen schon ihren Lauf; das spürte Rita an Sergejs feuchter Hand, als er sie um die Taille fasste, um sie zu sich zu ziehen.

Rita sah ihm in die Augen, befreite sich gewollt ungeschickt aus seiner Umarmung und suchte in gespielter Verlegenheit ihre Schuhe, die sie am Strand ausgezogen hatte.

»Jetzt wäre es schön, Musik zu hören«, rief sie, »ich hätte so gern mit dir getanzt.«

»Das stimmt«, antwortete Sergej.

Und dann sagten sie im Chor: »Julio.«

Rita tauchte aus der Dunkelheit auf und lachte.

»Ich lade dich ein, mit mir angeln zu gehen«, sagte Sergej.

»Mit Vergnügen!« Ritas Augen leuchteten. Mehr konnte man von dem heutigen Rendezvous wirklich nicht erwarten. Die Zeit war gekommen.

»Ich muss los.« Rita bückte sich, um ihre Jeans wieder herunterzukrempeln, und Sergej folgte ihrem Beispiel wieder wie auf Befehl. »Ich begleite dich«, sagte er.

Unterwegs kauften sie zwei Dosen Cola, und Rita erfuhr, dass Sergej nie verheiratet gewesen war.

»Marina macht sich schon Sorgen«, sagte Rita, »das sieht man ihr richtig an.«

Sie sprach dieses Thema an, weil sie den beiden Frauen zu oft auf den engen Wegen von Dahab begegnete.

»Marina hat keinen Anlass, sich zu sorgen, ich habe ihr nichts versprochen«, unterbrach Sergej, »und außerdem mag sie Julio nicht.«

Rita lachte. Konnte sie sich denn an Julio Iglesias gewöhnen? Eigentlich hatte sie schon längst auf solche Belanglosigkeiten gepfiffen. Sie könnte ihn lieben oder auch nicht. Es kam darauf an, welche Vorteile eine solche Vorliebe mit sich brachte. In der jetzigen Situation hätte sie schwören können, dass sie ein treuer Fan des spanischen Verführers sei.

»Marina zieht morgen aus«, sagte Sergej.

»Und Nadja bleibt?«

Sergej blieb stehen, fasste Rita um die Taille und drehte sie zu sich: »Ab morgen wird keiner mehr in meinem Haus sein.«

Rita lächelte verlegen. Es waren nur noch wenige Schritte bis zu ihrem Haus. Sie wollte nicht, dass Che und Fidel mit ihren Witzen das Ende dieses Abends zerstörten.

»Kommst du zu mir zum Abendessen?« Sergej zog Rita näher an sich heran.

»Hör zu.« Rita spielte jetzt volles Risiko. »Marina ist noch nicht ganz aus deinem Bett, und du fragst schon, ob ich komme?«

Sehr gut! Sie war eine stolze, unabhängige Journalistin! Doch als Sergej ein paar Schritte beiseitetrat und aufs Meer starrte, wurde sie unsicher. Er sah traurig aus. Rita wollte ihm folgen, aber ein Araber, der nicht weit entfernt auf der Schwelle seines Ladens stand, lenkte sie ab. Der Typ streckte seine Zunge heraus und züngelte demonstrativ in ihre Richtung. Rita sah ihn angewidert an und zeigte ihm den Mittelfinger. Dann ging sie zu Sergej und legte ihre Hand auf seine Schulter. Aber die obszöne Geste des Arabers ging ihr nicht aus dem Kopf. Am liebsten wäre sie zurückgegangen und hätte ihm die Meinung gesagt.

»Ich habe nicht immer so gelebt«, sagte Sergej leise.

»Wie?«, dachte Rita. Ihre Gedanken kreisten um diesen frechen Araber. Sie hätte sich zu gern umgedreht und gesehen, was er hinter ihrem Rücken machte.

»Ich konnte lieben.«

»Aaah.« Rita drehte sich doch verstohlen um. Der Araber stand noch da und lächelte spöttisch.

»Aber alles hat sich nach Hawaii verändert.« Sergej schlug mit der Faust auf die Brüstung der Strandpromenade. Rita sah ihn erschrocken an.

»Alles des Geldes wegen«, fuhr Sergej fort, »es tötet alles.«

Rita hätte gern den widerlichen Araber getötet. Sie drehte sich wieder kurz um und zeigte ihm noch einmal den Mittelfinger.

»Was meinst du damit?«, fragte sie Sergej dann.

Ihr Herz pochte vor Anspannung über den wortlosen Konflikt hinter Sergejs Rücken. Sie wusste sicher, welche Antwort sie auf ihre Frage erhalten würde. Eine Lektion über berechnende Frauen, die nur das Geld lieben.

Es gab immer eine ausführliche und eine gekürzte Version. Die ausführliche beinhaltete eine Geschichte über die erste und die letzte Liebe, ein herzzerreißendes Beispiel aus dem Freundeskreis und noch etwas in dieser Art. Die Kurzfassung war eine Zusammenfassung der ersten Version ohne die alltäglichen Details.

Rita bettelte in Gedanken um die kürzere Fassung und atmete tief ein.

»Ich habe einmal fern der Stadt jemand Wahrhaftigen getroffen. Wir haben dort in einer Hütte gewohnt«, begann Sergej.

Rita unterdrückte ihr Gähnen. Also doch die Langfassung. Schade, schade. Sie erinnerte sich, dass sie schon seit acht Uhr wach war, und ihre Augen fielen ihr langsam zu. Aber plötzlich geschah ein Wunder.

»Das ist alles nicht wichtig«, beendete Sergej seine Erzählung und lächelte. »Neben dir ist das alles nicht wichtig.« Rita lächelte erleichtert.

»Du sprichst nicht über Klamotten, gemeinsame Bekannte und über die Moskauer Society. Du hast irgendein Geheimnis.«

Sergej nahm Ritas Hand in seine Hände. »Außerdem bist du eine Journalistin.« Er klopfte Rita zärtlich auf die Schultern.

Rita freute sich darauf, schon recht bald zu Hause in ihrem Bett liegen zu können.

»Ich hasse Gespräche über Klamotten«, entfuhr es ihr. Und das war die reine Wahrheit. Wie konnte man über das sprechen, woran man vierundzwanzig Stunden am Tag dachte? Sie hasste sowohl Klamotten als auch Geld. Gerade deshalb musste sie jetzt hier stehen, sich vor jemandem verbergen, der mit seiner Zunge ekelhafte Gesten machte, und einem anderen zuhören, der zum hundertsten Mal verkündete, dass Geld nicht glücklich macht. »So reden Männer, die sich keine Luxusfrau leisten können«, hatte Rita ihren Freundinnen in solchen Fällen immer eingeschärft.

An der Ecke, hinter der man bereits Ritas Haus und den wilden Strand sehen konnte, blieben sie stehen. Die geheimnisvolle Hütte zeichnete sich vor dem Hintergrund des dunklen Meeres ab.

»Siehst du diese Hütte?«, fragte Rita.

Sie erzählte kurz von ihrem Abenteuer. Sergej lachte aus ganzem Herzen.

»Che war so mutig und hat mit mir nachgesehen«, erzählte Rita, »aber wem kommt es in den Sinn, sich dort zu verstecken? Dort ist nur altes Gerümpel drin.«

In diesem Moment erhellten sich die Fenster der Hütte – wie ein Blitz. Rita hörte auf zu lachen und schrie laut auf.

»Hast du gesehen?«

»Was?« Sergej spähte angestrengt ins Dunkle.

»Licht, Licht.« Rita war kurz davor, in Tränen auszubrechen. »Dort hat irgendetwas geblitzt!«

Sergej umarmte Rita und drückte sie an sich. Noch nie hatte Rita solche Angst gehabt, nicht einmal, als sich ihr Prinz unter das Fenster ihres Penthouse gelegt und sein

Freund geschrien hatte: »Er ist runtergefallen!« Für diesen verunglückten Scherz hatte sie neue Ohrringe, drei Abendkleider und eine Woche Spa auf den Fidschi-Inseln bekommen.

Und hier war sie gezwungen, auf unbestimmte Zeit neben dieser verteufelten Hütte zu leben.

»Rita, das war nur eine optische Täuschung, dort ist nichts«, versuchte Sergej sie zu beruhigen.

»Du meinst, ich bilde mir das ein?«, rief Rita aus und verlangte: »Lass uns nachsehen. Sonst kann ich nicht einschlafen.«

»Rita, das ist doch lächerlich. Wozu sollen wir um diese Hütte herumlaufen? Wahrscheinlich schläft dort ein Obdachloser, oder ein Pärchen hat sich drinnen versteckt. Was wollen wir dort suchen?«

Er hatte einfach Angst, das war sich Rita sicher. Er hatte doch den Blitz nicht übersehen können. Na, das machte nichts. Sie würde Che zwingen, mit ihr zu kommen. Sie würden eine Taschenlampe mitnehmen und das Ganze ein für alle Mal klären.

Schließlich ließ Rita Sergej in dem Glauben, dass sie sich beruhigt hätte. Er begleitete sie bis zu ihrer Haustür, und Rita führte ihn absichtlich auf die andere Seite des Hauses, damit weder Fidel noch Che sie von ihrer Veranda aus bemerken konnten. Sergej bat sie, bei ihr bleiben zu dürfen, und lud sie in sein Haus ein, um ihr zu helfen, die Angst zu überwinden. Aber Rita wäre nicht in der Lage gewesen, ruhig im Zimmer neben Sergej einzuschlafen, obwohl sein Angebot durchaus verlockend klang. Die Wochen sexueller Abstinenz hatten sich bei ihr bemerkbar gemacht.

Sie konnte es kaum erwarten, bis er weggegangen war, um zu Che auf die Veranda zu laufen. Aber seine Fenster waren dunkel. Rita versuchte es bei Fidel – aber auch er war nicht da.

Also lief Rita in ihrer Wohnung und sperrte die Balkontür zu. Die ganze Nacht quälten sie Alpträume – wegen der Hitze, der geschlossenen Fenster und der Ungeheuer, die sich in der Hütte versteckten.

13

Die nächsten Tage glichen sich wie eineiige Zwillinge. Rita stand jeden Morgen zwar widerwillig, aber immerhin ohne die Hilfe von Che auf. Sie beobachtete, wie die Kisten mit den Tauchausrüstungen verladen wurden. Die restliche Zeit verbrachte sie mit der ganzen Gruppe. Alle Mitglieder einschließlich Alexander Nr. 1 langweilten sie oder machten sie wütend. Oftmals beides.

Rita bestand eine Prüfung nach der anderen und bekam einen Haufen Zertifikate: Tauchen in zweiunddreißig Meter Tiefe, Tauchen mit Sauerstoff, Nachttauchen. Nadja und Marina waren gleich nach Ritas Abend mit Sergej verschwunden. Man munkelte, dass sie auf die andere Seite der Küste gezogen seien. Sascha bezeichnete sie als die schwächsten Glieder der Kette und erwähnte sie nie wieder.

An diesem Morgen fuhr das Boot früher als üblich ab. Es war der letzte Tag für die ganze Gruppe – außer für Rita. Alle würden abreisen, nur sie würde bleiben. Die Ferien der anderen waren zu Ende, und an Deck herrschte eine Aufregung wie an einem letzten Schultag. Das dicke Ehepaar hatte Käsebrötchen und Obst mitgebracht, und alle hatten davon mit Vergnügen gekostet. Am Abend würde eine Abschiedsparty stattfinden, und Rita machte sich Gedanken über das erste private Treffen mit Alexander Nr. 1.

Die Freundschaft mit Sergej hatte bisher keine Früchte getragen. Sie tranken zwar zusammen, plauderten miteinander, fuhren gemeinsam angeln, aber es war unmöglich, sich seiner irgendwie sicher zu sein. Manchmal benahm sich Sergej wie ein echter Wlassow. So jedenfalls konnte sich Rita vorstellen, dass sich Wlassow benehmen würde. An anderen Tagen war er albern, machte Blödsinn und hatte kaum Ähnlichkeit mit einem Millionär.

Manchmal flirtete er mit ihr, nahm sie bei der Hand, sah ihr in die Augen. Rita merkte, dass sie ihm gefiel und dass er sie ins Bett kriegen wollte. Aber das nächste Mal war er wieder zurückhaltend und unternahm keine Versuche, ihrer Beziehung eine andere Qualität zu geben. Er war inkonsequent. Rita fühlte, dass er ihr gegenüber nicht offen war. Aber neue Fakten, die mehr Licht auf seine Persönlichkeit geworfen hätten, konnte sie nicht herausfinden. Bestimmt gab es in seinem Haus sehr viele Hinweise, aber Rita fürchtete sich, allein dorthin zu gehen, weil die sexuelle Spannung, die von Sergej ausging, ein zu großes Risiko war.

Immer wenn sie eine gewisse Zeit mit ihm verbracht hatte, war sie mit einem merkwürdigen Gefühl zurückgeblieben. Trotz der scheinbaren Fülle dieser Tage passierte im Grunde genommen gar nichts. Seine Beziehung zu Rita blieb unklar. Deshalb hatte sie ganz bewusst eine Pause eingelegt – um sich mit Alexander Nr. 1 zu treffen. Mit ihm war alles noch schlimmer. Er gab Rita überhaupt keine Chance, näher an ihn heranzukommen. Trotzdem begleitete er sie während des ganzen Kurses immer unter Wasser. Er wurde ein wenig freundlicher, aber wenn sie von Bord gegangen waren, wollte er grundsätzlich nichts mehr mit der Gruppe zu tun haben. Rita hätte theoretisch selbst die Initiative ergreifen und direkt zu ihm nach Hause gehen können, aber ihre Intuition sagte ihr, dass sie damit keinen Erfolg haben würde. Neulich hatte sie mit ihm ein harmloses Gespräch über Autos begonnen. Er unterbrach sie und sagte, dass er keine Lust habe, mit ihr über etwas zu reden, was mit ihm nichts zu tun hätte. Die Rede war vom neuen *Bentley Continental*.

»Kommst du heute Abend?«, fragte einer der beiden Paschas und versuchte Ritas Aufmerksamkeit zu erlangen.

»Natürlich komme ich.«

Rita versuchte zu lächeln. Vielleicht war sie zu einfach gestrickt, um Wlassow auf die Schliche zu kommen? Sie neigte dazu, ihrer Intuition zu vertrauen: Sergej war sympathisch, hatte Sexappeal, Humor – trotzdem gab es etwas an ihm, das sie abstieß.

Die Antwort ergab sich von selbst: Sergejs Hass auf die Frauen, die auf Geld aus waren, stellte jede Möglichkeit einer weiteren Entwicklung ihrer Beziehung in Frage. Andererseits wusste Rita ganz genau, dass gerade das eine der Haupteigenschaften von Wlassow war. Genau deshalb bevorzugte er es ja, nicht in der Stadt zu leben, sondern in Hütten am Strand.

Wlassow hasste die Society, er hasste Menschen, die verrückt nach Geld und Status waren. Im Prinzip passte Sergejs Verhalten in jeder Hinsicht zu dem Ruf des geheimnisumwitterten Millionärs. Die Narben auf dem Kopf und sein Geld konnten als weiterer Beweis dafür gelten, dass er Wlassow war. Aber Rita kannte noch zwei weitere Menschen, die auf Hawaii gewesen und dort in eine Liebesgeschichte verwickelt waren.

Rita schaute nach Alexander Nr. 1. Die Möglichkeit, dass er der heimliche Millionär Wlassow sein könnte, schien ihr genauso glaubwürdig wie die Behauptung, dass sie den Verwalter ihres Hauses heiraten würde.

Sie seufzte und richtete die Träger ihres Badeanzugs. Auf ihren Schultern waren deutliche weiße Streifen zu sehen. Sich hier oben ohne zu sonnen, war undenkbar, wenn man nicht riskieren wollte, dass alle anwesenden Männer ihren Verstand verlieren.

Sascha kam auf sie zu. Es ging gar nicht um seinen abgetragenen Taucheranzug und seine ausgeblichenen Shorts. Er konnte unmöglich Wlassow sein; man roch förmlich, dass er kein Geld hatte.

»Schreibst du die Tauchinformationen auch in dein Logbuch?«, fragte Sascha, als er bei Rita ankam.

»Ja«, log sie, ohne eine Vorstellung davon zu haben, was ein Logbuch sein könnte.

»Du musst immer den Ort, die Tiefe, das Wetter und die Wassertemperatur eintragen«, erklärte Sascha.

»Hm.«

»Und dann stempele ich dir als dein Trainer jede Seite ab«, fuhr Sascha fort.

»Jede Seite«, wiederholte Rita automatisch.

»Heute werden du und ich zusammen ein Paar beim Tauchen bilden.«

»Wunderbar«, freute sich Rita.

Er hätte das gar nicht zu sagen brauchen; Rita tauchte sowieso immer mit ihm zusammen.

Sie wurde traurig, wie stets nach solchen kurzen Begegnungen mit ihm: Ein Hauch von Armut wehte sie an.

Wo war eigentlich Alexander Nr. 2 abgeblieben? Er war

bisher nicht nach Dahab zurückgekehrt. An das einzige Gespräch mit ihm an ihrem ersten Abend konnte sie sich nur vage erinnern. Glücklicherweise. Und sie schämte sich auch nicht mehr allzu sehr. Und wenn er Wlassow war? Ritas Herz verkrampfte sich. Sie hatte ihn gesehen und ihn kennengelernt, er hatte sie nach Hause getragen – und sie hatte ihre Chance verpasst. In ihre Augen traten Tränen.

»Zeit, sich umzuziehen«, rief Sascha.

Rita winkte ihrem persönlichen Helfer, einem jungen Araber. Er reagierte sofort und begann, Ritas Ausrüstung zusammenzustellen. Sascha hatte längst aufgegeben; er erwartete gar nicht mehr, dass Rita selbst ihre Sauerstoffflasche montierte.

Unter Wasser wimmelte es – wahrscheinlich so sehr wie bei Sergejs erstem Angelausflug. Als er mit Rita angeln war, hatte kein einziger Fisch angebissen. Dafür hatten sie eine sehr schöne Zeit verbracht, hatten zusammen auf einem alten Kassettenrekorder Julio Iglesias gehört, Obst gegessen und kühlen Weißwein getrunken.

Heute schwamm Sascha wirklich ständig an Ritas Seite. Während der vielen Jahre, die er unter Wasser verbracht hatte, war ihm das Meeresleben sehr vertraut geworden. Manchmal fasste er sanft Ritas Ellbogen an und zeigte ihr ein Wunder der Unterwasserwelt.

Rita mochte das Tauchen immer mehr. Nachdem sie aufgetaucht waren, begann sie, die Details in ihr Logbuch einzutragen. Sascha hatte ihr dafür einen leeren Block gegeben. Manchmal hob sie ihren Blick und sah, wie Sascha dem dicken Ehepaar geduldig erklärte, woraus ihre Sauerstoffflasche bestand und wie man sie bedienen konnte. Vielleicht irrte sie sich doch?

Alexander. Nr. 1 war kein offener Mensch, aber auch nicht so rätselhaft wie Sergej, der um seine eigene Person ein großes Geheimnis machte. Aber abgesehen davon hatte auch er ein zweites Gesicht. Sergej wusste, dass die Leute abends beim Rauchen der Wasserpfeife grübelten, wer er in Wirklichkeit war – ein Waffenhändler, Drogenhändler oder internationaler Abenteurer. Sergej hatte nur wenige Freunde in Dahab, dafür aber viele Bekannte.

Alexander Nr. 1 hielt sich immer fern von den beliebten Bars und Cafés, aber seine Freundschaft zu Sergej schien aufrichtig zu sein. Normale menschliche Beziehungen waren ihm offensichtlich nicht fremd. Er war wie eine Amphibie. Das Wasser glättete sein angespanntes Gesicht. Er konnte wunderbar schwimmen, und er verschmolz förmlich mit dem Meer. Vielleicht war er ein Prinz im Körper eines Frosches, und man hätte ihn einfach küssen müssen. Heute Abend würde sie ihm näherkommen, das hatte sie sich vorgenommen. Manchmal verspürte sie den starken Wunsch, sich Che und Fidel zu offenbaren. Die beiden Jungs waren ihr in der kurzen Zeit richtig ans Herz gewachsen. Sie waren lustig, leicht und vor allem frei und ähnelten deshalb denen, mit denen sich Rita auf dem Kontinent (noch so ein Wort von Fidel) abgab, überhaupt nicht. Sie waren echt und nicht falsch wie die Journalistin Rita Litini.

Als Fidel verstanden hatte, das sie nicht seine zukünftige Frau sein würde, sortierte er Rita in die Kategorie »gute Freundin« ein. Ihre Freundschaft wurde nicht von Sex bestimmt. Mit Fidel konnte sie sich fast völlig entspannen. Aber nur fast, denn ihre wahren Gründe für den Aufenthalt in Dahab hatte sie permanent im Kopf.

Mit Che war alles etwas komplizierter. Rita befürchtete, dass er ihren Widerstand missverstehen und sich in sie verlieben könnte. Er war noch in einem Alter, in dem Sonne und Sand ihm die Illusion von wahrer Liebe vermittelten. Rita hätte mit ihm ins Bett gehen können, um ihn ein für alle Mal davon zu befreien. Dieses Opfer hätte sie sogar gern gebracht, aber das hätte ihren Ruf bei den Wlassows beschädigen können. Und Wlassow war der Grund, weshalb sie in dieses vom Luxus so stiefmütterlich behandelte Land gekommen war, wofür sie alles riskiert hatte.

Rita würde sich nie ernsthaft mit Che abgeben können. Sie hätten einfach überhaupt keine gemeinsame Zukunft. Sie hatte aufgehört, sich mit Muttersöhnchen, Papasöhnchen und allen anderen Sorten von Schönlingen zu beschäftigen. Und sie glaubte auch nicht an die Liebe auf den ersten Blick. Rita war keine Zynikerin und hatte auch keine besonders schlechten Erfahrungen gemacht. Sie bevorzugte einfach Männer, die sie selbst ausgewählt und vorher einer ausführlichen und gründlichen Analyse unterzogen hatte.

Rita hatte ziemlich früh entdeckt, dass sie ihre Gefühle vollkommen nüchternen Überlegungen unterwerfen konnte. Sie hatte mit Vergnügen anderer Leute Liebesleid besprochen und kannte den Preis für wahre Leidenschaft. Sie hatte selbst auch schlaflose Nächte voller Tränen durchlitten und die ersten, beflügelnden Tage einer frischen Liebe erlebt. Aber unter ihren Erwählten gab es wirklich keinen einzigen, dem sie sich aus reinem Zufall zugewandt hätte und der ihren Lebensstil nicht verbessert hätte. Nur einmal war Rita sich für kurze Zeit selbst untreu geworden, hatte alle guten Vorsätze über Bord geworfen und sich blindwütig in die echte Liebe ohne jede materielle Absicherung gestürzt – nachdem der Prinz sie sitzengelassen hatte. Seine Hochzeit hatte Rita den Boden unter den Füssen weggezogen, sie zu Zweifeln an sich selbst und zur Suche nach Trost bei einer ganz anderen Sorte Mann gezwungen. Aber diese Zeiten waren vorbei, und nicht umsonst hatte sie sich an diese Episode erinnert, als sie Che zum ersten Mal begnet war.

Jetzt hatte Rita aber ein festes Ziel vor Augen. Sie war sich sicher, dass Che und Fidel – wie banal das auch immer klingen mag – sie für eine andere hielten: für eine einsame Journalistin, die mutig nach Dahab zum Sammeln interessanter Einzelheiten für ihren Artikel gefahren war. Oder vielleicht auch für eine Sexbombe, die sich heiß und ohne Vorbehalte in einen tollen Hecht verlieben könnte. Aber Rita war ganz anders. Vieles in ihrem neuen Leben gefiel ihr tatsächlich: die neuen Freunde, das Meer, das abendliche Sitzen auf der Veranda, Spaziergänge über die Strandpromenade. Ihr gefiel es, dass jeder Tag einen festen Ablauf hatte, bestimmt von dem einzigen Grund, weswegen sie nach Dahab gekommen war.

Und Che und Fidel wussten eines nicht über Rita: Geld war für sie das Wichtigste. Sie hatte ihrer Meinung nach das Recht auf eine solche Haltung, weil sie früher viel davon und jetzt gar keins mehr hatte.

Rita war sich sicher, dass man über Lebensqualität, Philosophie und den Sinn des Lebens nur dann nachdenken konnte, wenn man keine materiellen Probleme hatte. In letzter Zeit waren ihre Gedanken daher nur von dem einen Thema bestimmt: Wie und wovon würde sie in der näheren Zukunft leben?

Rita – von Natur aus heiter – war müde von der ständigen Sorge um ihre Zukunft geworden. Sie wollte einfach leben, Geld ausgeben und nicht weiter nachdenken. Wahrscheinlich würden dann auch ihre verlorengegangene Heiterkeit und Romantik zurückkehren.

Trotzdem, wenn sie nachts bei offenem Fenster dalag und dem Meer lauschte, malte sie sich aus, wie sie sich Che und Fidel offenbaren könnte. Ihre Lügen und Heucheleien gingen ihr selbst gegen den Strich. Die beiden Freunde hatten sie so aufrichtig vor allen möglichen Gefahren beschützt, zahlten für sie im Restaurant, nahmen sie auf alle Partys mit, teilten ihre Geheimnisse mit ihr, und sie wartete wie eine listige Natter auf den Augenblick, in dem sie zubeißen konnte.

Wenn Rita versuchte, sich zu offenbaren, würde bald eine tiefe Kluft zwischen ihr und den beiden klaffen. Zunächst würden sie ihr nicht glauben und über ihr Geständnis lachen, um ihr dann zu verstehen zu geben, wie hoffnungslos ihre Suche nach dem reichen Phantom war.

Aber gerade diese Hoffnung auf ein Wunder war das Einzige, was Rita und das Mädchen gemeinsam hatten, das Fidel und Che in ihr sahen. Und was sie mochten.

Als Rita ankam, hatte die Party gerade ihren Höhepunkt erreicht. Ihre Tauchgruppe hatte eine schwüle und etwas abgenutzte Bar von Dahab ausgewählt. Aus den Boxen hämmerte erbarmungslos laute Musik, und die Menschen sangen laut mit, tanzten und prosteten sich zu. Fast alle tranken Bacardi-Cola. Rita fühlte sich eigentlich zu alt für dieses Getränk. Fidel, der sie begleitet hatte, verschwand in der Menschenmenge.

Sie waren zu zweit gekommen; das allein war schon ein Zeichen dafür, dass der Abend nicht so verlaufen würde, wie sie es gehofft hatte.

Che hatte eine Affäre mit einer Französin begonnen, die wie ein Kind der sechziger Jahre wirkte. Rita hatte nicht gleich verstanden, was sie an ihr am meisten nervte – ihr Äußeres oder die Tatsache, dass sie ständig mit Che auf der Veranda saß.

Sie hatte lange Haare, kurz geschnittene Fingernägel und trug einen Zigeunerrock, und Che war völlig aus dem Häuschen. Als sich Rita nachdenklich und sorgfältig auf den bevorstehenden Abend vorbereitet hatte, zerstörte das Lachen von nebenan ihre Vorfreude. Und das Bild, das sich ihr bot, als Rita schlechtgelaunt hinüber zu Che geschaut hatte, hätte auch von einem englischen Provinz-maler stammen können.

Ein kleines Teetischchen mit zwei zarten cremefarbenen Tassen, perfekt geschnittenen Limonenscheibchen und ein leises Gespräch auf Französisch. Rita hatte es die Sprache verschlagen; sie war schamerfüllt in ihre Wohnung zurückgekehrt und hatte sich mit dem Rücken an die Wand gelehnt. Che hatte doch gar keinen Wasserkocher. Wie konnte er Tee zubereiten?

Diese Französin war eine Schlampe, keine Frage. Ritas Stimmung war endgültig verdorben, als sie entdeckte, dass sie ihr Seidenkleid zerrissen hatte. Wahrscheinlich war das passiert, als sie versucht hatte, auf diese neue Situation objektiv und ruhig zu reagieren.

Als Rita auf dem dunklen Weg in Richtung Strandpromenade ging, hörte sie noch immer dieses unangenehme Lachen.

»Andrej, hör auf«, sagte die Französin in schlechtem Russisch.

Was für ein Andrej? Rita wurde wütend. Er hieß doch Che!

Später, in der Bar, nahm Rita einen Schluck aus ihrem fast vollen Glas Bacardi-Cola und dachte immer noch an Che und seine neue Freundin, als sie Marina und Nadja bemerkte. Vor Schreck spuckte Rita ihr Getränk wieder zurück ins Glas. Sie blickte sich um, aber glücklicherweise war niemand Zeuge ihrer Bacardi-Inkontinenz geworden.

Bald darauf bemerkte sie Sergej, der lebhaft etwas an dem Tisch erzählte, an dem auch Marina und Nadja saßen. Sollte er sich doch diesen Mädchen widmen, das machte ihr gar nichts. Sie lächelte stattdessen jemandem aus der

Menge zu. Doch ihre Augen kehrten immer wieder zu dem Tisch von Sergej zurück. Und wo steckte eigentlich Fidel?

Rita kehrte der Party den Rücken zu und versuchte, sich ein wenig zu sammeln. Sergej und Alexander Nr. 1 waren Freunde; und bevor sie nicht mit Sascha klarkam, konnte sie überhaupt nichts mit Sergej beginnen, genauso wenig wie umgekehrt. Und mit Julio Iglesias allein kam sie nicht weiter.

Mittlerweile lag Sergejs Hand auf Marinas Taille. Rita seufzte.

Heute galt es, alle Kräfte auf Alexander Nr. 1 zu konzentrieren. Sie musste endlich herausbekommen, was für ein komischer Vogel er war; sollte er sich als Niete entpuppen, konnte sie sich immer noch mit aller Konsequenz an Sergej heranmachen.

Im Stillen beglückwünschte sich Rita zu der Wahl ihrer Garderobe. Heute brauchte sie schweres Geschütz – und ihr Kleid war eine Atombombe aus leichtem Kaschmir. Aber zu Sex durfte es auf keinen Fall kommen.

Rita schaute sich um und suchte nach Alexander Nr. 1. Er stand unbeteiligt am Rande der Party und beobachtete das Treiben in der Bar.

»Wenn dir zehntausend Dollar dafür angeboten würden, dass du ein Glas Wodka in einem Zug austrinkst, würdest du die Wette annehmen?« Rita trat unbemerkt von hinten an ihn heran.

Alle wussten, dass er nie Alkohol trank.

»Wie bitte?«, fragte er.

Rita zog ihn in eine Ecke der Bar, in der die Musik nicht ganz so laut war und wiederholte ihre Frage.

»Was soll das?« Alexander Nr. 1 zuckte mit den Schultern.

»Ist das zu wenig?«, fragte Rita.

»Darum geht es nicht«, erklärte er gereizt, »die ganze Frage gefällt mir nicht. Sie ist völlig unsinnig.«

Unsinnig? Rita war schon einmal für weniger Geld nackt in einen Swimmingpool gesprungen.

»Alles klar«, sagte sie enttäuscht. »Du willst mir einfach nicht antworten.«

»Für zehntausend würde ich nicht trinken«, sagte er und nickte mit dem Kopf – entweder im Takt dieser Kakophonie oder zur Bekräftigung seiner Worte.

»Und für wie viel würdest du es tun?« Rita ließ nicht locker.

»Du hast doch gar nicht so viel Geld«, lächelte er sie an.

»Wer weiß?«, lachte Rita. »Vielleicht bin ich ja steinreich.«

»Vielleicht bin ich steinreich«, antwortete er und nahm einige große Schlucke aus seinem Glas.

»Na sag schon, für wie viel würdest du trinken, wenn du so reich wärest?«, beharrte Rita. Alexander Nr. 1 zuckte gleichgültig mit den Schultern und wandte sich von Rita ab. Es schien, als habe er jegliches Interesse an der Fortsetzung dieses Gesprächs verloren. Rita begann, auf der Stelle zu tanzen. Ein junger Engländer zwinkerte ihr zu und erhob sein Glas. Sie zeigte ihre leeren Hände, um zu demonstrieren, dass sie nichts hatte, womit sie das Gespräch untermalen könnte. Als der enthusiastische Junge auf sie zukam, drehte Rita nervös ihren Kopf zu Alexander Nr. 1. Diese neue Bekanntschaft passte ihr gerade nicht.

»Für dreihundertfünfzig«, sagte er deutlich, unmittelbar in Ritas Ohr.

»Please«, rief der Junge in ihr anderes Ohr und gab ihr ein volles Glas.

Rita deutete ein Lächeln an und nahm das angebotene Glas dankbar an.

»Bacardi-Cola«, sagte der Engländer.

»Thank you. See you later.«

Rita musste diesen Jungen einfach wegschicken, weil Saschas Interesse an ihrer bescheidenen Person offenbar wieder geweckt war.

Die halbe Stunde, die Rita mit Alexander Nr. 1 am Tresen verbrachte, war für ihn wie im Fluge vergangen, für sie dagegen war die Zeit quälend langsam geschlichen. Sie sprachen darüber, dass in Dahab ein guter Friseur fehlte – ein besonders auffälliger Mangel, wenn man allein die Köpfe derjenigen ansah, die mehr als einen Monat in Dahab verbracht hatten.

Das Einzige, was man dagegen unternehmen konnte, war, sich zu rasieren, und das taten auch fast alle. Nur Che und Fidel waren nach Scharm gefahren, und das war immerhin zweihundert Kilometer entfernt.

Sascha bemerkte beiläufig, dass die Narben seines Freundes Sergej aus einem Kriegseinsatz stammten.

»Wo ist er denn gewesen, wo kommen diese Narben her?«, wollte Rita wissen; ihre Hände wurden feucht.

»Dieser Mensch hat die halbe Welt bereist. Das kann überall passiert sein!«

Rita war angespannt und zugleich sehr müde. Sie hatte festgestellt, dass man an der Küste ständig gegen die Müdigkeit ankämpfen musste – besonders über Mittag und ab neun Uhr abends. Sie unterdrückte ein Gähnen und hörte Sascha zu.

Der kannte Sergej noch nicht sehr lange, nur ein paar Jahre. Aber während der Zeit auf Hawaii waren sie sich sehr nahe gekommen. Er war reich, mochte es aber nicht, über Geld und Geschäfte zu reden. Sascha hatte Sergej sehr viel über das Tauchen beigebracht, und bald würden sie nach Australien zu den Haien aufbrechen.

Rita spitzte ihre Ohren. Das war etwas Neues. Australien stand auch in dem Dossier über Wlassow. Er hatte vor, im September dorthin zu fahren. Kostja Kotscherga hatte genau das unmittelbar vor Ritas Abreise zu Julika gesagt.

Und wieder passte vieles zusammen, obwohl Rita den Eindruck nicht loswerden konnte, dass hier alle schon einmal auf Hawaii gewesen sind, alle zu den Haien fahren wollten und keiner Wlassow war. Sie schaute zu Sergej, und der winkte ihr freundlich zu. Er war nicht einmal eifersüchtig.

Fidel war verschwunden. Der Gedanke, dass er die Feier vielleicht verlassen haben könnte, ohne sich von ihr zu verabschieden, versetzte Rita einen Stich.

Nach einer Stunde Geplauder konnte sie Alexander Nr. 1 noch immer nicht einschätzen. Er war weniger verkrampft, rauchte mehr, sah Frauen fast gar nicht an und schien seinen eigenen Gedanken nachzugehen, wenn Rita etwas sagte.

Von Zeit zu Zeit kamen betrunkene und gefühlsduselige Tauchschüler zu ihnen herüber: Die beiden Dicken, beide Paschas. Sie schmissen sich Sascha plumpvertraulich an den Hals und zwinkerten dann Rita obszön zu.

Als der Vater mit dem Schnauzbart Sascha um seine Telefonnummer bat, gab der ihm stattdessen die E-Mail-Adresse der Schule und sagte, er würde keine anderen Kommunikationsmittel benutzen. Rita merkte, dass er unzufrieden war. Dabei war das doch eigentlich seine Sternstunde, der Abend seines Triumphs – aber er langweilte sich ganz offensichtlich. Die Gespräche über Autos interessierten ihn nicht. Das hatte Rita schon gemerkt. Aber sie hatte es immerhin geschafft, ihm das Geständnis zu entlocken, dass das letzte Modell von *Bentley* ihn beeindruckt hatte.

»Auf den Fotos in einer Zeitschrift.« Er lächelte spöttisch.

Rita hatte schon immer mit Männern über Autos gesprochen. Das war stets ein einfacher Weg gewesen, fünf oder auch mal vierzig Minuten lang eine Unterhaltung aufrecht zu halten.

»Also: *Bentley* und dreihundertfünfzigtausend«, zog Rita ihr Fazit.

»Was meinst du damit?«, fragte Alexander Nr. 1.

»Das brauchst du für dein Glück«, erklärte Rita.

»Welche Rolle spielt das Glück dabei?« Sascha zuckte mit seinen Schultern.

Wie kratzbürstig er heute war! Sie hatte mittlerweile die Nase voll von diesen Tauchern, die nicht an Geld interessiert waren. Es kam ihr so vor, als nähme man sie hier ganz bewusst auf den Arm. Alle außer Fidel und Che zeigten ständig ihre Abneigung und sogar Verachtung gegenüber dem Geld.

Beim Gedanken an Che wurde Rita klar, dass sie noch nicht nach Hause gehen wollte, um nicht Zeugin einer weiteren Teezeremonie auf der Veranda zu werden.

Als Alexander Nr. 1, ohne ein Wort zu verlieren, verschwand, war Rita nicht einmal überrascht. Er hatte schon zu lange ihre Gesellschaft ertragen. Es war ganz offensichtlich, dass sie ihn als Frau nicht anzog. Sie bestellte zwei Tequila und kippte sie nacheinander hinunter. Das erste Anzeichen ihrer Trunkenheit: Sie fühlte sich immer unwiderstehlicher, richtete sich auf und schüttelte stolz ihre Mähne.

Während ihres Gesprächs hatte sie Sascha nach seinen Lieblingsorten auf der Erde gefragt. Diesmal hatte er sie nicht ausgelacht, sondern ziemlich ernst über seine Antwort nachgedacht.

»In jeder Stadt und auf jedem Kontinent, den ich besucht habe, gibt es einen Lieblingsplatz.«

War er doch bereit, etwas von seiner Persönlichkeit preiszugeben? Er war schon in allen noch so entfernten Ecken der Welt gewesen: in der Karibik, auf den Malediven, den Kaimaninseln, in Afrika, Ägypten, Amerika. Er mochte die Natur, und Rita war überrascht, mit welchem Gefühl er fremde Küsten und Unterwasserwelten beschrieb.

»Weißt du, Dahab ist der beste Platz zum Tauchen am Roten Meer. Hast du gemerkt, dass man hier praktisch unmittelbar am Ufer tauchen kann?«

Ja, natürlich. Deshalb war sie ja auch jeden Tag vor acht Uhr aufgestanden und der Teufel weiß wohin gefahren.

»Bist du eigentlich schon mit Maske geschwommen?«

»Jaaa!« Rita war wieder hellwach.

»Wie viele Korallen es hier an der Küste gibt! Bist du auch schon kleinen Haien begegnet?«

»Nein«, Rita schüttelte den Kopf, »in dieser Hinsicht hatte ich kein Glück.«

Sascha dachte nach: »Das macht nichts. In Australien kannst du das nachholen.«

»Das will ich hoffen!« Rita lachte. Das Gespräch über Haie hatte in ihr den letzten Wunsch ersterben lassen, jemals wieder zu tauchen.

»Leider kann man hier in Dahab nicht den gigantischen Schildkröten oder den Raubfischen begegnen. Dazu muss man auf die Malediven fahren. Dafür gibt es hier das Blue Hole! Schade, dass du nicht dorthin tauchen wolltest.«

Rita hätte ihm gern gesagt, dass ihr dieses blaue Loch Angst machte: Eine bodenlose Untiefe, die nach unten immer enger wurde, mit zahllosen Mahnmalen für diejenigen, die aus ihm nicht mehr nach oben zurückgekehrt waren.

Nachdem sie vor ein paar Tagen mit zwei Jeeps diesen Ort besucht hatten, hatte sich Rita entschlossen, in einem kegelförmigen Turm bei einer Tasse Tee auf den Rest der Gruppe zu warten.

»Aber um zu leben und das zu machen, was man will, braucht man Geld«, hörte Rita Sascha sagen.

Das Wort »Geld« wirkte auf sie wie das Wort »Spazierengehen« auf einen gut erzogenen Hund. Sascha hatte das ganz ohne Emotionen gesagt, aber Rita merkte, dass sich ein Schatten von Traurigkeit und Enttäuschung auf sein Gesicht legte.

»Ich bin völlig deiner Meinung«, nickte Rita. »Geld braucht man, um nicht weiter daran denken zu müssen.«

Sascha schaute sie schweigend an und ließ sie dann einfach stehen.

Rita stellte ihr Glas auf den Holztresen. Was war das denn für ein Gespräch gewesen?

»Ich habe Sergej zum ersten Mal auf Hawaii gesehen. Er war so entspannt, und wir hatten wirklich eine wunderbare Zeit zusammen«, äffte Rita ihn laut nach und bestellte einen vierten Tequila. »Ich, die Nr. 13 auf der *Forbes*-Liste, bin nach Hawaii gegangen und – sieh mal einer an – hatte dort eine wunderbare Zeit. Ich wohnte in einer wunderbaren Hütte und vögelte eine Amerikanerin mit einem Lendenschurz aus Gummibaumblättern. Pfui!« Rita trank ihr Glas in einem Zug aus. »Wo sind sie alle, diese Scheißoligarchen?« Sie zog ihre Jacke aus und stand so gut wie nackt da. Die Bar war inzwischen ziemlich leer. Weder Sascha noch Sergej waren zu sehen, und keiner schenkte ihr Aufmerksamkeit. Rita war kurz davor, in Tränen auszubrechen.

»Man hat mich verlassen«, murmelte sie und zog ihre Jacke wieder an.

Wie aus dem Nichts tauchte Fidel auf, legte einen Arm um sie und führte sie an die frische Luft. Rita blickte auf den Strand, hörte Stimmengewirr und Musik, die aus allen offenen Türen der Bars und Cafés schallte, und plötzlich empfand sie ein einfaches, trunkenes Glück. Fidel nahm sie in den Arm, und sie gingen über die Promenade. Irgendjemand tauchte aus der Dunkelheit des Strandes auf, andere überholten sie.

»Wir gehen auf Sergejs Party«, hörte Rita im Vorbeigehen.

Sie erinnerte sich daran, wie sie Sascha eben noch über seine Liebesgeschichten auf Hawaii ausgefragt hatte. »Na, komm schon, erzähl!« Sie hatte ihn freundschaftlich auf die Schulter geboxt. Er hatte nur gelacht und dabei gezeigt, dass ihm ein Zahn fehlte.

»Was für eine Liebe!« Sascha hatte Ritas Hand von seiner Schulter genommen. »Sergej ist eher Spezialist auf diesem Gebiet. Ich verstehe wirklich mehr von Fischen als von Frauen.«

»Aber du sprichst wunderbares Englisch.« Rita hatte öfter gehört, wie Sascha mit Jeji und anderen Ausländern aus der Schule sprach. »Wahrscheinlich hast du das in Amerika gelernt. Wie viele Sprachen sprichst du überhaupt?«

»Eine ganze Menge.«

»Und wo hast du studiert?«

Und dann hatte er genau die Hochschule genannt, die angeblich auch Alexander Wlassow besucht hatte. Rita musste kichern.

Sergejs Haus war ebenso vollgestopft mit Menschen wie das Rote Meer mit Fischen. Alle rauchten, tranken und tanzten.

Irgendjemand schenkte Tequila aus, andere waren schon eingeschlafen und lagen auf dem Boden. Fidel flirtete mit Nadja. Die lachte überschwenglich. Aber Rita beobachtete, wie er ihr Ohrläppchen ableckte, obwohl sie völlig betrunken war. Sie ging beiseite, um das nicht aus der Nähe miterleben zu müssen. Wo kamen all diese Leute her? Und warum? Rita fand sich zwischen den beiden Paschas und einer Gesellschaft betrunkener Taucher aus einer anderen Schule wieder und versuchte, mit ihrer Jacke ihren nackten Rücken und ihre bloßen Beine zu bedecken. Alexander Nr. 1 war verschwunden. Rita war sich nicht sicher, ob er überhaupt zusammen mit allen anderen hierhergekommen war.

Sergej amüsierte sich wahrscheinlich mit Marina. Die beiden waren nirgendwo mehr zu sehen. Einer plötzlichen Eingebung folgend, bewegte sich Rita zielsicher in Richtung von Sergejs Schlafzimmer. Jetzt würde sie endlich klären, wer er wirklich war. Der Alkohol gab ihr Kraft, und das, was sie gerade geraucht hatte, beflügelte sie. Auf der Treppe ergriff irgendjemand Ritas Bein. Sie kreischte, lief weiter nach oben und stürzte in ein dunkles Zimmer. Das Schlafzimmer war leer, das Bett war gemacht, der Tisch aufgeräumt. Alle herumliegenden Fotos waren verschwunden, und stattdessen lag ein sorgfältig geschichteter Stapel mit Zeitungen und Zeitschriften auf einer Tischdecke. Rita knipste eine Tischlampe an. Es war richtig gemütlich in diesem Zimmer. Nachdem sie den Schlüssel umgedreht hatte, kniete sie sich hin. Ihr Herz schlug schneller, aber der Alkohol hatte ihr jegliches Angstgefühl genommen.

Rita öffnete die oberste Schublade und begann, die Papiere und Fotos durchzublättern. Sie sah alles doppelt. Beim hundertsten Foto eines Zitterrochens im Profil bemerkte sie ein kleines Geheimfach. Es war verschlossen, doch der Schlüssel lag direkt daneben.

Drinnen lag ein Reisepass, der auf den Namen eines estnischen Staatsangehörigen namens Sergej Sergejewitsch Solovenko ausgestellt war. Rita besah das Dokument von allen Seiten, roch daran und legte es verwirrt beiseite. Also ein Vogel aus Estland. Sie musste den Pass noch einmal genauer betrachten, um an seine Existenz zu glauben.

Als Rita weiter im Geheimfach wühlte, entdeckte sie einen ganzen Haufen von Taucherausweisen auf den Namen Solovenko mit Sergejs Foto. Sie wandte sich wieder dem Pass zu. Er war kreuz und quer gestempelt. Aber es gab kein einziges russisches Visum. Das hieß, dass es noch ein weiteres Dokument geben musste, mit dem er nach Russland fuhr – einen russischen Pass. Trotz aller Bemühungen konnte sie keinen finden. Sie wusste selbst nicht, warum sie sich die Passnummer aufschrieb. Dann wandte sie sich wieder den Bildern zu. In diesem Moment klopfte jemand an die Tür. Rita hielt inne. Das Klopfen wurde lauter.

»Mach auf!«, piepste Rita und kicherte betrunken, als ob sie mit einem imaginären Partner sprechen würde. Sie versuchte mit allen Mitteln, ihre Stimme zu verstellen. Es gelang ihr nicht.

Hinter der Tür wurde es still.

Rita erstarrte und hypnotisierte die Tür förmlich. Was wäre, wenn Sergej hereingestürzt käme?

Sie legte sich hin, umklammerte den Schnipsel mit der Passnummer und bereitete sich vor, ihn notfalls sofort hinunterzuschlucken. Nachdem sie noch einige Minuten gewartet hatte, überwand sie ihre Angst und ging zur Tür, hielt ihr Ohr an das Holz und lauschte dem von unten heraufdringenden Lärm.

Schließlich entschied sie, dass sie nichts zu verlieren hätte, und durchsuchte weiter Sergejs Schreibtisch.

Es waren einfach zu viele Fotos. Sergej hatte eine Leidenschaft für Unterwasserfotografie, und alle Bilder waren entweder im Meer oder vor dem Hintergrund des Meeres aufgenommen worden. Sie nahm immer mehr Stapel aus der Schublade. Ein flüchtiges Durchblättern genügte: Fische, Sauerstoffflaschen, Flossen, Schiffe.

Zweifellos würde Sergej merken, dass jemand seine Sachen durchgewühlt hatte. Die Hauptsache war, dass er Rita nicht verdächtigte.

Nun war der Schrank an der Reihe. Schnell sah sie seine Garderobe durch (alles war in hervorragendem Zustand) und entdeckte unten im Schrank ein Laptop. Um dieses Gerät einzuschalten und das Passwort einzugeben, hätte Rita zumindest ein wenig Ahnung von Computern haben müssen – doch das war nicht der Fall. Sie hob ihn einfach hoch und besah ihn sich von allen Seiten. Dann fiel ihr Blick auf einen weißen Umschlag.

Das war ja wie im Film! Obwohl – nein. Im Film schalteten Helden den Computer ein und fanden wichtige Dokumente, kopierten sie auf eine CD, die sie in einem engsitzenden schwarzen Latexanzug versteckten. Dann verließen sie das Haus durch das Fenster und sprangen von einem Baum zum nächsten.

Als Rita das Kuvert in der Hand hielt, zog sich ihr Magen vor Aufregung zusammen. Wenn hier ein zweiter Pass auf den Namen Wlassow drin wäre, würde sie sich nackt ausziehen und unter die Bettdecke schlüpfen. Und dann würden Sergej und Marina reinkommen und direkt auf sie drauffallen.

Aus dem Briefumschlag fiel der nächste Stapel Fotos.

Müde machte Rita sich daran, die auf dem Fußboden verstreuten Fotos wieder einzusammeln. Wieder Palmen, Fische und Flossen. Aber irgendetwas zwang sie, innezuhalten und ein Foto genauer zu studieren.

Auf dem Foto war Sergej zu sehen: das war schon ungewöhnlich genug; denn normalerweise fotografierte er und wurde nicht aufgenommen. Rita sah sich das Bild genauer an.

Sergej stand zufrieden lächelnd in einer seinerzeit modernen ledernen Pilotenjacke und umarmte ein schönes junges Mädchen. Im Hintergrund sah man die bekannte Silhouette des Newski-Prospekts mit tauendem, schon schmutzig gewordenem Schnee.

Rita hielt das Foto etwas mehr ins Licht, und ihr Herz sprang vor Freude.

»Obwohl, was bringt mir das?«, fragte Rita laut und zog sofort ängstlich ihren Kopf ein. Hinter der Tür war schon wieder ein Geräusch zu hören gewesen. »Keiner kann hier plötzlich hereinplatzen«, beruhigte sich Rita. Die Schlafzimmertür war doch verschlossen. Aber trotzdem war ihr unheimlich zumute.

Sie hatte nicht einmal Schubladen durchwühlt, als sie noch mit ihrem Prinzen zusammen war. Das war nicht ihre Art. Rita wandte sich wieder dem Foto zu. Was war daran so ungewöhnlich? Der Mann, das Mädchen, die Straße, die Autos?

»Das Mädchen!« Es fiel ihr wie Schuppen von den Augen. »Ich kenne sie!« Aufmerksam sah sich Rita ihr schönes, ernstes Gesicht an.

Das Foto war vor mindestens fünf Jahren aufgenommen worden.

»Ich kann mich nicht an sie erinnern«, flüsterte sie, »und es wird mir auch nicht einfallen, wer sie ist.«

Rita wollte so schnell wie möglich diesen Ort verlassen, weil sie kein Zeitgefühl mehr hatte. Sie saß auf dem Boden neben einem sperrangelweit offenen Schrank, überall lagen Fotos herum. Aber die nächste Entdeckung ließ sie erstarren.

Zunächst hatte sie das Bild für Werbung aus einer Hochglanz-Illustrierten gehalten. Sie sah nur einen nagelneuen *Bentley* in der Farbe reifer Auberginen. Genau den, für den Rita Alexander Nr. 1 so erfolglos zu begeistern versucht hatte.

Auf diesem Foto hatte sie ihn nicht gleich erkannt. Alexander Nr. 1 wirkte völlig fremd: sein Gesichtsausdruck völlig entspannt, seine Haltung lässig, frecher Blick, nach hinten gekämmte Haare. Die Fahrertür war halb geöffnet, und heraus ragte ein Fuß in einem spitzen Schuh. Rita war platt. Was war das – eine Fotomontage? Sie besah sich das Bild kritisch von allen Seiten.

Auf der Rückseite stand: »Brüderchen! Herzlichen Glückwunsch zum Geburtstag! Von deinen besten Freunden.« Rita las die Widmung und lachte laut.

Endlich sah sie sich auch die anderen Gesichter auf dem Foto genauer an. Auf der Beifahrerseite stand Sergej und lehnte sich auf die Motorhaube, hinter ihm sah man Kostja Kotscherga im gestreiften Anzug und einem Mantel mit Pelzkragen. Rita überkam der Wunsch, das Foto unter ihrem Kleid zu verstecken und nach Hause zu rennen, um es noch ausführlicher anschauen zu können. Aber sie zwang sich, das Foto zurück in den Umschlag zu legen. In heller Aufregung versuchte sie, das Zimmer wieder in seinen ursprünglichen Zustand zu bringen. Ihr Herz schlug wild, ihre Wangen glühten, als sie die Tür öffnete und ihren Kopf vorsichtig hinausstreckte. Sie stieß sich am Türrahmen, huschte dann ins Badezimmer, wo sie sich eiskaltes Wasser ins Gesicht spritzte. Als sie das Erdgeschoss erreichte, musste sie gekränkt feststellen, dass kein Mensch ihre Abwesenheit bemerkt hatte. Sie stolperte durch das Haus, bahnte sich ihren Weg durch die betrunkenen Taucher und bewusstlosen Teenager, fand aber weder Fidel noch Solovenko. Und sie war noch nicht bereit, Alexander Nr. 1 wiederzusehen. Mit festem Schritt und nahezu nüchtern durchquerte sie den Innenhof und verließ diesen fatalen Ort.

Hallo Lalja!

Wie soll ich anfangen?

Gestern habe ich beim Durchsuchen des Schlafzimmers von Sergej ein Foto entdeckt, auf dem Alexander Nr. 1 in einem Bentley sitzt und neben ihm Sergej und Kostja Kotscherga stehen. Man könnte denken, dass er nur für dieses Foto posiert hat. Aber eine Stunde zuvor hatte er mir gesagt, dass er ein solches Auto nur aus einer Zeitschrift kennen würde!!!

Das Wichtigste – SIE KENNEN SICH. Kostja kennt beide. Das Bild wurde im Winter in Moskau aufgenommen. Deshalb dürfte aller Wahrscheinlichkeit nach WLASSOW EINER DER BEIDEN SEIN!

In einigen Tagen fahren wir alle auf Tauchsafari. Das heißt, ich verbringe fünf Tage auf dem Roten Meer auf einem abgetakelten Schiff, allerdings in Gesellschaft von zwei Verdächtigen! Natürlich fahre ich mit! Aber, ehrlich gesagt, ich bin ein bisschen müde von Ägypten und träume von zu Hause.

Letztes Mal, als ich Julika angerufen habe, sagte sie mir, dass es keine neuen Informationen von Kostja gab.

Was soll das heißen?

Che hat ein Mädchen gefunden. Fidel ist nach wie

vor solo, aber er verschwindet auf Partys immer häu-
figer.
Grüß Mischa und die Kinder.
Ich fühle mich so einsam hier.
Alles Liebe,

Rita

Nach einigen langweiligen Tagen in Dahab erwartete Rita
die Tauchsafari sehnlich.

Che beschäftigte sich fast ausschließlich mit seiner Französin, der Blume aus dem Paradies. Nachts war die Verandatür zwar immer geschlossen, aber Rita konnte Gelächter und auch alles andere hören. Sie war total genervt,
konnte nicht schlafen, die Gedanken an das Foto gaben
ihr keine Ruhe; sie fühlte sich betrogen und unglücklich.
Keiner von den Verdächtigen suchte ihre Nähe, und Sergej
war immer mit Marina unterwegs.

Alexander Nr. 1 war völlig von der Bildfläche verschwunden. Er war wohl sehr mit der Vorbereitung der Safari beschäftigt. Rita befürchtete, dass alle schon über sie Bescheid wussten und sie absichtlich mieden.

Einige Male hatte Rita aus lauter Verzweiflung lange mit
Julika telefoniert. Ausführlich hatte sie das besagte Foto
beschrieben, aber Julika hatte ihr nicht helfen können.
Nur wenn Rita das Bild gestohlen und ihr geschickt hätte,
wäre sie in der Lage gewesen, alles herauszubekommen.

Es wäre doch zu auffällig, Kostja zu fragen, ob er einen
Menschen namens Solovenko kennt, besonders wenn
man annehmen musste, dass das ein Pseudonym von
Wlassow war, das nur Kostja kannte. Kostja würde Wlassow sofort warnen, keine Frage. Und es wäre aus mit der

Strandromanze, die unter den Augen der überraschten Fische gerade zaghaft begonnen hatte.

Das Unangenehmste war, dass Rita den Namen von Alexander Nr. 1 herausbekommen hatte. Es war so einfach gewesen, dass sie gar nicht damit gerechnet hatte. Nichts hatte auf seine Vorliebe für spitze Schuhe und schicke Autos hingedeutet, als Alexander Nr. 1 seine ausgeblichenen Shorts hochgezogen und seinen persönlichen Stempel mit dem Aufdruck *PADI-Trainer Alexander Platow* in Ritas Logbuch gedrückt hatte. Nach »Solovenko« in dem estnischen Pass klang der Namen »Platow« fast glaubwürdig. Rita hatte ihr Logbuch gelassen aus den Händen Platows entgegengenommen und war dann schweigend gegangen. Nach wie vor hatte sie keinen blassen Schimmer, wie sie sich jetzt verhalten sollte. Ihre natürliche Selbstsicherheit hatte sich in Luft aufgelöst.

Es war ihr außerdem unangenehm, dass sie sich nicht an den Namen des Mädchens auf dem anderen Foto erinnern konnte. Das Gesicht kam ihr sehr bekannt vor, aber das Bild war vor langer Zeit gemacht worden. Wahrscheinlich war sie damals nicht älter als achtzehn Jahre gewesen. Ein Landei, das sich an eine breite Männerbrust schmiegte.

Wo und wie hatten sich ihre Wege gekreuzt?

Rita bereute es, dass sie nicht wenigstens ein Foto mitgenommen hatte. Die Bilder waren separat aufbewahrt worden – das hieß doch, dass sie für Sergej von besonderem Wert waren.

Rita verlor ihr Ziel in Dahab immer mehr aus den Augen. Wozu war sie überhaupt hier? Ach ja, wegen dieses Oligarchen-Phantoms PlatowWlassowSolovenko.

An manchen Tagen erwog sie, aus Langeweile oder Resignation mit Sergej zu schlafen. In anderen Momenten wollte sie zu Alexander Nr. 1 gehen und ihn fragen, wie sich der *Bentley* eigentlich fährt. Ein anderes Mal plante sie, sich eine Katze zu kaufen und zusammen mit ihr gleich nach Hause zu fahren.

Rita hatte all ihren Lebensmut verloren.

An einem solchen Tag – sie saß ganz allein in einem Café am Ende der Strandpromenade – sah sie plötzlich Alexander Nr. 2.

Sie konnte kaum an sich halten, wäre am liebsten losgelaufen und hätte ihn in ihre Arme geschlossen. Aber glücklicherweise erinnerte sie sich noch rechtzeitig daran, unter welchen Umständen sie sich kennengelernt hatten. Und obwohl Alexander Nr. 2 ihr einen ziemlich merkwürdigen Besuch abgestattet hatte, zwang sich Rita, an Ort und Stelle zu bleiben und alles weitere von ihrem Tisch aus zu beobachten. Und sie geriet in Hochstimmung.

Alexander Nr. 2 sah aus wie ein Olympiasieger im Schwimmen: groß, mit breiten Schultern und einem offenen männlichen Gesicht. Wunderschön und normal im Vergleich zu den Herren Solovenko und Platow.

Er plauderte mit einem Andenkenverkäufer, und nachdem er endlich eine Postkarte gekauft hatte, konnte Rita nicht mehr warten: Sie rief seinen Namen. Er drehte sich um, suchte sie und schien sie nicht gleich zu erkennen. Erst nach einem kurzen Zögern kam er in ihre Richtung.

»Hallo! Was für eine Überraschung!« Er lächelte und legte seinen Kopf zur Seite.

»Wo hast du gesteckt?« Rita erinnerte sich daran, dass sie sich duzten. Sie versuchte, ihrer Stimme eine Leichtigkeit zu verleihen, und ließ ihren Charme sprühen – er sollte bloß nicht gleich wieder gehen.

»Ich habe mich überall ein bisschen rumgetrieben.« Sascha nahm im Sessel ihr gegenüber Platz. Schon zum zweiten Mal innerhalb von wenigen Minuten hätte Rita vor Glück platzen können.

Sie fragte, ob er essen oder trinken wolle. Alexander Nr. 2 war sich nicht sicher. Er schob die Speisekarte beiseite und sah auf das Meer hinter Ritas Rücken. Schließlich bestellte er eine Falafel mit Fleisch und Salat – auf Arabisch. Rita lauschte mit offenem Mund; der Kellner machte eine kurze Bemerkung, lachte über Saschas Antwort und lief eilig in die Küche. Sascha zwinkerte Rita zu.

»Er hat gesagt, dass er überhaupt nicht essen könnte, wenn er mit einer so schönen Frau wie dir hier sitzen würde«, übersetzte er.

»Und was hast du geantwortet?«, wollte Rita wissen.

»Ich habe ihm geantwortet, dass ich mich schon daran gewöhnt hätte und deshalb ein bisschen Hunger habe.« Sascha ließ seinen Blick auf Rita ruhen und schaute dann wieder auf das Meer.

»Wie viele Sprachen sprichst du eigentlich?«, fragte Rita.

»Ich habe gerade angefangen, Arabisch zu lernen – eine sehr schöne Sprache.« Sascha rückte seinen Sessel etwas näher zu ihr, weil ihm die Sonne direkt in die Augen schien. »Du siehst toll aus«, sagte er unvermittelt und lächelte.

Rita fühlte sich geschmeichelt.

»Was macht das Tauchen?«, erkundigte sich Sascha.

»Ich habe alle Prüfungen bestanden, und jetzt geht es auf eine Safari«, verkündete sie stolz.

Sie wollte ihn auch etwas fragen, aber sie hatte vor seiner Abreise überhaupt nichts über ihn in Erfahrung bringen können – außer, dass er auch mit dieser berüchtigten Computertechnologie zu tun hätte, wie alle hier einschließlich Solovenko.

»Was macht dein Artikel?«, erkundigte er sich ernsthaft. Rita war verwirrt. Sie war schon längere Zeit von keinem mehr nach ihrem Artikel gefragt worden. Für Che und Fidel war sie heute Journalistin und morgen Taucherin. Sie hatten beschlossen, dass Rita jetzt ein gleichberechtigtes Mitglied ihrer »Gesellschaft der Nichtstuer« geworden war, die von einem Kontinent auf den anderen reiste. Woher das Geld dafür kam, interessierte niemanden, und solche Fragen waren in diesen Kreisen eher verpönt.

Rita freute sich auf die Safari: Dreimal Tauchen am Tag, fünf Tage auf dem Meer. Und im Herbst wollte sie mit nach Australien.

Alexander Nr. 1 hatte ihr versprochen, ihr beim Visum behilflich zu sein. Diese Reise war nötig, wenn sie Sergej und Alexander Nr. 1 für längere Zeit im Blick behalten wollte. In Wirklichkeit träumte Rita davon, nach Hause zu fahren und dort Erkundigungen über alle einzuholen, bevor es nach Australien ging. Die Aussicht, mit Haien zu schwimmen, erschien ihr ganz und gar nicht verlockend.

»Der Artikel stockt«, gab Rita ehrlich zu, »ehrlich gesagt, ich beschäftige mich zurzeit überhaupt nicht damit.«

»Was machst du dann?«, fragte Alexander Nr. 2 lachend.

»Ich suche die Liebe meines Lebens«, sagte sie und griff zu ihrer Teetasse. Sie musste unwillkürlich lächeln. »Frauen sind immer auf der Suche nach Liebe.«

Der Wind wurde stärker und wehte Ritas Haare ständig

in ihr Gesicht; das störte sie beim Essen und beim Sprechen. Genervt kramte sie nach ihrer Haarspange, aber Sascha nahm sachte ihre Hand.

»Tu das nicht!«, bat er leise. »Du bist heute so schön.«

Rita war perplex. Er war der einzige Mensch hier, der ihr je ein Kompliment gemacht hatte.

Nein! Sergej war auch verrückt nach ihr. Nach der Strandvorstellung und einigen Abendessen war er bereit gewesen, sie auf Händen ins Schlafzimmer zu tragen, ohne dabei zu stolpern. Aber eigentlich hatte es nicht gefunkt. Das Feuer der Liebe hatte sein Herz nicht entflammt. Vielleicht war Rita ihm zu kurz nach seiner letzten unglücklichen Liebe begegnet. Vielleicht war er auch nur nicht in der Lage, starke Gefühle zu entwickeln. Aber sie hatte keinen Zweifel daran, dass sich bei gehöriger Investition schon eine gewisse Verliebtheit einstellen würde – vielleicht sogar eine richtige Liebe, mit Eifersucht, zerrissenen Kleidern, nächtlichen Anrufen und anderen Zeichen der Leidenschaft. Eigentlich konnte kein normaler Mann außer vielleicht Alexander Nr. 1 Ritas Druck standhalten.

Mit dem Prinzen war damals alles anders gewesen. Sie erinnerte sich nach wie vor an den Tag, als er nach der ersten Liebesnacht das ganze Hotelzimmer mit roten Rosen hatte dekorieren lassen. Amors Pfeil hatte sie während einer Wirtschaftstagung in London getroffen. Alle Frauen damals waren umwerfend schön, aber seine Augen waren den ganzen Abend nur ihr gefolgt. Er hätte jede haben können, interessierte sich aber nur für sie.

Solch ein Interesse ist der Auslöser aller männlichen Heldentaten. Es gab ja nicht wenige Männer auf der Welt, die verrückt nach ihr waren. Sie konnte es manchmal förmlich hören, wenn das Gehirn aus- und der Autopilot angeschaltet wurde. Normalerweise endete das Ganze mit einer Katastrophe, denn leider gelang es den meisten Männern nicht, vom Autopiloten wieder auf die normale Gehirntätigkeit zurückzuschalten – und dann kam es fast immer zum Crash. Wenn sie diesen Absturz überlebten, gaben sie jeden Versuch auf, noch einmal zu fliegen.

Rita wäre während des Fluges auch fast verunglückt. Der Prinz war zur selbständigen Steuerung des Flugzeugs übergegangen, und Rita wurde mit einem alten Fallschirm über Bord geworfen.

Leider hatte sich der Fallschirm nicht geöffnet.

Jetzt blieb ihr nichts anderes übrig, als nach einer anderen Mitfluggelegenheit zu suchen. Doch die Zeiten hatten sich geändert: Jetzt waren asketische Achtzehnjährige gefragt.

Rita legte ihre Haarspange wieder zurück in die Tasche.

»Wie ist es dir hier so ohne mich ergangen?« Sascha rückte seinen Sessel noch näher an Rita heran und versuchte den Sonnenstrahlen zu entkommen.

Wollte er sie auf den Arm nehmen? Wie war sie denn wohl in ihrem bisherigen Leben ohne ihn ausgekommen? Ritas psychoanalytische Fähigkeiten schienen bei Sascha nicht weiterzuhelfen. Deshalb schwieg sie, bis das Essen kam.

Der Kellner brachte Falafel, außerdem wurde Sachlab, ein flüssiger Reispudding mit Obst, auf den Tisch gestellt.

Alexander begann mit großem Appetit zu essen. Er aß ordentlich mit Messer und Gabel, schnitt sich fast gleich große Stücke ab. Rita sah ihm fasziniert zu. Viele Männer essen zu gierig, manche zu konzentriert, manche Gesichter wirkten beim Essen fast aggressiv. Alexander Nr. 2 schien völlig gelassen. Ob er in der Liebe wohl genauso war?

»Du siehst traurig aus«, sagte Sascha. Als er aufgegessen hatte, trank er mit Genuss einen ägyptischen Kaffee mit Kardamom.

Rita zuckte mit den Schultern. »Ich bin einfach schon so lange von zu Hause fort.«

»Wo liegt das Problem, fahr doch nach Hause«, sagte Sascha ruhig. Aber sofort wurde ihm klar, dass er sie damit möglicherweise verletzt hatte, und er fügte hinzu: »Fahr für einige Tage nach Hause und komm dann zurück!«

»Wäre schön, aber das kann ich nicht.«

Rita erwartete, dass er sie nach dem Grund fragte. Dann würde sie ihm antworten, dass sie auf der Jagd nach einem Oligarchen sei, den sie dann nach einer kurzen, stürmischen Romanze zu heiraten gedachte und mit dem sie ein glückliches Familienleben in verschiedenen Ländern plante. Sascha wäre sicherlich irritiert, doch Rita würde nur mit den Schultern zucken und sagen: »Was ist dabei? Er auf Safari – ich in Monaco. Viele leben jetzt so.«

Aber Sascha fragte nicht. Stattdessen interessierte er sich für ganz andere Dinge: »Wie geht es deinen Eltern? Habt ihr ein gutes Verhältnis zueinander?«

Rita hatte schon vielen Männern die unterschiedlichsten Versionen ihrer Lebensgeschichte erzählt – und Sascha war ein guter Zuhörer: aufmerksam, interessiert, mitfühlend. Rita war davon überzeugt, dass sein Interesse an ihr echt war. Es fiel ihr schwer, sich vorzustellen, dass ihr Leben für irgendjemanden uninteressant sein könnte.

Als sie in ihrer Geschichte jedoch in die Nähe ihrer journalistischen Ausbildung kam, wurde ihr etwas mulmig. Sie spürte, dass sie diesen Abschnitt ihrer Biographie wohl kaum glaubwürdig darstellen können würde.

»Ich will nicht immer über mich reden«, unterbrach Rita sich selbst, »lass uns auch über dich sprechen!«

»Gern«, stimmte Sascha bereitwillig zu.

Er erzählte von seinen Eltern und über seine beiden Brüder. Zu ihrer tiefen Enttäuschung war er nicht in St. Petersburg geboren und war auch nie auf Hawaii gewesen. Er machte etwas undurchsichtige Geschäfte, die mit Beratungen und der Einschätzung von Unternehmensrisiken verbunden waren. Er arbeitete viel und verbrachte häufig viel Zeit in der Stadt. Allerdings hatte er sich in letzter Zeit erlaubt, längere Ferien zu machen, und mit dem Tauchen begonnen. Er träumte angeblich davon, reich zu werden, und als er das sagte, lachte er laut. Rita lächelte zurück.

»Aber das ist heutzutage sehr kompliziert«, stellte er fest, »es ist sehr schwer, eine neue Marktnische zu erobern. Allerdings verliere ich nicht die Hoffung, ich habe noch Zeit. Früher war ich ein ganz anderer Mensch, hitzköpfig, habe viele Fehler gemacht – aber die Zeit hat mich viel gelehrt. Jetzt versuche ich, alles besser zu durchdenken, sammle zunächst Informationen und handle nicht mehr so übereilt.«

Rita nickte; sie hatte keine Zweifel an seiner Geschichte, dafür hatte er zu offen und ohne Vorbehalt erzählt, ganz im Gegensatz zu Alexander Nr. 1 und Sergej. Sie war nicht überrascht, dass er nicht Wlassow war. Dafür war er zu normal. Sogar Sergej war geheimnisvoller. Andererseits machte er den Eindruck eines wohlhabenden Menschen, besonders wenn Rita an den ersten Abend und an die ihn umgebende Gesellschaft dachte.

Als sie die Augen von ihrer Teetasse hob, bemerkte sie, dass Sascha sein Lachen kaum unterdrücken konnte. Er blickte sie direkt an.

»Was ist?« Rita setzte sich aufrecht hin.

»Nichts.«

Rita wurde trotzig: »Ich kann wortwörtlich wiederholen, was du gerade gesagt hast.«

»Ich habe gar keine Zweifel.« Er lachte weiter, bedeckte mit der Hand seine Augen und sagte: »Du machst einfach so ein Gesicht …« Er kicherte.

Rita winkte ab und starrte auf die Strandpromenade – so ein Idiot!

»Sei mir nicht böse.« Sascha berührte leicht ihre Hand. »Du bist einfach ganz süß, in deinem Gesicht kann man alle deine Gedanken lesen.«

»Aha«, Rita blickte ihm in die Augen, »und woran habe ich gerade gedacht?«

Jetzt schien Sascha verlegen zu sein.

»Wenn ich das sage, verschwindet der Zauber«, sagte er ernst.

»Keine Angst, sag es mir, sonst werde ich wirklich noch böse!«

»Also dann!« Sascha verdeckte wieder mit der Hand seine Augen.

Diese Angewohnheit machte Rita immer wieder nervös. Saschas Haare waren seit ihrem letzten Zusammentreffen merklich länger geworden. Und noch stärker ausgeblichen. Ständig fiel ihm sein langer Pony in die Augen.

Er wischte die Strähnen immer wieder aus der Stirn; eine fast kindliche Geste.

»Na, und?« Rita berührte seine Schulter. Ihre Fingerspitzen kribbelten; sie hatte wirklich zu lange keinen Sex gehabt.

»Du …«, Sascha machte eine Pause, »dachtest …« Er kniff ein Auge zu und sah Rita an.

»Jetzt reicht es!« Rita lachte.

»Du hast darüber nachgedacht, ob es sich lohnt, mit mir eine Affäre zu beginnen.«

Rita war überhaupt nicht verlegen. Ganz im Gegenteil: Ihre Stimmung hellte sich auf. Das, was jetzt passierte, konnte man nur als Flirt bezeichnen. Das war das Beste, was ihr seit langer Zeit widerfahren war.

»Du hast Recht. War das so offensichtlich?«

Beide lachten laut.

»Na, was soll's? Du hast es erkannt. Jetzt bleibt mir nichts anderes, als dir alles zu gestehen.«

»Sei nicht traurig«, Sascha strich wieder seine Haare aus der Stirn, »ich habe auch daran gedacht.«

Rita lachte wieder: »Musstest du darüber noch nachdenken?«

Es folgte wieder Gelächter, und Rita boxte ihn spielerisch auf den Arm. Sie fühlte sich ganz leicht; am liebsten hätte sie wirklich eine Affäre mit ihm begonnen, und sei es auch nur für eine Woche. Sie wollte einfach mit ihm im Café sitzen, lachen, flirten und dieses schnelllebige Glück unter dem ägyptischen Sternenhimmel genießen.

Am nächsten Tag hatte Rita Angst, Alexander Nr. 2 würde nie wieder auftauchen. Sie hatten eine so wunderbare Zeit zusammen verbracht, und der Gedanke, dass alles schon wieder vorbei sein könnte, ließ sie frösteln.

Nach dem Essen waren sie noch spazieren gegangen, und Sascha hatte ihr das Haus gezeigt, in dem er abgestiegen war.

Rita hatte ihm von der verteufelten Hütte am Strand erzählt, und Sascha hatte laut gelacht. Sie hatten sogar durch das schmutzige kleine Fenster gespäht, aber nichts entdecken können. Danach hatten sie sich in den Sand in die milde Nachmittagssonne gelegt und bis zum Abend geplaudert und sich abwechselnd scherzhaft nach dem Stand ihrer Entscheidung gefragt: »Na, hast du dich schon entschieden?« – »Und du, weißt du schon, was du willst?«

Sascha war vollkommen ruhig und offen, als drehte sich die ganze Welt um ihn. Als sie alle Bewohner Dahabs durchgehechelt hatten, waren sie auf das langweilige Thema Sergej und Alexander Nr. 1 zu sprechen gekommen. Er hatte nachgedacht und schließlich eingeräumt, dass ihm Sergej auch nicht ganz aufrichtig zu sein schien. Aber vielleicht hätte er irgendwelche Probleme und müsste einige Details aus seinem Leben verheimlichen.

»Andererseits kann auch eine gewisse Menge Geld den

Charakter verändern«, hatte Sascha gesagt, »und Geld hat er.«

Rita hatte sein Gesicht nicht sehen können, weil er auf dem Bauch lag, sein Gesicht von den Armen bedeckt. Aber sie hatte die leicht sarkastische Note in seiner Stimme gehört. Die ständigen Bemerkungen über Geld passten einfach nicht zu ihm.

Rita war kurz davor, ihm von den Fotos zu erzählen, doch im letzten Moment zügelte sie sich.

Alexander Nr. 1 war ihm wohl auch etwas komisch vorgekommen, er hielt ihn aber für gutmütig und herzensgut. »Ich glaube, er hat finanzielle Probleme«, resümierte er.

Er hatte ihn ja auch nicht hinter dem Lenkrad des *Bentley* gesehen. Rita behielt auch diesen Gedanken für sich.

Die Zeit war wie im Flug vergangen, und Rita freute sich, als Sascha sie auf einen ganztägigen Ausflug in die Wüste einlud. Er war überrascht, als er erfuhr, dass Rita noch kein einziges Mal außerhalb von Dahab gewesen war. Sie verabredeten sich gleich für den übernächsten Tag.

Als Rita am nächsten Morgen wach wurde, stieg sie auf die Veranda von Che hinüber und klopfte in bester Laune gegen sein Fenster. Sie wollte ein bisschen mit ihm plaudern und hoffte, dass er schon wach war.

Che erschien gleich an der Tür. Er sah noch ganz verschlafen aus, war aber vollständig angezogen.

»Hast du in deinen Sachen geschlafen?« Rita umarmte Che. Wie gut er aussah! »Che, du kannst dir nicht vorstellen, wie schön dein Gesicht morgens ist.«

»Sie ist fort. Ich habe die ganze Nacht auf sie gewartet. Ich glaube, dass sie die Richtige war! Ich wollte mich nicht von ihr trennen.« Che murmelte ohne Punkt und Komma und starrte mit leerem Blick vor sich hin.

»He, redest du gerade von mir?« Rita knuffte ihn liebevoll.

»Du?« Che sah Rita ohne die Spur eines Lächelns an. »Was hast du denn damit zu tun? Obwohl – du bist genau so wie sie, nichts an dir ist falsch, du bist gutmütig und natürlich.«

Che starrte auf das Meer.

»Bist du verrückt geworden?« Rita trat einen Schritt zurück und sah Che an.

Abgesehen von der zerknitterten Kleidung sah er aus wie immer: Ein ganz gewöhnlicher Surfer – aber sehr sexy.

Zu dieser frühen Morgenstunde hatte die Sonne noch nicht ihre Veranda erreicht, aber es wurde von Tag zu Tag heißer, und man fühlte den Sommer nahen. »Im August fahren hier alle weg. Es wird unerträglich heiß«, hatte Fidel immer gesagt.

Der Juni war der beste Monat in Dahab. Rita merkte das an den vollen Cafés, die anfangs immer halb leer gewesen waren, und an den Scharen von Menschen vor der Tauchschule. Sie gehörte jetzt schon zu den alten Hasen, plauderte mit Jeji, betrachtete die Neuankömmlinge von oben herab und lächelte über deren höllische Angst, als sie Alexander Nr. 1 sahen.

Der Mai war der Monat für den engeren Kreis. Dahab war zu dieser Zeit noch leer gewesen, alle Gäste kannten sich. Mit Anbruch des Sommers hatte sich alles total verändert. Die Zimmerpreise stiegen, und die Kellner versuchten sogar ihre alteingesessenen Kunden übers Ohr zu hauen. Kurzum – es kamen all die Menschen, die Ansichtskarten kaufen würden.

Rita betrachtete das traurige Gesicht von Che, der ein abgenutztes altes Boot auf dem Strand fixierte. »Wahrscheinlich waren sie da auch mal«, dachte Rita und seufzte. Sie erinnerte sich, dass auf der Postkarte, die Alexander Nr. 2 neulich gekauft hatte, genau dieser Strand mit dem alten Boot abgebildet war. Diese Landschaft schien eine lokale Sehenswürdigkeit zu sein: Nach Saschas Worten hatte ihm der alte Verkäufer versichert, dass er in seiner Jugend mit diesem Kahn noch aufs Meer hinausgefahren war.

»Ein richtiger Hemingway«, hatte er lachend gesagt und Rita erklärt: »Es gibt einen wunderbaren Roman von Hemingway – *Der alte Mann und das Meer*. Ich habe ihn noch in meiner Jugend gelesen. Jetzt bleibt mir keine Zeit mehr für Bücher.«

Rita hatte zustimmend genickt. Entgegen ihrer Gewohnheit hatte sie einfach nicht behaupten können, dass das auch ihr Lieblingsbuch sei.

Rita schleppte Che zum Frühstück. Er sah furchtbar aus, hatte ihr aber verboten, auch Fidel einzuladen, weil der kein Verständnis für Ches Liebeskummer hatte. Im Prinzip war Rita der gleichen Meinung, aber sie war selbst im siebten Himmel, wollte jeden mit ihrer Liebe und Freude beschenken und vor allem über Alexander Nr. 2 sprechen, und sie hatte gehofft, dass ihr Che zuhören würde.

Aber leider hatte sie sich geirrt: Das ganze Frühstück über und während des ganzen darauffolgenden Spaziergangs gelang es ihr nicht, auch nur mit einem einzigen Wort

Ches Monolog zu unterbrechen. In den ersten dreißig Minuten hatte er die Vorzüge dieser wunderbaren Simone beschrieben. Der Rest des Tages ging für die Einzelheiten ihrer überirdischen Liebe drauf.

»Wie konnte sie nur?!«

Der beliebteste Satz des Tages:

»Ich kapiere es einfach nicht!«

Aber die zweite Stunde endete optimistisch:

»Jetzt reicht's, Schluss damit!«

Um mit der nächsten Runde anzufangen:

»Ich kapiere es einfach nicht.«

»Wie konnte sie nur?«

Rita schwieg. Sie hatte dazu nichts zu sagen, zumal sie genau diese Entwicklung vorausgesehen hatte. Aber einen Moment lang fiel sie aus ihrer Rolle als schweigende Zuhörerin – als Che verkündete: »Das Einzige, was in meinem Leben echt war, das war Simone.«

Aber was war mit seinen Eltern? Rita war empört. Die hatten ihm doch auch alles gegeben – unter anderem die Möglichkeit, sich mit Simone am Meer zu amüsieren. Ob er wohl manchmal an seine Eltern dachte? Und dankbar war?

Rita schüttelte den Kopf und verjagte diese düsteren Gedanken. Sie wurde alt – jetzt hatte sie Che gegenüber Muttergefühle, dann würde sie irgendwann dem unwiderstehlichen Drang nachgeben, bunte Söckchen zu häkeln, und am Ende würde sie die Namen ihrer besten Freundinnen vergessen.

»Che, wie kannst du dich einer zufälligen Bekanntschaft nur so sehr öffnen? Verstehst du denn nicht, dass du dich nicht so heftig verlieben solltest?« Rita hatte schon längst verstanden, dass nicht nur der Charakter, sondern auch die Gefühle zum Aussehen eines Menschen passen können oder nicht, genau wie ein Kleid oder eine Krawatte. Rita stellte sich Kostja Kotscherga in Hip-Hop-Klamotten vor und hätte beinahe laut gelacht, was Che sicher verletzt hätte.

Dieser war schon wieder zu seiner Ausgangsposition zurückgekehrt: »Sie ist ein wunderbarer Mensch.«

Er redete ohne Unterlass und lief schneller als die Fahrräder über die Strandpromenade – das hatte er als einen gemütlichen Spaziergang nach dem Frühstück bezeichnet. Rita bedauerte schon, dass sie überhaupt mitgegangen war.

Kotscherga – Feuerhaken – werden alle sehr großen Menschen genannt. Somit hatte Kostja Kotscherga seinen Spitznamen »Feuerhaken« erhalten, weil er die Angewohnheit hatte, alle Männer »lang wie Kotscherga« zu nennen, die größer als er, also größer als ein Meter sechzig waren. So hatten dann alle angefangen, Kostja ebenfalls »Kotscherga« zu nennen. Als er das zum ersten Mal hörte, schwieg er einen Moment, um dann laut und herzhaft zu lachen. Er hatte einen bewundernswerten Sinn für Humor und war Frauen gegenüber sehr großzügig. Niemand hatte ihn jemals wütend oder unbeherrscht erlebt. Er wusste ganz genau, dass er es sich mit seiner Körpergröße nicht leisten konnte, seine Gefühle in dieser Weise auszudrücken. Trotzdem hatten alle Angst vor ihm. Er sprach immer leise und drückte sich gewählt aus; sein Blick war lähmend und zwang jeden, sich seinem Willen unterzuordnen. Im Geschäftsleben hatte er sich einen Ruf als ordentlicher, aber gnadenloser Kaufmann erworben. Er war es, der Wlassow sein Leben auf den Weltmeeren ermöglichte, weil er mit eiserner Hand zurückhaltend, aber unerbittlich das ganze Imperium zusammenhielt. Gerade deswegen wollte Julika seine Ehefrau Nr. 4 werden: Mrs. Kotscherga.

Als Rita mit dem Prinzen zusammen war, wusste sie ganz genau, was sie sich mit ihrem unwiderstehlichen Aussehen leisten konnte. Sie hatte sehr lange Zeit reiche Gattinnen mit ihren immer zusammengepressten, schmalen Lippen beobachtet, mit böse zusammengekniffenen Augen, die nur in Boutiquen weit aufgerissen waren. Rita schenkte ihrem Prinzen Freude und gute Laune. Sie war nicht nachtragend, nahm die Ankündigung langer Dienstreisen mit einem Lächeln auf und stellte nie unangenehme Fragen. Trotzdem hatte er ein Mädchen mit ewig zusammengepressten Lippen geheiratet. Aber Rita wusste, dass sie nicht unschuldig an dieser Situation war. Alexander Nr. 2 hatte schon recht: Das große Geld beeinflusst den Charakter. Rita hatte es zwar geschafft, ihr heiteres Gemüt zu bewahren, aber trotzdem ihren weiblichen Riecher für Gefahren verloren.

Sie versuchte, sich das Gesicht ihrer Rivalin zu vergegenwärtigen, die ihr Leben so nachhaltig zerstört hatte, als Che wie angewurzelt mitten auf der Strandpromenade stehen blieb und sich mit der Hand an die Stirn schlug.

»Ich muss nach Algerien fahren, sie dort suchen und hierher zurückbringen. Sie ist mit einer Friedensmission unterwegs. Sie ist eine Heilige!«

Ein so schöner Mann durfte nicht so banal leiden, da war sich Rita sicher – Che hätte viel eher allein am Strand mit tränenerfüllten Augen flache Steine über das Wasser tanzen lassen sollen. Und er! Was machte er? Stöhnte, seufzte, raufte sich seine goldenen Haare und drehte sich ständig um sich selbst. Sogar Fidel wäre schon längst in eine Bar gegangen und hätte sich betrunken. Und was hätte wohl Alexander Nr. 2 getan? Er wäre in die Wüste gegangen, hätte sehr viel Zeit allein verbracht und keinem Menschen etwas erzählt. Ein Stoiker wie er würde sich nie an einer fremden Schulter ausweinen.

Che schniefte und wischte sich eine Träne mit dem Handrücken ab. Rita seufzte nur.

»Lass uns gehen und uns auf die Steine setzen«, schlug sie vor und zog ihn in Richtung des menschenleeren Strandes.

Später, nachdem sie den erschöpften Che in die Obhut von Fidel gegeben hatte, lag sie auf ihrem Bett und träumte von Alexander Nr. 2. Den ganzen Tag hatte sie ihn unter den Menschen am Strand gesucht. Sie hatte sich absichtlich im Café und sogar vor der Schule herumgetrieben und gehofft, ihm dort zufällig über den Weg zu laufen. Stattdessen hatte sie Sergej Solovenko getroffen, der sie zu einem Abendessen bei Kerzenschein zu sich nach Hause eingeladen hatte. Rita musste ihm versprechen, darüber nachzudenken, hatte kokett mit ihren Wimpern geklappert und schließlich eingewilligt. Aber warum nahm sie Sergejs Einladung ausgerechnet jetzt an? Nachdem sie eine Stunde die weiße Decke angestarrt und ihr Merkblatt mit den Informationen über den geheimnisvollen Wlassow durchgesehen hatte, musste sie feststellen, dass es dafür durchaus mehrere Gründe gab.

Erstens: Sie wollte ihre Eitelkeit befriedigen und gleichzeitig Marina eins auswischen.

Zweitens: Die Einladung würde ihr die Möglichkeit geben, ihre Kontakte zu den Verdächtigen zu vertiefen.

Drittens: Noch einmal Eitelkeit. Alexander Nr. 2 war nicht erschienen. Obwohl sie erst für den nächsten Tag eine Verabredung getroffen hatte, war Rita davon ausgegangen, dass er schon vorher versuchen würde, sie zu treffen. Aber es war schon Abend, und er war nicht aufgetaucht.

Als ihr die Ursache ihrer Unruhe klar war, stand sie auf und begann, sich sorgfältig auf das Abendessen vorzubereiten. Aber irgendetwas nagte an ihr – und nach einer erfrischenden Dusche hatte sie es endlich verstanden: Nach ihrem Treffen mit Alexander Nr. 2 würde sie keine Lust mehr haben, einen Abend mit Sergej zu verbringen. Und damit wäre ihre letzte Chance vertan, mehr über ihn herauszufinden.

Rita versuchte, sich selbst gegenüber aufrichtig zu sein.

»Na, geh diesen Weg schon bis zum Ende«, sagte Rita zu ihrem Spiegelbild.

Es war absurd. Sie war wegen eines Oligarchen gekommen und würde womöglich mit einem Angestellten fortgehen.

Doch nun würde sie sich erst einmal Sergej widmen. Sie wählte ein rosafarbenes Kleid aus, legte etwas Parfüm auf und verließ ihre Wohnung mit zehn Minuten Verspätung.

Rita öffnete ihre Augen, als die Zeiger auf sieben Uhr zwanzig standen. Alexander Nr. 2 wollte sie Punkt neun abholen. Obwohl noch viel Zeit blieb, sprang sie nervös auf und rannte ins Bad.

Schon am Vortag hatte Rita die Sachen für den Tagesausflug gepackt.

Sascha hatte angekündigt, er würde einen Wagen mieten und alles Notwendige einkaufen, aber Rita hatte es nicht lassen können und hatte selbst noch eine große Tasche vollgestopft. Ihre Kleider lagen sorgfältig im Wohnzimmer bereit: eine weite Hose aus leichter Baumwolle, ein weißes Top und Sandalen. Alles sauber und parfümiert. Dazu wollte Rita eine neue, extra für diesen Zweck gekaufte Kappe tragen, weil Sascha geplant hatte, einen offenen Jeep zu mieten.

Erst als ihr der Duschstrahl ihr Gesicht kühlte, konnte sie sich beruhigen.

Der vorige Abend hatte im Durcheinander geendet. Sergej hatte gegrillt, einige andere waren noch bei ihm vorbeigekommen, und gegen Ende des Abends war auch noch Alexander Nr. 1 aufgetaucht. Die Gäste saßen im Garten an dem runden Tisch. Das Gespräch floss zäh und drehte sich wie immer um das Tauchen, die bevorstehende Safari

und die Herbstreise nach Australien. Rita hatte sich bemüht, sich interessiert und optimistisch zu geben.

Nach einiger Zeit läutete das Telefon, und Sergej lief ins
Haus. Rita wartete noch eine Minute und folgte ihm dann.
Sie nutzte die Situation aus, dass sich alle Gäste im Garten
vergnügten, und stieg in die zweite Etage, versteckte sich
im Bad und ließ die Tür halb offen. Aus dem Schlafzimmer hörte sie Sergej lachen und sagen: »Weiß ich nicht,
schwer zu sagen.«

Rita hörte erneut sein Gelächter. Sergej sprach nicht laut
genug, und so sehr sie sich auch anstrengte, sie konnte
kaum etwas verstehen.

»Auf jeden Fall wurde hier über mich Gott weiß was in
die Welt gesetzt«, fuhr Sergej lachend fort, »zum Beispiel
heute …« Plötzlich schwieg er.

Rita zuckte vor Schreck zusammen. Sie hörte Sergejs
Schritte, als er vom Schlafzimmer in den Flur ging und
dort stehen blieb. Rita war sicher, dass er auch ins Bad
schauen würde und setzte sich vorsichtshalber auf die
Toilette, den Kopf auf die Knie gelegt. Sie war bereit, entweder eine Vergiftung oder einen hysterischen Anfall
vorzutäuschen.

Aber Sergej ging vorbei, schloss die Tür zu einem Gäste-
schlafzimmer und kam zurück.

»Entschuldige. Mir schien, dass in einem leeren Zimmer
irgendjemand die Klimaanlage angestellt hatte«, sagte er
zu seinem Gesprächspartner, »also, wo war ich stehenge-
blieben? Die Zahlen habe ich verstanden. Ich werde darüber nachdenken. Du weißt selbst, wie schwierig es ist,
etwas zu planen. Noch dazu, wo du dort bist und ich hier.
Aber jetzt genug über das Geschäft. Weißt du …«, nach

den letzten Worten hatte Sergej eine Pause eingelegt, »ich habe einen wunderbaren Menschen kennengelernt. Aber ich brauche Zeit, um ihn ein bisschen besser einschätzen zu können. Einmal bin ich schon reingefallen.« Er hörte seinem Gesprächspartner eine Weile zu und fügte dann lachend hinzu: »Natürlich eine Frau. Es ist zwar noch zu früh, schon etwas Genaueres zu sagen. Aber sie ist bestimmt etwas ganz Besonderes.«

Rita hatte Angst, dass Sergej ihr Herz schlagen hören könnte.

»Hör zu, ich muss los. Ich habe Gäste.«

Rita hörte ihn wieder lachen, als er den Hörer auflegte. Pfeifend kam er aus dem Schlafzimmer und ging wieder ins Erdgeschoss. Nach einiger Zeit kam Rita wieder zu sich und kehrte an den Tisch nach unten zurück.

»Mein Partner hat angerufen«, erklärte Sergej seinen Freunden.

»Ist er zuverlässig?«, fragte Rita strahlend.

»Ja«, nickte Sergej zustimmend, »meine rechte Hand.«

Vielleicht waren Wlassow und Solovenko ein und dieselbe Person? Und wen hatte Sergej gemeint, als er mit seinem Partner gesprochen hatte: Rita oder Marina?

Die fehlte an diesem Tage aus unerfindlichen Gründen, obwohl sie und Nadja eingeladen waren. Die beiden waren aus Scharm zurückgekehrt und wohnten jetzt in einem kleinen Hotel in der Nähe der Tauchschule. Mit allem Nachdruck unterstrich Sergej, dass ihn und Marina nur Freundschaft verband, aber Rita war sich sicher, dass es mehr war.

Trotzdem bemerkte sie jetzt, als sie bei Sergej zu Besuch war, mehr als einmal seinen durchdringenden Blick. Er behandelte Rita mit besonderer Aufmerksamkeit und zeigte ihr seine Sympathie, wann immer sie ihm eine Möglichkeit dazu bot.

Ritas Herz schmerzte. Mein Gott – wie lange dauert es, bis man Vertrauen gewinnt? Bei ihrem ersten Rendezvous am Strand hatte sie ihn eigentlich schon in der Tasche gehabt. Aber was war dann passiert? Vielleicht hatte er eigene Vermutungen über ihre Person angestellt, Gefahr gewittert und sich deshalb zurückgezogen.

Der restliche Abend verlief glatt, abgesehen davon, dass Rita ständig auf die Uhr gesehen hatte, um in einem passenden Moment nach Hause zu gehen. Sergej hatte offenbar nicht vor, sie zum Bleiben zu überreden, und das wäre ohnehin unvernünftig gewesen. Rita hatte ihm nicht erzählt, dass sie vorhatte, mit Alexander Nr. 2 in die Wüste zu fahren.

Als alle schon faul auf den Kissen lagen und Wasserpfeife rauchten, entschloss sich Rita, zum letzten Mal Sergejs Badezimmer aufzusuchen. Als sie sich mit Mühe erhoben hatte, bat Sergej sie, einen Stapel Fotos aus dem Schrank in der ersten Etage mitzubringen. Die ganze Gesellschaft sprach schon seit über einer Stunde über weiße Haie. Natürlich hatte Sergej Fotos.

Als Rita in den Schrank schaute, entdeckte sie gleich neben den Fotos eine kleine Herrenreisetasche von Louis Vuitton. Sergej mochte es offenbar, sich mit teuren Kleinigkeiten zu verwöhnen. Sie dachte mit einer gewissen Wehmut daran, dass bei ihr zu Hause auch eine nicht gerade kleine Kollektion solcher Taschen wartete.

Als sie die Tasche in die Hand nahm, bemerkte sie ein persönliches Monogramm neben dem Griff – »AW«. Sie kapierte nicht gleich, was das bedeutete, doch dann fiel ihr die Tasche aus der Hand.

Sergejs Initialen waren doch »SS«.

»AW« konnte nur eines bedeuten: Alexander Wlassow.

»Was ist los?«, rief Sergej, als er die Tasche auf den Boden fallen hörte.

»Nichts! Alles in Ordnung!«

Rita stellte die Tasche eilig wieder an ihren Platz.

Als sie Sergej den Fotostapel reichte, hielt er für einen Moment Ritas Hand. »Was ist los? Du siehst ganz erschrocken aus.«

»Nichts.« Rita lächelte müde.

»Bist du sicher? Möchtest du dich hinlegen?«

»Nein, nein!« Rita schüttelte den Kopf. »Vielleicht war ich heute zu lange in der Sonne. Mir ist kalt. Ich gehe nach Hause und lege mich hin.«

Sergej versuchte sie zu überreden, noch zu bleiben. Aber sie war unerbittlich und rannte fast nach Hause, durch die Höfe und dunklen Gassen.

In ihrem Kopf drehte sich alles. Ist er es nun doch? Komisch, sie hatte sich schon an den Gedanken gewöhnt, dass es Alexander Nr. 1 war. Wenigstens stimmte da der Vorname. Aber jetzt hatte sich die Situation völlig verändert. Marina stellte nun eine echte Bedrohung für Rita dar, und ihre neue Sympathie für Sergej erforderte dringend eine Auffrischung. Marina und Nadja waren zwar nicht auf Sergejs Fest gewesen, aber Rita spürte, dass Marina es schon geschafft hatte, in Sergejs Leben eine besondere Stellung einzunehmen. Ihre Freundschaft schien ihr verdächtig stabil.

Am Morgen unter der Dusche grübelte sie noch immer. Was konnte dieses Monogramm noch bedeuten?

Die Tasche musste ihm ja nicht gehören. Die hätte ihm Kosta Kotscherga auch schenken können, der sie seinerseits von Wlassow erhalten haben könnte. Absurd ... Diese Männer trugen doch nicht anderer Leute Taschen. Rita gefiel es gar nicht, dass dieser wunderbare Morgen durch diese Zweifel und Ungereimtheiten getrübt wurde.

Nachdem sie sich angezogen hatte, war es erst acht Uhr einundvierzig. Vergeblich klopfte sie an Ches Fenster: Entweder schlief er noch, oder er hatte nicht zu Hause übernachtet.

Rita stand auf ihrer Veranda und sah auf das Meer. Zu dieser frühen Stunde war der Strand noch leer. Jetzt, zum Sommeranfang, wurden die Drachenflieger immer zahlreicher, und der Strand war übersät von den bunten Badetüchern.

Die Strandhütte machte Rita keine Sorge mehr. Sie hatte dort schon lange nichts Verdächtiges mehr bemerkt.

Rita blickte ungeduldig auf die Uhr. Acht Uhr dreiundfünfzig. Eigentlich sollte er schon da sein.

Sie wollte nicht länger auf ihn warten. Einige Male blickte sie aus dem Schlafzimmerfenster auf die andere Seite des Hofes, wo sich ein kleiner Parkplatz befand. Er war leer. Keiner in Dahab hatte ein Auto. Sogar der Hausbesitzer fuhr Fahrrad.

Um neun Uhr zwanzig ging Rita auf die Straße, blieb aber vor ihrem Haus stehen und blickte von einer Seite zur anderen.

Um neun Uhr dreiundvierzig kehrte sie ins Haus zurück.

Um zehn Uhr zweiunddreißig stand sie auf, trat auf die

Veranda und beschloss, frühstücken zu gehen. »Er kommt nicht«, sagte sie laut. Einerseits kränkte sie das, andererseits war es eine Erleichterung: Vielleicht wäre es besser, wenn er ganz verschwand. Rita hatte keine Zweifel, dass Männer grundsätzlich gemein waren. »Ich muss das tun, was ich vorhabe, und mich nicht durch irgendwelche romantischen Ausflüge in die Wüste ablenken lassen.« Sie blickte selbstbewusst in den Spiegel und lächelte ihr Konterfei an.

Saschas Auto fuhr in dem Augenblick auf den Parkplatz, als Rita zum ersten Mal wie eine anständige Frau die Tür benutzte, um das Haus zu verlassen. Wäre sie wie immer über den Balkon geklettert, hätte dieses Treffen wahrscheinlich nie stattgefunden.

Sascha sprang aus dem Auto und kniete gleich vor ihr nieder: »Entschuldigung, Entschuldigung – ich habe verschlafen!«

Rita musste lachen. Sie glaubte ihm kein Wort, hatte aber keine Lust, die wahre Ursache für seine Verspätung zu erfahren.

Als sie endlich losfuhren, ließ der Fahrtwind Ritas Haare wie eine Fahne flattern. Rita hasste Cabrios; die verursachten immer irreparable Schäden an ihrer Frisur.

Als Sascha Ritas Ärger bemerkte, holte er eine kleine Tüte aus dem Handschuhfach.

»Ein Geschenk«, sagte er.

Rita blickte neugierig hinein und entdeckte eine dünne gestrickte blaue Mütze.

»Deine Haare werden dich nicht mehr stören«, erklärte er ihr.

Rita setzte die Mütze auf, sah sich im äußeren Rückspiegel an, zog dann ihre Sandalen aus und zog ihre Füße auf den Sitz.

»Wie lange werden wir fahren?«

»Etwa zwei Stunden.« Sascha sah sie an und lächelte.

Rita lächelte zurück.

Sie ließen Dahab hinter sich, und Sascha fuhr ruhig und sicher über die enge Straße. Rechts und links stand kein einziger Baum. Die Wüste.

Sascha langte noch einmal in das Handschuhfach und berührte dabei wie selbstverständlich Ritas Knie – ohne eine Spur von Verlegenheit.

Sie würden wohl miteinander schlafen. In der Wüste. Rita saß gerade auf ihrem Sitz und trank nervös einen Schluck Wasser. Sascha setzte sich die gleiche Mütze auf, wie sie Rita trug. Sie lachte.

»Erzählst du mir deine Geschichte?«, fragte er laut.

Rita beugte sich zu ihm, um ihn besser zu verstehen.

»Mal sehen«, lächelte sie geheimnisvoll.

Warum hörte ihr Kopf auf zu funktionieren, wenn ihr ein Mann gefiel?

Sascha war wohl, so schien es Rita jedenfalls, sehr stark und ehrlich, absolut anders als alle anderen Männer. Zorro und Don Quichote in einem. Er war nicht so frech wie Sergej und nicht so verkrampft wie Alexander Nr. 1. Er war ruhig und selbstsicher. Wahrscheinlich faszinierte sie gerade das.

Sascha legte beide Hände auf das Lenkrad und lehnte seinen Kopf gegen die Kopfstütze. Rita warf einen verstohlenen Blick auf ihn. Wenn sie mit ihm heute schlafen würde, wüssten es bald alle, und der ganze Monat, alle Quälereien wären umsonst gewesen: Wlassow würde von ihr enttäuscht und ihr Ruf als unnahbare Schönheit ruiniert sein.

Das war nicht das, was sie wollte. Dafür hätte sie nicht bis in dieses Loch am Ende der Welt fahren müssen. So einen wie Sascha hätte sie sich auch zu Hause angeln können.

»Wie heißt du mit Familiennamen?«, fragte Rita, aber der Wind schluckte ihre Worte. Sie rückte ein bisschen näher an ihn und wiederholte ihre Frage etwas lauter.

In diesem Augenblick drehte er sein Gesicht zu ihr und berührte mit seinen Lippen ihre Wange. Rita zuckte verwirrt zurück. Aber er konzentrierte sich wieder auf die Straße, als ob nichts gewesen wäre. Sie erstarrte auf ihrem Sitz und starrte auf die eintönige Wüstenlandschaft. Sie hatte fast Angst, in seine Richtung zu blicken.

»Romanow. Mein Name ist Romanow«, sagte Sascha laut.

Rita lächelte bitter.

»Und deiner?«

»Litini, Margarita Litini.«

»Schön.« Sascha nickte. »Ein anderer Name würde dir auch gar nicht stehen.«

Die Wüste war atemberaubend. Am Horizont konnte sie eine Berglandschaft erkennen; Rita hatte überhaupt nicht gewusst, dass es in der Wüste auch Berge gab. Sie gingen ein wenig spazieren und zündeten dann ein Feuer an, um Wasser zu kochen. Im Auto gab es alles, wovon man nur träumen konnte, sogar belegte Brote mit Sardinen. Der Restaurantbesitzer, Saschas Freund, hatte für sie einen ganzen Korb mit Leckereien, mit Früchten und Süßigkeiten zusammengestellt.

Sie legten sich auf eine Decke und warteten, dass das Wasser kochte.

»Man hätte natürlich eine Thermoskanne mitnehmen können, aber so ist es meiner Meinung nach interessanter«, sagte Sascha.

Er hatte keine Versuche mehr unternommen, Rita näherzukommen. Jedes Mal, wenn er aufstand, um etwas aus dem Korb zu holen, stand Ritas Herz still. »Erzähl mir deine Geschichte«, bat er sie wieder.

Rita umfasste ihre Knie und blickte nachdenklich in das Feuer. Es verzauberte sie.

»Du wirst anfangen zu weinen«, sagte sie, »und es ist ein Geheimnis.«

»Ich schweige wie ein Grab«, versprach er.

Rita lachte.

»Ein Geheimnis gegen ein anderes«, schlug sie vor. »Man darf nur die Wahrheit sagen. Wenn einer von uns den Verdacht hegt, dass der andere lügt, ist das Spiel zu Ende.«

»Gut.« Sascha war sofort einverstanden. »Aber ich fange an.«

Rita kam das verdächtig vor.

»Hat dich kürzlich jemand verlassen?«, fragte er sofort.

Er wusste es. Rita war sich sicher. Er wusste alles über den Prinzen. Aber von wem?

»Ja«, antwortete Rita würdevoll.

»Hat es dich verletzt?«

Er wusste es doch nicht.

Saschas Blick wanderte in die Ferne. Es schien, als hätte er ihren Antworten überhaupt nicht zugehört.

»Moment mal!« Rita beschwerte sich. »Immer abwechselnd!«

Sascha hob beide Hände.

»Liebst du Geld?«

»Ja«, lächelte Sascha listig, »war das eine Fangfrage? Kann ein normaler Mensch diese Frage verneinen?«

Rita lachte.

»Na also. Warst du verletzt?«, wiederholte Sascha etwas gelangweilt seine letzte Frage. Rita ärgerte sich über diesen unbeteiligten Ton.

Sie schwieg einen Moment und antwortete dann, ohne ihn anzusehen: »Ja.«

Sie wollte ihn provozieren und seine Gefühle erforschen. Aber, nachdem sie einige Sekunden nachgedacht hatte, fiel ihr nichts Besseres ein als: »Hast du eine Frau?«

Sascha wurde etwas lebhafter und erhob sich neugierig.

»Eine Geliebte, die du wirklich liebst?«

»Nein.«

Rita blinzelte ungläubig.

»Du hast von einer Geliebten gesprochen.« Sascha hob die Arme.

Als Rita ihm mit dem Finger drohte, lachte er und rückte wieder näher zu ihr.

»Was ist in diesem Moment dein größtes Problem?«

Rita rückte unruhig auf ihrem Platz hin und her, sah ihn an und angelte aus dem Korb einen grünen Apfel, der knackte, als sie in ihn biss. Sascha wartete geduldig auf ihre Antwort, aber sie kaute und sah in das Feuer. Sie brauchte etwas Zeit, um nachzudenken, obwohl es eigentlich nichts gab, worüber sie hätte nachdenken müssen.

Sie verstand überhaupt nicht, weshalb sie so ehrlich auf seine Fragen antwortete und auch noch erwartete, dass er aufrichtig sei.

Er, ein Mann, der zwei Stunden zu spät gekommen war und ständig irgendwohin verschwand.

»Geld«, platzte sie heraus, »ich brauche es dringend.«

Letztendlich war das nicht peinlich. Die Hälfte der Menschheit hatte dieselben Probleme.

»Und bei dir?«

»Langeweile«, antwortete Sascha wie aus der Pistole geschossen.

Rita glaubte ihm nicht, sagte aber nichts. Seine Antwort klang gekünstelt. Aber vielleicht war er ja doch Wlassow. Nach Julikas Erzählungen hatte der sich auch immer gelangweilt.

Rita schaute Sascha an. Sie musste vorsichtiger sein, obwohl sie das Entscheidende schon über sich gesagt hatte: Sie brauchte Geld. Wie konnte ihm eine so aufrichtige Frau nicht gefallen? Die Richtung, in die ihre Bekanntschaft laufen sollte, war damit klar.

Rita erinnerte sich, dass Sascha noch vorgestern viel über Geld gesprochen und über Sergej getratscht hatte. Es sah nicht danach aus, dass Geld ihn überhaupt nicht interessierte.

»Wann warst du das letzte Mal mit einem Mann zusammen?«

Rita brach in Gelächter aus. Sie hatte diese Frage längst erwartet. Männer sind berechenbare Wesen, die von Instinkten geleitet sind und immer das Eine im Kopf haben. Tja, sie könnte natürlich lügen, würde es aber nicht tun, sondern ihn in Verlegenheit bringen.

»Wenn du es schon ganz genau wissen willst – vor zwei Monaten und sechzehn Tagen.«

Sascha lag auf dem Rücken und bewegte sich nicht. Dann

wandte er sein Gesicht zu Rita und schaute sie ganz ernst an. Sie erwiderte seinen Blick. Er schwieg lange, konnte sich dann aber nicht mehr halten und prustete vor Lachen los.

»Was ist?«

Sie sprang auf und schmiss ein Apfelgehäuse nach ihm. »Wir hatten doch vereinbart – nur die Wahrheit«, rief Rita mit gespielter Kränkung.

»Du hättest ruhig lügen können!« Er konnte sich kaum beruhigen und bedeckte sein Gesicht mit beiden Armen, als Rita begann, richtig auf ihn einzuschlagen. Sie traf ihn an der Schulter und auf dem Rücken. Vor Lachen kamen beiden die Tränen.

»Das war's. Das Spiel ist aus«, keuchte Rita außer Atem.

»Lass uns noch eine letzte Frage stellen«, bettelte Sascha.

»Willst du mich endgültig blamieren? Ich habe dir mein Innerstes offenbart!«

Sascha begann wieder zu lachen. Endlich beruhigte er sich, und er seufzte erleichtert: »Hättest du mir das vorher gesagt, dann hätte ich auf unseren Ausflug in die Wüste verzichtet.«

»Du Schuft!« Rita jagte ihn über den Sand. Sie rannten um das Feuer, riefen sich kleine Gemeinheiten zu und ließen sich dann gleichzeitig auf ihre Decke fallen.

Als Rita wieder zu Atem gekommen war, dachte sie daran, wie sie vor noch nicht allzu langer Zeit mit Sergej über den Strand gelaufen war. Aber am Ende war doch kein Funke übergesprungen. Jetzt wollte sie ewig so liegen bleiben und nirgendwo anders mehr hinfahren.

»Na los, frag schon!«, ermunterte sie ihn.

»Was war dein glücklichster Tag?«

Rita dachte nach. Zuerst erinnerte sie sich an den Tag, als der Prinz ihr das erste Auto gekauft hatte. Aber es gab auch noch andere glückliche Tage; als sie zum ersten Mal nach Mailand kam; der Tag, an dem sie zur Oscar-Verleihung ging, oder der, als sie einen Ring mit einem Fünfzehnkaräter bekommen hatte. Das alles waren glückliche Tage gewesen – so wie der Tag, als er ihr den Schlüssel zu ihrer eigenen Wohnung überreicht hatte, und obwohl sie seinerzeit eher Erleichterung als Freude empfunden hatte, war sie damals noch der Meinung gewesen, dass alles hätte noch schlimmer kommen können. Aber jetzt fiel es ihr schwer, einen einzigen besonderen Tag hervorzuheben. Dann dachte sie, dass man sogar die Reise hierher als glücklich bezeichnen könnte.

»Weißt du, ich kann das gar nicht eindeutig beantworten. Ich war viele, viele Male glücklich.«

Auf der Rückfahrt schlief Rita auf ihrem Sitz zusammengerollt ein. Als sie aufwachte, war schon Dahab zu sehen. Sie rieb sich die Augen und schaute Sascha an.

Er sah konzentriert auf die Straße: Hier gab es keine Beleuchtung, und die Autofahrer fuhren meistens in der Mitte.

»Hey!« Rita berührte sachte Saschas Schulter; er wandte sich zu ihr und streichelte ihr zärtlich den Hinterkopf.

»Wie hast du geschlafen? Ich habe dich die ganze Zeit über beneidet.«

»Gut.« Rita streckte sich. »Das macht die frische Luft!«

Als sie eine halbe Stunde später die Stadtgrenze erreichten, sah Rita aus dem Fenster und rätselte, wo Sascha jetzt wohl hinfahren würde. Ihr Herz verkrampfte sich, und sie konnte ihre Enttäuschung kaum verbergen, als sie plötzlich ihr zweistöckiges Haus vor sich sah.

»Wir sind da!« Sascha stellte den Motor aus.

Rita bückte sich nach ihren Sandalen. Als sie wieder hochkam, öffnete Sascha schon die Tür auf ihrer Seite. Er half ihr auszusteigen und begleitete sie bis zum Hauseingang.

»Ich muss das Auto bis acht Uhr abgeben, ich habe es versprochen.«

Sascha öffnete die Tür zum Treppenhaus und ließ Rita vorangehen.

Interessant – wenn in der Wüste irgendetwas zwischen ihnen passiert wäre, hätte er sich dann auch so wohlerzogen und distanziert benommen?

Rita nahm ihren Schlüssel aus ihrer Tasche und schloss ihre Wohnungstür auf. In ihrem dunklen Flur versuchte sie, den Schalter zu finden, und fand sich plötzlich in Saschas Armen wieder. Ihre Tasche fiel auf den Steinfußboden. Sascha umarmte sie zärtlich und drückte sie an sich. Rita erstarrte und hatte Angst, sich zu rühren.

»Nimmst du mich auf die Safari mit?«, fragte er flüsternd.

»Hmm.« Rita verstand seine Frage nicht. Die Safari war in diesem Moment genauso weit weg wie der Nordpol.

Sascha löste seine Umarmung und trat einen Schritt zurück.

»Fahren wir zusammen?«

»Natürlich«, lächelte Rita.

Er strich ihr zärtlich über die Schulter. Dann öffnete er die Wohnungstür und ging ins Treppenhaus.

Rita schloss ihre Augen, geblendet von dem grellen Licht, das aus dem Treppenhaus leuchtete. Sie stand wie verstei-

nert da und sah zu, wie Sascha leichtfüßig die Stufen hin-
unterlief. Bevor er den letzten Absatz erreichte, blickte er
zurück und winkte Rita zu.

So ein Idiot! Wo wollte er denn jetzt hin?

Rita merkte, dass es schon eine Ewigkeit her war, dass sie
sich zuletzt eine solche Frage gestellt hatte.

18

Rita ergriff dankbar die ausgestreckte Hand von Fidel und balancierte vorsichtig über die schmale Gangway auf das Schiff. Che balancierte hinter ihr eine riesige Sporttasche und lief Gefahr, damit ins Wasser zu fallen. Er hob den Kopf und grüßte freundlich den Kapitän, mit dem er, wie sich jetzt herausstellte, schon einmal gemeinsam auf einer Safari gewesen war.

»Das ist ein guter Mann«, sagte Che und sprang auf das Deck.

Seine Liebestragödie lag bereits ein paar Tage zurück, und er sah schon fast wieder normal aus. Er hatte seinen bedrückten Zustand zu genießen gelernt und wirkte wie ein Held mit gebrochenem Herzen. Damit stieg sein Wert bei den Mädchen, die an ihm interessiert waren.

»Er ist von einer Französin verlassen worden«, hörte man hinter Ches Rücken in Bars und Restaurants. »Sein Blick hat an Tiefe gewonnen.«

Das hatte auch einmal eine von Ritas Freundinnen gesagt, als sie penibel die Kontoauszüge ihres Mannes durchsah. »Er hat irgendwelche geheimnisvollen Dinge im Kopf«, hatte sie ergänzt, als sie begann, seine Taschen zu durchsuchen. Letztendlich hatte sie recht gehabt. Genau so war der Blick von Che. Wo früher ein nervöser Funke sprühte, war jetzt die Glut erloschen.

Rita war mulmig zumute, als sie das Schiff betrat, das für die nächsten fünf Tage nicht nur ihr Gefängnis, sondern auch ihre Bühne sein würde. Sie hatte Sascha schon drei Tage lang nicht gesehen.

Als sie beobachtete, wie Alexander Nr. 1 sich konzentriert über die Kiste mit ihrer Ausrüstung beugte, empfand sie nichts als Angst vor der bevorstehenden Reise. Rita wurde selbst auf Schiffen seekrank, die dreimal größer als dieses waren. Und trotz der Berge von Medikamenten in ihrer Tasche fühlte sie sich überhaupt nicht sicher auf diesem alten Kahn.

Jeji zählte die Sauerstoffflaschen, zwei ägyptische Jungen luden den Proviant an Bord, und fast alle Safariteilnehmer waren schon eingetroffen.

Rita konnte sogar ihr Gesicht wahren, als Sergej in Begleitung von Marina und Nadja erschien. Sie hatte bis dahin nicht gewusst, dass sie nicht die einzige Frau an Bord sein würde.

Diese neue Situation verdarb ihr die Laune und machte sie wütend; diese Frauen waren so unberechenbar. In einem Moment verschwanden sie von der Bildfläche und plötzlich betraten sie sie wieder. Als dieses lustige Trio lachend von der Gangway aufs Schiff stieg, erinnerte sich Rita daran, dass in jeder Kajüte drei Betten standen. Das bedeutete, dass sie ihre mit diesen beiden Schlampen würde teilen müssen. Gut, dass es Rita schon geschafft hatte, sich die beste Kajüte zu sichern, die größte mit ungefähr neun Quadratmetern, und auch schon das Bett direkt am Fenster belegt hatte. Es gab keine Klimaanlage, und die Nächte würden immer heißer werden.

»Er hätte sich was anderes ausdenken können«, bemerkte

Fidel gleichgültig, als alle an Deck standen und die Abfahrtszeit besprachen. Die Rede war von Alexander Nr. 2.

»Ich werde nicht auf ihn warten«, sagte Alexander Nr. 1 brüsk, »wir fahren gleich los.«

Rita schloss die Augen. Wie konnte er nur so unhöflich sein? Warum reagierten alle so ruhig auf solch ungehobeltes Verhalten?

An den vergangenen Tagen hatte sie sich gedanklich auf die bevorstehende Safari vorbereitet. Fünf Tage auf der hohen See, mitten im Roten Meer, weit weg von jeder Zivilisation. Rita hatte sich diese Reise in allen Einzelheiten vorgestellt, sie in Episoden eingeteilt – und Sascha und sie spielten darin die Hauptrollen.

Hier waren sie am Meer, dort betrachteten sie das Firmament, ein andermal lagen sie auf dem offenen Deck in der Sonne. Rita fühlte sich wie eine aufgeregte und ungeduldige Schülerin vor dem Sommerferienlager.

Die anderen Taucher aus der Gruppe waren in ihren Tagträumen notwendige Dekoration – wie das Meer und die Schwimmflossen. Und sie hatte vor, Sergej ruhig zu fragen, ob er Wlassow sei oder nicht. Der würde darauf überschwenglich lachen und auf Alexander Nr. 1 deuten: »Frag ihn!« Rita würde dann dieselbe Frage an Alexander Nr. 1 richten, der dann verlegen antworten würde, dass das ein Geheimnis wäre. Schließlich würde er in Richtung von Alexander Nr. 2 zeigen. Rita würde rot werden und weglaufen. Alexander Nr. 2 würde ihr folgen, sich erklären – und dann … Sex.

Eigentlich ihr Lieblingsthema.

Irgendwie endeten alle Episoden so. Rita wollte sich nicht eingestehen, dass sie in Alexander Nr. 2 verliebt war. Sie schob ihr Interesse an ihm auf ihre lange Abstinenz. Und nur in ihren Tagträumen wurde Alexander Nr. 2 zu Wlassow. Sie wollte einfach die Indizien nicht wahrhaben, die deutlich auf Sergej Solovenko deuteten.

Eigentlich wusste Rita, dass Alexander Nr. 2 nicht Wlassow sein konnte.

»Ach, vielleicht gefalle ich ihm ja gar nicht«, flüsterte Rita, als sie in ihrem dunklen Schlafzimmer gelegen und dem Rauschen des Meeres gelauscht hatte.

Die Brandung war ein treuer Begleiter ihrer Schlaflosigkeit geworden.

»Ich muss mich zusammenreißen!« Rita benetzte wütend ihr Gesicht mit kaltem Wasser. Das Badezimmer in ihrer Kajüte hatte die Größe eines Kleiderschranks. Deshalb stieß sie, als sie am Waschbecken stand, mit ihrer Schulter gegen die Tür. Sie war absichtlich unter Deck gegangen, um nicht dabei zu sein, wenn die Crew die Taue löste und das Schiff ablegte.

Er war nicht gekommen, obwohl er es versprochen hatte.

Es schien keinen außer ihr zu interessieren oder zu stören. Es schien, als sei alles in Ordnung, als sei es immer so gewesen, dass er die ganze Crew und seine Freunde einfach im Stich ließ. Rita war hastig von einer Bordwand zur anderen gerannt und hatte zu den Menschenscharen geblickt, die am Kai zurückgeblieben waren. Trotz der frühen Stunde herrschte am Pier eine hektische Aktivität. Ägypter, die kaum hinter ihren riesigen Schubkarren mit den Ausrüstungsgegenständen der Reisegesellschaft zu sehen waren, hatten sich schreiend ihren Weg durch die

Menschenmenge gebahnt. Sie waren alle durcheinander-
gerannt: Araber und Russen, Deutsche und Italiener,
schreiende Kinder, auf dem Nebenschiff hatte ein Hund
gebellt.

Rita konnte es sich nicht verkneifen, doch wieder nach
oben aufs Deck zu steigen. Wenigstens hatte sie es geschafft, an Bord zu bleiben. Wenn sie zurückkäme, würde
sie ihm nicht einmal mehr guten Tag sagen.

Rita schloss die Augen. Sie wandte sich vom Pier ab und
sah auf das Meer.

Überall gab es etwas zu tun. Niemand nahm Rita zur
Kenntnis. Sie fühlte sich unsichtbar und musste sich gar
keine besondere Mühe geben, ihre Enttäuschung zu verbergen. Keiner bemerkte die Tränen, die sich in ihren Au-
genwinkeln bildeten und ihr über die Wangen liefen.

Genau in dem Moment, als ein junger Ägypter das letzte
Tau löste, entdeckte Rita in der bunten Menschenmenge
Alexander Nr. 2. Er saß hinter seinem Freund auf einem
Motorrad, dem Restaurantbesitzer, der den wunderbaren
Korb für das Picknick in der Wüste zusammengestellt
hatte.

Ritas Herz drohte ihre Brust zu sprengen, und gleichzeitig wurde sie fast wahnsinnig, als sie sah, wie unbekümmert er seine Tasche nahm und mit Fidel zu plaudern
begann.

Herzloser Schuft! Rita ging an die andere Seite des Decks
und drehte sich mit dem Gesicht zur Sonne.

Welch eine Vorliebe für den effektvollen Auftritt im letzten Augenblick! Was für ein Theater! Er war ein erwach-
sener Mensch und kein verantwortungsloses Kind. Ganz
zu schweigen davon, dass er sich offenbar keinerlei Ge-

danken über ihre Gefühle gemacht hatte. Was für Gefühle eigentlich?

Rita hörte die Begrüßung durch die anderen und Sergejs lautes Lachen. Eines der Mädels kreischte sogar aus unerfindlichen Gründen. Was hatten die eigentlich mit ihm zu tun? Irgendwo hatte er doch die letzten Tage seit dem Ausflug in die Wüste verbracht. Er war nicht in die Bar gekommen und hatte sie nicht zu Hause besucht, war einfach verschwunden. Rita hatte sogar daran gedacht, dass er vielleicht schon wieder weggefahren sein könnte. Es war unmöglich, in Dahab zu leben und sich so lange Zeit nicht zu begegnen. Nicht ein einziges Mal war Alexander Nr. 2 an den Strand vor ihrem Haus gekommen, obwohl das doch eine wunderbare Möglichkeit für ein ganz zufälliges Treffen geboten hätte – und Rita hatte viel Zeit auf ihrer Veranda verbracht. Die geheimnisvolle Hütte an ihrem Strand war inzwischen vollkommen friedlich. Rita hatte noch einen weiteren Versuch unternommen, nach drinnen zu gelangen, aber die Tür war nach wie vor verschlossen.

Sie versuchte, sich zu entspannen, als sie Schritte hörte. In den letzten Tagen hatte sie so oft davon geträumt, ihn wiederzusehen, dass sie nun unwillkürlich lächeln musste. Sascha setzte sich neben sie auf die Bank, nahm schweigend ihre Hand und blickte ruhig aufs Meer. Rita wandte den Kopf zu ihm; hätte er sie in diesem Augenblick angesehen, wäre ihm alles klar gewesen. Rita gestand sich ein, dass eine solche Schwäche ihr schon seit der Zeit nicht mehr unterlaufen war, als sie dem Prinzen und seiner neuen Geliebten eine Szene gemacht hatte. Seitdem hatte sie nie mehr versagt, allerdings hatte es viele andere Momente der Schwäche gegeben.

Ohne seine Haltung zu ändern, führte Sascha Ritas Handfläche langsam an seinen Mund und berührte sie mit seinen Lippen. Rita kicherte nervös.

Was könnte sie jetzt tun, um ihn in seine Schranken zu verweisen? Hatte sie überhaupt einen Plan?

»Mit wem wirst du zusammen wohnen?«, fragte Rita, als sie zu den anderen hinübergingen.

Sascha antwortete lächelnd: »Kann ich nicht in deine Kajüte kommen?«

Er nahm sie auf den Arm! Rita unterdrückte einen Seufzer. Oder dachte er etwa, dass er sie sofort ins Bett kriegen könnte?

Rita entzog Sascha ihre Hand und stellte fest: »Männer und Frauen wohnen getrennt!«

Ihm war die Veränderung in ihrer Stimmung durchaus nicht verborgen geblieben.

»Dann teile ich mit Sascha und Sergej die Kajüte.« Er trat vor sie und sah ihr ins Gesicht. Sie wandte sich instinktiv ab, um nicht wieder Unsinn zu sagen.

Rita war sich sicher gewesen, dass er die Kajüte eher mit Che und Fidel teilen würde. Er hatte ja im Gegensatz zu ihr die Wahl. Aber Fidel und Che wurden mit Jeji zusammengelegt.

»Ungleiche Gesellschaft«, verkündete Fidel, »drei Mädels und sechs Männer.«

Alle versammelten sich am Bug. Das Schiff nahm Fahrt auf und entfernte sich vom Hafen.

Fidel reckte sich und massierte seinen verspannten Nacken.

»Man kann Blutvergießen also nicht ausschließen«, sagte er finster. Rita befürchtete, dass diejenigen, die Fidel nicht so gut kannten, seine Worte ernst nehmen könnten. Fidel lachte nie über die eigenen Witze. Eine Eigenschaft, die Sergej leider völlig fehlte.

Marina zuckte mit den Schultern: »Dann haben die Mädchen die größere Auswahl.«

Rita hatte den Sinn für Humor ihrer beiden Mitbewohnerinnen unterschätzt. Sie konnte ihre Gereiztheit nicht verbergen und drehte sich zu Marina. Das Wort »Mädchen« passte überhaupt nicht zu ihrer augenblicklichen inneren Verfassung.

Die Menschen wissen so viel über Instinkte – Gefühle, stärker als wir selbst, kann man überhaupt nicht kontrollieren oder gar dosieren. Rita spürte, dass sie eine von den Verrückten werden könnte, die ihre Krankheit zwar erkennen, aber nicht überwinden können.

»Aber du hast deine Wahl doch schon getroffen«, sagte Fidel und blinzelte Sergej an. Marina spitzte die Ohren.

»Wer weiß?«, sagte sie lächelnd und lehnte sich an die Reling.

Rita unterdrückte nur mit Mühe das Bedürfnis, laut zu schreien. Sie sollte eigentlich an Marinas Stelle stehen! Erinnerte sich hier irgendeiner noch an sie? Und das alles geschah nur, weil sie nicht mit ihm geschlafen hatte.

Rita seufzte laut, und Fidel blickte in ihre Richtung.

Sie machte eine unzufriedene Miene. Fidel lachte. »Aber du hast doch nichts dagegen, wenn ich …« Fidel machte eine eindeutige Handbewegung.

Rita rümpfte die Nase. »Fidel!«

»Nur ein einziges Mal!«

»Ich dachte, du tendierst eher zu Nadja.«

»Nadja war schon«, klärte Che sie auf, »hast du eigentlich vergessen, mit wem du es zu tun hast? Er ist doch ein Weiberheld.«

»Halt die Klappe, Romeo! Tritt beiseite und leide ein bisschen«, konterte Fidel gutgelaunt.

»Ich dachte, Marina ist Sergejs Freundin.« Sie konnte sich kaum auf das Gespräch mit Fidel konzentrieren.

»Richtig. Aber danach wird sie vielleicht meine Freundin«, sinnierte Fidel.

»Nach Sergej? Wohl kaum.« Che hegte gewisse Zweifel.

»Worüber redet ihr hier eigentlich?« Alexander Nr. 2 mischte sich in ihre Unterhaltung ein.

Rita musste selbst darüber lachen, wie wichtig sie alles nahm, was er sagte. Vor zwei Minuten hatte es ihr noch den Atem verschlagen, als er Che gebeten hatte, seine Brille zu halten. Rita schaute neidisch zu, wie Che an den Gläsern und dem Rahmen dieser Brille fummelte, ohne sein unglaubliches Glück überhaupt zu würdigen.

»Sie teilen sich die Mädchen auf«, hörte Rita sich sagen. Hatte man ihr eine Droge gegeben? Oder warum hatte sie das Gefühl, so sehr neben sich zu stehen?

Rita setzte sich aufs Deck und legte ihren Kopf auf die Knie.

»Das klingt gut! Und wer kriegt dich ab?«

Wer hatte das gesagt? Rita hob ihren Kopf.

»Keiner«, sagte Fidel bestimmt. »Aber wir werden uns darum kümmern.«

Che nickte energisch.

»Ist dir schlecht?« Sergej beugte sich fürsorglich über Rita.

»Nein.« Sie schüttelte den Kopf. »Ich denke nicht.«
Sie lächelte Sergej dankbar an.

»Lass dir eine Tablette geben!« Che stand auf.

»Nein. Ich lege mich hin. Ich habe nur so ein komisches Gefühl …« Rita blickte ihre Freunde an.

»Was für ein Gefühl?«, fragten Fidel und Alexander Nr. 2 im Chor.

Che fasste Rita zart unter das Kinn und sah ihr in die Augen. Rita schüttelte verwirrt den Kopf und versuchte, ihr Unwohlsein abzuschütteln.

»Als ob das hier nicht wirklich ist.« Sie nahm ihren ganzen Mut zusammen und blickte Alexander Nr. 2 an. Er sah erschrocken aus. Aus seinem Gesicht verschwand das übliche Lächeln, und seine Augen drückten Besorgnis aus.

»Lass mich dich zu deiner Kajüte begleiten.« Er machte einen Schritt auf sie zu und stellte sich zwischen sie und alle anderen. So, wie er ihr in die Augen schaute, schien er mit ihr unter vier Augen sprechen zu wollen.

»Ich mache das schon.« Sergej drängelte sich durch die Umstehenden und schob Alexander Nr. 2 beiseite.

»Ritischka steht doch unter meiner Obhut!«, rief Che laut.

Die Männer rangelten ein wenig miteinander, und jeder versuchte, den anderen von Rita wegzuschubsen.

Alexander Nr. 2 trat beiseite, und auf seinen Lippen erschien wieder sein ruhiges Lächeln.

Rita konnte sich noch nicht vorstellen, wie sehr sie sich über diese verpasste Gelegenheit grämen würde, mit ihm allein in ihrer Kajüte zu sein. Als es ihr wieder besserging, mischte sie sich lachend in das Getümmel ein und tat so, als ob sie ihre Verehrer trennen wolle.

So verging die Zeit; das Abendessen rückte näher, und Rita war noch immer nicht in ihre Kajüte gegangen.

Es begann schon zu dämmern, als Alexander Nr. 1 von den Begegnungen mit den Unterwasser-Ungeheuern zu erzählen begann. Rita hatte noch nie gehört, dass er so lange und begeistert über etwas sprach. Alle außer ihren Mitbewohnerinnen legten sich aufs Deck, aßen reife Apfelsinen und lauschten atemlos. Alexander Nr. 2 schälte die Orangen säuberlich, teilte sie in Hälften und reichte sie Rita schweigend.

Sie hätte ewig so liegen bleiben und die Orangen aus seinen Händen entgegennehmen können.

Aber alles hatte ein Ende. Als Rita in ihre Kajüte kam, entdeckte sie gereizt, dass Nadja und Marina schon in ihren Betten lagen und ein ungezwungenes Gespräch über ihre Herzensangelegenheiten führten, aber bei Ritas Erscheinen demonstrativ verstummten. Rita grüßte kurz und begann, ihre Sachen in die Schränke zu legen. Erst jetzt wurde ihr klar, dass sie in Gesellschaft von zwei ihr wenig vertrauten Frauen einschlafen müsste – noch dazu in einem Zimmer von der Größe eines Zugabteils. Als Rita ihre Sachen verstaut hatte, stellte sich ihr ein weiteres Problem: das Umziehen.

Sie war nicht besonders prüde, aber sie liebte ihren Körper zu sehr, als dass sie hätte zulassen wollen, dass diese Mädchen sie in aller Ruhe betrachten konnten. Also nahm sie einen kunterbunten Haufen Kleidung mit ins Bad.

Das Abendessen verlief sehr nett, fast familiär. Sergej machte Witze und gab niemandem die Gelegenheit, ein Wort dazwischenzuwerfen.

Das konnte nicht Wlassow sein. Rita lauschte ihm mit halbem Ohr und aß ihr Hühnchen. Dieser Mann war so sehr Wlassow wie sie eine Krankenschwester aus der Kinderpoliklinik.

Diesen Vergleich hatte Rita schon in ihren Mails an Lalja benutzt, in denen sie seinerzeit ihren Verdacht und ihre Vermutungen geschildert hatte. Rita dachte, dass sie ihr mit diesen Worten die ganze Lächerlichkeit der Situation am besten vor Augen führen konnte.

Der Koch schien sehr gut zu sein, aber vielleicht hatte Rita auch nur Hunger, weil sie den ganzen Tag an Deck verbracht hatte. Jemand stellte zwei Flaschen Wein auf den Tisch. Für Rita hatten die keine Bedeutung mehr. Nach einiger Zeit in Dahab hatte sie gelernt, dass dieser Wein zu schneller Trunkenheit führte, aber eigentlich keinen Genuss versprach.

Wenn Sergej einmal seinem Redefluss unterbrach, legte er Rita große durchgebratene Fleischstücke auf den Teller. Er wusste sehr genau, wie man seine Tischnachbarin verwöhnte und erledigte das ganz selbstverständlich.

Der Tisch war für zehn Personen gedeckt; die Crew aß separat. An einer Seite saßen Che, Fidel, Rita und Sergej. Auf der anderen hatten Nadja, Marina, Alexander Nr. 2 und Alexander Nr. 1 Platz genommen. Am Kopf des Tisches saß Jeji. Rita war zwischen Sergej und Fidel eingeklemmt, und Alexander Nr. 2 saß ihr direkt gegenüber. Sie stocherte wie ein kleines Mädchen in ihrem Salat.

Als sie satt war, hörte sie Sergejs Reden etwas aufmerksamer zu.

»Das Kapital soll für den Menschen arbeiten«, hörte sie, »Geld wurde in erster Linie für das Genießen erfunden, sogar die Macht ist sekundär.« Voller Enthusiasmus wandte sich Sergej in erster Linie an Alexander Nr. 2. Er wartete auf dessen Replik und legte deshalb kleinere Pausen ein, damit Sascha lächeln oder nicken konnte. Rita bemerkte, wie herablassend Sascha auf Sergejs leicht belehrenden Ton reagierte.

Keiner hatte Zweifel daran, dass Sergej ein bedeutender Geschäftsmann war. Unverständlich war jedoch, weshalb die Männer ihn nicht baten, mehr über seine Geschäfte zu erzählen.

Und Fidel wurde zunehmend gereizter. Rita spürte, wie sehr er unter Strom stand. Er verdrehte ab und zu die Augen, grinste spöttisch oder unterbrach Sergej mit Bemerkungen, die gar nicht zum Thema passten. Aber das Wohlwollen von Alexander Nr. 2 inspirierte Sergej zu weiteren Tiraden über Liebe, Glück und Geld. Es war klar, dass Sergej seine Überlegenheit den anderen Männern gegenüber genoss.

Sergej ignorierte Alexander Nr. 1 während des ganzen Abendessens. Rita war verwirrt – was war aus der Männerfreundschaft geworden, die sie auf Hawaii geschlossen hatten?

Während Sergej eine weitere lustige Geschichte erzählte, wandte er sich plötzlich zu Rita und flüsterte ihr etwas ins Ohr. Rita lachte, sein Atem streifte ihre Wange – und doch schien es, als fragte Sergej Alexander Nr. 2 mit einem kurzen Blick um die Erlaubnis für sein Verhalten.

Rita zog sich irritiert zurück und ergriff ihre Gabel. Was passierte hier eigentlich? Ein potenzieller Wlassow bat um Erlaubnis, mit ihr zu flirten. Rita ballte ihre Fäuste vor Wut. Was sollte dieser Blickkontakt hinter ihrem Rücken bedeuten? Vielleicht teilten die beiden sie genau so offensichtlich auf, wie sie gerade über das Schicksal von Marina und Nadja entschieden hatten.

Rita drehte ihren Kopf und sah Alexander Nr. 1 herausfordernd an. Warum war der jetzt so stumm wie ein Baumstamm? Wenn es um Fische ging, plapperte er ununterbrochen. Aber wenn man über Geld und Glück sprach, schwieg er und stierte auf seinen Teller. Wie lange konnte man wohl seine Augen niederschlagen? Sie erinnerte sich an das Foto; da hatte er doch eine gute Figur gemacht.

Was war eigentlich mit diesen Männern los?

Rita war kurz davor, aufzustehen, mit der Gabel an ihr Glas zu schlagen und zu erklären, dass sie allen anwesenden Männern eine ganz wichtige Frage stellen wolle: »Wer von euch ist Wlassow?« Aber letztendlich hielt sie sich zurück; sie trank ihr Glas aus, und ihre Vernunft gewann wieder die Oberhand. Sie legte Sergej ein Stückchen Kiwi auf den Teller.

Die Selbstbeherrschung von Alexander Nr. 2 war wirklich bewundernswert: Während des ganzen Abends erschien auf seinem Gesicht nicht einmal ein Schatten von Eifersucht oder Unzufriedenheit. Er lachte herzlich über Sergejs Geschichten, unterstützte seine These von Genuss und Abenteuer, für die allein es sich lohnte, Geld zu verdienen, und wenn sich die Gelegenheit ergab, schenkte er Sergejs Worten ehrliche Aufmerksamkeit und Begeisterung.

Manchmal zerfiel das gemeinsame Gespräch auch in Unterhaltungen einzelner Gruppen. Aber Sergej, Rita und

Alexander Nr. 2 unterbrachen ihr Gespräch nicht. Genauer gesagt: Sergej sprach, Alexander Nr. 2 hörte lächelnd zu, und Rita wurde zunehmend gereizter.

Fidel hatte mit Sergej genauso wenig im Sinn wie Che, und beide richteten ihre ganze Aufmerksamkeit auf Ritas Mitbewohnerinnen, bombardierten sie mit Witzen und flirteten wie die Weltmeister.

Rita beobachtete neidisch, wie alle vier eifrig miteinander tuschelten. Sie war mit sich selbst nicht im Reinen. Es schien ihr, als habe Sergejs Hand einige Male wie beiläufig ihre Hüften gestreift. Unglücklicherweise hatte sie auch einen zu kurzen Jeansrock angezogen, mit dem sie eigentlich nur ihre Zimmernachbarinnen hatte ärgern wollen. Und Alexander Nr. 2 bekam offenbar gar nicht mit, wie viel Aufmerksamkeit Sergej ihr widmete. Sie machte sich Sorgen und versuchte, Fidels Blick zu erhaschen, um ihn um Unterstützung zu bitten, aber die Freunde waren zu stark mit dem Jäten ihres neuen Ackers beschäftigt.

Bei jeder Gelegenheit fixierte Rita Alexander Nr. 2 und versuchte verzweifelt, sein Interesse an ihr anzufachen. Vor dem Abendessen hatte sie daran noch keine Zweifel an seiner Zuneigung gehabt – aber jetzt war alles anders: Er war einfach nur höflich. Rita ließ den Kopf hängen und hörte auf, auf Sergejs Witze zu reagieren.

Nach dem Abendessen ging Rita auf das Oberdeck und legte sich auf eine Matratze. Jemand aus der Crew hatte sie dort hingelegt, damit die Gäste das Firmament betrachten konnten. Ob ihr wohl Alexander Nr. 2 folgen würde? Doch sie hörte nur die fröhliche Stimme von Sergej.

»Vielleicht übernachten wir hier?« Mit diesen Worten ließ er sich neben Rita fallen. »Wunderbar, dieser Himmel! Rita, Rita, Margarita«, sang er, »du hast so einen schönen Namen.«

»Hm«, knurrte Rita, nahm sich dann aber zusammen und rang sich einen Dank ab. »Und gefällt dir dein eigener Name?«

Sergej schwieg. Rita rutschte vor lauter Aufregung auf der Matratze hin und her. Sie wollte ihm direkt ins Gesicht sehen und war begeistert von ihrem Scharfsinn. Ergab dieser Abend vielleicht doch noch einen Sinn?

»Weißt du, mir ist es eigentlich egal, wie ich heiße«, sagte Sergej endlich. Aber Rita hatte schon zu lange gespannt auf seine Reaktion gewartet. Sie erinnerte sich an das Monogramm auf seiner Tasche und fühlte sich inspiriert, weiter zu fragen – wie ein furchtloser Basketballspieler, der den Ball durch die Reihen seiner Gegner dribbelt und sein Ziel, den Korb, nicht aus dem Blick lässt.

»Zum Beispiel Che«, Sergej wandte sich zu ihr und stützte seinen Kopf auf den Arm, »weißt du, wie er richtig heißt?«

»Ich weiß es«, nickte Rita zufrieden, »Andrej.«

»Aber keiner nennt ihn hier so, alle nennen ihn nur Che.«

»Und was willst du damit sagen?«, fragte Rita ungeduldig.

»Wenn ich dich morgen bitte, mich Atos zu nennen, wirst du mir das doch nicht abschlagen.«

»Nein!«, lachte Rita.

»Also, das habe ich damit gemeint. Es ist nicht wichtig, wie mich alle anderen nennen werden. Ich bleibe trotzdem ich.«

»Aha.« Rita gab sich geschlagen. Also war er doch Wlassow. Oder er wurde von Interpol gesucht.

Alexander Nr. 2 tauchte einfach nicht auf. Sie hörten Gelächter; die Gesellschaft setzte sich zum Kartenspielen nieder. Rita wollte zu ihren Freunden zurück, aber es wäre unvernünftig gewesen, Sergej hier allein zu lassen. Wenn er Wlassow war, warum hatte er so einen Alptraum von Pseudonym gewählt?

Sergej legte sich wieder auf den Rücken und schloss die Augen.

»Rita, wie lange willst du mich quälen?«, fragte er plötzlich kaum hörbar.

Rita zweifelte einen Augenblick lang, ob sie ihn richtig verstanden hatte. Quälen? Sie allein war es doch, die sich quälte. Seine Worte schockierten sie. Normalerweise machte ein Mann wenigstens einen Versuch oder unterbreitete ein unanständiges Angebot, bevor er sich zu einer solchen Frage hinreißen ließ.

Rita war sich bewusst, dass das Schicksal sie in Dahab nicht verwöhnt hatte; besonders oft war ihr nicht der Hof gemacht worden. Außerdem hatte Sergej einen unpassenden Zeitpunkt gewählt. Obwohl sich Rita fast sicher war, dass er Wlassow war, fühlte sie sich nicht bereit, hier und jetzt in seine Arme zu sinken.

Sie fuhr sich verwirrt mit der Hand durch ihre Haare und schaute Sergej an. Sein Profil erinnerte sie an einen Scherenschnitt. Er war zweifellos ein sehr schöner Mann. Der Gedanke daran, dass sie mit nichts in die Stadt zurückkehren würde und weiter das elende Dasein eines Menschen fristen müsste, dem die letzten Kopeken ausgegangen waren, zwang sie, sich zusammenzunehmen und einen Witz zu reißen: »Serjoscha, zuerst müssen wir uns einigen, wie du heißt: Atos, Portos oder Aramis.«

Sergej lachte.

Rita nutzte diesen Überraschungsmoment und stand auf: »Lass uns mit den anderen spielen!«

Warum zog es sie so zu Alexander Nr. 2? Üblicherweise fühlten sich Frauen nicht zu Männern hingezogen, die ihnen keine Aufmerksamkeit schenkten. Aber Rita war offenbar die Ausnahme von dieser Regel. Aber warum hatte sie nicht ihr Herz an Sergej oder Alexander Nr. 1 verloren?

Unten im Salon angekommen, blieb Rita wie angewurzelt stehen. Alle spielten paarweise Karten, alle außer Alexander Nr. 1 und Jeji. Alexander Nr. 2 bildete mit Marina ein Paar. Er saß hinter ihrem Rücken, legte sein Kinn auf ihre Schulter und sah ihr in die Karten, die sie aufgefächert in ihrer Hand hielt. Als er Rita bemerkte, zog er seinen Kopf zurück, und gerade diese Bewegung machte auf sie einen ausgesprochen unangenehmen Eindruck.

»Ich bin gekommen, um allen eine gute Nacht zu wünschen«, lächelte Rita kühl. Sie hatte eigentlich keinen Grund, so früh in ihre enge und ungemütliche Kajüte zu gehen, außer vielleicht, ein paar Lieblingssachen von Marina zu zerstören.

»Bleib noch, spiel mit uns!«, bat Che.

»Ja, bleib doch noch ein bisschen!«, unterstützte ihn Alexander Nr. 2 und stand auf.

»Tut mir leid, ich bin hundemüde.« Rita sah ihm direkt in die Augen und verließ den Salon.

Bis zu dem Zeitpunkt, als ihre Mitbewohnerinnen zurückkehrten, hatte sie in ihrer Kajüte schon mehrere Szenarien entwickelt. Wie könnten sich die Ereignisse entwickeln, und wer wäre daran in welcher Weise beteiligt?

Szenario 1: Nadja geht heute als Erste schlafen, Marina erst später. Ritas Reaktion: Am nächsten Tag wird sie Sergej um achtzehn Uhr Sex vorschlagen – unmittelbar nach dem dritten Tauchgang.

Szenario 2: Nadja kommt in die Kajüte, aber Marina nicht. Nicht sehr wahrscheinlich, weil es im Grunde genommen gar keinen Platz auf dem Schiff gibt, an dem man zu zweit sein kann. Ritas Reaktion: Sergej schon um elf Uhr Sex vorschlagen – gleich nach dem ersten Tauchgang.

Marina kehrte zusammen mit Nadja nach einer Stunde und vierundvierzig Minuten in die Kajüte zurück und machte sich so zu Ritas Feindbild Nr. 1.

Rita ärgerte sich über sich selbst; sie hatte sich Szenen von unerhörter Obszönität ausgemalt. Sie versuchte, sich zu beruhigen, um keinen Streit mit der kichernden Marina zu beginnen, und konnte den nächsten Tag kaum erwarten – den Tag der Rache.

19

Der nächste Tag war ausgesprochen stressig. Schon nach dem Frühstück folgte der erste Tauchgang an einem der malerischsten Orte des Roten Meeres. Alle waren aufgeregt und bereiteten an Deck ihre Ausrüstungen vor. Das Wetter war phantastisch; eigentlich hätte man an einem solchen Tag auf einem perlweißen Handtuch am Strand liegen sollen.

Rita war gegen sechs Uhr aufgestanden. Sie hatte schlecht geschlafen und von Marina geträumt, die ihr ins Gesicht gelacht hatte, von Alexander Nr. 2, der vor ihr am Strand weggelaufen war und von Sergej, der sich in einen kleinen Gnom verwandelt hatte. Rita hatte sich schweißgebadet in ihrem Bett gewälzt und einige Male versucht, das Bullauge ein bisschen weiter zu öffnen – vergeblich, es blieb unerträglich heiß in der Kajüte. Eine aufdringliche und unersättliche Mücke hatte in alle Körperteile Ritas gestochen. Am frühen Morgen hatte sie es nicht mehr ausgehalten, ihre Shorts angezogen und war nach draußen gekrochen. Das Schiff glitt langsam über die spiegelglatte See, und über dem Meer kurvten zwei Möwen. Rita genoss die verwunschene Morgenstimmung.

Der Kapitän winkte ihr zum Gruß von der Brücke aus zu. Obwohl Rita fast nackt an Deck gegangen war, entstand keine unangenehme Spannung zwischen ihnen. Jeder stand auf seinem Platz, und beide tauschten ab und zu ein Lächeln, bis das Leben auf dem Schiff erwachte.

Als Rita Alexander Nr. 2 sah, wurde ihr klar, dass zwischen ihnen alles zu Ende war. Ob ihm überhaupt bewusst war, dass zwischen ihnen einmal etwas gewesen war? Oder hatten die Umarmung im Hausflur und der Ausflug in die Wüste keine Bedeutung für ihn? Sascha drehte sich um und blickte Rita direkt in die Augen. Sie deutete nur ein Nicken an und ging beiseite. Fidel strich ihr durch die Haare, sie nahm seine Hand und hielt sie zart an ihre Wange.

Die Zusammenstellung der Tauchpaare war eine spannende Sache. Im Prinzip war es Rita egal, mit wem sie tauchen würde – es sei denn, ihr würden Alexander Nr. 2 oder eine ihrer beiden Zimmernachbarinnen zugeteilt. Bei ihm wäre sie nicht sicher, ob sie ihm im Notfall Hilfe leisten würde, bei ihren Mitbewohnerinnen hatte sie Angst um ihre eigene Sicherheit. Schließlich siegte Sergej; in der letzten Zeit war er wieder aus seiner Lethargie erwacht und verfolgte Rita auf Schritt und Tritt.

Rita seufzte erleichtert. Nach aller ihrer Vorbereitung hätte sie es nicht ertragen können, wenn er gemeinsam mit Marina tauchte.

Die anderen Paare fanden sich schnell. Ihre unausgeschlafenen, ständig gähnenden Mitbewohnerinnen bildeten ein Team, Che blieb wegen seines Schnupfens an Bord, und Jeji und Alexander Nr. 1 brauchten als Trainer keinen Buddy.

Alexander Nr. 1 versammelte die ganze Gruppe um sich und erklärte den Plan für den heutigen Tag. Es standen drei Tauchgänge auf dem Programm, zwei am Vormittag und einer am Nachmittag. Für diejenigen, die damit nicht genug hatten, würde es eine Möglichkeit geben, am Nachmittag noch ein weiteres Mal zu tauchen. Rita betrachtete die ganze Gruppe mit einem Lächeln: Es gab keinen, der am Nachmittag noch einmal zusätzlich tauchen wollte. Interessant – dabei taten doch immer alle so, als seien sie fanatische Unterwasserfreaks.

An diesem Tag war die Strömung relativ stark; Sascha wies sie deshalb an, schnell hintereinander ins Wasser zu gehen, damit sie nicht zu weit auseinandergetrieben würden.

Bald waren alle untergetaucht. Rita konnte sich auf nichts konzentrieren, was nicht etwa an der schlechten Sicht lag, sondern daran, dass sie gespannt auf Alexander Nr. 2 achtete. Sie ließ ihn keine Sekunde aus den Augen. Er hatte seit dem Morgen einige Anläufe genommen, mit ihr zu sprechen, aber war kühl und distanziert geblieben. Erst unter Wasser und hinter einer Tauchermaske versteckt, konnte sie ihn ruhig mit Lust und Laune beobachten.

Mit einiger Verwunderung stellte sie fest, dass sich Alexander Nr. 2 fast genauso gut wie Alexander Nr. 1 unter Wasser hielt. Er war viel besser als Sergej. Rita konnte jetzt schon Trainer von Schülern unterscheiden, und sie war überrascht und gleichzeitig empört: Man konnte seinen Erzählungen wirklich nicht trauen. Alles sprach dafür, dass er – wie übrigens alle anderen auch – nicht die ganze Wahrheit über sich gesagt hatte.

In siebzehn Metern Tiefe schwamm Rita zerstreut hinter der Gruppe her. Weil sie so sehr in ihre Gedanken versunken war, rempelte sie immer wieder die Taucher vor ihr an, wenn diese anhielten, um etwas Interessantes zu betrachten. Sergej ließ sie nicht aus den Augen und tippte sie immer wieder begeistert an, wenn er eine Schildkröte oder Muräne sah.

»Jaja, ich habe sie gesehen«, brummte Rita in ihren Atemregler und schwamm unbeeindruckt daran vorbei.

Alexander Nr. 1 hatte sich von der Gruppe gelöst; man konnte nur noch seine und Jejis Flossen sehen. Unmittelbar vor dem Auftauchen schwamm Alexander Nr. 2 unbemerkt zu Rita und fasste sie am Ellbogen. Sie sah ihn durch ihre beschlagene Maske böse an und schüttelte ihn schroff ab. Sascha lachte nur. Rita sah, wie sich kleine Fältchen rund um seine Augen bildeten. Aber er zog sie mit und zeigte ihr zwei kleine Fische. Einer war schwarz mit so leuchtend roten Lippen, als hätte er Lippenstift aufgetragen, und einem roten Fleck mitten auf der Stirn. Der zweite war blau mit grünen Punkten und sah aus, als hätte er eine Schleife um den Kopf gebunden. Sie waren sehr niedlich, nicht nur wegen der Farben, sondern auch wegen ihrer Form. Es war rührend, wie sie im gleichen Rhythmus ihre Flossen bewegten und sich eng aneinanderdrängten.

»Du und ich«, bedeutete ihr Sascha.

Rita warf ihm einen verständnislosen Blick zu. Sascha wiederholte seine Geste noch einmal.

»Aha.« Rita nickte ernst. Sascha erwartete wohl, dass sie jetzt lächeln und ihm mit einem Zeichen des Einverständnisses antworten würde. Stattdessen blickte Rita ihn fragend an. »Ist das alles, was du mir zeigen wolltest?«

Sascha schien enttäuscht und zuckte bloß mit den Achseln.

Aber bis zum Mittag hatte Rita ihm vergeben, und ihr Verhältnis hatte sich wieder entspannt.

Sergej hatte sie in der Zwischenzeit gesucht und hatte ein enormes Spektakel veranstaltet.

Er spürte wohl, dass sich ihre Aufmerksamkeit wieder auf Alexander Nr. 2 verlagerte, und das gefiel ihm überhaupt nicht.

Als er beim Essen mit übertriebenem Enthusiasmus eine weitere Portion Spaghetti auf Ritas noch vollen Teller häufte, begann sie, sich Sorgen zu machen.

Das Gespräch beim Essen drehte sich – wie immer – ums Tauchen, und Ritas Gedanken kehrten wieder zu den Fotos in Sergejs Schlafzimmer zurück.

Eigentlich war sie keinen Schritt weitergekommen; je öfter sie den schweigsamen Alexander Nr. 1 erlebte, desto mehr dachte sie, dass er vielleicht doch Wlassow war. Und obwohl Sergej seine Gleichgültigkeit gegenüber Namen betont hatte, war Rita immer mehr der Auffassung, dass er nicht Wlassow sein konnte.

Alexander Nr. 2 versteckte weder seinen Namen, seine Tätigkeit noch seine Vergangenheit. Bei jeder Gelegenheit erzählte er von seinen Geschäften.

Andererseits hörte Rita in seinen Reden einen Unterton, den sie von Geschäftsleuten des Kalibers von Kostja Kotscherga kannte. Was das genau war, hätte Rita nicht benennen können. Sie versuchte, ihre Vermutungen in ihren Mails an Lalja auszudrücken, konnte aber ihre Gedanken nicht deutlich genug in Worte fassen. Alles, was sie ihr schreiben konnte, war: »Er redet klug und ist nicht vorlaut.«

Bisweilen plagte Rita eine Horrorvorstellung: Vielleicht war keiner dieser Männer Wlassow!

Der einzige ernstzunehmende Hinweis war die schwarze Reisetasche mit dem Monogramm. Mit den Narben auf Sergejs Kopf und den ständigen Erzählungen von Hawaii konnte man nichts anfangen.

Rita hätte sich Millionen von Erklärungen zurechtlegen können, für die Tasche, die Fotos, die Narben – sie hatte nicht nur einmal alle Möglichkeiten durchgespielt und versucht, auf ihre eigene Eingebung zu hören, ihre Gefühle zu analysieren und einzuschätzen, wie glaubwürdig alles war.

Aber der letzte Brief von Lalja, den sie vor ihrer Abreise auf die Safari erhalten hatte, enthielt die Bestätigung, dass Wlassow in Ägypten war: »Er ist da, in Dahab, irgendwo mitten unter euch. Er sagt, dass er eine wunderbare Zeit in Gesellschaft eines bezaubernden Mädchens bei seinen Freunden verbringt. Und dass er sich auf Australien vorbereitet.«

Rita hatte mit Herzklopfen die Mail von Lalja mit der Betreffzeile »Neuigkeiten von Julika« geöffnet. Sie wartete eigentlich auf Fotos, auf neue Anhaltspunkte, um Wlassow irgendwie identifizieren zu können. Aber es blieb ihr nichts anderes übrig, als zu rätseln, ob sie dieses »bezaubernde Mädchen« war, das in dem Brief erwähnt wurde.

In den letzten Minuten hatte sie die Unterhaltung bei Tisch nicht mehr weiter verfolgt, deshalb lehnte sie sich unwillkürlich zurück, als sich Sergej zu ihr beugte und ihr ins Ohr flüsterte: »In deiner Kajüte wartet eine Überraschung auf dich!«

Rita schaute schnell zu Alexander Nr. 2, aber der sprach über Jejis Kopf hinweg mit Nadja. Er hatte bestimmt nicht gehört, was Sergej gerade zu ihr gesagt hatte. Rita hatte zwar alles gehört, aber überhaupt nichts verstanden.

Sie drehte sich zu Sergej. Worauf hatte sie sich da eingelassen?

Und in diesem Augenblick bemerkte Rita zu ihrer größten Verwunderung, dass Alexander Nr. 1 sie mit seinen hellblauen Augen intensiv ansah. Er jetzt also auch!

Sie hatte ihn einfach aus den Augen verloren. Es war vielleicht zu früh, ihn abzuschreiben; er beobachtete sie und interessierte sich offenbar für sie.

Nachdem Sergej ihr die Überraschung angekündigt hatte, sagte Rita den zweiten Tauchgang ab. Sie war einfach zu gespannt, um vierzig Minuten ruhig unter Wasser zu verbringen.

Sie blieb mit Che zurück und verfolgte ungeduldig, wie sich die ganze Gruppe wieder auf das Tauchen vorbereitete. Als der letzte Kopf unter Wasser verschwunden und der Schiffsmotor wieder angelaufen war, eilte Rita sofort in ihre Kajüte. Sie war ungeheuer neugierig.

Als sie ihre Kajüte erreichte, zitterten ihre Hände. Was erwartete sie? Auf ihrem Bett lag eine kleine quadratische Schachtel, umhüllt mit zartem Samt. Rita tat nun alles wie ferngesteuert: Sie nahm die Schachtel, betrachtete sie von allen Seiten und öffnete sie rasch mit einer präzisen, oft geübten Bewegung.

Der Charakter des Geschenks war klar, aber die Situation blieb verwirrend.

In der Schachtel lag ein Ring: drei Reihen fast perfekte blaue Saphire. Er war nichts Besonderes, aber doch ordentlich gearbeitet, vor allem waren die Steine nicht klein.

Sie taxierte ihr Geschenk; schade, dass sie keine Kataloge bei sich hatte. Eine richtige Bewertung dieses Rings mit dem bloßen Auge war einfach nicht möglich.

Rita zog den Ring an: ein bisschen eng. Sie war daran gewöhnt, dass sich ein Ring leicht am Finger drehen ließ. Andererseits hatte sie schon länger als einen Monat weder etwas an den Ohren noch am Finger getragen. Sie war überrascht, wie unbequem sich ein schwerer, breiter Goldring am Finger anfühlte.

Eines stand fest: Rita würde den Ring wieder zurückgeben.

Wenn Sergej Wlassow war, wäre dieses Schmuckstück einfach ein armseliges Almosen, und wenn Solovenko nur Solovenko war, machte es überhaupt keinen Sinn, den Ring zu behalten und ihm daraufhin Avancen zu machen.

In diesem Augenblick trat Che, ohne anzuklopfen, in ihre Kajüte. Er bemerkte zwar nicht den Ring an ihrem Finger, aber sofort die schwarze Schachtel.

»Was ist das?«

Und Rita erzählte. Die Wahrheit. Beinahe. Genauer gesagt, einen Teil davon.

Sie erzählte, dass Sergej ihr den Hof machte, davon, dass sie sich zu Alexander Nr. 2 hingezogen fühlte und beiden gegenüber Zweifel hegte. Rita bemerkte verwundert, dass Che ihr mit großem Interesse zuhörte.

Er hatte hoffentlich nicht vor, sie zu verraten – aber Rita wollte ihm nichts unterstellen.

Nachdem sie fertig war, begann Che, von einer Ecke der

Kajüte zur anderen zu laufen, und dabei wog er die Vorteile beider Kandidaten gegeneinander ab.

Seine Anteilnahme und sein Engagement verwirrten Rita. Sie erinnerte sich noch lebhaft daran, wie sie versucht hatte, wenigstens einmal zu Wort zu kommen, als er sich so ausführlich über Simone beschwert hatte.

»Ich weiß nicht, wer mir besser gefällt«, log Rita und zuckte mit den Schultern.

In Wirklichkeit hatte sie keine Zweifel mehr daran, dass sie zu Alexander Nr. 2 tendierte.

Che sah noch einmal den Ring an und pfiff: »Nicht schlecht!«

Rita zuckte mit den Achseln. Ihr war klar, dass Che nichts von Juwelen verstand.

»Warum schaust du so«, lachte Che, »als ob er dich nicht beeindruckt hätte!«

Rita dachte nach. Sie wollte ihre wahre Meinung über den Ring lieber für sich behalten.

»Mir schmeichelt die Aufmerksamkeit«, sagte Rita und setzte sich auf das Bett, »aber ist das nicht zu viel des Guten?«

»Euch Frauen kann man nicht verstehen!« Che reckte sein Kinn in die Luft. »Was hast du eigentlich erwartet?«

Rita wurde rot.

Auch Che war anscheinend von seiner eigenen Taktlosigkeit verwirrt und schwieg verlegen.

»Ich meine nur, was kann man hier in Ägypten schon kaufen?«, sagte er und setzte sich neben sie.

»Che, ich möchte den Ring zurückgeben.«

»Dann gib ihn eben zurück!«

Sie bereute, dass sie so viel ausgeplaudert hatte. Letztendlich würde sie dieser Ring nicht stören: Man konnte ihn jeden Tag zu Jeans tragen. Sie seufzte und legte den Ring in die Schachtel zurück.

»Okay«, Che stand auf, »ich gehe zu mir rüber und lege mich hin. Ich habe gestern zu lange Karten gespielt und konnte überhaupt nicht ausschlafen.«

»Che!« Rita druckste herum, »hast du gestern bemerkt ...« Sie suchte nach den passenden Worten.

»Was? Ob Sascha mit Marina geschlafen hat?« Che reckte sich und zeigte seinen nackten braunen Oberkörper. Rita kicherte nervös.

»Du hast ja einen tollen Waschbrettbauch.«

Ches Bauch konnte keine normale Frau gleichgültig lassen.

»Er steht dir immer zur Verfügung«, lächelte Che, und schon auf der Türschwelle von Ritas Kajüte drehte er sich um: »Was Marina betrifft, mach dir keine Sorgen, sie ist nicht sein Geschmack.«

Rita nickte. Vielleicht sollte sie Sascha einen kleinen Brief schreiben und Che bitten, ihn zu übergeben? Und was sprach eigentlich dagegen, mal einen Blick in seine Kajüte zu werfen – jetzt, wo er sich unter Wasser tummelte?

Gesagt – getan. Rita war überhaupt nicht mehr ängstlich; erstaunlich, wie schnell sich der Mensch an Ausnahmesituationen gewöhnt.

Drei Betten, die parallel zueinander im Abstand von dreißig Zentimetern standen; zwei nicht sehr große Kleiderschränke, eine Toilette und die Duschkabine – genauso wie in ihrer Kajüte. Aber hier gefiel es ihr komischerweise viel besser.

Rita blickte in die Duschkabine. Sie war überrascht, dass

sie trocken war und nach Alexander Nr. 2 roch. Sie untersuchte die schmalen Glasregale schaute sich die Parfümflakons an. Welches war Sergejs? Er roch immer unverwechselbar herb.

Nachdem sie alle Flakons und Flaschen geprüft und nicht gefunden hatte, was sie suchte, widmete sie sich wieder dem Schlafbereich. Sie wusste gleich, in welchem Bett Sergej schlief, weil davor seine Hausschuhe von *Louis Vuitton* standen und auf dem Kopfkissen *Das Parfum* lag.

Rita nahm ihr »Lieblingsbuch« in die Hand, öffnete es in der Mitte, las einige Zeilen und legte es, die Nase rümpfend, wieder zurück. Nachdem sie die schwarze Samtschachtel auf Sergejs Bett gelegt hatte, begann sie mit der Durchsuchung der Schränke. Die Männer hatten die beiden Schränke unter sich aufgeteilt, und zwar völlig gerecht: Jeder hatte zwei Regale und drei Bügel. Es war nicht wie in Ritas Kajüte; dort hatte Rita als Erste einen Schrank für sich besetzt, und den Zimmergenossinnen blieb nichts anderes übrig, als ihre Sachen in den zweiten zu stopfen.

Im ersten Schrank lagen Hemden und Shorts, alles getragen und ausgeblichen und nachlässig hineingeworfen. Rita erkannte gleich den Stil von Alexander Nr. 1. Manche seiner Kleidungsstücke drohten schon auseinanderzufallen. Rita hatte keinen Mut, auch einen Blick auf seine Unterwäsche zu riskieren, obwohl sie durchaus eine gewisse Neugier verspürte.

Daneben hingen zwei elegante Hemden, die ihr dort so verloren vorkamen wie zwei vornehme Damen in einer drittklassigen Bahnhofsgaststätte. Sie waren gebügelt, alle

Knöpfe geschlossen. Unten standen in einer geraden Linie die Schuhe.

Im zweiten Schrank lag eine ganze Menge gleicher, weißer und gebügelter Unterhemden von Alexander Nr. 2. Statt der Shorts trug er auf dem Boot immer Jeans oder Hosen aus weißer Baumwolle.

Gestern war er zum Abendessen in einem beigefarbenen Pullover mit V-Ausschnitt erschienen. Dieser sportlich-elegante Stil stand ihm. Sie fand diesen Pullover im Regal und zögerte einen Moment, ehe sie ihn sich ans Gesicht drückte. Der vertraute Duft brachte sie geradewegs zurück auf die Strandpromenade und in die Wüste.

Es war erstaunlich, wie lange das Gedächtnis Gerüche speichern kann. Am Anfang ihrer Liebschaft hatte Rita überall ihren Prinzen gerochen.

Sie suchte weiter. Alexander Nr. 2 war nicht weniger ordentlich als Sergej. Ein wenig eifersüchtig bemerkte sie, dass seine Kleidung nicht an die eines einsamen Junggesellen erinnerte. Alles war sauber und frisch gebügelt. Er bevorzugte ganz offensichtlich sportliche Kleidung amerikanischer Hersteller.

In Sergejs Garderobe dominierten rosa Hemden, Gürtel mit opulenten Schnallen und Bermudashorts zum Surfen.

Rita entdeckte Sergejs Fotoapparat, und seine Reisetasche von *Louis Vuitton* ragte unter seinen grauen Hosen hervor. Es war ihr nicht ganz klar, weshalb er sie mit auf das Schiff geschleppt hatte.

Sie blickte hinein: Dokumente, sein Pass, der Pass von Alexander Nr. 2, eine Uhr und eine Halskette mit goldenen Pfefferschoten als Anhänger, die Manneskraft symbolisieren sollten. Sergej hatte sie bisher so gut wie nie abgelegt.

Rita widmete sich aufgeregt dem Pass von Alexander Nr. 2. Der Name Romanow wurde ihr langsam vertraut. Sie hatte ihn schon ein paarmal ausprobiert, ob er wohl zu ihrem Vornamen passen könnte. Aber der Name Wlassow klang doch ein wenig besser.

Sein Vatersname: Michailowitsch. Rita lachte. So schlecht hatte sich Wlassow also getarnt. Den Familiennamen hatte er ausgetauscht, aber den Vatersnamen behalten.

Ein weiterer Hinweis: sein Geburtsdatum, der 15. September.

In diesem Jahr, in drei Monaten, würde er dreiunddreißig Jahre alt werden. Sie wusste, dass die Informationen über das Geburtsdatum von Wlassow in ihrer Liste gefehlt hatten. Allerdings hatte Julika erzählt, dass er nicht älter als fünfunddreißig Jahre sei.

Alexander Nr. 2 war häufig in England, zweimal in Oman und einmal in Kasachstan gewesen. Sonst sah sein Pass eher normal aus: Es waren keine Kinder eingetragen, und leere Seiten gab es auch noch.

Rita drehte die Tasche auf den Kopf. Dabei fielen ein paar Taucherkarten auf die Namen Romanow, Solovenko und Platow heraus. Alexander Nr. 1 war offensichtlich der fortgeschrittenste Taucher. Sie fand noch eine Kreditkarte auf den Namen Solovenko, dreihundert US-Dollar in bar und zwei Mobiltelefone. Eine magere Ausbeute.

Als sie aufstand, bemerkte sie oben auf dem Schrank eine grellblaue Sporttasche. Interessant! Ihrem äußeren Anschein nach war sie leer. Rita nahm sie vorsichtig aus dem Regal und legte sie auf ein Bett.

Die Tasche gehörte anscheinend Sergej, so etwas war sein Stil. Sie war fast nagelneu und wohl speziell für Taucher gemacht. An einem der Bügel prangte ein Schild: »Limitierte Auflage«. Rita schnalzte mit der Zunge – Männer haben ihre eigenen Freuden. Beim Durchsehen der Tasche fand sie zu ihrer Enttäuschung nur einen halbleeren Kulturbeutel, Sonnencreme, schon ein Jahr alt, ein paar Bücher und einen ganzen Haufen Gegenstände, die nutzlos für ihre Safari waren.

Es schien ihr, dass diese blaue Tasche allen drei Männern als Aufbewahrung überflüssiger Gegenstände diente.

Rita nahm ein Buch mit einem lilafarbenen Umschlag und voller Fragezeichen aus der Tasche: *Die Kunst, Fragen zu stellen*. Auf dem Umschlag stand: »Derjenige, der die Fragen stellt, ergreift immer die Initiative. Ganz egal, um welches Thema es sich handelt: Geschäftliche Verhandlungen, Verkaufsgespräche, Situationen im Dienstleistungsbereich oder einfach im Privatleben.« Rita grinste.

So verbrachten Machos heute also ihre Abende. Alle anderen Bücher waren auch Ratgeber aus dem Businessbereich. Besonders fasziniert war sie von einem Buch mit dem Titel *Die Sprache der Persönlichkeit*, in dem die Rede davon zu sein schien, »dass man mit Hilfe von Numerologie, Astrologie, Typologie, der Schriftanalyse und von Farbpräferenzen sein Leben von Grund auf ändern, eine erfolgreiche Karriere einschlagen, seine Gesundheit festigen und die finanzielle Situation verbessern könnte.«

Alexander Nr. 1 hatte dieses Buch definitiv noch nicht gelesen. Rita musste laut lachen, als sie sich vorstellte, wie Sergej und Alexander Nr. 2 über sie redeten, dabei die Länge ihrer Beine und die Größe ihres Busens abschätzten und im Dunkeln unter der Decke kicherten. Aber sie konnte sich nicht vorstellen, dass sich Alexander Nr. 1 daran beteiligte; er war nicht einmal in der Lage, einen einfachen Small Talk hinzukriegen, geschweige denn überhaupt irgendein Gespräch zu führen, das nicht mit Tauchen zu tun hatte.

Je mehr Rita über das Foto nachdachte, auf dem er mit dem *Bentley* zu sehen war, desto mehr glaubte sie, dass das Foto eine Montage war. Trotz seiner Kleidung und des herablassenden Gesichtsausdrucks sah Alexander Nr. 1 am Steuer des Wagens völlig deplaziert aus. Vielleicht wollte Sergej etwas Schönes für seinen Freund arrangieren: Er hatte ihn in ein gutes Restaurant eingeladen und ihm dabei die Möglichkeit gegeben, mit einem teuren Auto zu fahren. Diese Erklärung schien ihr am wahrscheinlichsten.

Sie legte die Bücher wieder zurück und wollte schon den Reißverschluss der Tasche zuziehen, als ihr ein zerknittertes Blatt Papier auffiel, das auf dem Bett liegengeblieben war. Vielleicht diente es als Lesezeichen und hatte zwischen den Blättern eines Buches gesteckt. Sie überflog den Zettel nur flüchtig.

Es war ein Werbebrief, der die Vorzüge der übrigen Artikel des Taschenherstellers anpries und trug die Unterschrift des Generaldirektors. Rita las die Satzfetzen: »… das Recht als Erster die neueste Technik unserer Produkte«, »Wir schätzen Sie als einen treuen Kunden« und »… eine wasserundurchlässige Tasche in einer limitierten Auflage«.

Sie blätterte durch das Buch, aus dem dieses Zeugnis professioneller Arschkriecherei gefallen sein musste. Dann steckte sie das Blatt irgendwo in die Mitte und war sich sicher, dass der Besitzer nichts davon merken würde. Den Brief hatte sie schon beinahe zusammengefaltet, da sah sie die Anrede: »Sehr geehrter Herr Wlassow.«

Rita war fassungslos.

Sie befürchtete, dass die Buchstaben vor ihren Augen verblassen und dann ganz verschwinden könnten.

Wlassow! Wlassow!

Ihr Herz schlug schneller; das war doch ein Beweis dafür, dass Wlassow hier war.

Rita war völlig aufgewühlt, aber anstatt herumzuspringen und ihre Begeisterung jedem mitzuteilen, blieb sie bewegungslos auf Sergejs Bett liegen.

Wlassow war also kein Phantom, sondern eine reale Person. Sie dachte darüber nach, wann sie zuletzt den Namen Wlassow in schriftlicher Form gesehen hatte – vor einem Monat in der Zeitschrift *Forbes*.

Wlassow existierte! Rita kreischte laut auf und hielt sich vor Schreck den Mund zu. Jemand schrieb ihm Briefe und schenkte ihm Taschen. Er war hier auf dem Schiff und wohnte in dieser Kajüte!

Vielleicht war es doch Alexander Nr. 2? Mit einem Ruck setzte sich Rita wieder aufrecht hin.

Sie faltete den Brief wieder zusammen, stellte die Tasche wieder auf den Schrank, steckte den Brief, ohne zu zögern, in eine Tasche ihrer Shorts und stürzte in den Flur. Wegen des Seegangs musste sie sich an der Wand abstützen, als sie nach oben auf das Deck kletterte.

»Na, hast du ihn zurückgegeben?«, fragte Che sie. Er fühlte sich wie immer wohl, wenn er nichts zu tun hatte, und blinzelte mit halb zugekniffenen Augen an.

»Ja«, nickte Rita, »sind die anderen noch nicht wieder aufgetaucht?«

Sie ging ungeduldig an Deck hin und her und blickte auf die bewegte See.

Che drehte sich auf den Bauch und legte seine Hände unter das Kinn. Er grinste.

»Tut es dir schon leid?«

»Wie bitte?« Rita blieb stehen. »Ach so.« Sie schüttelte unwirsch den Kopf.

Nur zwei von den drei Verdächtigen schienen wirklich in Frage zu kommen – der dritte war eigentlich sehr unwahrscheinlich.

»Sie wurden nach rechts abgetrieben«, sagte Che und stellte sich hin, um in die entgegengesetzte Richtung von Rita zu zeigen. »Wir werden sie dort wieder aufnehmen.«

Er schien es gar nicht zu bedauern, dass er wegen seines Schnupfens kein einziges Mal mit den anderen getaucht war. Rita vermutete, dass er nur aus Geselligkeit mitgekommen war. Er hatte einfach eine Gelegenheit gesucht, sich von Simone abzulenken.

Sie verfolgte die Bewegung von Ches Hand mit leerem Blick. Zehn Meter neben dem Schiff hatte Alexander Nr. 1 eine orangenfarbene Boje aufgeblasen, neben der jetzt die anderen wie kleine Küken aus ihren Eierschalen auftauchten. Alle winkten heftig, um die Aufmerksamkeit der Besatzung auf sich zu ziehen.

Der Kapitän steuerte eine scharfe Kurve. Rita hielt sich an der Reling fest, weil sich das Schiff stark auf die Seite legte und die Gischt über den Bug sprühte. Der Wind fuhr in Ritas Haare, die während ihres Aufenthalts gewachsen und ausgeblichen waren. Sie ähnelte immer mehr einer echten Meerjungfrau, die alle Seeleute verführte.

Noch nie war sie ihrem Ziel so nah gewesen.

Sie hielt den Atem an und betrachtete alle, die mit ihren Flossen und riesigen Sauerstoffflaschen an Deck kamen. Das konnte doch nicht wahr sein – er war tatsächlich hier auf dem Schiff, ein reicher Eremit, Nr. 13 auf der *Forbes*-Liste, Junggeselle.

Alle diese Eigenschaften machten ihn zu einem Helden aus dem Märchen, zu einer mythischen Persönlichkeit, die sich die Redaktion der *Forbes* extra ausgedacht hatte, um Mädchen wie ihr den Kopf zu verdrehen.

Aber ein simpler Werbebrief hatte diesen Mythos in greifbare, schöne Wirklichkeit verwandelt und einen kleinen Strahl Hoffnung in Ritas graues Leben gesandt.

»Verdammt! Ich sehe ja furchtbar aus!« Sie versuchte, ihre vom Wind zerzausten Haare zu bändigen.

Warum hast du mir den Ring zurückgegeben?«, fragte Sergej etwas pikiert.

Er lächelte nicht und sah zu ernst aus, so dass Rita spürte, dass ihr Gespräch nicht kurz sein würde. Sie setzte sich auf den Rand ihres Bettes.

Sergej hatte sie unmittelbar vor dem Abendessen erwischt. Er kam in ihre Kajüte, schloss die Tür und lehnte sich mit dem Rücken dagegen. Rita hatte zwar nicht vor, ihm zu entkommen, aber diese Situation gefiel ihr trotzdem nicht.

Sie hatte sich hingesetzt, weil man in ihrer Kajüte kaum zu zweit stehen konnte – jedenfalls wäre ihr die extreme Nähe unangenehm gewesen.

Rita wollte jetzt mit keinem der möglichen Wlassows zusammentreffen. Die ganze restliche Zeit vor dem Abendessen war sie in ihrer Kajüte geblieben und hatte angestrengt über ihre Situation nachgedacht, alles miteinander verglichen und dabei versucht, ihre wie Gummibälle hin und her springenden Gedanken zu ordnen.

Aber sie hatte es währenddessen auch noch geschafft, sich selbst wieder in Ordnung zu bringen, hatte sich frisiert, ihr schönstes Kleid angezogen, ihre Pediküre gemacht und ein aufwendiges Make-up aufgetragen.

Sie spürte die Anwesenheit von Wlassow auf dem Schiff regelrecht und nahm sich deshalb zusammen. Aus den drei Männern musste sie den richtigen auswählen. Und sie hatte nur einen Versuch.

Zu dem Ersten fühlte sie sich hingezogen, der Zweite – der wahrscheinlichste der Kandidaten – hatte ihr einen Ring geschenkt und der Dritte war ihr nach wie vor ein Rätsel.

Rita war in ihrer Kajüte im Kreis gelaufen, hatte immer wieder vor dem Bullauge geraucht, leise geschimpft und doch keine Entscheidung treffen können.

Nach etwa zwei Stunden Selbstquälerei stand dann Sergej in der Tür.

Als er sie sah, war er zuerst verwirrt, stotterte, riss sich dann aber zusammen und schloss mit Nachdruck die Tür.

»Danke, der Ring ist wunderschön.« Rita wandte sich zum Fenster ab. Sie versuchte geheimnisvoll zu wirken, aber das gelang ihr nicht recht. Stattdessen blickte sie ihm nun entschlossen direkt in die Augen. »Aber ich kann ihn nicht annehmen.«

Vielleicht übertrieb sie – aber sie trug falsche Wimpern, und ihr glitzerndes Make-up rechtfertigte einen solch dramatischen Auftritt.

»Verstehst du«, sagte sie nun ein wenig gefasster, »ich vermute, dass wir nicht ganz aufrichtig zueinander sind.«

»Was meinst du damit?«, unterbrach Sergej sie ungeduldig.

Hinter der Tür hörte Rita die Stimmen von Fidel und Che. Als sie an ihrer Kajüte vorbeigingen, klopften sie zweimal gegen ihre Tür. Che lachte, und Fidel rief: »Aufstehen!«

Rita konnte nicht antworten.

»Ich meine damit, dass wir nicht ganz ehrlich zueinander

waren.« Sie verstand selbst nicht, warum sie den Ring zurückgeben wollte, mochte aber auch keinen Rückzieher machen.

Sergej war nur einen Augenblick lang verwirrt und schlug dann bereitwillig vor: »Frag mich einfach alles, was du wissen willst!«

Rita lächelte. Wahrscheinlich hatte er diese Taktik aus einem seiner Ratgeber.

Sie erinnerte sich an den Tag, an dem sie sich so offen mit Alexander Nr. 2 ausgetauscht hatte. Vielleicht hatte Sascha schon mit Solovenko über diese Erfahrungen gesprochen, und die beiden hatten hinter ihrem Rücken über sie gelacht.

Rita erinnerte sich an viele kleine Szenen, die sich zwischen ihr und Alexander Nr. 2 in den letzten Tagen abgespielt hatten, und sie war sich inzwischen ganz sicher, dass sie ihm gut gefiel. Sein Interesse an ihr war spürbar, aber nicht fordernd. Noch heute Nachmittag hatte er einige Stücke Wassermelone auf einem Teller vor ihre Kajütentür gestellt. Es war klar, er empfand etwas für sie. Diese kleinen Aufmerksamkeiten waren für sie der Beweis, dass er sie nicht nur einfach ins Bett locken wollte. Dabei hätte Rita gar nichts dagegen gehabt.

Sergejs durchdringender Blick riss sie aus ihren Gedanken. Vielleicht war es an der Zeit, Sergej direkt nach Wlassow zu fragen.

»Woher hast du die Narben auf dem Kopf?«, fragte Rita. Sergej war keinen Augenblick lang überrascht, nickte gleich, und seine ganze Körperhaltung zeigte, dass er bereit war, ganz aufrichtig zu ihr zu sein.

Rita hielt den Atem an.

»Das ist eine Verletzung aus meiner Kindheit«, sagte er.

Rita nickte enttäuscht.

»Ein Nachbarsjunge hat mir eine Kefirflasche über den Schädel gehauen.« Sergej zuckte bedauernd mit den Schultern.

»Mit einer leeren?«, fragte Rita verlegen.

»Mit einer vollen!«, erwiderte Sergej.

Sie brachen beide in Gelächter aus.

»Siehst du, alles ist ganz banal und uninteressant. Ich hätte mir natürlich etwas Romantischeres ausdenken können. Aber wir hatten doch vereinbart, ehrlich miteinander umzugehen.« Sergej stellte einen Fuß gegen die Tür; er trug schneeweiße Sportschuhe.

»Sag, ist es wahr, dass du –«, Sergej hielt eine Sekunde lang inne, suchte nach den richtigen Worten, und Ritas Herz verkrampfte sich, »hierhergekommen bist, um einen Artikel zu schreiben?«

»Ehrlich gesagt: Nein!«, gestand sie lächelnd.

Sergej nickte verständnisvoll.

»Ich bin hier, um mich selbst zu finden, mein Leben und mich selbst zu verändern. Verstehst du, manchmal muss man wegfahren, um mit sich selbst klarzukommen, die gewöhnlichen Lebensumstände verlassen.«

Sergej nickte ernst, schwieg und wartete, wie es weitergehen würde.

»Außerdem«, Rita nestelte nachdenklich an den Manschetten ihrer weißen Bluse, »sammle ich Material für ein Buch.«

Sergej atmete auf, als ob diese Neuigkeit ihm große Erleichterung verschaffte.

Sergej hatte wohl in Erwartung ihrer Aufrichtigkeit das Schlimmste befürchtet: dass sie vielleicht ein uneheliches Kind hatte oder eine todkranke Oma oder einen Haufen Schulden. Dass dem wohl nicht so war, schien ihn zu beruhigen.

»Du bist toll!«, sagte Sergej begeistert.

Rita bemerkte überrascht, dass ihre Pläne zum ersten Mal eine gewisse Begeisterung ausgelöst hatten. Schon mehrmals hatte sie anderen in Dahab ihre schöpferischen Pläne mitgeteilt. Aber Sergej, so schien es wenigstens, war wirklich davon eingenommen. Er ging zu dem kleinen Bullauge und blickte zum Himmel.

»Sterne!«

Rita rutschte auf ihrem Bett hin und her und bereitete sich auf das Schlimmste vor. Sie hoffte, er würde sich kurz fassen.

»Ich bin hier aus sehr ähnlichen Gründen wie du«, sagte er leise, »ich kann wegen bestimmter Umstände einfach nicht nach Hause zurückkehren.«

Rita hob hinter seinem Rücken überrascht die Augenbrauen: Das war etwas Neues.

»Meine Geschäfte waren nicht immer sauber.«

Rita stand auf. Allem Anschein nach hatte er vor, ein Geheimnis zu lüften – aber nur, was seine Geschäfte betraf. Sie war froh, dass der »alte Spion« ihr jetzt wesentlich mehr zu vertrauen schien als früher.

»Die Umstände werden sich mit der Zeit bestimmt ändern, und ich werde alle meine Probleme lösen«, hörte sie ihn sagen.

Sergej wandte sich um und setzte sich aufs Bett. Sie stand jetzt vor ihm in der halbdunklen Kajüte.

»Weißt du«, er berührte Ritas Hand, »ich messe der Vergangenheit nicht sehr viel Bedeutung bei. Alle machen Fehler, betrügen irgendwann irgendwen, aber das bedeutet nicht, dass es nicht möglich sein sollte, mit diesen Menschen eine ganz normale Beziehung einzugehen.«

Sie spitzte die Ohren: Irgendwie klang das komisch, diese Bemerkung über Betrug und aufrichtige Beziehungen.

Ihr wurde etwas flau.

»Du hast wahrscheinlich schon bemerkt, dass Geld für mich keine entscheidende Rolle spielt.«

Rita blieb regungslos stehen.

»Es ist nicht wichtig, wer wie viel Geld hat.« Sergej erhob seine Stimme und stand vom Bett auf. »Hier bin ich mit verschiedenen Menschen befreundet und möchte sie nicht mit den Einzelheiten meiner nicht einfachen Geschichte konfrontieren.« Sergej verstand, dass er in dieser Kajüte keinen Schritt mehr machen konnte – egal in welche Richtung. Er setzte sich wieder aufs Bett. »Na, sieh dir doch bloß Sascha an!«

»Welchen Sascha?«, fragte Rita wie ferngesteuert.

»Ich meine meinen Sascha«, betonte Sergej unwillig mit einem Kopfnicken.

»Und was ist mit ihm?«

»Nichts.« Sergej winkte ab und blickte in eine andere Richtung, dann sah er Rita an und fuhr ziemlich hitzig fort: »Er hat sich immer unter Kontrolle. Und er lebt ganz einfach! Er stellt keine überflüssigen Fragen, verstehst du? Er taucht, jagt Haie und gibt andcren Menschen Tauchunterricht.«

»Aha.« Rita hatte kapiert, dass nicht die Rede von »ihrem« Sascha war, und der andere interessierte sie nicht.

Aus genau den Gründen, die Sergej soeben aufgezählt hatte.

Allerdings gewann sein einfaches Leben manchmal durch Fahrten mit schicken Autos etwas an Farbe. Wann war Sergej wohl das letzte Mal in seiner Heimat gewesen?

Rita erinnerte sich daran, dass gewisse Quellen behaupteten, Wlassow wäre letztes Jahr zu Halloween und auch zu Weihnachten in der Stadt gesehen worden.

Fidel klopfte und steckte einige Sekunden später seinen Kopf in die Kajüte.

»Hier seid ihr ja!« Er schaute überrascht. »Und ich dachte, du langweilst dich hier allein.« Fidel warf Sergej einen finsteren Blick zu.

»Lass uns zum Abendessen gehen!« Sie berührte Sergejs Arm. Einerseits war es schade, dass seine Geschichte unterbrochen wurde, bevor er zum Wesentlichen gekommen war, andererseits war sie seiner Rede auch schon überdrüssig geworden.

»Wir kommen gleich«, raunte Sergej Fidel zu.

Fidel grinste, dann verschwand er wieder.

Rita ging zur Tür und blickte Sergej ungeduldig an.

»Halt!« Sergej stand auf, fasste sie um die Taille und zog sie zu sich.

Rita wehrte sich instinktiv und stemmte ihre Hände gegen seine breite Brust.

»Willst du mit mir zusammen sein?«, fragte er heiser und kam ihr ganz nah. Seine Hände umfassten Ritas Taille fester. Sie sah ihm direkt in die Augen.

Seine Größe war wirklich alles andere als durchschnittlich.

Papiere konnte man fälschen, aber die Körpergröße nicht.

Rita versuchte, sich ihm sanft zu entwinden.

»Sergej, wir wollen doch nichts überstürzen!«

»Überstürzen?«, rief Sergej aus, und aus seiner Tasche fiel die Schachtel mit dem Ring. »Du quälst mich schon eine ganze Ewigkeit!« Sergej fasste sie noch fester um die Taille, um seinen Worten mehr Nachdruck zu verleihen. »Ich kann dich nicht verstehen! Mal flirtest du mit mir, dann turtelst du mit Sascha. Was willst du überhaupt?«

Rita stand der kalte Schweiß auf der Stirn.

Wenn Sergej Wlassow war, dann hatte er kein Vertrauen mehr zu ihr.

Aber war Wlassow wirklich ein Versager, der sich in einem Loch wie Dahab vor dem Gesetz verstecken musste? Und wenn er ins Gefängnis müsste? Dann würde sein Eigentum gepfändet, und schließlich bliebe nicht mal mehr ein Zuhause, in dem sich Rita im Geiste schon gesehen hatte.

Sie wurde zunehmend gereizt. Verdammt, warum ließ er sie nicht los?

Sie dachte an den trostlosen Bankangestellten Alexej mit ihrem Kontoauszug in der Hand, ihre leergeräumte Wohnung und an ihre Mutter.

Rita schüttelte verzweifelt den Kopf.

»Sergej, gib mit noch etwas Zeit!«, sagte sie bestimmt. »Du hast dich selbst noch nicht von deiner unglücklichen Liebe erholt. Ich auch nicht. Sascha ist für mich genauso ein Freund wie Fidel oder Che. Genauso wie auch du, jedenfalls bis jetzt. Lass uns sehen, wie es künftig weitergeht. Australien steht bevor, und wir können uns dort besser kennenlernen. Alles kann sich ändern.«

Rita befreite sich aus seiner Umarmung, und Sergej fasste sie am Handgelenk. Sie schenkte ihm ein Lächeln.

Das war zwar nicht die beste Lösung, wenn man die möglichen Komplikationen dieser Situation berücksichtigte, aber Rita hatte ihr kreatives Potenzial für den heutigen Abend voll ausgeschöpft. Sie hatte endgültig die Geduld verloren, der Schweiß floss in einem dünnen Rinnsal über ihren Rücken. Es war so heiß in ihrer Kajüte, und das kleine Bullauge ließ kaum Luft herein.

Sergej berührte mit seinen Lippen Ritas Handrücken. Sie kicherte verlegen und versuchte, ihm die Hand zu entziehen. Er sah sie mit einem durchdringenden Blick an und fuhr mit der Zunge über Ritas Haut.

»Wenn du mit mir zusammen bist, wirst du wie eine Königin leben.«

Rita erstarrte. Toll! Das hatte er bestimmt mal im Kino gesehen.

Als sie Sergej in die Augen blickte, spürte sie, dass ihn die Leidenschaft endgültig gepackt hatte.

Als sie den Speiseraum betreten, verlegen ihren Nachbarn zugenickt und ihre Plätze eingenommen hatten, begrüßte Alexander Nr. 2 Rita mit einem Lächeln. Sie spürte eine gewisse Enttäuschung, dass er nicht eifersüchtig war. War ihm denn wirklich alles gleichgültig, was sie tat?

Während des Abendessens nahm Rita kaum etwas zu sich. Ihr Herz pochte und verdarb ihr den Appetit. Am Tisch wurden nur bedeutunglose Floskeln ausgetauscht; das anstrengende Tauchen machte sich bemerkbar.

Rita blickte sich verstohlen um.

Alexander Nr. 1 war schon früher als alle anderen fertig und rutschte ungeduldig auf seinem Stuhl hin und her. Fidel tätschelte unter dem Tisch Marinas Knie. Che warf Rita bedeutsame Blicke zu und trommelte mit den Fingern auf der Tischplatte. Sie hatte keinen Mut, Sergej zu beobachten. Jeji saß mit dem friedlichen Lächeln des weisen Buddhisten da.

Und dann er. Er, der mit seiner bloßen Anwesenheit ihr ruhiges Leben in Unordnung brachte.

Sie hätte sich am liebsten an ihn geschmiegt wie damals im Flur; Rita spürte, dass sie in Alexander Nr. 2 verliebt und auch bereit war, die Suche nach Wlassow aufzugeben. Ihre Gedanken verwirrten sie, und sie hatte Angst. Weder für Alexander Nr. 1 noch für Sergej hegte sie solche Gefühle.

Was wusste sie überhaupt über diesen Menschen?

Hatte sie vergessen, wie schnell sich der Zaubernebel der Liebe vor dem Hintergrund ihrer Heimatstadt auflösen konnte? Würden ihre Gefühle standhalten, oder war sie etwa schon bereit, bis zum Ende ihrer Tage in Dahab zu bleiben oder in Australien von Hütte zu Hütte zu wandern, umgeben von Aborigines? Die Antwort war: Nein! Das würde sie nicht aushalten.

Wie lautete doch einer der Lieblingssätze: »Get rich or die trying.«

Die Tischgesellschaft wurde zunehmend müder.

»Für solche Fälle gibt es ein ganz tolles Mittel«, sagte Fidel, und zauberte unter dem Tisch eine Flasche Tequila hervor. Alle brachen in begeisterten Jubel aus.

Rita kippte gierig ihr erstes Glas hinunter, und in kurzer Zeit wuchs sich das Abendessen zu einer grandiosen Sauferei aus.

Banal, aber lustig! Irgendjemand besorgte einen CD-Player, und alle begannen zu tanzen. Rita verließ die Tanzfläche überhaupt nicht mehr.

Alexander Nr. 2 beobachtete sie lächelnd aus einer entfernten Ecke. Er tanzte nicht, er plauderte auch nicht mit seinen Nachbarinnen – er sah Rita einfach zu. Obwohl der Alkohol ihre Sinne getrübt hatte, verstand sie, dass ihre Gefühle auf Gegenseitigkeit beruhten. Er war auch in sie verliebt – das war nicht zu übersehen.

Sie strich sich mit unsicherer Hand die Haarsträhnen aus der Stirn, und auf ihrem Handteller klebten Reste ihres Make-ups.

Sie ignorierte diese Zeichen ihrer Trunkenheit und konzentrierte sich auf seine dezente und männliche Schönheit. Wie schön er war! Wie schön sie war! Welch wunderschöne Sternennacht! Was für tolle Freunde! Wie mutig der Kapitän des Schiffes war! Rita drehte sich auf der Stelle und knöpfte zwei weitere Knöpfe ihrer weißen Bluse auf, so dass ihre Brüste aus ihrem Dekolleté zu quellen drohten.

Schließlich setzte sie sich auf den Boden, schloss für einen Moment die Augen und spürte plötzlich, wie sie mit einer routinierten Bewegung auf die Arme genommen, über die Schulter geworfen und weggetragen wurde.

Die Musik und das Lachen ihrer Zimmernachbarinnen wurden leiser. Es war ihr zwar nicht ganz recht, was hier geschah, aber sie hatte keine Kraft mehr, Widerstand zu leisten.

Sascha stellte sie direkt neben ihrer Kajütentür wieder auf die Beine. Rita öffnete die Augen, legte ihm beide Hände auf die Brust, stellte sich auf die Zehenspitzen und näherte sich seinem Gesicht. Er stoppte Rita sanft und nahm ganz ruhig ihre Hände von seiner Brust.

Sie war zu betrunken, um zu verstehen, wie erniedrigend die Situation für sie war.

»Was?«, fragte sie, und ihre Zunge schien ihr nicht zu gehorchen.

»Nichts!« Er lächelte und schloss einige Knöpfe an Ritas Bluse. »Willst du, dass ich mit zu dir komme?«

»Ja!« Rita nickte einige Male energisch.

»Wozu?«

Rita brach in Gelächter aus. Sie wollte sich nicht bremsen. Der Tequila forderte sein Tribut, und um ihren Hunger zu stillen, brauchte sie Sascha.

»Um zusammen zu sein!« Ihre Stimme klang heiser.

Sascha schob Rita sanft beiseite und öffnete die Tür zu ihrer Kajüte. Nun lachte er nicht mehr; er wirkte nüchtern und ein bisschen müde.

»Ritotschka.« Er führte sie langsam zu ihrem Bett.

Rita wurde wütend. Dieses »Ritotschka« klang so falsch, so herablassend, dass ihr die Tränen kamen. Verdammte betrunkene Tränen! Dafür würde sie sich noch mehr schämen als für ihre plumpe Anmache.

Rita fiel auf ihr Bett und heulte laut auf. Sie lag auf dem Bauch und drückte ihr Gesicht ins Kopfkissen.

»Keiner liebt mich!«

Sascha lachte. Er drehte Rita auf den Rücken, wischte ihre Tränen ab, fand eine Flasche mit Wasser und reichte sie Rita. Sie trank in kleinen Schlucken, unterbrochen von Schluchzern.

»Willst du wirklich, dass es so passiert, betrunken wie du bist, noch dazu, wo alle oben an Deck sind?«

»Das sind meine Freunde.« Rita richtete sich auf, ballte die Fäuste und fuchtelte mit ihnen vor Saschas Nase herum. »Ich habe mit ihnen so viel durchgemacht«, rief sie laut. Dann schwieg sie einen Augenblick und stierte ins Leere. Nach einer kurzen Pause schlug sie vor: »Wenn du willst, können wir ans Heck gehen.« Nach wie vor wollte der Tequila sie nicht aus seinen Fängen lassen. »Dort gibt es eine Matratze und ein Handtuch.«

»Wir gehen morgen dorthin, wenn du es dir bis dahin nicht anders überlegst.« Sascha strich Rita über den Kopf und erhob sich. Wenn sie nicht so betrunken gewesen wäre, hätte sie den Unterton in seiner Stimme wahrgenommen und ihn stolz zurechtgewiesen. Aber stattdessen schluchzte sie weiter und nahm Saschas Vorschlag an.

Sascha verließ die Kajüte und löschte das Licht, und alles versank in völliger Finsternis. Obwohl sie sich sehr schlecht fühlte und einer Ohnmacht nahe war, versuchte Rita, aufzustehen, um ins Badezimmer zu gehen.

»Mann, Mann, Mann!«, lallte sie und sackte wieder auf ihr Bett zurück. In ihrem Kopf drehten sich die Propeller, einige Hubschrauber stiegen gen Himmel, in ihrem Mund breitete sich ein übler Geschmack aus.

Sie startete einen neuen Versuch, sich vom Bett zu erheben.

Nur unter Schwierigkeiten erreichte sie die Toilette. Sie blickte in den Spiegel und unterdrückte einen Schrei.

Hoffentlich war dieser Anblick bis zum nächsten Morgen aus ihrem Gedächtnis gelöscht, sonst würde sie das alles nicht überleben. Ihre Frisur war völlig ruiniert, und das Make-up hatte sich in eine Maske aus dem japanischen Kabuki-Theater verwandelt.

»Verdammtes Pack!«, sagte Rita traurig und versuchte ihre Augen unter Kontrolle zu bringen. »So eine Schlampe!« Sie zeigte mit dem Finger auf den mit Zahnpasta verschmierten Spiegel. Dann setzte sie sich auf den geschlossenen Klodeckel und schlief sofort ein.

Als sie aufwachte, war sie schon etwas klarer, aber der Kater war auf dem Sprung, um sie heimzusuchen. Er plante wohl, einige Tage bei ihr zu verbringen. Mit Mühe erreichte sie ihr Bett und fiel hinein.

»So schnell wie möglich einschlafen«, murmelte sie und hörte plötzlich das leise Quietschen ihrer Kajütentür.

»Es ist offen«, krächzte Rita. Machten sich ihre verrückten Mitbewohnerinnen etwa lustig über sie? Sie nahm Marinas Wecker vom Tisch: zwölf Uhr und vier Minuten. Das Fest hatte offenbar nicht sehr lange gedauert! Sie schloss ihre Augen wieder. Und wieder hörte sie dieses leise Quietschen.

»Wer ist da?«, stöhnte Rita. Vom Aufstehen und Türöffnen konnte keine Rede sein.

Endlich herrschte Ruhe, und Rita dämmerte langsam weg, als die Tür plötzlich sperrangelweit aufsprang und in dem hellen Türrahmen eine Gestalt erschien, deren Gesicht man gegen das Licht nicht erkennen konnte.

»Sascha?« Rita blinzelte. Sie stützte sich auf die Ellbogen. Die Tür schloss sich, und im Raum herrschte wieder Dunkelheit. Die Gestalt stand nun bewegungslos neben Ritas Bett.

»Komm zu mir!«, sagte Rita leise. Ihr Herz schlug heftig. Der Mann kniete sich hin und küsste leidenschaftlich ihre nackten Beine. Dann hob er Ritas Unterhemd und ertastete mit unsicheren Fingern ihren Bauch. Rita stutzte. Als er ihren Hals erreicht hatte, vermisste sie den Duft von Nadelhölzern und Meer. Stattdessen umwehte sie der Geruch von Tequila, Zitrone und …

Rita schrie auf und stürzte aus dem Bett. Sie stieß sich an der halbgeöffneten Schranktür, stolperte über das Kabel der Stehlampe, erreichte endlich den Lichtschalter und schlug mit aller Kraft dagegen.

Alexander Nr. 1 blieb weiter auf den Knien hocken, sein Kopf steckte immer noch unter Ritas Decke. Er schwieg. Er schlief doch wohl nicht!

Plötzlich stand er auf. Rita sah sein blasses Gesicht und seinen gehetzten Blick. Er lächelte nicht einmal, schaute Rita nur kurz an, stöhnte kaum hörbar, rannte hinaus und knallte die Tür hinter sich zu.

Rita blieb wie versteinert mitten im Zimmer stehen. Das, was gerade passiert war, ernüchterte sie vollends und raubte ihr die letzte Kraft. Ohne das Licht zu löschen, ließ sie sich wieder auf ihr Bett fallen. Sie konnte weder nachdenken noch verstehen und fiel sofort in einen tiefen Schlaf, erschöpft von dem gerade durchgemachten Horror.

21

Es war nur verständlich, dass Rita nicht zum Frühstück erschien.

Den ersten Tauchgang am Vormittag musste sie streichen – das war kein Problem. Es war für sie einfach nicht erstrebenswert, sich in ihren Atemregler zu erbrechen. Also blieb sie in ihrer Kajüte liegen und glühte vor Scham. Fetzen der Erinnerung quälten sie, aber noch mehr bedrängten sie gewisse Fragen und die unvermeidlichen Kopfschmerzen.

Che rückte ihr Kopfkissen zurecht, brachte ihr frisches Wasser und ein paar grüne Äpfel. Als er Rita sah, schüttelte er seinen Kopf und seufzte.

Warum konnte der Organismus mancher Menschen nicht mehr als eine bestimmte Menge Alkohol vertragen? Warum konnte man diese Fähigkeit nicht durch ausdauerndes Training nachhaltig verbessern? Rita hatte keine Antworten auf diese Fragen.

Als Alexander Nr. 2 in ihrer Kajüte vorbeischaute, stellte sie sich schlafend.

Sascha bückte sich zu ihr und zog ihre Decke gerade. Überall roch es nach Meer. Rita erbebte bei seiner zufälligen Berührung. Er hielt noch einen Moment inne und verließ dann fast geräuschlos ihre Kajüte.

Sergej kam auch vorbei, um nach Rita zu sehen.

Ohne tiefere Sorge fragte er hinter der verschlossenen Tür nach Ritas Gesundheitszustand. Als er keine Antwort bekam, ging er an Deck.

Alexander Nr. 1 erschien nicht.

Nach dem Frühstück verschwand die ganze laute Gesellschaft im Wasser, und auf dem Schiff herrschte Stille. Rita fiel in einen tiefen, erlösenden Schlaf.

Das Mittagessen verschlief sie, den zweiten Tauchgang auch.

Als Rita bei Sonnenuntergang zum ersten Mal an diesem Tage ihre Kajüte verließ, stellte sie fest, dass alle gerade zum dritten Mal tauchten. Rita fühlte sich noch sehr schwach, setzte sich in die äußerste Ecke des Oberdecks und döste dort in der wärmenden Abendsonne. Nach einer Weile suchte sie irgendetwas, was sie als Kopfkissen benutzen konnte. Neben ihr lag nichts außer einem Stapel alter Zeitungen. Bevor sie sie unter ihren Kopf legte, merkte sie, dass die Zeitungen gerade mal drei Tage alt waren.

Rita war überrascht. In dem Hafen, in dem sie vor ein paar Tagen angelegt hatten, war es nicht einmal möglich gewesen, Präservative zu kaufen (Rita hatte es versucht – für alle Fälle!), geschweige denn aktuelle russische Zeitungen.

Rita blickte um sich und hoffte, einen Gesprächspartner zu finden, der ihre sensationelle Entdeckung entsprechend würdigen könnte. Aber sie war allein. Es gab keinen Zweifel, dass die Zeitungen Sergej gehörten. Nur er verfolgte die Nachrichten und kommentierte sie mit Vorliebe während des Abendessens.

Rita wurde wehmütig; der Prinz hatte es auch gemocht, während des Frühstücks mit den rosa Seiten zu rascheln.

In einer Schlagzeile erkannte sie plötzlich den Namen des Unternehmens von Kostja Kotscherga. Sie nahm die Zeitung und überflog den Artikel: »... Übernahme von RAPT ... wählte auf Hauptversammlung der Aktionäre ... anwesend war der Mehrheitsaktionär Wlassow ...«

Sie suchte nach Einzelheiten. Wenn er dort anwesend gewesen war, bedeutete es, dass er nicht hier gewesen sein konnte. Aber dem Artikel war nicht zu entnehmen, wann diese Versammlung stattgefunden hatte. Es wurde nur über die Beschlüsse, die Kommentare von Spezialisten und die Prognosen von Analytikern berichtet und die Größe einer Transaktion erörtert, die zunächst geheimgehalten worden war.

Rita bemerkte, dass diese Summe ganz dünn unterstrichen und am Rand mit einem Fragezeichen versehen worden war.

Aha! Sie sprang auf. Wer hatte diese Notiz gemacht? Sergej? Wenn er wirklich Wlassow war, dann interessierte er sich natürlich für die Geschäfte seines Freundes Kostja. Aber ob ein solcher Zufall denkbar war – dass Sergej nicht Wlassow war, aber Kostja kannte?

Dann wäre es höchst wahrscheinlich, dass Alexander Nr. 1 Wlassow war.

Als sie an ihn dachte, zog sich alles in ihr zusammen.

Rita runzelte die Stirn und versuchte, sich zu erinnern, wo Alexander Nr. 1 gewesen war, als sie Lambada getanzt hatte. Offenbar nicht an ihrer Seite. Und was hatte er gemacht, als Rita und Che eine Hebefigur wie im Ballett vorgeführt hatten? Und wie hatte er auf Ritas »Folk-Striptease« reagiert, wie Fidel ihren traditionellen russischen Tanz bezeichnet hatte?

Sie schüttelte den Kopf und versuchte, diese Erinnerungen zu verjagen. Den ganzen Tag über war es ihr fast gelungen, nicht an das zu denken, was nach ihrer Darbietung in der Kajüte passiert war.

Sie blickte sich noch einmal um, riss die Meldung aus der Zeitung und steckte sie in ihre Tasche.

Nach dem gestrigen Fest hatte Rita nur noch zwei Wünsche: Dass Alexander Nr. 2 sich so sehr in sie verliebte, dass er ihr peinliches Benehmen vergaß, und dass Alexander Nr. 1 einem bedauerlichen Badeunfall zum Opfer fallen würde. Sein Auftritt hatte ihr einen richtigen Schock versetzt. Wer war er eigentlich? Und was hatte er gestern getrunken?

Obwohl Alexander Nr. 1 nur nach Tequila gerochen hatte, war Rita der Meinung, dass er zwar nicht betrunken, sich aber in einer Art Trance befunden haben musste. Auf jeden Fall hatte es in seinem Blick nicht das geringste Zeichen gegeben, dass ihm das, was er mit Rita getan hatte, irgendein Vergnügen bereitete.

Als alle ihre Plätze an dem für das Abendessen gedeckten Tisch eingenommen hatten, senkte Rita ihren Blick verschämt auf ihren Teller. Sie nahm sich ein paar Kartoffeln und Gemüse und stocherte darin herum. Alexander Nr. 1 war nicht anwesend. Den Gesprächen nach hatte er am Frühstück und am Mittagessen teilgenommen, war aber nach dem dritten Tauchgang zu erschöpft gewesen und wollte sich in seiner Kajüte ausruhen.

Keiner verlor ein Wort über sein Verhalten. Alle verhielten sich so, als hätte sich am Vortag nichts Besonderes ereignet, lachten, sprachen über Ritas Tanzeinlagen und

Fidels Auftritte – aber es fiel keine einzige Bemerkung über Alexander Nr. 1.

Nur mit Mühe konnte Rita nicken und lachen, und sie versuchte, dem Gespräch einigermaßen zu folgen.

Alexander Nr. 2 benahm sich wie gewohnt; er reichte Rita freundlich den Teller mit Obst. Jeji und er rissen Witze, und Jeji lächelte die ganze Zeit über.

In einem kurzen Moment der Stille sagte er etwas, aber keiner konnte ihn richtig verstehen.

»Sascha weinen«, wiederholte er.

»Wie bitte?«, fragte Sergej und wischte sich die Tränen ab. Fidel hatte gerade von Marinas Tanz mit dem Kapitän des Schiffs erzählt, und alle einschließlich Rita hatten sich vor Lachen ausgeschüttet.

Jeji lachte auch, obwohl er praktisch nichts verstanden hatte. Nun wollte Jeji wohl seinen Beitrag leisten, um die Freunde zu unterhalten.

»Sascha weinen, uuuuuuhhh«, rief er und rieb sich die Augen. »Sascha, mein Sascha«, erklärte er und sah alle am Tisch begeistert an.

»Quatsch«, lachte Sergej.

»Jeji, hast du heute schon die Flasche mit der klaren Flüssigkeit angefasst?«, fragte Che.

Alle bogen sich vor Lachen.

»Ich? Nein!«, wehrte Jeji ab, »aber Sascha ja.« Der Rest seiner Antwort wurde von erneutem Gelächter verschluckt.

»Ach! Sascha hat sich gestern richtig volllaufen lassen«, sagte Sergej.

»Komisch, das habe ich gar nicht gemerkt«, warf Fidel enttäuscht ein. »Ach, deshalb ist der Tequila so schnell leer gewesen.«

Rita verstand, dass die gestrigen Ereignisse kein böser Traum gewesen waren. Sie bemerkte, dass Alexander Nr. 2 sie anblickte und geheimnisvoll lächelte.

»Alles steht dir ins Gesicht geschrieben«, sagte er leise. Rita drehte sich weg.

Vielleicht hatte er gesehen, wie Alexander Nr. 1 aus ihrer Kajüte gestürzt war? Rita umklammerte den Artikel aus der Zeitung in ihrer Tasche. Wlassow war möglicherweise hier – oder auch nicht.

Später am Abend erinnerte sich Sergej daran, dass er gern fotografierte, und fing an, ein Bild nach dem anderen zu schießen. Er nahm Rita und alle Männer auf, Nadja und Marina, das Schiff, machte viele Aufnahmen von ein und demselben Gegenstand oder derselben Person. Er rannte umher, riss Witze und fotografierte sogar Ritas Zehen.

Gerade in diesem Augenblick erschien der dürre Schatten von Alexander Nr. 1 auf dem Oberdeck. Es schien, als sei er trotz seiner Bräune seit dem vorigen Abend noch blasser geworden. Es fiel wohl keinem auf, aber es stellte Rita vor eine Menge neuer Fragen.

Sie konnte ihren Blick nicht von ihm abwenden und suchte nach Zeichen dieses gestrigen Wahnsinnsanfalls. Er sah schlecht aus, noch angespannter als sonst, und hatte offenbar Angst, Rita anzusehen.

Rita aber bekam ihre eigene Verlegenheit unter Kontrolle und war bereit zu einem aufrichtigen Gespräch. Schließlich vertraute sie diesem Menschen ihr Leben in fünfundzwanzig Metern Tiefe an. Hatte sie etwa Angst, ihn zu fragen, was das gestern bedeuten sollte? Sie stand auf, aber Alexander Nr. 1 sah sie so panisch an, dass sie verwirrt stehen blieb und so tat, als ob sie einen Blick aufs Meer werfen wollte.

Alllein an der Reling, in ihre Gedanken versunken, roch sie plötzlich den würzigen Duft von Nadelhölzern.

»Wenn du wüsstest, wie gern ich mich gestern zu dir gelegt hätte!«

Das verletzte Ritas Stolz, schmeichelte ihr aber zugleich.

Eigentlich ging es ihr so gut, dass sie einen Augenblick lang versucht war, auf alles Geld zu verzichten – aber nur einen kurzen Moment lang.

Sie fühlte sich geborgen und glücklich, wenn sie seinen Duft in der Nase hatte. Sie spürte ihre Liebe und Millionen von Schmetterlingen in ihrem Bauch.

Was war schon ein neues Auto gegen diese Beziehung? Was waren schon hunderttausend Dollar? Rita war begeistert von der Kraft ihrer Gefühle. Und ein bisschen verdiente er sicher auch.

Rita blickte verstohlen auf Saschas Profil. Die Liebe hatte ihren Kopf vollkommen benebelt. Sie war kurz davor, ihm alles zu sagen, als Nadja zum Spiel rief. Sascha schaffte es, Ritas Hand zu ergreifen und sie zärtlich zu drücken, bevor sie den anderen folgten.

In Ritas Seele entbrannte ein Kampf zwischen einer halben Million Dollar und einer völlig unsicheren Zukunft.

Als die Spielregeln erklärt wurden, stellte sich Rita demonstrativ neben Alexander Nr. 2, als ob sie ausprobieren wollte, wie die von ihr erträumte Liaison auf die anderen wirkte.

Alexander Nr. 1 überwand seine Verlegenheit und wollte auch mitspielen. Rita wunderte sich; nach dem nächtlichen Abenteuer verspürte sie eine gewisse Besorgnis hinsichtlich der Unberechenbarkeit von Alexander Nr. 1.

Es war nicht so, dass er ihr weniger attraktiv erschien als früher (besonders attraktiv war er für sie eigentlich nie gewesen), aber der Gedanke, dass sie vielleicht gezwungen sein könnte, den Rest ihres Lebens mit Alexander Nr. 1 zu verbringen, machte sie traurig.

Zum ersten Mal in ihrem Leben wandte sie sich an den Himmel: »Lass wen auch immer Wlassow sein, nur nicht Alexander Nr. 1!«

In der ersten Runde zeigte die leere Tequilaflasche auf Jeji und Marina. Alle lachten, als Marina ihn trocken und halbherzig küsste.

Che protestierte lauthals: »So geht es nicht! Das hat keinen Schwung!«

»Was schlägst du vor?«, fragte Nadja, warf dabei ein Bein über das andere und zeigte allen ihre wohlgeformten Waden.

»Aber wie spielt man das sonst?«, hörte man von allen Seiten.

Nur Rita und Alexander Nr. 1 schwiegen, als erwarteten sie ein Urteil.

Man beschloss, die Regeln zu ändern.

Jeder Mitspieler sollte ganz allein der Reihe nach an den Bug des Schiffes gehen. Währenddessen würden die anderen die Flasche drehen und dadurch die Person bestimmen, die nach vorn zu dem anderen gehen und ihn dort ohne Zeugen küssen sollte.

Alle kicherten, erhöhten ihre Alkoholzufuhr und zierten sich.

Als Erster ging Sergej und sagte, dass er nur von einer Person träume. Dabei blickte er zu Rita. Che zwinkerte Rita zu, und Marina verzog keine Miene. Sie schaffte es sowieso, Rita während der ganzen Reise zu ignorieren. Auch Nadja sprach mit Rita nur das Nötigste.

Sergej ging zum Bug, und keine Minute später tänzelte Fidel zu ihm. Das Nächste, was sie hören konnten, war Sergejs lautes Gelächter, und schon kehrten die beiden in inniger Umarmung zurück und warfen sich Luftküsse zu.

Als Nächster ging Che zum Bug. Er hatte mehr Glück; er wurde von der appetitlichen Nadja besucht.

Erst nach zehn Minuten kamen sie zurück und wurden von Fidels ätzenden Kommentaren empfangen.

Dann war Marina an der Reihe. Sie schwang ihre schmalen Hüften. Als die Flasche auf Alexander. Nr. 2 wies, erstarrte Rita mit einem Lächeln auf den Lippen. Er stand auf, reckte sich, lächelte zufrieden und ging langsam nach vorn, ohne Rita einen einzigen Blick zuzuwerfen.

Für diesen Mann wäre Rita also bereit gewesen, auf ein neues Auto zu verzichten!

Ihr Herz schlug, und ihre Hände wurden feucht. Es fehlte noch, dass sie ihn schreiend zurückhielt.

Rita lachte bemüht über die Witze der anderen und bemerkte plötzlich, dass Alexander Nr. 1 auf ihren Busen starrte. Rita verschränkte die Arme über der Brust und blickte ihn herausfordernd an.

Marina und Alexander Nr. 2 kehrten kurze Zeit später zurück; die blöde Kuh verdrehte die Augen, als habe sie etwas Wunderschönes erlebt.

Rita gelang es einfach nicht, ruhig zu bleiben. Alexander Nr. 2 lächelte und blinzelte sie an. Am liebsten hätte sie ihm eine Ohrfeige gegeben, doch nun war sie selbst an der Reihe und ging mit großer Begeisterung nach vorne. Sie war sich sicher, dass ihr Abenteuer mit Alexander Nr. 2 endgültig beendet war.

Kurze Zeit später hörte sie hastige Schritte. Das war doch kaum zu glauben! Vor ihr stand Alexander Nr. 1, starr vor Schreck.

»Komm her!« Ritas Stimme klang überraschend sicher.

Sie hatte die Nase voll von diesem Hin und Her. Sie erinnerte sich an den ersten Tag ihrer Bekanntschaft, an sein schmutziges Unterhemd, den Taucheranzug mit kleinen Löchern, sein nervöses Rauchen, den ersten gemeinsamen Tauchgang, als sie fast ertrunken wäre. Kurzum – an das Beste, was zwischen ihnen gewesen war. Sie gab sich Mühe, sich seine Unterwassergestalt zu vergegenwärtigen, die durchaus attraktiv war.

Irgendetwas an ihm hatte sich in letzter Zeit verändert. Irgendetwas bereitete ihm Kummer.

Was hatte Sergej gesagt? »Er kann auch ganz einfach leben.« Das war völliger Unsinn! Er sah ständig unglücklich und traurig aus. Rita fragte sich, wann er sich so heftig in sie verliebt hatte.

Alexander Nr. 1 machte zwei Schritte nach vorn und blieb vor der kleinen Bank stehen, auf der sie wie eine Königin Hof hielt. Er kniete sich genau wie am letzten Abend und legte seinen Kopf auf Ritas Schoß.

Sie seufzte und strich mit der Hand über seine kurzgeschorenen Haare. Was war denn das? Spürte sie da etwa Narben?

Sie berührte Alexander Nr. 1 zärtlich am Kinn und gab ihm mit geschlossenen Augen einen langen, zarten Kuss.

Eine Art Vorschuss auf eine künftige Freundschaft, falls eine solche überhaupt möglich sein sollte.

Komisch, wenn sie kein Verlangen nach ihrem Partner verspürte, gelangen ihre Küsse immer ganz prima. Kein komisches Zusammenprallen der Nasen oder Körper.

Während sie Alexandr Nr. 1 küsste, fühlte sich Rita wie eine umwerfende Verführerin, wie eine Herrin über Männerherzen.

Sie spürte, wie durch den Körper von Alexander Nr. 1 ein Zittern ging, wie sich seine Hände zu Fäusten ballten.

Er kämpfte mit sich selbst und mit seiner Leidenschaft.

Als sich ihre Lippen trennten, stand er auf und sah sie überrascht an. So einen leidenschaftlichen Empfang hatte er wohl nicht erwartet. Einige Sekunden lang starrte er auf Ritas Busen, machte eine ungelenke Verbeugung und eilte dann zurück zu den anderen. Rita wusste nicht, was sie am meisten verwundert hatte – sein Schweigen oder seine merkwürdige Dankbarkeit. Wofür? Vielleicht glaubte er, sie habe Mitleid mit ihm.

Rita versuchte, sich zu konzentrieren. Sie durfte nicht ihr ganzes Leben ruinieren, nur weil sie plötzlich Liebe spielen wollte.

Die Gedanken kreisten in ihrem Kopf, und sie versuchte, ihre Verwirrung zu verbergen, als sie zu den anderen zurückkehrte.

Am nächsten Tag sprachen die beiden Alexander und Sergej beim Frühstück leidenschaftlich über Fotos und Drucker. Rita schaltete sich ebenfalls in das Gespräch ein. Die Gruppe hatte geplant, in einem Hafen haltzumachen, und Sergej brannte darauf, ein Internetcafé aufzusuchen und seine Mails zu lesen. Sein Notebook hatte er in Dahab zurückgelassen.

»Hier gibt es sowieso keine Verbindung«, klärte er die anderen auf und blickte auf den Küstenstreifen in weiter Ferne. Eine halbe Stunde später sprangen alle mit freudigem Geschrei aufs Festland.

Rita spürte gleich, wie sie den Boden unter den Füßen verlor.

»Das liegt daran, dass du so etwas nicht gewöhnt bist.« Sergej hielt Rita am Arm fest. »Das ist die Berufskrankheit von Seeleuten.«

Schwankend bewegten sich alle in Richtung Zentrum.

Das Internetcafé, das Sergej schon auf seinen vorherigen Safaris besucht hatte, machte einen anständigen Eindruck und war nicht voll. Außer ihnen beiden gab es keine weiteren Gäste. Deswegen liefen Rita und Sergej noch durch die engen Straßen der kleinen Stadt und kauften Pfirsiche, bevor sie sich vor die Computer setzten.

Rita tippte mit zwei Fingern schnell ihre Mail an Lalja. Ihre Gedanken sprudelten nur so; leider war sie gezwungen, lateinische Buchstaben für die russischen Worte zu verwenden, und das beeinträchtigte die Geschwindigkeit und die Qualität dessen, was sie schrieb, immens.

Und richtig offen konnte sie auch nicht sein; Sergej saß nicht einmal einen Meter von ihr entfernt und schrieb ebenfalls. Als er fertig war, rief er Rita und zeigte ihr einige Fotos, die er verschickt hatte. Überall Fische, Flossen und Meer. Doch es gab ein Foto, auf dem Rita zwischen Alexander 1 und 2 auf dem Deck stand und kokett in das Objektiv blickte. Hinter ihr stand Sergej, und seine Hände lagen auf Ritas Schultern. Rita und Sergej lachten in die

Kamera, und Alexander Nr. 1 sah zur Seite. Rita betrachtete lange das Gesicht von Alexander Nr. 2. Er lächelte, trug keine Schuhe und saß im Schneidersitz.

»Wenn du willst, können wir dieses Foto deinen Freunden schicken«, schlug Sergej vor, »du siehst großartig darauf aus, und um dich herum stehen tolle Männer.«

Rita nickte. Damit hatte sie überhaupt nicht gerechnet.

Fünf Minuten später war das Bild schon fast in Laljas Mailbox. Jetzt lag Ritas Schicksal in Laljas und Julikas Händen.

Bevor Sergej zur Kasse ging, schaffte Rita es noch, einige Worte dazuzuschreiben.

Wlassow ist einer von denen.
Ich brauche eine Identifizierung!
Schalte Julika, Kostja, einfach alle ein!
In zwei Tagen werde ich wieder zurück in Dahab sein.

Rita

Sie hatte es geschafft. Rita wischte schnell eine Träne aus dem Augenwinkel.

Sergej hatte zwei Tassen Kaffee gekauft und kehrte zu den Computern zurück: »Na, hast du es abgeschickt?«

»Ja!« Rita lachte aufgeregt und rieb sich die Hände.

»Du wirst sehen – sie werden blass vor Neid sein«, sagte Sergej zufrieden.

22

Auf dem Weg zum Schiff fand Rita heraus, dass die Sporttasche Alexander Nr. 1 gehörte; Sergej hatte sie ihm geschenkt. Die Lage wurde immer unübersichtlicher.

Rita zog sich zurück und erstellte eine Tabelle, in die sie alle Merkmale von Wlassow und den drei Verdächtigen eintrug.

Alexander Nr. 1 war auch in St. Petersburg geboren; seine Körpergröße entsprach der Wlassows, und er war auf einem Foto mit Kotscherga, Sergej und einem *Bentley* zu sehen. Er besaß eine Sporttasche, in der ein an Wlassow adressierter Brief lag. Und er hatte Zeit auf Hawaii verbracht. Und er hatte Narben auf dem Kopf.

Alexander Nr. 2 hatte Wlassows Größe, sprach dessen Sprachen und trug denselben Vatersnamen.

Sergej hatte Narben am Kopf, eine Sporttasche mit Wlassows Initialen und einen verdächtigen Pass. Er verhielt sich wie ein Geschäftsmann, hatte ihr einen Ring geschenkt und war ebenfalls auf dem Foto mit Kotscherga und dem *Bentley* zu sehen. Er hatte Alexander Nr. 2 die Sporttasche mit dem Brief geschenkt. Und auch er war auf Hawaii gewesen, und Geld schien er auch zu haben.

Ausgehend von diesen Fakten hätte man annehmen können, dass es sich bei Sergej um Wlassow handelte – aber

Rita wollte diesen Schluss nicht ziehen, besonders nachdem sich Alexander Nr. 1 so verändert hatte.

Alexander Nr. 2 passte eigentlich überhaupt nicht in dieses Schema, obwohl einige Merkmale aus ihm doch einen möglichen Kandidaten gemacht hatten. Ritas Gefühle für ihn verhinderten eine sachliche Analyse; über ihn konnte sie weder objektiv noch mit kühlem Kopf nachdenken.

Als sie mit der Tabelle fertig war, blickte sie um sich, wo sie dieses wichtige Papier verstecken könnte und entdeckte zufällig einen weiteren Brief auf ihrem ungemachten Bett – ein doppelt gefaltetes Blatt in einem Umschlag, das aus einem Heft herausgerissen worden war. Auf dem Kuvert war weder ein Adressat noch ein Absender notiert; deshalb hatte Rita zunächst Zweifel, ob der Brief überhaupt an sie gerichtet war, aber als sie auf die benachbarten Betten sah, zuckte sie nur mit den Schultern und öffnete den Umschlag.

Sie sah gleich, dass er mit »Alexander« unterzeichnet war.

Hallo. Ich schreibe, weil ich nicht weiß, ob wir noch miteinander reden können. Ich möchte nämlich nicht, dass es dieses Mal wieder wird so wie immer.

Ich sehe, dass du unsicher bist und zweifelst, und ich bin bereit zu warten, obwohl ich nicht leugnen will, dass ich dein Interesse und deine Zuneigung vom ersten Augenblick unseres Kennenlernens an bemerkt habe.

Ich weiß nicht, wovor du Angst hast, aber ich bin mir sicher, dass ich dich, wenn du dich für mich entscheidest, noch überraschen kann.

*Morgen kehren wir zurück. In einigen Tagen fahre
ich weg.*
Du weißt, wo du mich finden kannst.

Alexander

Rita las den Brief mit offenem Mund, und ihr Gehirn arbeitete auf Hochtouren.

Sie war sich sicher – der Brief stammte von Alexander
Nr. 2. Rita roch an dem Kuvert; es roch nicht nach Meer,
aber es war ganz unzweifelhaft sein Stil. Sie bezweifelte,
dass Alexander Nr. 1 so etwas zustande bringen könnte.
Wann hatte sie zuletzt einen längeren Satz von ihm gehört? Nur wenn er über einen bevorstehenden Tauchgang
sprach, klang seine Stimme fest und überzeugend und
teilweise sogar etwas herablassend.

Rita konnte nicht mit Sicherheit sagen, wer der Absender
des Briefes war; sie ging nach oben, stellte sich an die Reling und sah, wie Che, Fidel und Alexander Nr. 2 sorglos
plaudernd zum Schiff zurückkehrten. Alexander Nr. 2
hatte einen ganzen Stapel Zeitungen unter dem Arm.

Auf der Landungsbrücke herrschte reges Treiben. Ladungen mit Sauerstoffflaschen und Kisten mit anderen Ausrüstungsgegenständen wurden hin und her getragen. Alle
schrien durcheinander. Die Freunde waren ins Gespräch
vertieft und ließen von Zeit zu Zeit die Männer mit den
Ladungen vorbei.

Fidel hatte offensichtlich abgenommen. Erst jetzt bemerkte Rita, wie schlank er geworden war. Che war viel heiterer
als sonst. Es schien, dass die Safari ihn endgültig von seinem Liebekummer mit Simone geheilt hatte. Und Sascha?
Sascha war wie geschaffen für Rita. Er war wie Wasser, das

ihren Durst löschte. Er hatte eine unerklärliche Macht über sie, und sie befürchtete, er könne ihre Gefühle nicht erwidern. Und ihr war klar, dass er über ihr Inneres Bescheid wusste; das bewiesen seine Blicke und Gesten.

Sie wollte zwar nicht wie Che von einer überirdischen Liebe reden, aber irgendetwas hatte doch zwischen ihnen stattgefunden – etwas, das die beiden zwang, sich mit unruhiger Aufmerksamkeit zu beobachten und sogar dann eine unerklärliche Leere in sich zu fühlen, wenn der ägyptische Hafen sie mit seiner lauten Menschenmenge für kurze Zeit voneinander getrennt hatte.

Als Sascha den Blick auf das Schiff richtete und Rita bemerkte, lächelte er sofort. Rita hatte den Eindruck, dass er Fidel nicht mehr zuhörte, seinen Schritt beschleunigte und seine Augen keine Sekunde von ihr wandte.

Sie spürte jeden Schlag ihres verliebten Herzens.

Mein Gott, dabei hatte sie Che vor kurzem noch ausgelacht.

Während des Mittagessens kamen Rita jedoch Zweifel, ob wirklich Alexander Nr. 2 diesen Brief geschrieben hatte.

Alexander Nr. 1 verhielt sich sehr merkwürdig; er hatte aufgehört zu essen, während des Tauchgangs hatte er vergessen, den Sauerstoffinhalt seiner Flasche zu überprüfen und konnte nur mit Hilfe der Ersatzflasche von Sergej wieder auftauchen. Er schien völlig niedergeschlagen zu sein.

Als sich alle nach dem üppigen Mittagsmahl auf das Deck in die Sonne legten, setzte sich Alexander Nr. 2 in den Schatten, um die Zeitungen durchzublättern, die er im Hafen gekauft hatte.

»Hast du wirklich nichts anderes zu lesen?«, fragte ihn Sergej, der mit geschlossen Augen dalag.

»Ich will Bescheid wissen«, sagte Sascha zerstreut und wandte seinen Blick nicht von der Zeitung ab.

»Was schreibt man denn so?«, murmelte Fidel.

Sascha antwortete nicht.

»Er hat schon das ganze Schiff mit seinen Zeitungen vollgepackt«, sagte Fidel zu den anderen, obwohl im Grunde genommen keiner zuhörte.

»Nicht er, sondern Sergej hat die Zeitungen an Bord gebracht«, sagte Rita.

»Ich?« Sergej stützte sich auf die Ellbogen und schaute Rita empört an. »Ich habe weder eine Zeitung auf das Schiff gebracht, noch meinen Computer mitgenommen!«

»Aber wem gehören denn die Zeitungen dort in der Ecke?« Rita ließ nicht locker und zeigte mit dem Finger auf einen Papierstapel.

»Das hat alles Sascha angeschleppt«, lächelte Fidel.

Sascha hob überrascht die Augen von der Zeitung: »Was ist mit Sascha?«

»Sind das deine Zeitungen?«, wiederholte Fidel.

»Ja, das sind meine.« Sascha zuckte mit den Schultern und blätterte weiter in der Zeitung.

Fidel blickte Rita schweigend an.

Nach ein paar Minuten sagte Rita, dass sie in ihrer Kajüte die Sonnencreme vergessen hätte und ging hinunter, um ihre Liste zu korrigieren.

Der Liebesbrief konnte als Indiz noch nicht zugeordnet werden, aber nun wusste sie, dass alle Zeitungen Alexander Nr. 2 gehörten.

»Bevor ich nach Australien fahre, bleibe ich noch mindestens einen Monat in Dahab«, sagte Alexander Nr. 2, als Rita sich wieder auf das heiße Deck legte.

Die anderen waren von der Sonne erschöpft und tauschten halb dösend nur noch Gesprächsfetzen aus.

»Alle gehen auseinander«, brummte Che, auf dem Bauch liegend, »Sergej fährt weg, beide Saschas gehen fort, Rita verlässt uns. Was werden wir bloß machen, Fidel?«

Keiner antwortete.

Alexander Nr. 2 sah Rita an.

»Wann fährst du?«, fragte er fast tonlos.

Rita zuckte mit den Schultern: »Bald.«

Die Sonne ging langsam unter, aber Rita wollte nicht in ihre Kajüte zurückkehren, denn dort lagen ihre ungeliebten Nachbarinnen.

Gestern hatte Nadja nicht in der Kajüte übernachtet, und heute früh hatte Rita gesehen, wie Che seine Hand vertraut auf ihren Po gelegt hatte. Lebewohl, Simone!

Die Jungs hörten nicht auf, Scherze über die beiden Freundinnen zu machen.

»Heute werde ich unter Sternen übernachten«, verkündete Fidel lauthals.

»Das denkst du nur«, Che schüttelte den Kopf, »der Platz ist schon längst besetzt.«

Sergej lachte laut.

»Wieso, du hast doch sowieso niemanden!«, ergänzte Che.

»Was heißt, ich habe niemanden?« Fidel regte sich auf.

»Du hast doch gesagt, dass du dort allein übernachtet hast. Ich habe auch vor, dort allein zu übernachten, um zu meditieren.«

»So einer Plaudertasche wie dir kann man überhaupt nichts erzählen«, erwiderte Che ruhig.

Rita hörte diesem freundschaftlichen Streit lächelnd zu. Die beiden schimpften liebevoll miteinander wie ein altes Ehepaar.

»Ich lade Marina ein.« Fidel hob den Kopf und schaute Sergej an. »Du hast doch nichts dagegen?«

Sergej machte eine großzügige und gönnerhafte Geste: »Be my guest!«

Alexander Nr. 2 lachte, aber Rita ärgerte sich, dass er solche Gespräche auch noch unterstützte – dabei waren sie doch eines echten Mannes nicht würdig. Aber wahrscheinlich machten die Männer solche Witze auch hinter ihrem Rücken.

Im Grunde genommen wäre Rita glücklich gewesen, wenn ihre beiden Zimmergefährtinnen wenigstens eine Nacht woanders verbracht hätten. Sergej sah ganz zufrieden aus. Es schien, als ob das private Leben von Marina ihn wirklich nicht mehr interessierte. Dabei hatte er doch eine Menge Zeit in Ritas langbeinige Nachbarin investiert. Er fand es nicht einmal schade, dass seine Ex jetzt mit seinem Freund turtelte, und er war mit Freuden bereit, Fidel seinen Platz zu überlassen. Dabei wusste er doch, dass Fidel ihn nicht einmal besonders mochte. Rita hatte den Verdacht, dass Fidels Wahl nicht ganz zufällig auf Marina gefallen war – er wollte ganz offensichtlich den hochnäsigen Sergej ausstechen. Sergej seinerseits machte sehr deutlich, dass ihn mit Marina nichts als eine lockere Freundschaft verband. Rita nahm an, dass Sergej das alles für sie unternahm, um ihr seine wahren Gefühle zu zeigen und seinen Ruf zu verbessern.

Irgendwann einmal hatte Rita versucht, in einem Small Talk zu erfahren, was die beiden Frauen eigentlich beruflich machten.

Die mollige Nadja war Studentin (was sonst?), eine zukünftige Tierärztin (das war eine Überraschung). Und Marina hatte nach einer Pause gesagt, dass sie als Model arbeite (wer wollte das bezweifeln?), aber nun träumte sie von einer Karriere als Schauspielerin (davon war sie weit entfernt).

Fidel und Sergej machten weiter zweideutige Bemerkungen über die Tierärztin und die angehende Schauspielerin, bis Sascha seine Zeitung beiseitelegte und seine Hand hob. »Das war's, genug! Ich bin es leid, euer Gequatsche zu hören.«

Rita war überrascht von seinem scharfen Ton und dem Ausdruck seiner Augen.

Sergej wechselte sofort das Thema und schien nicht gekränkt zu sein, aber Rita hatte Saschas grobe Reaktion auf die harmlosen Scherze von Sergej und Fidel verwundert.

Alle verstummten, und das Gespräch erlosch.

Rita döste, und ihr Bewusstsein taumelte irgendwo zwischen Realität und Traum. Möwen kreischten und umkreisten das Schiff. Aus der Küche strömten Gerüche, die das baldige Abendessen ankündigten.

Und genau in diesem Augenblick erinnerte sich Rita plötzlich.

Ihre Gedanken bewegten sich schwerfällig von Sergej zu den beiden Saschas und zurück, als IHR Gesicht in Ritas Unterbewusstsein auftauchte.

Das Mädchen auf dem Foto, das Solovenko auf einer belebten Straße umarmte. Die junge Frau mit dem Pony in

der blassblauen Jacke mit Kapuze und Kaninchenfell-
besatz. Dieses Mädchen, das sich so verlegen an Sergej
schmiegte.

Ja, sie hatte sich stark verändert. Kein Wunder, dass Rita
sie nicht gleich erkannt hatte, obwohl seitdem nicht mehr
als fünf oder sechs Jahre vergangen waren.

Rita erhob sich von ihrem Badetuch und blickte umher.
Sie brauchte ein paar Sekunden, bis alle Mosaiksteine an
ihren Plätzen lagen.

»Das kann doch nicht wahr sein!«

Sascha sah von seiner Zeitung auf und blickte Rita an:
»Ein schlechter Traum?«

Rita antwortete ihm nicht.

Die Sonne war schon fast verschwunden, und das Deck
lag im Schatten.

»Ich muss sofort telefonieren.« Rita schüttelte völlig verzweifelt den Kopf.

»Wen?«, fragte Sascha.

»Die … die … Chef…redaktion«, stotterte Rita, weil ihr
nicht sofort eine passende Antwort einfiel.

»Etwas, was deinen Artikel betrifft?«

»Ja, ja!« nickte sie aufgeregt. »Gib mir dein Telefon!«

»Es gibt hier kein Netz.« Sascha zuckte mit den Schultern.

»Wie bitte?« Rita starrte ihn verständnislos an.

»Wie sind zu weit vom Festland entfernt. Du musst bis
morgen warten.«

Rita sprang auf. »Ich gehe erst einmal duschen.«

Sie griff ihr Handtuch, und in diesem Augenblick schossen ihr Tränen in die Augen.

Sascha beobachtete Rita. Seine Zeitung glitt von seinen

Knien, ohne dass er es bemerkte. Der Wind begann, die Blätter über das leere Deck zu fegen. Er stand auf und fasste Rita leicht am Ellbogen.

»Egal, was es ist – du sollst nicht weinen!«

Komisch; er schien nicht zu wissen, dass Mitleid das wirksamste Mittel war, um die Schleusen noch weiter zu öffnen. Sie befreite sich unwirsch aus seinem Griff und rannte die Treppe hinunter in ihre Kajüte.

Als Rita ihre Dusche erreichte, schluchzte sie schon völlig haltlos. Marina und Nadja schauten gespannt durch die halb geöffnete Tür. Sie hatten sich schon auf das Abendessen vorbereitet.

Rita knallte die Tür zu und ließ den dünnen Strahl Wasser fließen. Auf dem Schiff wurde mit Wasser gespart, aber Rita saß auf dem Toilettendeckel und beobachtete, wie das Wasser im Abfluss verschwand.

Alexander Nr. 2 war ihr gefolgt und hörte – an die Tür gelehnt – ihr unterdrücktes Schluchzen.

»Ein schlechter Traum«, klärte er die Zimmernachbarinnen auf.

Er blieb noch einige Sekunden stehen, schüttelte nachdenklich den Kopf und ging in seine Kajüte hinüber.

Eine Stunde später lag Rita mit geschwollenen Augen auf ihrem Bett und starrte gedankenverloren an die Decke. Ihre Nachbarinnen waren zum Abendessen gegangen, und durch das Bullauge hörte Rita Gesprächsfetzen und Gelächter.

Sie konnte nicht verstehen, warum ihr das Gedächtnis einen so bösen Streich gespielt hatte.

Warum musste sie gerade heute das Mädchen erkennen?

Warum musste sie so sehr weinen, dass alle es mitbekommen konnten? Wahrscheinlich war der Grund für ihren Anfall die lange sexuelle Enthaltsamkeit. Andere Erklärungen konnte sie nicht finden.

Die Frau auf dem Foto war die Ehefrau ihres Prinzen – die eigentliche Ursache für Ritas Fiasko, der Grund für ihren allumfassenden Verlust.

Das ehemalige Topmodel, die Ehefrau eines der reichsten Männer des Landes, schmiegte sich auf dem Foto an Sergej Solovenko, den Ehrenbürger von Estland.

Anfangs wollte Rita Lalja anrufen und ihre ganze angesammelte Wut an ihr auslassen. Aber als sie zu sich gekommen war, überlegte sie es sich anders. Vielleicht spürte sie gerade nach den letzten Ereignissen, dass der Prinz und seine Frau ihr fast gleichgültig geworden waren.

Jetzt kam es darauf an, erst einmal Laljas Antwort zu erhalten. Rita hatte keine Zweifel, dass Julika sich sicher etwas ausgedacht und Kostja das Foto gezeigt hatte, damit er die Personen identifizierte. Und wenn Rita die andere (bessere?) Hälfte von Wlassow würde, könnten ihr der Prinz und seine Frau ohnehin völlig egal sein.

Als sie mit großem Hunger die Treppe zum Deck nach oben ging, wusste sie ganz genau, was sie tun würde.

Alexander Nr. 2 verfolgte sie den ganzen Abend besorgt, und Rita schämte sich. Ihr Schamgefühl schien der ständige Begleiter ihrer Beziehungen geworden zu sein.

Rita bemerkte, dass sich ihr Verhältnis zu Alexander Nr. 1 ziemlich merkwürdig entwickelte: Völlige Gleichgültigkeit wechselte sich mit Anfällen von Leidenschaft ab.

Er fehlte beim Abendessen – er hatte gesagt, dass er sich nicht gut fühle.

Das gab Rita die Gelegenheit, am Ende des Mahls mit einem Teller zu seiner Kajüte zu gehen.

»Hallo.« Rita schloss die Tür leise hinter sich.

»Hallo.« Alexander Nr. 1 erhob sich von seinem Kissen und krallte seine Finger nervös in die Decke.

»Mir wurde gesagt, dass du krank bist.« Rita stellte den Teller auf ein kleines Tischchen und setzte sich auf den Rand des Bettes.

»Na ja, ich habe Schnupfen.« Er zuckte mit den Schultern und rückte ein wenig zur Wand. Er war wie immer: angespannt und unfreundlich, als läge er auf der Lauer.

Wenn Rita an Überirdisches geglaubt hätte, dann wäre in ihr der Verdacht aufgekommen, dass es einen Klon von Alexander Nr. 1 gab, der sich vor Leidenschaft für sie verzehrt. Anders konnte man sich diese Stimmungsschwankungen kaum erklären.

»Ich habe dir ein wenig Hühnchen, Salat und Kartoffeln mitgebracht.«

»Ja, ja.« Sascha lächelte düster.

Rita fiel auf, dass er seine Decke über sich zog, als wolle er sich vor Ritas Eindringen schützen.

Sie war irritiert, plauderte aber munter weiter: »Magst du Sushi?«

»Ich habe nichts dagegen.«

Rita wollte ihm gerade erzählen, dass sie Sushi selbst machen könnte – eine glatte Lüge –, doch Sascha wurde plötzlich unruhig und streckte plötzlich seine Hände nach vorne.

»Das ist nicht nötig!«

Rita wich instinktiv zurück.

»Wir haben es doch schon ausgemacht.« Sascha zog seinen

Kopf zwischen die Schultern. »Später«, sagte er und drehte sich zur Wand.

Rita starrte ihn völlig verwirrt an. Sie sah die vielen kleinen Narben auf seinem Hinterkopf und konnte ihre Augen gar nicht abwenden. Sollte sie nach dem Brief fragen? Oder würde das alles verschlimmern?

Sie wartete noch einen Moment, doch Alexander Nr. 1 drehte sich nicht mehr um. Ohne ein weiteres Wort verließ sie seine Kajüte und lehnte sich draußen mit dem Rücken gegen die Tür.

»Ein völliger Psychopath!«, murmelte sie leise.

Sie horchte. Hinter der Tür konnte sie nur ein undefinierbares Brummen vernehmen.

»Ein völliger Psychopath!«, wiederholte sie.

Die Augen. Sie konnte seinen Blick nicht vergessen. Da war etwas in seinem Blick gewesen, das sie nicht verstanden hatte.

Und plötzlich dämmerte es ihr; in ihm tobte ein Orkan, der ihn aus der Stadt auf den Ozean gejagt hatte, zu den Haien und den gefährlichen Meerestiefen.

Er jagte sich selbst.

»Wlassow«, flüsterte Rita. Er näherte sich ihr, oder er verkroch sich vor Angst.

Wie hatte sie das nicht schon früher verstehen können! Und sie hatte ihn die ganze Zeit weggestoßen!

Alle Zweifel fielen von Rita ab; sie fand den Weg zum Herzen von Alexander Nr. 1 – und vielleicht war es das Herz von Wlassow. Ihre Haut war dunkler und vom Wind gegerbt, ihr Charakter war gefestigter, und sie hatte sogar vorübergehend auf ihren gewohnten Luxus verzichtet.

Wer auch immer Wlassow sein mochte – Rita war offen für jede Entwicklung.

Sie richtete sich auf, straffte die Schultern zurück und ging aufs Oberdeck.

Und Alexander Nr. 2? Nun, wenn sie ehrlich war, musste sie zugeben, dass sie die zwanzig längst überschritten hatte. Er würde ihr immer in ihren Tagträumen bleiben, eine traurige, unerfüllte Illusion. Manche Frauen hatten nicht einmal das in ihrem Leben. Aber Rita würde nicht nur das haben, sondern auch einen reichen, einen sehr reichen Mann, der nicht trank.

Welche Frage blieb da noch offen?

Sie spürte, dass sie gewonnen hatte. Gewonnen, allein gegen drei Wlassows. Sie hatte ihr Schicksal überlistet. Sie hatte Fortunas Blick auf sich richten können. Sie hatte drei Männerherzen in die Knie gezwungen.

In dieser Nacht schlief Rita allein in ihrer Kajüte. Ihre Zimmergenossinnen kehrten erst gegen Morgen zurück. Sie flüsterten und kicherten, rochen nach Wein und Männerküssen.

Rita drehte sich mit dem Gesicht zur Wand.

Die ganze Nacht hatte sie schlaflos dagelegen und auf jedes Geräusch gehorcht, in der Erwartung, dass es an der Tür klopfte.

23

Alle Teilnehmer an der Safari umarmten sich, sie lachten und knufften sich, als ob sie für immer und ewig Abschied voneinander nehmen müssten.

Der Kapitän winkte freundlich vom Oberdeck. Das großzügige Trinkgeld von Sergej gab seinen Augen einen besonderen Glanz. Zwei Gehilfen luden die letzten Kisten mit den Ausrüstungsgegenständen an Land. Alexander Nr. 1 warf sich seine vertraute Sporttasche über die Schulter und sprang leichtfüßig von der Schiffsleiter auf den Steg. Er prüfte, ob auch nichts auf dem Schiff zurückgeblieben war, zählte die Sauerstoffflaschen und verließ das Schiff ohne ein Lächeln.

Als er auf Rita zukam, rief er laut ihren Namen. Rita zuckte zusammen; das hatte er noch nie getan. »Hast du alles aufgeschrieben, alle Papiere, die du für dein Visum brauchst? Die Vorbereitungen sind wichtig. Mit den Papieren darfst du nicht lange warten. In der Stadt fängst du gleich mit dem Theoriekurs für Extremtauchen an.«

Er machte eine Pause. »Ich werde selbst einen Kurs geben. Schau dir die DVDs an, die ich dir gegeben habe!« Rita nickte. Er fügte streng hinzu: »Und nicht nur einmal!«

»Aber natürlich.« Rita hob beide Hände. »Du weißt doch, ich bin eine verantwortungsbewusste Schülerin. Wir werden uns auf jeden Fall vor der Abreise noch einmal sehen.«

Alexander Nr. 1 zuckte mit den Schultern.

»Morgen kaufe ich mir ein Ticket nach Hause, und dann werden wir das Saisonende feiern.« Rita lächelte ihn an.

Alexander Nr. 1 verabschiedete sich und ging in Begleitung von Jeji in Richtung Schule.

Bald darauf wurde Sergej unruhig. Er wollte so schnell wie möglich zu seinem Computer.

»Wir sehen uns!« Er schaute Rita erwartungsvoll an.

»Mach's gut!« Rita winkte ihm zu, und alle gingen auseinander.

Fidel und Che begleiteten ihre Damen bis zu ihren Appartements, und Rita ließ sie vorgehen. Allem Anschein nach würden Nadja und Marina bald schon wieder Ritas Nachbarinnen sein – allerdings nicht in einer, sondern in getrennten Kajüten. Sie fühlte sich unwohl als fünftes Rad am Wagen. Um dem zu entgehen, blieb ihr nichts anderes übrig, als auf der Landungsbrücke mit Alexander Nr. 2 stehen zu bleiben.

»Lass uns gehen!« Sascha blickte in Richtung der Freunde, und sie folgten den anderen gemächlich.

Ritas Herz schmerzte. Das war es wohl. Sie würden die Strandpromenade erreichen und dann auseinandergehen.

»Fährst du mit nach Australien?«, fragte Rita.

»Ich weiß es nicht.« Sascha blickte auf das Meer. Das Wetter war windiger geworden, in der Ferne konnte man weiße Gischtkronen sehen.

»Hast du den Brief geschrieben?«, fragte Rita plötzlich und blieb stehen.

Sascha ging ohne Eile weiter, blieb nach einer Weile stehen und nahm sein Handy aus der Tasche.

»Du wolltest doch jemanden anrufen.«

»Es ist nicht mehr wichtig.« Rita zuckte mit den Schultern.

»Ruf an! Der erste Gedanke ist immer der beste.«

Rita lachte, und Sascha schwieg. Das war nicht das Ende. Sie waren miteinander verbunden. Es war undenkbar, dass sie sich nicht mehr wiedersehen würden.

Sascha ging an den Rand des Piers und ließ Rita mit seinem Telefon allein.

Sie wählte Laljas Nummer. Aber nach einem kurzen Blick auf die Uhr legte sie gleich wieder auf. Es wäre eine Frechheit gewesen, sie schon so früh an einem Sonntag anzurufen. Rita sah, dass Alexander Nr. 2 ihr immer noch den Rücken zukehrte und sah schnell die letzten Nummern durch, die er gewählt hatte: Unendlich viele Anrufe in die Stadt, nichts wirklich Interessantes. Aber sie entdeckte, dass Sascha das Telefon gestern und auch vorgestern benutzt hatte. Dabei hatte er ihr doch gesagt, dass es keine Verbindung gäbe. Was sollte das?

Sie hatte kein einziges Mal mitbekommen, dass er jemanden angerufen hatte. Alle Wände auf dem Schiff waren wie aus Papier. Alle Fenster standen immer offen. Und trotzdem hatte Rita ihn kein einziges Mal beim Telefonieren erwischt.

Sie nahm ihren ganzen Mut zusammen und weckte Julika mit einem frühen Anruf. Sie rechnete schon mit einer Reihe von Beschimpfungen und war von dem sehr warmen Empfang berührt.

»Geht es dir gut? Ist etwas passiert?«, fragte Julika und war augenblicklich wach.

»Ja, ja! Hast du meine Mail bekommen?« Rita ging nervös auf dem Pier hin und her.

»Natürlich!« Julikas Stimme klang unnatürlich froh.

Rita verstand, dass Kostja Kotscherga wahrscheinlich neben ihr lag.

Komisch. Sonntagmorgen war doch Julika eigentlich nie dran.

Sie machte offensichtlich Fortschritte. Um mit ihr zusammen sein zu können, hatte der bestens durchorganisierte Kostja eine Art Zeitplan erstellt. Der Freitagabend war der beste und bedeutungsvollste Abend; der gehörte eigentlich nur der Ehefrau.

»Bald komme ich nach Hause. Wir haben viel, worüber wir uns unterhalten müssen.« Rita kicherte nervös.

»Ich warte auf dich und vermisse dich unglaublich.«

»Küsschen, bis bald!« Rita beendete das Gespräch.

Eine Sekunde später wählte Rita noch eine Nummer. Sie rief ihn einfach an: ihren Prinzen, um neun Uhr früh, auf seiner privaten und geheimen Nummer, die ihr ihre Spionin unter seinen Hausangestellten verraten hatte.

Genauer gesagt hatte Rita die Nummer von einer sie bemitleidenden Masseurin bekommen, die den Prinzen donnerstags behandelte. Die Masseurin war gleich gegen die neue Ehefrau gewesen, weil sie im Gegensatz zu Rita ihren eigenen Liebestreffen mit dem Prinzen ein abruptes Ende bereitet hatte.

Rita hatte Glück – die Ehefrau ging selbst an den Apparat, weil ihr Mann wahrscheinlich noch unter der Dusche stand.

Rita erkannte ihre Stimme sofort. »Hallo!« Rita schwieg einen Moment, um die richtigen Worte zu finden.

»Hallo«, sagte die Ehefrau ruhig, und Rita verstand, dass es ihr erspart bleiben würde zu erklären, wer sie war.

Wahrscheinlich hatte sie in den letzten zwei Jahren auf Ritas Anruf gewartet und war deshalb nicht überrascht. Sie würde niemals erfahren, welche Mühe es Rita gekostet hatte, ihre Erwartungen erst jetzt zu erfüllen, fast drei Jahre danach – erst jetzt.

»Ich wollte dich sprechen«, sagte Rita und musste lächeln. Ihr wurde plötzlich leichter ums Herz.

»Komisch, ich dachte schon, dir sei das Geld ausgegangen.«

»Das auch«, Rita lachte, »du triffst genau ins Schwarze.« Am anderen Ende der Leitung herrschte angespanntes Schweigen.

»Hör zu …«, begann Rita.

»In zwei Monaten bekomme ich ein Kind. Deswegen sei bitte so gütig und warte mit deinen Beleidigungen. Ich möchte mich jetzt nicht aufregen«, unterbrach die andere Rita.

Rita war überrascht, aber nur einen Augenblick lang.

»Gratuliere.« Sie lächelte, stand unter der heißen Sonne von Dahab und fühlte sich fast wie zu Hause, fast glücklich. Sie blickte zu Sascha; er lächelte sie an. Ihr wurde so wohlig ums Herz wie von einer Tasse Kakao an einem kalten Winterabend. Und alles nur deshalb, weil er in knapp zwei Metern Entfernung neben ihr auf diesem Landungssteg stand.

»Hör zu«, Rita sammelte sich, »dieser Abend damals tut mir sehr leid. Aber du musst mich verstehen. Es geht mir mittlerweile sehr gut. Ich freue mich für euch. Ich gratuliere«, Rita geriet etwas außer Atem, »aber ich rufe dich aus einem anderen Anlass an, sozusagen aus reiner Neugier.« Sie machte wieder eine Pause.

»Aus welchem Grund denn?«, frage die andere. Ihre Stimme klang angespannt.

»Ich habe hier zufälligerweise einen Mann getroffen, der dich sehr gut kennt. Mich interessiert, was er für ein Mensch ist.« Rita kicherte. »Ich rufe sozusagen an, um deine Einschätzung einzuholen. Er heißt Sergej, ist nicht sehr groß, dunkler Teint, so ein Flinker.«

»Solovenko! Mein Gott, ich habe ihn hundert Jahre lang nicht gesehen. Wie geht es ihm?«

»Gut«, sagte Rita.

»Was interessiert dich denn genau an ihm?«, fragte die Ehefrau neugierig.

»Na ja. Was macht er eigentlich?« Rita blickte zu Alexander Nr. 2. Er war in einiger Entfernung geblieben und blätterte in einer Zeitung.

»Ich kenne ihn schon seit sehr, sehr langer Zeit. Er war der Mitinhaber meiner Modelagentur. Er ist ewig in irgendwelche Abenteuer verstrickt. Entweder im Showbusiness oder etwas Ähnlichem.« An dieser Stelle schwieg sie plötzlich. »Bist du mit ihm …?« Sie versuchte ein treffendes Wort zu finden.

»Nein, nein!« Rita lachte. »Gott sei Dank nicht«, fügte sie in Gedanken hinzu.

»Ich kann dir nur sagen, dass er ein unglaublicher Schürzenjäger ist«, klärte die Ehefrau Rita auf, »noch schlimmer als mein Mann.« Rita schwieg. Sie begann so etwas wie Mitleid mit der anderen zu empfinden – aber nur eine Sekunde lang.

»Weißt du, Sergej hat früher irgendwelche dunklen Geschäfte gemacht. Jetzt betreibt er aber wohl etwas Solides, das ziemlich viel Geld einbringen muss. Im Grunde genommen hat er Geld. Aber nicht so viel wie … na, wie die anderen Männer.«

Man brauchte Rita nicht zu erklären, wer in der Stadt viel Geld hatte. Und Solovenko stand nicht auf der *Forbes*-Liste. »Was für ein Geschäft hat er jetzt? Ich habe gehört, er hat Probleme mit dem Gesetz.«

»Er leistet irgendwelche Dienste für Oligarchen: Entweder organisiert er ungewöhnliche Reisen oder exotische Jagden. Und was seine Probleme mit der Justiz betrifft – das kann schon sein. Er hat fast wie ein Zuhälter angefangen. Obwohl er im Grunde genommen kein schlechter Kerl ist.«

»Das stimmt«, stimmte Rita zu.

Nun wurde ihr der Hintergrund der Freundschaft zwischen Wlassow, Sergej und Kotscherga klar: Mädels, Tauchen und die anderen Vergnügungen – in Ägypten oder auf Hawaii.

»Vielleicht führt er sein Geschäft mit den Mädels weiter fort«, sagte Rita nachdenklich.

»Ehrlich gesagt«, die andere machte eine Pause, »war er es, der mich bekannt gemacht hat mit …«

Rita spürte einen Stich. Ob Solovenko die ganze Zeit wusste, wer sie war? Seine Bemühungen hatten ihr Leben zerstört. Aber sie waren sich vorher nie begegnet. Solche Menschen erscheinen gewöhnlich nur dann, wenn die Ehefrauen nach Hause fahren, um schlafen zu gehen oder sich im Süden erholen.

»Nach der Hochzeit haben wir unsere Beziehung nicht fortgesetzt. Aber mein Mann verkehrt nach wie vor mit ihm.« Rita hörte ihr trauriges Lachen.

»Vielen Dank für deine Informationen.« Rita wollte eigentlich noch etwas sagen, ihr eine glückliche Mutterschaft wünschen, fand aber nicht die passenden Worte.

»Weißt du«, sagte plötzlich die Ehefrau, »er hat meinen Geburtstag vergessen.«

Es schien, dass ihr etwas auf dem Herzen lag.

»Ach, mach dir nichts draus, an meinen hat er auch nie gedacht.«

Rita und ihre ehemalige Feindin verabschiedeten sich fast herzlich. Das war Ritas erste Heldentat – eine heilige Lüge: Der Prinz hatte kein einziges Mal ihren Geburtstag vergessen.

Als Rita sich umschaute, bemerkte sie, dass Alexander Nr. 2 mit ihrer Tasche verschwunden war. Sie lief zu ihrer Wohnung und entdeckte ihre Tasche, die in einer Ecke auf der Veranda stand. Sascha war nirgendwo zu sehen.

Rita duschte, zog sich um, lud ihr Telefon auf und rief Lalja an, die sie aber leider nicht erreichte. Dann rannte sie zum Internetcafé und rief mit klopfendem Herzen ihre E-Mails ab. Sie hatte eine einzige Mail. Vier Worte.

Weißes Unterhemd – Wlassow. Gratuliere!

Rita öffnete noch einmal das Foto, das an der Datei hing, um zu sehen, was sie schon sicher wusste.

Und trotzdem … Verdammt! Warum konnte ER es nicht sein! Er hatte so oft weiße Unterhemden an – warum nicht an diesem Tag? Doch das hätte natürlich nichts geändert.

Auf dem Foto trug Alexander Nr. 2 ein hellblaues Hemd und Sergej Rosa. Es gab also keinen Zweifel.

Rita seufzte und bemitleidete sich. Dann bestellte sie, ohne weiter darüber nachzudenken, ihr Ticket für den nächsten Tag. Ein wenig Wehmut packte sie. In ihrer kleinen Ferienwohnung war sie fast heimisch geworden. Komisch – sie hatte sich von dreihundert auf vierzig Quadratmeter verkleinert und kaum einen Unterschied festgestellt. Sonne und Meer hatten ihre Gewohnheiten von Grund auf verändert.

Fast an jedem Tag war Rita bei Sonnenuntergang auf ihre Veranda gegangen und hatte ein Red Bull getrunken, die geheimnisvolle Strandhütte betrachtet und den verspäteten Surfern zugesehen. Es wurde immer erst nach acht zu Abend gegessen. Sie hatte ganz vergessen, was Diät und Mäßigung bedeuteten, aber ihre Arbeit und der Sport hatten alle zusätzlichen Kalorien verbrannt. Rita, Fidel und Che hatten immer bis lange nach Mitternacht im Restaurant gesessen, waren dann gewöhnlich zu einem Spaziergang über die Strandpromenade aufgebrochen und hatten manchmal, wenn sie sich gar nicht trennen konnten, bis in die frühen Morgenstunden bei Che auf der Veranda geplaudert.

Sie hatten alle Bekannten durchgehechelt, sich gegenseitig an lustige Begebenheiten erinnert, sich einfach glücklich gefühlt, während sie die Seeluft einatmeten und der Brandung lauschten. Rita hatte dabei nicht aufgehört, dem glücklichen Umstand zu danken, der sie mit diesen Menschen gerade in dem Augenblick zusammengeführt hatte, als sie völlig verzweifelt und verwirrt war. Das Einzige, was Ritas Leben noch beschwerte, war ihre eigene Lüge. Fidel und Che hatten sich ihr gegenüber immer wie echte Gentlemen verhalten: Sie hatten sie nie über ihre Vergangenheit ausgefragt und sie nicht mit unnötigen Einzelheiten aus ihrem eigenen Leben gequält. Sie waren wirklich eng miteinander befreundet und hatten niemals die Schwelle des Anstandes überschritten. Wenn man von der Geschichte mit Simone absah, hatte nichts ihr glückliches, wolkenloses Leben verdüstert. Was sollte jetzt werden? Rita hasste Abschiede.

Als sie ihre Wohnung betrat, konnte sie ihre Tränen nicht mehr zurückhalten. Sie wollte nicht, dass die Freunde sie hörten und schloss deshalb die Tür zur Veranda und zog die Gardinen zu.

Sie weinte sehr lange, badete in Selbstmitleid und trauerte dem sorglosen Leben nach, das bald hinter ihr liegen würde. Sie trauerte um ihre Zukunft – wegen der australischen Haie, die sie schon jetzt zu hassen begann, wegen Wlassow, der sich als ein ganz anderer entpuppte, als sie sich vorgestellt hatte. Er war nicht schlechter, sondern einfach ganz anders – unvorhersehbar, unausgeglichen, überhaupt ein sehr merkwürdiger Typ. Rita konnte vieles einfach noch nicht verstehen. Es gab eine ganze Reihe von Fragen, auf die sie bisher noch keine Antwort wusste.

Es kostete sie einige Mühe, sich wieder zu beruhigen. Dann fing sie an, ihre Sachen zu packen, und nahm nur die, mit denen sie hergekommen war. Die anderen brauchte sie nicht mehr. Eine derartige Garderobe konnte sie in der Stadt überhaupt nicht anziehen.

Liebevoll legte sie einige Fotos zwischen die Seiten eines Buches. Einen Augenblick lang zweifelte sie daran, ob sie überhaupt abreisen sollte. Eigentlich müsste sie sich ganz anders verhalten: eine Abschiedsfeier veranstalten, einen

Haufen Fotos schießen, sich von Fidel und Che umarmen lassen und die Telefonnummern mit allen anderen austauschen.

Andererseits hatte sie alle notwendigen Daten längst in ihr Notizbuch eingetragen. Und alle anderen (das lehrte die Erfahrung) würden weder schreiben noch anrufen. Die Erinnerung an die einstmals beste Freundin, während eines Urlaubs gewonnen, verblasste wie ein Sonnenbrand.

So, wie die Dinge lagen, hatte ihre Beziehung zu Wlassow dringend eine Pause nötig. Sie brauchte Zeit, sich neu zu orientieren. Sie durfte auch nicht zu deutlich Initiative zeigen: Solch ein Verhalten hätte ihn vielleicht noch abschrecken können. Sie musste ihm etwas Zeit lassen, über alles nachzudenken und die Sehnsucht nach ihr langsam weiter reifen zu lassen.

Rita wollte gern ihre Mutter wiedersehen, Lalja treffen, festen Boden unter den Füßen spüren. Sonst würde sie Australien nicht aushalten können.

In den letzten Tagen war sie sehr müde gewesen. Die starke Anspannung während der Safari hatte sich doch bemerkbar gemacht. Die letzte Mail und das Gespräch mit der Ehefrau des Prinzen hatten die Reste ihrer Kräfte aufgezehrt.

Aber das Wichtigste war, dass sie müde war, IHN nicht aus dem Sinn verlieren zu können.

Ein gewisse Unruhe und eine unbestimmte Leidenschaft überkamen sie. Sie betrachtete aufmerksam ihr Spiegelbild. Wie wenig brauchte eine Frau, um die Zeichen des Glücks aus ihrem Gesicht zu radieren? Ein Mann genügte offenbar. Rita spritzte sich kaltes Wasser ins Gesicht. Zwei

Männer. Was erwartete sie in Australien? Und wie würde die nächste verrückte Reise enden?

Rita trat auf die Straße. Sie wollte noch etwas spazieren gehen und Abschied von Dahab nehmen.

In Ches Wohnung brannte eine Lampe, und durch die hellen Gardinen schien ein gemütliches Licht. Es war Rita alles so vertraut, dass ihr Herz sich verkrampfte. Nein! So ging es nicht. Alles verging, und diese schöne Zeit einer sorglosen Existenz neigte sich ihrem Ende zu.

Als Rita über das Verandageländer stieg, landete sie direkt in den Armen von Frederic, dem Besitzer des Hauses.

Sie hatte nichts zu befürchten, die Wohnung war bis zum Ende des Monats bezahlt, aber trotzdem fühlte sich Rita einen Augenblick lang nicht wohl. Frederic war ein älterer, immer kahler gewordener Holländer, dessen spärliche Haare hinten zu einem dürftigen Rattenschwanz gebunden waren. Er war ein ehemaliger Surfer, der vor sieben Jahren in Dahab hängengeblieben war, und er hatte es geschafft, ein Haus zu errichten und die Wohnungen darin an Ausländer zu vermieten. Es war nicht das schlechteste Schicksal, wenn man berücksichtigt, dass er seine Jugend auf Jamaika verbracht hatte, mit der Musik von Bob Marley, nicht weit weg von einigen Hanfplantagen. Für Rita blieb es nach wie vor ein Rätsel, wie er in seinem damaligen Zustand surfen lernen und sogar einige Preise hatte gewinnen können. Vielleicht hatten die anderen einfach vergessen, bei diesem Wettbewerb zu starten.

Die Bewohner mochten Frederic, obwohl er ein kleines Schandmaul war. Er erzählte immer die gleichen Geschichten und lachte laut über seine eigenen Witze.

»Frederic!« Rita brachte ein breites Lächeln zustande.

»Hallo!« Frederic stellte freudig zwei riesige Taschen auf den Boden. »Puhh!« Er trocknete sich die Stirn und angelte aus seiner Tasche eine zerknüllte Zigarettenschachtel. Er zündete zwei an, und sie beobachteten gemeinsam die dicken Schwaden, die sich über ihren Köpfen in der Luft auflösten.

Der schwüle Abend ließ nicht einmal eine Ahnung von einem Wind zu. In Dahab war es immer heißer geworden. Manchmal kam es Rita so vor, als hätte irgendjemand eine riesige Glasglocke über das Dorf gestülpt, die dem Wind keine Chance ließ, etwas Bewegung in die stickige Luft zu bringen.

Sie hatte häufig versucht, Frederic wegen seiner Geschwätzigkeit auszuweichen, obwohl er der einzige Mensch war, der mit echtem Enthusiasmus ihr furchtbares Englisch akzeptierte.

Sie nahm alle Kraft zusammen und sagte, dass sie morgen nach Hause zurückkehren würde. Dann folgte ein Gespräch über die Safari auf dem Roten Meer. Sie tauschten ihre Eindrücke aus, und er wiederholte zum x-ten Mal seine Geschichten von Jamaika, die für Rita nie ganz nachvollziehbar waren.

»Ich mache meine Strandhütte frei.« Frederic trat gegen einen Sack, der zu seinen Füßen lag. »Die Mieter sind fort – jetzt will ich die Hütte in Ordnung bringen und dort in Zukunft Wasserski vermieten.« Frederic schnipste die Asche direkt auf seine nackten Füße. Aus Prinzip ging er immer ohne Schuhe.

»Die Mieter?« Rita traute ihren Ohren kaum, »du hast es sogar geschafft, deine Strandhütte zu vermieten?«

»Ja!« Frederic zuckte mit den Schultern. »Zwei verrückte Kerle haben die Hütte für den ganzen Sommer gemietet.«

»Und ich habe immer solche Angst gehabt! Ich dachte, dort wohnen Geister!« Rita lachte hysterisch. »Ich habe sogar Che und Fidel gezwungen, mit mir zu ihr hinzugehen und nachzusehen. Aber dort ist doch nur Gerümpel – oder?«

»Ja!«, bestätigte Frederic. »Nur Krempel, ein Haufen altes Zeug.« Er zeigte auf die Decke, die er jetzt nach Hause bringen wollte. »Ich weiß, was sich alles in den letzten sieben Jahren in der Hütte angesammelt hat.« Er wackelte mit dem Kopf. »Und der Geruch!« Frederic zog die Luft durch die Nase ein: »Iiih – widerlich!«

»Wie hast du es dann geschafft, sie zu vermieten?« Rita konnte gar nicht glauben, dass so etwas möglich sein sollte. Sie kannte die ziemlich niedrigen Mietpreise, die hier für Wohnungen verlangt wurden. Wer würde in solcher Hütte überhaupt wohnen wollen?

»Sie haben in dieser Hütte nur ihre Bretter gelagert, um sie nicht durch die ganze Stadt schleppen zu müssen.« Frederic blickte in die Richtung des Strandes. »Man würde doch verrückt werden, diese Planken jeden Tag über den ganzen Strand von der Stadt hierher- und abends dann wieder zurückzuschleppen.«

Rita schmunzelte. Ihr war wirklich nach Lachen zumute. Sie erinnerte sich an ihre nächtlichen Kontrollgänge, an die Panik, die sie unter ihren Freunden verbreitet hatte, als sie ihnen von den Geistern in der Strandhütte erzählte. Was war das für ein Alptraum!

»Na, dann wünsche ich dir viel Erfolg mit deinem Wasserski.« Sie umarmten sich herzlich. »Den Schlüssel lasse ich morgen im Briefkasten.«

Als Frederic sich ein paar Schritte von Rita entfernt hatte, warf sie ihre stinkende, nicht zu Ende gerauchte Zigarette einfach ins Gras.

Frederic blickte sich um. Seine Schultern wurden unter dem Gewicht der Säcke nach unten gedrückt, und er lächelte verschmitzt – wie ein alter Pirat, der sich auf dem Festland niedergelassen hat, aber nicht zu weit entfernt von seinen durchlöcherten Schiffen. Er blickte Rita an.

»Che ist ein guter Kerl.«

Rita nickte lächelnd.

»Er liebt dich.«

Das Lachen verschwand aus Ritas Gesicht.

»Es ist nicht gut, dass du einfach so von ihm wegläufst«, tadelte Frederic sie.

Rita wusste überhaupt nicht, was sie antworten sollte. Ihr Mund öffnete sich unwillkürlich, ihr Kinn schob sich nach vorn, und sie begann, einer verwirrten Giraffe zu ähneln.

Frederic konnte nicht mehr an sich halten. Er hatte offenbar schon länger auf diese Gelegenheit gewartet, ihr das alles zu sagen.

»Er will mit dir zusammen sein«, rief er aufgeregt.

Rita legte einen Finger auf ihre Lippen und eilte zu ihm hin. Che konnte doch alles von seiner Veranda hören.

»Es ist ihm sehr nahegegangen, als du sauer auf ihn warst.«

Frederic schüttelte seinen weißen Kopf, und das Schwänzchen wippte hin und her.

Rita blickte ihn überrascht an.

Hatte sie ihn richtig verstanden? Ihr Englisch war nun wirklich ausgesprochen schlecht.

Vielleicht hatte Frederic sich das nur eingebildet? Es hatte natürlich eine Zeit gegeben, in der Che Rita begehrt hatte. Aber diese Zeit war blitzartig mit dem Erscheinen von Simone zu Ende gegangen.

Rita lachte laut und warf ihren Kopf nach hinten.

»Und Simone? Hast du das vergessen?«

Frederics Gesicht nahm plötzlich beängstigend ernste Züge an. Er näherte seine aufgesprungenen Lippen Ritas Ohr und flüsterte heiser: »Es ist nicht wahr.«

»Was ist nicht wahr?« Rita entzog sich ihm sanft.

»Alles!«, röchelte Frederic und fixierte Rita.

Sie erstarrte und blickte in sein faltiges Gesicht. Seine Augen weiteten sich, seine Pupillen wurden riesig.

An dieser Stelle hatte Rita eine Erleuchtung. Und sie nickte energisch.

»Ich habe es mir auch genau so gedacht!«, rief sie aus und schlug sich mit der Hand an die Stirn.

Frederic lachte erleichtert und atmete tief durch.

Rita verabschiedete sich schnell. Frederic war offensichtlich total bedröhnt, und eine Diskussion würde keinen Sinn ergeben. Wie konnte man in seinem Alter noch so etwas rauchen! Wahrscheinlich waren ihm die Mieter der Strandhütte auch nur im benebelten Zustand erschienen. Er lebte wohl schon lange in seiner imaginären Welt.

Auf der Strandpromenade musste Rita immer wieder über Frederic lachen. Gott wusste, was in seinem Kopf vorging und warum er Simone so wenig mochte. Und Che? Wie kam Frederic auf die Idee, die beiden hätten etwas miteinander gehabt? Sie waren doch immer zu dritt gewesen, mit Fidel.

Im Hotel kaufte Rita einige Andenken, trank eine Tasse starken arabischen Kaffee und reservierte ein Taxi zum Flughafen. Ihr letzter Tag in Dahab neigte sich bald dem Ende zu.

Es war an der Zeit, Wlassow zu besuchen.

Als Rita die Tauchschule betrat, blickte Wlassow auf. Er war allein und sortierte die Ausrüstungsgegenstände in die Regale ein. Als er Rita sah, erstarrte er – mit einem Atemregler in der Hand.

Sie ging um den Empfangstresen und trat ganz dicht an ihn heran. Einen Moment später nahm Rita Wlassow fest in die Arme. Sie konnte es noch gar nicht ganz fassen, dass sie einen Mann im Wert von hundert Millionen Dollar umarmte.

In diesem Augenblick überkam sie eine Welle von Dankbarkeit. Nicht jede Frau erhielt die Chance, Ehefrau eines der reichsten Männer der Welt zu werden. Wlassow sackte in ihren Armen zusammen.

»Ich fliege morgen.« Rita lachte. »Ich werde mich zu Hause auf die Reise vorbereiten.«

»Gut.« Wlassow strich über ihre Haare. Jetzt war es an ihr, die Augen niederzuschlagen.

Neues Spiel – alte Spielregeln.

»Wir sehen uns in der Stadt«, seufzte Rita und sah ihm direkt in die Augen.

Die Liebe hatte sich nicht in einem Knall entladen. Sie war nicht einfach so entflammt, obwohl Rita kräftig versucht hatte, zu zündeln.

»In welchem Bezirk wohnst du?«, fragte sie ihn unvermittelt.

Wlassow lächelte breit. Wenn er so viel Geld hatte, wieso ließ er sich nicht die Zähne machen?

»Vielleicht bitte ich dich, bei dir wohnen zu dürfen«, lachte er.

Rita erinnerte sich an das Foto mit dem *Bentley*, an seine Sorge, als sie während der Tauchprüfung beinahe ertrunken wäre und an andere schöne Augenblicke, die sie mit Alexander Nr. 1 erlebt hatte.

Vielleicht könnte sie ihn lieben, irgendwann, wenn ... Weiter wollte sie nicht denken, es war nicht der richtige Zeitpunkt, Bedingungen zu stellen.

»Ich habe nur ein Bett«, sagte sie mit Nachdruck.

»Das macht nichts, wir kaufen ein zweites.« Beide brachen in Lachen aus.

»Wenn du ankommst, fang aber gleich an, die Dokumente für die Visa zusammenzusuchen.« Wlassow blickte Rita ernst an. »Die Prozedur dauert ihre Zeit, aber ohne dich werden wir nicht fahren.«

Wir? War es so schwer zu gestehen? Konnte er nicht einfach zugeben, dass ER nicht ohne sie fahren wollte, dass ER nicht ohne sie konnte, dass ER verrückt nach ihr war?

»Hast du denn schon dein Visum?« Zu schade, dass sie keine Möglichkeit hatte, seinen Pass zu untersuchen.

»Ja«, Wlassow nickte, »ich habe zwei Pässe. Einer ist hier, und das Visum wird in den anderen eingetragen.«

Ein leichtes Zittern lief durch Ritas Körper: Ein anderer Pass – ein anderes Leben!

Später bummelte sie ziellos am Strand entlang und mied dabei andere Menschen. Sie kam an der Stelle vorbei, wo vor einiger Zeit das erste Treffen mit Sergej stattgefunden hatte. Merkwürdig – es überkam sie ein Anflug von Sehnsucht. Rita wusste, dass sie Solovenko in der Stadt wieder begegnen würde. Eigenartig war nur, dass sie sich vor Dahab noch nie über den Weg gelaufen waren.

Sie verbrachte die Zeit bis zur Dämmerung am Strand; die Promenade erstrahlte mit all ihren Laternen. Das Telefon von Alexander Nr. 2 hatte sie noch immer bei sich und konnte sich nicht entscheiden, wann der richtige Zeitpunkt gekommen sein würde, es ihm zurückzugeben. Rita wollte ihm eigentlich nicht von Angesicht zu Angesicht begegnen.

Ihr fiel nichts Besseres ein, als Lalja anzurufen. Die erzählte wie ein Wasserfall, dass sie und Julika zwei Tage lang mit dem Foto durch die Stadt gerannt waren, Zeugen befragt und in Zeitschriften und im Internet nach Fotos gesucht hatten. Laljas Mann hatte das Foto seinen Geschäftspartnern gezeigt (er hatte versucht, sich zu widersetzen, aber gegen Lalja war er nicht angekommen). Letztendlich hatte Julika beschlossen, zu handeln. Eines Abends, als Kostja bei ihr war, hatte sie ihn gebeten, auf seinem Notebook, von dem er sich doch nie trennte, ihre E-Mails abrufen zu dürfen. Kostja war überrascht gewesen, besonders als Julika mit großem Hallo Ritas Mail kommentierte, im Sinne von »Stell dir vor, meine Freundin hat in Dahab jemanden kennengelernt.« Ein freudiger Aufschrei, unendliches Erstaunen: Es gab sie doch, diese komischen Zufälle im Leben!

Rita verstand, dass ihr nur noch Stunden blieben, bevor Wlassow erfahren würde, wer sie wirklich war. Oder er wusste schon längst Bescheid. Obwohl Julika Kotscherga beschworen hatte, zu schweigen, machte sich Rita keine Illusionen.

In der Stadt würde sich Wlassow sehr vorsichtig verhalten. Andererseits würde er nicht leugnen können, dass Rita sich ihm schon genähert hatte, als sie noch keine Ahnung von seinen Vermögensverhältnisse hatte. Trotz allem – Australien würde kein Kinderspiel für Rita werden.

Lalja und Rita versanken in einer Lawine von Neuigkeiten und verloren sich in ihrem Gespräch. Die Situation verlangte eine zusätzliche Analyse, aber eines war klar: Wlassow hatte angebissen. Und es wäre einfach dumm von ihm, wenn er sich seinen Gefühlen widersetzen wollte.

Rita wanderte durch die dunklen Gassen von Dahab und sortierte ihre Gedanken. Sie konnte ihre Gefühle nicht verleugnen – sie musste zu Alexander Nr. 2 gehen, um von ihm Abschied zu nehmen, sie musste ehrlich sein und ihm sein Telefon zurückgeben. Schließlich waren sie beide erwachsene und unabhängige Menschen. Und dann könnte sie sich mit klarem Geist Wlassow widmen.

Rita atmete tief ein und eilte zum Haus von Alexander Nr. 2. Wie hatte sie nur zögern können? Sie riskierte doch, alles zu zerstören.

Rita war sicher, dass er nicht zu Hause war. Um diese Zeit saßen alle immer im Café auf der Strandpromenade. Aber in seiner Wohnung brannte Licht. Rita klingelte.

Er ließ sie gleich hinein, öffnete einfach die Tür und trat zur Seite.

Seine Sachen lagen überall im Zimmer verstreut. Rita wusste nicht, was sie tun sollte und blieb mitten in seinem Zimmer stehen. Sein Geruch stieg ihr in die Nase, und überall roch es nach Meer und Nadelhölzern. Sie wollte etwas sagen, aber stattdessen setzte sie sich auf den Rand des Sofas.

Beide schwiegen; Sascha bewegte sich ganz ruhig durch das Zimmer und räumte die herumliegenden Sachen auf. Rita blieb sitzen und hatte ihre Hände auf die Knie gelegt. Er wirkte ernst. Auf seinem Gesicht war nicht die Spur eines Lächelns zu sehen. Er versuchte, ihrem Blick auszuweichen. Rita fixierte ihn.

Nach einer gefühlten Ewigkeit wandte er sich endlich zu ihr und sah sie durchdringend an. Sie verkroch sich in sich selbst, und ihr Herz hörte für einen Augenblick auf zu schlagen. Aber als er das Licht löschte, hämmerte es in dumpfen Schlägen.

Er schien ihr so fremd und verschlossen zu sein, und in seiner Umarmung fühlte sie sich einsam. Sie weinte lautlos.

Doch plötzlich änderte sich alles. Die bösen Geister verließen ihre Seele.

Sascha trocknete ihr tränennasses Gesicht mit seinen Lippen.

Sie blieben bis zum Sonnenaufgang zusammen, irgendwo zwischen Realität und Traum, lauschten dem Rauschen des Meeres wie Musik.

Als Rita ging, trug sie seinen Geruch auf ihrer Haut.

24

Um sechs Uhr morgens weckte Rita Che mit einem leisen Klopfen an seine Tür.

»Hier sind eine Flasche Champagner und eine Flasche Whisky, ich fahre zum Flughafen.«

Che zwinkerte schlaftrunken mit den Augenlidern und versuchte ihre Worte zu verstehen.

»Was ist mit dir? Wo fährst du hin?«, fragte er und rieb sich die Augen.

»Grüß Fidel von mir! Wir sehen uns in der Stadt und telefonieren miteinander. Wo ihr mich suchen sollt, wisst ihr ja.« Rita lächelte, konnte sich dann aber nicht mehr zurückhalten und umarmte Che.

Er schwankte, blieb aber stehen.

»Du bist nicht mehr normal.« Er drückte seine Lippen auf Ritas Wange.

»Ich liebe euch so«, schluchzte Rita los, »aber ich muss fort. Die Situation erfordert es.« Sie drückte sich wieder an ihn.

»Wir lieben dich auch.« Er streichelte ihren Kopf.

»Ihr seid echte Freunde.« Rita trat einen Schritt zurück und blickte ihm ernst in die Augen. »Versprich, dass ihr mich nicht vergessen werdet.«

Che lächelte. »Wir vergessen dich nie. Hauptsache – du vergisst uns nicht. Du weißt doch: Dort ist alles ganz anders. Rita, das war der beste Sommer meines Lebens.« Er machte eine Pause und bückte sich dann, um die Flasche Champagner aufzuheben. »Heute werden wir also deine Abreise ohne dich feiern müssen.«

Im Flugzeug schlief Rita. Der Weg zurück erschien einem immer kürzer.

Als Lalja sie am Flughafen abholte, brach Rita in Tränen aus und konnte sich erst beruhigen, als sie bei sich zu Hause ankam.

Die Wohnung kam ihr riesig und leer vor. Möbel wuchsen einfach nicht nach.

In den nächsten zwei Tagen telefonierte Rita ununterbrochen oder fuhr durch die Stadt. Lalja und sie sprachen unermüdlich über alles, und sie erinnerten sich an die kleinsten Einzelheiten. Vieles schien ihr aus der Entfernung fremd und unwirklich. Vieles – aber nicht er. Rita sprach viel über ihn, und noch mehr dachte sie an ihn – Tag und Nacht.

Sie sprach über den einen und dachte nur an den anderen. Sie wollte ihn einfach noch einmal berühren, wenigstens einmal noch, um sich selbst zu bestätigen, dass er wirklich existierte. Es schien fast so, als wäre die letzte Nacht in Dahab reine Einbildung gewesen, und in Wirklichkeit war vielleicht gar nichts passiert.

Es zog sie wieder zurück. In der Stadt regnete es ohne Unterlass, als ob ihre Erinnerungen an die warmen und sonnigen Tage fortgespült werden sollten.

Julika hatte nicht auf Ritas Rückkehr warten können und war mit Kostja in die Ferien gefahren: Jetzt war sie an der

Reihe, ihren Plan in die Tat umzusetzen. Eine solche Chance durfte man auf keinen Fall auslassen. Ungeduldig wartete Rita auf ihre Rückkehr. Sie wollte mit ihr die bevorstehende Reise nach Australien besprechen, vielleicht auch Neuigkeiten über Wlassow zu hören, irgendetwas, um Klarheit in die Situation zu bringen. Aber sie konnte Sascha nach wie vor nicht aus ihrem Kopf verbannen. Je mehr sie versuchte, nicht an ihn zu denken, desto schwerer wurde ihr ums Herz. Zum ersten Mal hatte Rita Angst, Lalja das ganze Ausmaß ihrer Krankheit zu gestehen. Trotzdem versuchte sie, ihr Ziel nicht aus den Augen zu verlieren.

Die Zeit drängte. Sie hatte alle Unterlagen für ihr Visum eingereicht. Und sie hatte ein Buch über Australien gekauft. Das war alles, wozu sie in dieser traurigen und ungewissen Verfassung in der Lage war.

Die Zeit verging, und es ging Rita immer schlechter. Sie verstand nicht mehr, wo der Anfang und wo das Ende der Geschichte war. Sie war völlig durcheinander. Alexander Nr. 2 erinnerte sie immer mehr an ein mythisches Ideal, einen Supermann, der alle möglichen Eigenschaften hatte, Mantel und Maske eingeschlossen. Sie bedauerte, dass sie ihre Romanze auf solche Weise beendet hatte. Sie hätte dort bleiben sollen, noch einige Tage mit ihm zusammen sein, um dem doch sicher zu erwartenden Liebesleid zu entgehen. Das hätte dem Ganzen eine gewisse Abrundung gegeben.

Sie war überzeugt, dass ihre Begegnung mit ihm kein Zufall gewesen sein konnte, sondern ihr Schicksal.

Die Erinnerungen an die Einzelheiten eines jeden Treffens mit ihm quälten sie. Immer wieder sah sie im Restaurant Männer, die ihm ähnelten. Die Erinnerung an sein Lächeln brachte Rita immer wieder zum Weinen, in der Badewanne oder unter der Dusche. Das Foto von ihm war schon ganz abgegriffen, bevor sie sich schließlich gezwungen sah, es zu vernichten.

Sein Geruch! Der schien überall zu sein. Sie begann, viel spazieren zu gehen, um ihm vielleicht in den Straßen zu begegnen, wo nach ihrer Meinung die mittleren Manager und Berater zu finden sein sollten.

Sie träumte davon, ihn zufällig wiederzusehen. Sie blätterte viele Zeitungen durch und suchte nach dem Namen seiner Firma – den sie gar nicht kannte. Nach einem Monat erhielt sie endlich ihr Visum.

Dann kehrte Julika zurück. Sie verabredeten sich für ein Mittagessen, und Rita kam zehn Minuten zu früh. Sie brannte buchstäblich vor Ungeduld und hoffte, dass Julika ihr einen Impuls geben und sie in die richtige Richtung lenken würde.

Sie überflog die Speisekarte nur, ohne sie richtig zu lesen, und bestellte einen grünen Tee; sie hatte keinen Appetit.

Nach zwanzig Minuten wählte sie Julikas Nummer, doch deren Telefon war ausgeschaltet. Wo steckte sie denn?

Rita suchte nach einer Kellnerin, um zu zahlen, als sie Kostja Kotscherga bemerkte, der lachend auf ihren Tisch zukam. Wo Kostja war, war auch Julika. Rita wurde nervös. Was machte Kostja hier? War er von Wlassow geschickt worden?

Seit sie wieder in Moskau war, hatte Rita Wlassow kein einziges Mal gesehen, aber sie hatte die versprochene Hilfe zur Vorbereitung ihrer Reise erhalten. Sie spürte, dass

Wlassow trotz seines geheimnisvollen Verschwindens sehr an ihrer Teilnahme interessiert war. Sie stand regelmäßig in Kontakt mit einer Frau, die auf Anweisung von Platow für die Vorbereitung der Dokumente verantwortlich war. Weil Julika nicht in der Stadt gewesen war, hatte Rita keine Informationen darüber, wo Wlassow und ob er überhaupt in Moskau war.

»Hallo!« Kostja breitete seine Arme aus und setzte sich. Sein Leibwächter setzte sich unauffällig an den Nebentisch.

»Hallo!« Rita lächelte höflich. »Wo ist denn Julika?«

Kostja tat so, als habe er ihre Frage nicht gehört, machte es sich stattdessen bequem und vertiefte sich in die Speisekarte.

Rita zwang sich, zu schweigen.

»Ich wollte dich persönlich sprechen.« Kostja Kotscherga blickte von der Speisekarte auf.

Rita blickte ihn fragend an. Kostja winkte mit einer Geste seinen Leibwächter herbei, der seinen Koffer auf den Tisch stellte. Kostja angelte eine große Ledermappe voll mit Papieren heraus.

Rita begann zu verstehen, worum es hier ging. Dachten die wirklich, dass sie irgendein Dokument, eine Schweigepflichtvereinbarung oder etwas Ähnliches, unterschreiben würde? Naive Idioten!

»Rita.« Kostja blickte ihr direkt in die Augen. Rita beugte sich zu ihm. Er sprach leise, aber sehr nachdrücklich, und Rita begann zu verstehen, wie es ihm gelingen konnte, einen so disziplinierten Harem zu unterhalten.

»Lass mich reden, und hör erst einmal zu.« Kostja machte eine Pause, und Rita nickte wie hypnotisiert. »Zunächst möchte ich, dass du weißt, dass ich von dir begeistert bin und dir alles Gute wünsche.«

Rita schluckte und nickte wieder kurz.

»Das mit Wlassow wird nichts«, verkündete Kostja langsam.

Ritas Herz setzte aus. Sie konnte nichts erwidern. Am liebsten wäre sie aufgestanden, hätte mit schnellen Schritten das Restaurant verlassen und so getan, als hätte es dieses Treffen gar nicht gegeben. Sie war sich sicher, dass alles, was Kostja Kotscherga zu sagen hatte, ihr überhaupt nicht gefallen würde. Ihr Gesicht glühte.

»Rita«, Kostja nahm freundschaftlich und zart ihre Hand, »alles, was in Dahab passiert ist, war nicht ganz so, wie du denkst und wie du es erlebt hast.«

»Alles klar«, Rita nickte mechanisch und lächelte.

Kostja lachte. »Gar nichts ist dir klar.«

Rita schloss die Augen. Sie hatte keine Lust, weiter mit Kostja zu sprechen.

Aber als sie ihre Augen wieder öffnete, saß Kostja Kotscherga nach wie vor auf seinem Platz. Rita ergriff ihre Tasse und nahm einen Schluck Tee. Kostja beobachtete sie lächelnd.

»Sergej …«, Kostja räusperte sich, bevor er fortfuhr, »… beschäftigt sich mit Dienstleistungen für sehr reiche Leute.« Kostja machte wieder eine Pause und sah sich um. Rita schien, als wolle er das, was er zu sagen beabsichtigte, vertraulich behandeln. Sein Leibwächter war hochkonzentriert.

»Das weiß ich.« Rita hatte ihre Stimme wiedergefunden.

»Das weißt du?« Kostja zog die Augenbrauen hoch. »Du weißt Bescheid über seine Dienstleistungen?«

»Ja, klar, es hat etwas mit Nutten und Partys zu tun.«
Kostja lachte laut auf, und sein Leibwächter überprüfte
mit schnellen Blicken, ob jemand dem Gespräch lauschte.
»Nicht ganz.« Kostja nahm einen Schluck Mineralwasser.
Er beugte sich zu Rita. »Sergej inszeniert Theaterstücke.
Er trickst Menschen aus.«
Rita schüttelte verständnislos den Kopf.
»Wie in dem Film *The Game* mit Michael Douglas.« Kost-
ja machte eine Pause und wartete auf Ritas Reaktion.
»Ich erinnere mich an diesen Film.« Rita sprach ganz
langsam – sie hatte Angst, dass Kostja sie für begriffsstut-
zig halten könnte. »Aber ich verstehe nicht ganz: Wen hat
Sergej denn ausgetrickst?«
»Dich!« Kostja nickte ihr zu. »Wir haben dich ausge-
trickst. Das war Sergejs Aufgabe, mit der er unserer Firma
seine Fähigkeiten im Rahmen solcher Spiele unter Beweis
stellen wollte. Es ging ihm und uns darum, einfach zu zeigen, wozu er in der Lage ist.«
Rita kniff die Augenbrauen zusammen und blickte Kostja
ernst an.
»Bedeutet das, dass Wlassow gar nicht dort war?«
»Er war nicht da.« Kostja atmete aus. »Dort waren Schauspieler am Werk. Sie stellten Wlassow dar. Sie haben dich
ausgetrickst.«
»Alle?« Rita schüttelte ungläubig den Kopf.
»Fast alle«, bestätigte Kostja sanft.
Rita blickte zur Decke. Offensichtlich gab es im Restaurant keine Klimaanlage. Ein dünnes Rinnsal von Schweiß
floss ihr langsam den Rücken hinunter.

Julika hatte sich gleich nach dem ersten Gespräch mit Rita verplappert. Sie hatte erzählt, dass eine ihrer Freundinnen nach Dahab fahren und Wlassow suchen wolle. Kotscherga hatte das nicht für sich behalten können und seinem Freund Wlassow diese lustige Geschichte bei einem Abendessen erzählt, an dem auch der unternehmungslustige Sergej teilnahm. Der hatte gerade ein Drehbuch für ein Spiel gesucht, mit dem er sich bei Kostja und Wlassow profilieren wollte.

Tauchen und Mädchen bereiteten seinen Kunden schon längst kein Vergnügen mehr, und Elefantenjagden verkauften sich inzwischen schlecht, obwohl die Saison gerade ihren Höhepunkt erreicht hatte.

Sergej dachte sich ständig neue Möglichkeiten aus, die Langeweile seiner reichen Freunde zu vertreiben. Vor zwei Jahren hatte er angefangen, parallele Wirklichkeiten zu schaffen: »Die Idee kommt von euch, das Drehbuch von uns!«

Die Kunden zahlten, bestimmten die Bedingungen und bereiteten sich darauf vor, dass sich ihr Leben vollkommen verändern würde. Wollten sie, dass mit ihrem Partner ein Wunder geschieht, dass dessen Schülerliebe gefunden wird, dass er im Kasino eine Million Dollar gewinnt oder dass er entführt und gerettet wird – alles war möglich, wenn sie genügend Kleingeld hatten.

Die parallele Wirklichkeit war eine teure Angelegenheit und nur etwas für Auserwählte. Es kostete hunderttausend Dollar Honorar, ein zehntägiges Spiel zu inszenieren – zuzüglich der Kosten für die Durchführung. Die Schauspieler, die Natur – es wurde für jedes Spiel alles durchdacht, um keinen Zweifel in dem unwissenden Helden aufkommen zu lassen. Alles war erlaubt, nur nichts Strafbares.

Das erste Spiel wurde bei Sergej von einem treuen Kunden für dessen Freund bestellt. Eine Safari in der Wüste, mit Tigerjagd, alle Teilnehmer angeblich tot, nur der Freund und Sergej blieben die ganzen zehn Tage lang allein. Die Menschen waren begeistert. Allerdings gab es ein paar Schwierigkeiten mit den dressierten Tigern: Sie weigerten sich, hinter den Schauspielern herzulaufen, lagen faul herum und gähnten gleichgültig und satt. Aber nach der unverhofften Rettung im Dschungel kehrte in den Helden ein bereits verlorengegangenes Lebensgefühl zurück.

»Sergej hatte vorgeschlagen, das Spiel für dich zu inszenieren.« Kostja schwelgte vor Begeisterung in Erinnerung an jede Einzelheit.

»Er wollte dir die Beweise unterschieben, alles durcheinanderbringen, ständig neue Schauspieler ins Spiel einführen und dich dabei beobachten. Deshalb fuhr Sergej selbst hin und nahm persönlich am ganzen Spiel teil. Täglich haben wir Fotos und Berichte erhalten. Weißt du, wir sind hier alle ganz verrückt geworden – wetteten gegeneinander, stritten miteinander und veränderten das Drehbuch. Wir wollten Sergej schon ein paarmal kündigen. Im Großen und Ganzen hat er mit uns viel Kummer gehabt.« Kostja lachte. »Ich wollte schon selbst hinfahren, kannst du dir das vorstellen? Mich hat nur der Umstand zurückgehalten, dass du mein Gesicht kennst.«

Rita hörte ihm schweigend zu.

»Es gab natürlich viele Missverständnisse, aber ...« Kostja unterbrach sich.

»Ich habe sie nicht bemerkt«, führte Rita den Satz statt seiner zu Ende und lächelte bitter.

Kostja ergriff ihre Hand, aber Rita blickte ihn kühl an.

»In diesem Ordner ist das ganze Spiel.« Er klopfte mit dem Zeigefinger auf die Ledermappe. »Versuch das alles mit Humor zu nehmen. Ich verspreche dir, jede Seite wird dir Vergnügen bereiten.«

Rita blickte in die Mappe. Sie wollte sich vor Kostja keine Blöße geben.

Sie sah die Überschriften der einzelnen Berichte: *Rendezvous am Strand, Das erste Tauchen, Fahrt in die Wüste.* Rita zuckte mit den Schultern und legte die Papiere zurück: »Wozu?«

Kostja schwieg vielsagend und machte ein vorwurfsvolles Gesicht: »Hör auf, du hast doch auch gespielt. Du brauchst überhaupt nicht zu heucheln. Wir sind doch alle Spieler. Wir versuchen nur mit verschiedenen Mitteln zu erreichen, was wir wollen.« Kostja lehnte sich zurück.

Rita merkte, dass in der Mappe ein Stück Papier mit dem Text ihrer Mail an Lalja steckte.

»Lalja auch?« Rita konnte nur mühsam ihren Blick von dem Brief wenden.

»Sie nicht!« Kostja schüttelte energisch den Kopf.

»Sie hat alles an Julika weitergeleitet. Hör zu!« Kostja berührte Ritas Hand. »Wir sind alle von dir begeistert! Alle Jungs waren völlig verrückt nach dir. Du bist einfach klasse. Keiner konnte deinem Charme widerstehen. Alle Saschas waren versessen auf dich.«

Rita zuckte zusammen. Aber Kostja fuhr enthusiastisch fort, als habe er ihren Zustand nicht bemerkt: »Sie stritten sich um das Recht, Wlassow zu sein. Sie träumten davon, mit dir zusammen zu sein. Wir waren alle neidisch auf die Schauspieler und wären selbst gern an ihrer Stelle gewesen.« Kostja stockte. »Obwohl es auch Schwierigkeiten gab. Lies die Berichte. Ich möchte dir nicht alle Geheimnisse verraten.«

»Waren sie alle Schauspieler?« Rita starrte Kostja an.

»Fidel und Che sind Profis. Wir mussten ziemlich lange suchen, um neue Gesichter zu finden, die man nicht ständig sieht. Dann mussten alle einen Kurs belegen und tauchen und surfen lernen. Sascha Platow ist der einzige echte Trainer, der beste Kandidat von allen. Obwohl – er hat uns viele Schwierigkeiten bereitet. Wir waren fast am Rande des Abbruchs.« Kostja lachte. »Er hatte vergessen, uns zu erzählen, dass er homosexuell ist.«

Rita erstarrte mit offenem Mund. Homosexuell? Rita traute ihren Ohren nicht.

Er hatte doch vor Leidenschaft gebrannt, als er in ihre Kajüte gekommen war. Vielleicht wurde sie auch gerade von Kostja ausgetrickst? Aus Rache dafür, dass sie so versessen auf Wlassow war? Rita konnte sich nicht konzentrieren.

»Wir konnten nicht verstehen, was er da gemacht hat«, fuhr Kostja fort, »das Verhalten von Alexander Nr. 1 bereitete uns viel Kummer – sowohl den Veranstaltern als auch uns Zuschauern. Das ganze Spiel wurde fast für ihn gemacht. Es wurden ihm sogar Narben auf den Kopf gemalt – aber er lief wie ein Verrückter vor dir davon. Wir haben dort unten angerufen, ihn angeschrien und ihn gezwungen, nachts in deine Kajüte zu gehen. Aber er war nicht schlecht, nicht wahr?«

Rita lächelte stumm.

»Und Romanow?« Sie wusste nicht, was für ein Gesichtsausdruck passend für ein derartiges Gespräch wäre.

»Ahhh«, Kotscherga fuchtelte mit seinem maniküren
Finger vor Ritas Nase herum, »dein Lieblingskandidat!
Das ist Sergejs Star. Wir wollten ihn zu Wlassow machen
– aber dann dachten wir, dass ein solches Happy End im
Leben nicht vorkommt. Und außerdem, was sollte das für
ein Spiel in Australien werden? Vollkommen uninteressant!« Kostja zuckte wie zur Entschuldigung mit den
Schultern und goss sich ein wenig Wasser nach. »Viel
interessanter wäre es mit Platow. Du bist einfach toll!«
wiederholte er ständig. »Du hast praktisch alle Hinweise
gefunden. Nur ein paar hast du nicht gesehen. In der Wüste hatten wir gehofft, dass du den Kofferraum des Autos
durchsuchst. Außerdem haben wir die Kreditkarten von
Wlassow in der Kajüte ausgelegt – aber du hast sie nicht
gefunden. Aber das musste dich eigentlich ernsthaft irritieren. Marina sollte dir auch ein paar versteckte Hilfen
geben, aber du hast mit ihr praktisch gar nicht gesprochen. Während du in Sergejs Schrank in seinem Haus ge-
schnüffelt hast, war sein Computer hochgefahren, und du
hattest nur Angst ihn zu öffnen. Eigentlich, ich sage es dir
ganz ehrlich, haben wir den ganzen Monat über überhaupt nicht mehr gearbeitet. Tagelang haben wir miteinander gestritten, wie sich wer verhalten hatte, was du
machen würdest und wer schließlich Wlassow sein würde. Wir haben auf die Berichte aus Ägypten so gespannt
gewartet wie auf Finanzberichte. Wir wollten Che in das
Spiel einfügen – aber dann dachten wir, das bringt dich
nur durcheinander. Dann haben wir bereut, dass wir Julika so idiotische Kennzeichen gegeben hatten: Hawaii

und Narben auf dem Kopf. Das war alles an den Haaren herbeigezogen. Dazu kam dann noch Sergej mit seiner Größe. Wir dachten schon, dass du uns auf die Schliche kommst. Als du dann die Fotos geschickt hast, sind wir vor Anspannung geradezu geplatzt. Unser dritter Partner, Sinowjew, wollte schon nach Ägypten fliegen, um im Internetcafé einen Surfer zu mimen. Er wollte nur dein Gesicht sehen, wenn du die Antwort von deiner Freundin bekommst. Er hatte schon ein Flugzeug gebucht. Wir haben ihn wirklich kaum zurückhalten können. Er hat sich wie ein Verrückter gebärdet. Du hättest ihn sehen müssen, als er fliegen wollte. Sinowjew ist im letzten Jahr zweimal auf der Titelseite von *Newsweek* abgebildet gewesen. Du wärst ausgeflippt, wenn du ihm in Dahab begegnet wärest.

Wir haben alle miteinander gestritten – besonders Wlassow hat rumgeschrien und wollte alles anders haben.«

Dieser Name, laut ausgesprochen und einem wirklichen Menschen zugeordnet, brachte Kostja plötzlich zum Schweigen. Rita lächelte traurig: Immerhin war sie mit Wlassow entfernt bekannt.

»Keiner wollte aufhören«, sagte Kostja leise, »wir haben schon viel Geld für das kommende Spiel in Australien bezahlt und wollten dort Platow gegen einen anderen Schauspieler auswechseln. Das ganze war für ihn offensichtlich zu viel. Hinzu kam seine sexuelle Orientierung.« Kostja winkte ab. »Aber eure Dialoge! Über *Das Parfum* und Julio Iglesias! Wir haben uns hier im Büro fast in die Hosen gemacht vor Lachen. Rita, ich bitte dich, versteh mich richtig! Du bist selbst eine Jägerin. Eine durchaus gefährliche Lady. Deshalb erzähle ich dir das alles. Sergej will dir einen Job in seiner Firma anbieten. Wir planen zwei gewaltige neue Spiele für unseren Kompagnon. Wir brauchen solche Menschen wie dich. Außerdem kannst du deine Freunde wiedersehen, Fidel und Che. Sie sind nach dem Drehbuch zwei Juristen.«

Rita hob zweifelnd ihre Augenbrauen.

»Du kannst dir nicht vorstellen, wie wandlungsfähig sie sind. Ich sage dir, Sergej nimmt nur die Besten, und ihr werdet eine tolle Zeit haben. Und für alle Unannehmlichkeiten, die du in Dahab durch uns erlitten hast«, Kostja richtete sich feierlich in seinem Stuhl auf, »wartet eine Entschädigung auf dich. Sie ist schon auf dein Konto überwiesen worden.«

Rita blickte ungläubig zu Kotscherga.

»Wir haben unseren Mann in der Bank«, lachte Kostja stolz, »Alexej.«

Der war auch dabei! Und er hatte ihr auch noch den Hof gemacht! Wirklich alle waren käuflich.

Kostja deutete Ritas Gesichtsausdruck falsch und sagte zu ihr:

»Es reicht für Möbel und ein neues Auto.« Er erhob wieder seine Stimme. »Es bringt Hunderttausende für dich. Sergej war so begeistert von dir, besonders, als du auf der Party seine Wohnung durchsucht hast. Übrigens«, Kostja schlug sich mit der Hand vor die Stirn, »wie hat dir eigentlich die Idee mit dem *Bentley* gefallen? Für die Fotomontage haben wir einen ganzen Tag gebraucht. Ich persönlich war dagegen, es wirkte doch irgendwie unnatürlich. Und wie fandest du das?«

»Ich?« Rita dachte nach. »Ich war schockiert. Sag mal, dieses Zusammentreffen mit Che am ersten Tag auf der

Strandpromenade, als er mich angesprochen hat, war das auch in eurem Drehbuch vorgesehen?«

»Das hat geklappt wie nach Noten.« Kostja klang zufrieden. »Allerdings hat Mohammed dich dreimal über die Strandpromenade führen müssen, bevor Che dich angesprochen hat. Wir dachten, vielleicht kommst du auf den Gedanken und bittest von selbst um Hilfe, als du sie russisch sprechen hörtest.«

Kostja geriet außer Atem und holte erst einmal Luft.

»Ich persönlich bin wie neu geboren«, sagte er nach der Pause, »ich habe richtiges Herzklopfen gehabt, als ich gelesen habe, dass Romanow sich um zwei Stunden verspätet hatte. Wir haben hier gerätselt, ob er es schafft, nach Dahab zurückzukehren oder nicht. Er ist mit zweihundert Kilometern pro Stunde vom Flughafen zu dir gerast. Sascha war einfach zu beschäftigt, er spielte gleichzeitig in zwei verschiedenen Spielen.«

»Und warum habt ihr beschlossen ...« Rita suchte nach den richtigen Worten.

»Aufzuhören?«, sprang Kostja ein und führte die Frage zu Ende. Er zuckte mit den Schultern. »Das hat Wlassow entschieden. Er wollte das Spiel nicht weiter fortsetzen.« Kostja schenkte Rita sein schönstes Lachen. »Jetzt werden wir mit der ganzen Truppe ein Spiel für unseren Partner entwickeln. Dort wird alles vorkommen: Mord, Leidenschaft, Verrat. Das Ganze wird in England passieren, weil er dort sitzt und sich langweilt. Wir wollen ihm ein Geschenk machen und seinen grauen Alltag ein bisschen aufhellen. Möchtest du doppelt so viel wie in Dahab verdienen? Einen Vorschuss ...« Kostja beugte sich an Ritas Ohr und nannte eine Summe.

Ritas riss die Augen auf. Kostja genoss den Eindruck, den er auf sie gemacht hatte und lehnte sich wieder bequem zurück. Zur Bekräftigung nickte er noch zweimal und gab Rita so zu verstehen, dass sie sich nicht verhört hatte.

»Was soll's? Du kostest eben so viel. Mit deinem Äußeren, deinem klugen Köpfchen und deinen schauspielerischen Talenten. Du bist die Beste, Rita!«

Julika kam natürlich nicht mehr ins Restaurant. Als sich Kostja von Rita verabschiedete, übergab er ihr noch die Mappe mit den Berichten: »Lies alles, überleg es dir – unsere Telefonnummern kennst du ja.«

Nachdem sie sich von ihm verabschiedet hatte, lief sie zu ihrem Auto und war schon zwanzig Minuten später in ihrer Bank. Sie ignorierte den käuflichen Alexej und verlangte unverzüglich ihren Kontoauszug. Während sie darauf wartete, trat sie ungeduldig von einem Fuß auf den anderen und trommelte nervös mit den Fingern auf den blankpolierten Banktresen.

Geizig waren dieses Spieler wirklich nicht – wenn Rita nicht übertreiben würde, müsste sie ein Jahr lang nicht mehr an Geld denken. Rita lehnte sich erschöpft an die Wand; die Beweise, dass ihre Absichten ernst waren, lagen in ihrer Krokodilledertasche.

Zum ersten Mal nach dem Gespräch mit Kostja horchte sie in ihr Innerstes. Sie fühlte keine Kränkung. Nur Erleichterung und eine totale Leere. Eigentlich war es gerade an der Zeit, ein bisschen Geld auszugeben. Aber ihre Neugier war viel zu groß, und sie gab der Versuchung nach, setzte sich direkt neben der Bank in einen Park und nahm die Mappe zur Hand. Ihr war mulmig zumute.

25

In den folgenden zwei Stunden ließ Rita noch einmal ihre Zeit in Dahab Revue passieren. Zwei Stunden – und plötzlich machte alles Sinn. Zwei Stunden – und die letzten Illusionen waren verschwunden, genauso wie die Wolken über ihrem Kopf. Es hatte nicht geregnet, obwohl im Wetterbericht ein Wolkenbruch angekündigt gewesen war.

Rita las ohne Pause, blätterte Seite um Seite um und wurde immer wieder überrascht.

Die Geschichte mit Hawaii war den Drehbuchautoren von einem Psychologen vorgeschlagen worden: »Zur Steigerung der Motivation der Heldin.« Rita sollte animiert werden, selbst aktiv zu werden, und es sollte eine Art Rivalität entstehen: Wenn eine Amerikanerin eine Affäre mit Wlassow auf Hawaii anzetteln konnte, dann sollte es Rita auch gelingen. Der nächste Schock war Tigran, der wunderbare Freund aus Armenien, der – wie es sich jetzt herausstellte – auch eine Nebenrolle gespielt hatte. Er sollte Rita zusätzliche Informationen geben, irgendetwas über Dahab und Wlassow erzählen, um Ritas letzte Zweifel an ihrer Reise zu zerstreuen. Julika hatte nämlich in ihren Berichten durchblicken lassen, dass Rita noch immer zögerte und Lalja zielstrebig versucht hatte, ihr das alles auszureden. Der Psychologe hatte es für nötig befunden, noch eine Figur in das Spiel einzuführen, die die erforderlichen Informationen für Rita auf den Punkt bringen sollte. Aber Tigran hatte sich so betrunken, dass er nicht einmal seine winzige Rolle spielen konnte. Es war ein völliges Desaster. Er hätte mit seinen geheimnisvollen Trinksprüchen alles fast verdorben. Ein guter Draufgänger, aber ein schlechter Schauspieler – ungefähr so hatte der Psychologe seinen Auftritt beschrieben und empfohlen, ihn im nächsten Spiel nicht mehr einzusetzen.

Rita hielt einen Moment inne und blickte auf.

Mohammed, die Uhr an Ches Handgelenk, die Ferienwohnung, die extra für Rita reserviert worden war – das alles überraschte sie nicht weiter. Dafür wurde ihr aber jetzt klar, was mit Frederic passiert war.

Che hatte ihm wohl gesagt, er sei sehr in Rita verliebt und wolle deshalb sicherstellen, dass sie in die Wohnung neben ihm einziehen könne. Später war der arme Frederic Zeuge eines Gesprächs zwischen Che und der französischen Schauspielerin geworden, die Simone dargestellt hatte. Die beiden hatten gerade die Schwächen des Drehbuchs besprochen. Simone wurde in das Spiel eingeführt, um Ritas Eifersucht zu entzünden – was auch gelang, aber nicht ausreichte, um Rita von Wlassow auf Che umzupolen. Simone wurde dann vorzeitig aus dem Spiel genommen – man brauchte sie nicht mehr.

Frederic war nun der Meinung, dass der verliebte Che alle Möglichkeiten einer listigen Verführung nutzen wollte, und nicht einmal davor zurückschreckte, bei Rita eine heftige Eifersuchtsreaktion zu provozieren.

Ein paar Seiten später wurde die Geschichte mit der Strandhütte geschildert, und darüber konnte Rita sogar

lachen. Diese Hütte war eine Art Beobachtungsstütz-
punkt, ein Versteck für Fotos und Filmaufnahmen. Rita
hatte also doch nicht danebengelegen. Das Versteck wäre
beinahe aufgeflogen, denn keiner hatte angenommen, dass
sie versuchen würde, allein in die Strandhütte zu gelangen. Deshalb war der Fotograf gezwungen worden, ihr
die Tür vor der Nase zuzuziehen und sie so lange geschlossen zu halten, bis sich Rita aus Angst vom Strand
zurückgezogen hatte.

Marina und Nadja waren ehemalige Models aus Sergejs
Agentur.

Ritas unerwarteter Besuch bei Sergej zu Hause hatte bei
den Veranstaltern und Drehbuchautoren einen wahren
Schock ausgelöst. Damit hatten sie nicht gerechnet, und als
sie Sergejs aufgeregten Bericht las, musste Rita laut lachen.
In dem Moment, in dem sie das Haus betreten hatte, wollte
er sich gerade mit Marina vergnügen. Er war daraufhin
offiziell gerügt worden. Wlassow war dem Drehbuch zu-
folge ein introvertierter Einsiedler und kein Schürzenjäger.
Deswegen hatte Sergej nicht das Recht gehabt, den Helden
in eine solch kompromittierende Lage zu bringen.

Zu jedem Tagesbericht war der eigentlich vorgesehene
Ablauf laut Drehbuch geheftet. In der Mappe lagen auch
Fotos und Kommentare der Schauspieler.

Kleine Einzelheiten, an die sich Rita erinnerte, machten
erst jetzt im Zusammenhang mit den Berichten Sinn.

Ihr Freund Che hätte auch einer der Verdächtigen sein
können, aber die Initiatoren des Spiels hatten sich auf drei
Wlassows festgelegt; Che war als Kandidat ausgeschlos-
sen worden, obwohl ihm ursprünglich eine der Hauptrollen zugedacht worden war.

Ritas Gespräch mit Alexander Nr. 1 über die Marke *Bentley* hatte Sergej auf den Gedanken gebracht, Fotomontagen zu erstellen.

Das Bild mit Sergej und der Ehefrau des Prinzen – noch ein Schlüsselreiz für Rita, der von dem Psychologen angeregt worden war. Doch keiner hatte erwartet, dass Rita ihre Rivalin gleich anrufen würde.

Ritas Post war natürlich auch abgefangen worden.

Ihre Telefongespräche waren abgehört worden. Und nichts hatte man dem Zufall überlassen.

Die Tasche mit Monogramm.

Der Ring mit den Saphiren – ein Vorschlag von Sergej.

Der an Wlassow gerichtete Brief.

Die vermeintlichen Spannungen zwischen Fidel und Sergej.

Die ständige Gefahr, dass Rita Che alles gestehen könnte.

Immer neue Manipulationen.

Alexander Nr. 1, der zu viel trank und seinen ganzen Mut zusammennehmen musste, um Rita seinen Besuch abzustatten. Dass er weder abstinent war noch die notwendige sexuelle Orientierung hatte, wurde als Vertragsbruch gesehen.

Der unschuldige Jeji war der Einzige von allen, der sich selbst spielte.

Der Brief an Rita – dieser Spielzug wurde von Romanow in seinem Bericht als »schwach« und »primitiv« bewertet.

Die schlechten Zähne von Alexander Nr. 1 – ein glatter Fehler der Organisatoren. Für die Zukunft wurde beschlossen, Zahnärzte und Suchtberater bei der Auswahl der Schauspieler hinzuzuziehen.

Die Zeitungen, die über das ganze Schiff verstreut lagen.

So vieles hatte Rita nicht bemerkt und nicht berücksichtigt. Bedauerlich, dass sie sich so sehr im Weg gestanden hatte.

Rita legte die Papiere beiseite und zündete sich eine Zigarette an. Sie wollte innehalten, bevor Saschas Berichte an der Reihe waren. Sie wusste schon, dass der Trip in die Wüste und das Wahrheitsspiel auch inszeniert worden waren. Jetzt war die Zeit gekommen, sich einzugestehen, dass Sascha auch ein Betrüger war. Rita atmete tief ein und las seinen Bericht.

Die Umarmung in ihrem Flur.

Sein Verschwinden.

Kostja hatte ihr erklärt, dass Romanow ein sehr beschäftigter Schauspieler sei und es gerade so geschafft hatte, neben dem Spiel noch in irgendwelchen Theatern aufzutreten. Das war wohl kein Problem, weil sich Sergejs Klienten nie an solchen Orten aufhielten. Dreharbeiten an Filmen hingegen waren für Schauspieler, die an solchen Spielen teilnahmen, strikt verboten worden.

Nach dem Drehbuch sollte sie Sascha in einer Bar kennenlernen. Er sollte sie retten, auf seinen Armen nach Hause tragen und nach einem weiteren Besuch bei ihr erst einmal verschwinden. Rita suchte in den Berichten vergeblich nach mehr Details. Sogar Sergejs Berichte waren viel persönlicher gehalten als Saschas. Sergej nannte Rita bei ihrem Namen, hörte nicht auf, sich über ihre schauspielerischen Talente zu begeistern und ihre Pfiffigkeit zu loben. Aber Sascha? Er schrieb kein Wort zu viel.

Stattdessen fand Rita einige Passagen, die sie tief verletzten:

»Die Heldin versucht, den Verdächtigen davon zu überzeugen, dass sie kein Sexualleben habe, sie versucht, unnahbar zu erscheinen und die Festigkeit ihres Charakters zu beweisen. Andererseits ist sie offenkundig bereit, mit dem Verdächtigen Nr. 2 in intimen Kontakt zu treten.«

So ein Schwein! So hatte er ihre Offenheit ausgenutzt. Diese Schauspieler waren herzlose Tiere. Sie hatte ihm ihre Seele geöffnet.

»Die Heldin gibt sich freundschaftlich und versucht den Verdächtigen Nr. 2 von der Aufrichtigkeit ihrer Gefühle zu überzeugen.«

Rita wurde immer wütender. Wie gern hätte sie in Romanows freches Gesicht gespuckt! Dieser Mensch genoss seine Arbeit ganz offensichtlich.

Rita war unsicher, ob sie seinen letzten Bericht über ihren Besuch bei ihm zu Hause lesen sollte. Sie hatte Angst; was hatte er wohl darüber geschrieben?

»Die Heldin unternimmt Versuche, Einzelheiten über das Privatleben des Verdächtigen in Erfahrung zu bringen.«

So ein Idiot! Rita zerquetschte vor Wut ihre noch nicht angezündete Zigarette. Sie hatte doch nur ganz unschuldig gefragt, ob er eine Frau habe, die er liebt. Rita konnte nicht glauben, dass diese trockenen, fast sarkastischen Sätze aus seiner Feder stammten. Sie hatten doch so viel Zeit miteinander verbracht: am Strand, in der Wüste, auf dem Meer …

Warum war sein Wesen in diesen Berichten nicht zu erkennen? Er hatte immer ein wenig Abstand von allem gehalten, war immer souverän geblieben; sie erinnerte sich daran, wie er Fidel und Sergej scharf zurechtgewiesen hatte, als sie die Vorzüge der beiden Mädchen hinter deren

Rücken besprochen hatten. Obwohl Sergej im Grunde genommen sein Chef war und alles nur inszeniert war, hatte er trotzdem genügend Mut bewiesen, die beiden in ihre Schranken zu weisen. So war er eben. Wenigstens schien er so zu sein.

Ob er wohl so viel Geld bekam, wie ihr angeboten worden war? Denn er war kein armer Mensch, wenn man davon ausging, dass er an zwei Spielen im Jahr teilnahm. Aber es fehlte noch, dass sie sich mit ihm anfreundete!

Als Nächstes folgte der Bericht eines offenbar gänzlich unbeteiligten Beobachters:

»Die Heldin ging drei Stunden lang am Strand spazieren, bestellte ein Taxi, kaufte Andenken und telefonierte mit ihren Freundinnen zu Hause. Die Mitschrift dieser Gespräche ist beigefügt. Dann besuchte sie ›Wlassow‹. Der Bericht von Platow liegt bei. Um 20 Uhr 22 suchte sie die Wohnung des Verdächtigen Nr. 2 auf. Der Bericht von Romanow liegt ebenfalls bei.«

Nun hielt sie Saschas Bericht in ihren zitternden Händen.

»Die Heldin kam zu Besuch in der Absicht, das Telefon zurückzugeben. Hatte aber keine Lust auf verbale Kommunikation ...«

Rita schloss ihre Augen, atmete aus und las weiter.

»... deshalb hatte ihr Besuch eher einen oberflächlichen Charakter. Daraufhin teilte sie ihre morgige Abreise mit, verabschiedete sich schnell und verließ umgehend die Wohnung des Verdächtigen Nr. 2.«

Rita traute ihren Augen nicht.

Hatte dieses Schwein so etwas wie ein Gewissen? Oder hatte er einfach Angst vor einer Rüge? Sergej war gerügt worden, als er mit Marina rumgemacht hatte. Im Prinzip hätte Romanow mit seiner Handlungsweise den Spielverlauf von Grund auf verändern und Rita von ihrem ursprünglichen Vorhaben abbringen können.

Sie setzte sich gerade hin und blies den Rauch ihrer Zigarette langsam aus. Die Situation war ihr zwar etwas klarer, und sie war eigentlich der Meinung, einiges aushalten zu können, aber nun brachen Schmerz und Enttäuschung über sie herein.

»Das macht nichts«, sagte Rita leise zu sich selbst, »in einem Monat sieht die Welt schon wieder anders aus. Ich kenne mich doch. Das wird nicht ewig dauern. Ich habe Geld und finde auch Möglichkeiten, mich von diesen Idioten abzulenken. Ich höre einfach auf, daran zu denken und finde schon eine Gelegenheit, mich zu revanchieren!«

Plötzlich hatte sie eine Idee: Sie würde sich auf deren Bedingungen einlassen und sich irgendwann an diesem Mann rächen.

Rita schlug mit aller Kraft auf die Mappe mit dem Drehbuch; einzelne Papiere fielen auf die Erde. Sie war den Tränen nahe. Was war mit ihr los? Selbst wenn sie selbst an einem Spiel teilnehmen würde, wäre Sascha der letzte Mensch, den sie in ihrer Nähe haben wollte. Rita hatte noch nie einen solchen Mann getroffen; seine Blicke, die Orangen, die er ihr gereicht hatte, sein geheimnisvolles Lächeln – es konnte doch nicht sein, dass er nicht wenigstens ein bisschen in sie verliebt war.

Und die letzte Nacht ... Er war sehr überzeugend gewesen, und sie glaubte sich zu erinnern, dass er sogar geweint hatte.

Rita lachte bitter. War sie wirklich bereit gewesen, Wlassow für ihn aufzugeben? Wann würde sie endlich klüger werden?

»Hallo, mein Lieber!« Kostja machte sich auf dem Rücksitz seines Wagens breit.

»Na, wie war's?«

»Alles in Ordnung!«

»Wie geht es ihr?«

»Es ist alles in Ordnung. Ich habe dir doch vorher gesagt, dass sie angemessen reagiert.«

»Und was ist mit dem nächsten Spiel?«

»Sie sagte, sie wolle darüber nachdenken.«

»Und wie sah sie aus?«

»Wie immer.« Kostja zuckte mit den Schultern. »Aber auf dem Bild mit dem Badeanzug sah sie noch interessanter aus. Du kannst dich doch selbst mit ihr treffen. Deinetwegen ist sie nach Ägypten gefahren. Das wäre für sie doch ein ganz origineller Trostpreis.«

»Nein, ich habe Angst. Nach all diesen Berichten.« Wlassow lachte. »Ich rufe dich wieder an.«

Er legte den Hörer auf und lief nachdenklich in seinem Büro auf und ab. Als er die Fensterfront erreicht hatte, blieb er stehen und blickte auf den Fluss. Er war ein wenig neidisch auf Sergej.

Warum war ihm nicht selbst eine solche Idee gekommen? Normalerweise gehörten solche genialen Einfälle nur ihm. Jede andere Art der Unterhaltung war nichts gegen dieses Spiel. Für solche Emotionen würde man wirklich jeden Betrag zahlen.

Wlassow erinnerte sich lächelnd, wie er nervös auf den

Bericht über die Party bei Solovenko gewartet hatte, mit welcher Gier er Ritas Mails an ihre Freundinnen gelesen hatte. Er kannte jedes Gespräch mit dem unseligen schwulen Alexander Nr. 1 auswendig, der immer wieder geschrien hatte, dass er sich nicht mehr verstellen und auf keinen Fall nach Australien mitfahren könne. Er hatte sich erst beruhigt, als ihm ein Zusatzhonorar nach dem Ende der Safari versprochen worden war. Danach konnte er plötzlich vor Rita niederknien und ihre Beine küssen. Was für ein Typ – er hätte doch wenigstens vorher ein Wort über seine sexuellen Vorlieben sagen können. Ständig hatte Platow gejammert: »Und wenn ich mit ihr schlafen soll?« Kostja hatte zehn Minuten lang so laut gelacht, dass alle anderen befürchteten, er würde einen Infarkt bekommen.

Schade, er würde nie erfahren, was Rita wirklich dachte. Vielleicht sollte er ihr Geld für eine ehrliche Beschreibung dessen anbieten, was sie während des Spiels empfunden hatte? Aber es war unwahrscheinlich, dass sie die Wahrheit sagen würde.

Wlassow setzte sich an seinen Schreibtisch.

Platow war die einzige schwache Stelle gewesen; alle anderen hatten sich gut geschlagen.

Aber er selbst hätte Australien nicht mehr geschafft. Er war zu müde, wollte die Umgebung wechseln und verreisen. Das alles hatte ihn erschöpft. Er musste vor der nächsten Saison seine Kräfte sammeln.

Wlassow seufzte.

26

Eine Woche später aßen Rita und Lalja in der Stadt zu Mittag. Der erste Schock war überwunden, und Rita konnte schon wieder ruhig darüber reden.

Lalja hasste Alexander Nr. 2 trotzdem. Rita hatte ihr nach und nach alle Einzelheiten mit bitterem Sarkasmus erzählt – vor allem die intimen Einzelheiten der letzten Nacht.

»So ein Schwein!« Lalja ballte die Fäuste. »Wo bleibt die Moral?«

»Lalja!« Rita winkte müde ab. »Du sprichst von Moral? Hast du vergessen, zu welchem Zweck ich nach Dahab gefahren bin?«

»Ja, aber du hast mit niemandem geschlafen. Genauer gesagt, nur mit einem und du wusstest dabei ganz genau, dass er nicht Wlassow war. Das bedeutet, dass du das sozusagen aus reiner Liebe getan hast.«

Lalja fuchtelte mit dem Finger vor Ritas Nase herum.

»Und er hat es auch aus reiner Liebe getan«, lachte Rita bitter, »aus Liebe zur Schauspielerei.«

»Nein!« Lalja schüttelte energisch den Kopf. »Er ist ein gemeiner Aufreißer. Sogar Solovenko, dieser stadtbekannte Schürzenjäger, hat dich nicht flachgelegt.«

»Lalja«, unterbrach Rita die aufgebrachte Tirade ihrer Freundin, »ich bin selbst zu ihm gegangen. Ich war es, die ihn flachgelegt hat.«

»Das stimmt gar nicht. Du bist zu ihm gegangen, um ihm sein Telefon zurückzugeben.«

»Klar«, lachte Rita, »und um Julio Iglesias zu hören.«

»Lass uns ihn anrufen und ihn ordentlich beleidigen!« Lalja rieb sich voller Vorfreude die Hände.

»Wie denn?« Rita blickte sie verständnislos an.

»Hier ist seine Telefonnummer.« Lalja zeigte eine Nummer auf ihrem Handy. »Du hast mich doch aus Dahab von seinem Telefon aus angerufen, und ich habe die Nummer nicht gelöscht«, teilte sie ihrer Freundin stolz mit.

»Ach Lalja, hör bloß auf! Die haben doch alle längst ihre Nummern gewechselt, um von solchen Verrückten wie dir nicht belästigt zu werden.«

»Das stimmt nicht. Die Nummer ist gültig.« Lalja kicherte. »Ich habe Mischa gebeten, von seinem Telefon aus anzurufen, weil man seine Nummer nicht erkennen kann. Er hat dann Sascha ans Telefon gebeten. Und er ist drangegangen.«

»Wer hat dich darum gebeten? Ich habe ihm nichts zu sagen. Ich war für ihn doch wie eine Vollidiotin, verstehst du das nicht? Die ganze Stadt, alle Oligarchen haben auf meine Dummheit Wetten abgeschlossen. Irgendein Schwuler rannte von mir weg wie vor dem Feuer, und ich habe ihn mit meinen Umarmungen behelligt. Irgendein Zuhälter hat mit mir über Bücher gesprochen, die er nie gelesen hat. Und ich habe mir wie eine selbstverliebte Idiotin eingebildet, dass ein armseliger Komödiant von mir begeistert sei, ein käuflicher Schauspieler von einer drittrangigen Provinzbühne. Bist du jetzt völlig durchgedreht?«

Lalja schwieg gekränkt.

»Ist das wirklich seine Nummer?«

Zwei Wochen später lag Rita nachts um halb zwei im Bett und wählte Saschas Nummer, die Lalja ihr per SMS geschickt hatte.

Gerade als Rita schon wieder auflegen wollte, wurde der Hörer abgenommen – dabei hatte ihre Entschlossenheit sie schon nach dem zweiten Läuten verlassen.

Seine ruhige Stimme war ihr so vertraut.

»Ich bin es«, sagte sie mit Nachdruck.

»Hallo!« Er sagte nichts weiter.

Rita spürte, wie angespannt er war. Sie hörte seine regelmäßigen und tiefen Atemzüge.

»Als ich dein Telefon benutzt habe, hat meine Freundin deine Nummer gespeichert.« Rita wusste nicht, weshalb sie ihm das erklärte. »Ist es in Ordnung, dass ich dich anrufe?« Sie zögerte, sprach dann aber weiter: »Oder ist das gegen die Spielregeln?«

»Was meinst du damit?«, fragte er völlig gelassen.

Was für ein Schauspieler. Wahrscheinlich würde er gleich behaupten, er wisse nicht, was sie meinte.

»Das Spiel«, wiederholte Rita ungeduldig.

»Nein, es ist alles in Ordnung«, antwortete Romanow ruhig. Rita war fassungslos angesichts seiner Gelassenheit. Zögernd fügte er hinzu: »Wir können miteinander reden.«

»Na, Gott sei Dank. Du weißt, dass sie mir eine Art Engagement angeboten haben? Vielleicht sollen wir das nächste Mal ein glückliches Ehepaar darstellen. Das würden wir doch ganz locker hinkriegen – oder etwa nicht?« Rita konnte sich kaum bremsen.

»Mit Vergnügen«, sagte er ruhig.

Rita atmete laut aus. Sie würde es ihm nicht sagen! Auf keinen Fall! Das Blut schoss ihr in den Kopf. Sie versuchte, sich zu zügeln, aber es war schon zu spät. Sie sprach immer schneller und lauter, spuckte ein Wort nach dem anderen aus.

»Ich finde, wir sind für diese Rollen einfach die ideale Besetzung, einfach die vollkommene Harmonie, und Bettszenen werden unsere Spezialität. Na, sag schon, Sascha, was denkst du?«

Am anderen Ende herrschte Totenstille. Rita kniff die Augen zusammen und rechnete damit, dass er auflegen würde.

»Warum hast du angerufen?«, fragte er leise.

Rita spürte, dass bis zum Ende ihres letzten gemeinsamen Gesprächs höchstens noch eine Minute blieb. Aber sie würde das letzte Wort haben.

»Ich wollte ein bisschen üben, bevor wir das nächste Spiel beginnen.«

Rita bebte vor Wut.

»Ach, nur deshalb«, er lachte erleichtert, »ich dachte schon, du willst mich töten. Na, dann sag mir deine Adresse, ich bin gleich bei dir, schon unterwegs.«

Rita war sprachlos.

»Rita, warum schweigst du? Du wolltest doch ein bisschen üben.«

Er hatte wieder alles verdorben. Diese Schauspieler waren einfach nicht normal. Andererseits – was sollte man von Menschen erwarten, die an Abenteuern wie einem solchen Spiel teilnahmen. Es kostete ihn nichts, einfach ein fremdes Leben zu zerstören.

»Waas?«, rief Rita völlig außer sich. »Denkst du wirklich, dass ich jetzt mit dir ins Bett gehe?«

»Warum denn nicht?« Er klang wirklich überrascht.

Dieser Mann brauchte keine Psychologen und Ratgeber; er wusste einfach, wie man ein Gespräch mit einer wütenden Frau führte. Seine Selbstsicherheit ließ ihr praktisch keine Chance.

»Na, gib mit schon deine Adresse«, bat er noch einmal. Dabei hätte er ihr Haus sogar mit geschlossenen Augen finden können. Er war nicht nur einmal zu ihrer Wohnung gefahren, hatte sie beobachtet und verfolgt, weil er sie so nötig brauchte wie die Luft zum Atmen. Und er war nur dann gutgelaunt fortgegangen, wenn er sicher sein konnte, dass sie allein war.

Er wusste, wo und mit wem sie zu Mittag gegessen hatte, in welcher Reinigung sie ihre Sachen abgegeben und wofür sie Geld ausgegeben hatte. Er wusste, dass er nicht ohne sie leben konnte, dass er nicht bereit für ein neues Spiel war, dass sein Elan sich in Luft aufgelöst hatte, dass er ohne sie keine Inspiration mehr spüren würde.

Er wollte, dass sie Teil seines verrückten Lebens werden würde. Und gleichzeitig wollte er es auch nicht.

Im Fahrstuhl schaltete er sein Telefon aus. Es tat ihm ein bisschen weh, dass es kein Australien mehr geben und er nicht mehr wie in Dahab der Held sein würde. Andererseits war er froh, dass alles so gekommen war. Er hatte eigentlich geplant, sich in den nächsten Jahren ganz diesen Spielen zu widmen. Sergej enttäuschte keine Erwartungen – weder die der Veranstalter noch die der Teilnehmer.

Rita öffnete die Tür und stürzte ihm entgegen, umarmte ihn und bedeckte sein Gesicht mit Küssen. Wie hatte sie sich das nur so lange versagen können!

Sie war glücklich. Sie konnte einfach nicht anders, sie konnte und wollte nicht ohne ihn sein.

Nach einer Weile, er war schon eingeschlafen und atmete gleichmäßig, lag Rita wach und genoss den Duft von Meer und Tannen.
Sie stand leise auf, ging in die Küche und zündete sich eine Zigarette an. Ein Detail war noch zu klären, das wusste sie.
Sie schlich durch den Flur, griff in die Innentasche seiner Jacke und zog seinen Pass heraus.
Aha, sein Sternzeichen war Jungfrau. Das passte gut zu ihr. Sein Foto – da war er noch jung. Warum mochte er es eigentlich nicht, fotografiert zu werden? Er brauchte sich wirklich nicht zu verstecken. Im nächsten Jahr, wenn er auf der *Forbes*-Liste vom dreizehnten auf den zehnten Platz aufsteigen würde, müsste sie ihn zwingen, sein Foto preiszugeben. Er durfte sich nicht sein ganzes Leben lang verstecken.

Rita schlich zurück ins Bett. Dieser Schauspieler musste noch sehr viel lernen, und sie würde sich darum kümmern. Vor allem durfte er nie mehr seine echten Papiere bei sich tragen.
Er war doch zu naiv – und Frauen konnten Raubtiere sein. Und intime Szenen kamen in Zukunft auch nicht in Frage.
Rita schmiegte sich an Wlassow und träumte von der Zukunft. An den zukünftigen Drehbüchern würde sie mitarbeiten und die Bettszenen zweitklassigen Schauspielerinnen wie Marina und Nadja überlassen. Sie würde ein

Star sein. Ein Star mit psychologischem Tiefgang. Mit diesem Gedanken schlief sie ein.

Wlassow wachte früh auf. Die Entscheidung, mit nach Dahab zu fahren und höchstpersönlich am Spiel teilzunehmen, war die beste seines Lebens gewesen. Anfangs hatte er noch Zweifel gehabt, aber Kostja hatte ihn schließlich überredet. Und diesen Schubs hatte er dringend gebraucht.

Er wollte wieder Lust am Leben spüren. Sie hatten sich nicht umsonst die Vorgeschichte auf Hawaii ausgedacht. Er hätte tatsächlich schon längst einmal wegfahren und sich wie ein Junge verlieben sollen.

Und so war es ja auch gekommen. Wlassow drehte sich leise zu Rita und vergrub sein Gesicht in ihrem Haar. Wie gut sie roch! Dieser Duft hatte ihn verrückt gemacht; der Geruch von Sonne und Mandeln.

Er hatte sie in Dahab eigentlich nur aus der Ferne beobachten wollen, aber als sie in der Bar an seiner Schulter eingeschlafen war, hatte er nicht mehr widerstehen können. Sie war in diesem Moment ganz sie selbst gewesen, und das hatte ihn gepackt. Er hatte vor Eifersucht gebrannt und gebetet, dass sie sich nicht mit diesem Sergej einlassen würde, hatte die täglichen Berichte gelesen und sich beeilt, alle geschäftlichen Angelegenheiten zu einem Abschluss zu bringen. Er hatte wie ein Süchtiger nach immer neuen Einzelheiten verlangt und Rita nicht mehr aus seinem Kopf verbannen können.

Nach zwei Wochen war er nach Dahab zurückgekehrt. Die Beantragung seines neuen Passes hatte lange gedauert; er hatte nicht mit falschen Papieren fliegen wollen und einen Pass auf den Mädchennamen seiner Mutter ausstellen lassen – fast legal.

Und dann dieser Tag am Strand! Nur die Berichte waren ihm ein Dorn im Auge gewesen, und er hatte diese Aufgabe an Platow delegiert, der die Treffen zwischen ihm und Rita in seinen Worten beschreiben musste. Kostja und die Jungs sollten nicht enttäuscht werden.

Aber sie wussten eben nicht alles. Obwohl Kostja schon Verdacht geschöpft hatte, als er für Australien abgesagt hatte. Kostja war nicht dumm und kannte Wlassow nicht erst seit einem Jahr.

Ja, er hatte sich sehr schnell an sie gewöhnt.

Rita wachte auf; sie wandte ihm ihr Gesicht zu. Er küsste sie und strich mit der Hand durch ihr Haar.

Rita lächelte.

»Sag mal«, flüsterte sie, »bist du eigentlich schon einmal Wlassow begegnet?«

Das nächste Spiel hatte begonnen.